La publication de cet ouvrage a été soutenue par
l'Institut français de Grèce (Ambassade de France en Grèce).

OMBRE

Lefteris Giannakoudakis

TRADUIT DU GREC PAR LUCILE ARNOUX-FARNOUX

C
am
bou
rakis

Titre original :
Σκιά

À Aspasia
et à
Éleni, la fille du pope

Mais comment cette maladie s'est-elle déclarée ?
Sophocle, *Ajax*

Après le début

Jeudi 15 juillet 1965

Il entra dans le camp les genoux fléchis ; les bras près du corps, les yeux aux aguets fouillant les alentours, fixés sur le contour de son ombre qui ouvrait la voie tel un éclaireur. La sentinelle de la porte avait été neutralisée. Les battements de son cœur résonnaient à ses oreilles, tambour planté dans son crâne qui éteignait toute pensée. Le bureau de l'officier de service n'était plus qu'à quelques pas, la nuit le protégeait, l'heure était venue. Il avança rapidement, sans savoir comment, sa main rencontra le bois usé. La porte grinça légèrement quand il la poussa, dans la pièce une lampe à pétrole jetait une pâle lumière, tordant les ombres, les faisant ressembler à des êtres surnaturels. Il s'attarda un instant à les regarder changer de forme, la sienne l'avait toujours fasciné, tantôt fantôme, tantôt compagnon inséparable, sans lequel il n'aurait su faire un pas. Il sentit la peur submerger son corps, mais il pensa aux autres qui l'attendaient, il ne pouvait les décevoir, il avait une mission à accomplir. Vie pour vie, sang pour sang, mort pour mort, il lui fallait se dépêcher, « le couteau n'attend pas », disaient les vieux dans son village, les ordres sont les ordres, se disait-il à lui-même.

Un pas puis un autre et il fut près de lui, il le vit se retourner, sa gorge brillait, elle ne ressemblait pas du tout à celle des brebis, comment avait-il pu imaginer cela ? La bouche ouverte, il ronflait légèrement – comment s'appelle-t-il, non, chasse cette pensée, il n'a pas de nom, ce n'est pas un homme, c'est une bête qui doit mourir, une telle immobilité là-dedans est insupportable. Il prit une profonde inspiration, il ne savait pas que le bruit de l'homme qui meurt ressemble à une explosion, les tympans ne le supportent pas, ils se déchirent, malgré tout il accomplit sa mission jusqu'au bout, laissa le message et sortit ensuite rapidement, sourd pour toujours à la mort. Il se mit à courir dans la nuit, le dos courbé – à l'instant où il franchit la porte il vit le drapeau qui flottait et se demanda si c'était le croissant ou la croix, mais cela n'avait plus d'importance, la seule chose qu'il savait désormais c'était que le rouge ressemble à s'y méprendre au bleu, que la vie n'est pas un fleuve qui s'écoule mais un arbre qui s'abat, entraînant tout sur son passage.

J'ai presque le même âge que toi. À dix-huit ans, on en avait déjà quarante, et il nous a fallu attendre quarante ans pour en avoir quarante et un. C'est une conséquence de la maturité de l'après-guerre.

Manuel Vásquez Montalbán,
Le Labyrinthe grec

I. COMPAGNON INSÉPARABLE

compagnon, associé, ami |
compagnon inséparable, queue, ombre

1

Dimanche 6 mai 2012

Le vent du sud faisait grincer le pont métallique. Yvonne croyait voir partout des ombres qui grandissaient et la recouvraient, lui coupant le souffle. Il faisait chaud, le sirocco l'étourdissait et lui donnait la nausée, son tee-shirt léger lui collait à la peau. Jamais elle n'avait à ce point eu conscience du danger, à présent sa gorge était sèche, elle transpirait et tremblait de froid en même temps, elle se sentait tellement seule, les bras noués autour de son corps, impuissants pourtant à la réchauffer. C'était peut-être parce qu'il y avait trois mois qu'elle n'était pas venue, elle avait presque cru être tirée d'affaire, mais elle aurait dû savoir qu'il n'y avait pas de fuite possible, qu'un jour elle reviendrait en arrière, elle ne pouvait échapper au destin tracé par les erreurs répétées et les dépendances d'un corps ayant découvert par hasard qu'il pouvait temporairement subvenir à ses besoins, la conduisant cependant avec une précision chirurgicale à un point de non-retour.

Elle assura son petit sac de toile à son épaule, pur accessoire de travail puisqu'il ne contenait que son téléphone et un paquet de mouchoirs en papier, pour ces moments où elle se mettait à pleurer sans pouvoir s'en empêcher, et regarda le ciel. Elle crut voir un éclair traverser le tombeau étoilé – elle aimait les éclairs, c'était une preuve d'existence – et se mit à chercher des nuages, mais ne vit rien. Elle attendait encore le tonnerre lorsqu'il lui sembla l'apercevoir en face d'elle, et son estomac se serra. Elle regarda plus attentivement, oui, ce devait être lui, sa haute silhouette immobile, il avait l'air de réfléchir à quelque chose, la main droite cachant la moitié de son visage surmonté d'une casquette, et portait une longue gabardine au lieu de la veste militaire qui couvrait habituellement son corps musclé, mais l'heure était juste et son attitude montrait que c'était bien elle qu'il attendait. Yvonne prit une profonde inspiration et traversa la route qui longeait le rivage, elle arriva à l'endroit où se trouvait le trottoir en construction, là où un escalier descendait vers la plage sale, abandonnée depuis des années, fréquentée par des prostituées sans abri ou des couples illégitimes. Elle se rappela un matin où elle venait de finir de travailler, en hiver, cela faisait bien six mois maintenant, cinq heures et demie du matin et le soleil pas encore levé, il lui avait semblé que des gens nageaient là-bas, malgré le froid terrible elle avait envié leurs rires et leurs cris, la vitalité de ces êtres insouciants, elle s'était demandé à quand remontait la dernière fois où elle avait ri ainsi, peut-être cette fois-là n'avait-elle jamais existé que dans son imagination, puis la voiture était arrivée et l'avait emmenée, et elle ne savait plus si ce qu'elle avait vu était réel ou si c'était une hallucination.

Elle le vit descendre l'escalier et sut qu'elle devait le suivre. Elle regarda autour d'elle, il était quatre heures et il n'y avait pas âme qui vive dans la rue. L'odeur des tanneries qui se trouvaient là autrefois parvint à ses narines, combien de carcasses avaient été lavées par le sel de cette eau, elle se souvint d'être venue là toute petite encore avec son père, elle ne savait plus la raison de cette visite, mais la puanteur de ces lieux ne s'était plus jamais effacée de ses sens. Elle pensa à son père et au regard qu'il lui avait secrètement jeté lorsqu'elle avait pris l'argent dans son portefeuille et s'était faufilée hors de la maison comme une voleuse, prétendant être innocente d'un crime qu'elle seule savait avoir déjà perpétré. Il avait fait comme s'il ne la voyait pas, étendu les yeux mi-clos sur la bergère usée tandis que la vieille télévision retransmettait sans le son les déclarations de tous les aigris aspirant à devenir Premier ministre à la suite des élections imminentes et dépourvues de sens, une comédie qu'ils se jouaient l'un à l'autre – je feins de ne pas voir ce que tu fais, et toi, fais semblant de ne rien faire, parce que, de toute façon, je ne peux pas t'arrêter –, immuable mise en scène de leur échec, mais elle avait bien vu ses yeux qui s'étaient à demi ouverts, toute la douleur et la déception pour ce qu'était devenue sa fille se reflétant dans la crispation des paupières, et elle avait refermé soigneusement la porte derrière elle, pour ne pas gâcher la pièce.

Elle enroula les bras autour de son corps et descendit l'escalier en ciment dont les tiges métalliques dépassaient à droite et à gauche. L'homme se tenait maintenant le dos collé au mur, la tête tournée de l'autre côté et les mains dans les poches de sa gabardine. Cela faisait longtemps qu'elle ne l'avait pas vu et il lui sembla un peu différent, encore plus grand peut-être, à moins qu'il n'ait un peu grossi, mais l'imperméable dissimulait son corps et puis la nuit comment savoir qui est qui, de sorte qu'elle s'approcha de lui et se tint à ses côtés, n'osant pas lui adresser la parole. Elle savait qu'elle devait attendre, sans lui donner l'argent ni rien, c'est lui qui déciderait du moment opportun. Sans tourner la tête, il sortit la main droite de sa poche, descendit la fermeture Éclair de son pantalon et lui fit signe de se pencher. Elle hésita. Jamais auparavant il n'avait réclamé ce genre de chose, si bien qu'elle en était arrivée à se demander s'il n'était pas gay ou impuissant, un homme dans cette situation aurait pu exiger ce qu'il voulait, aucune fille ne lui aurait refusé une petite faveur, ici elles le faisaient à d'autres pour moins que ça. Le geste se répéta et elle savait qu'elle n'aurait pas d'autre occasion, s'il se fâchait il partirait en la laissant tremblante à cause du manque, alors elle se plaça devant lui et sans le regarder s'agenouilla et mit la main dans son pantalon. Elle leva la tête en quête d'une expression d'assentiment, mais il lui fut impossible de voir son visage car sa main le lui cachait, poussant son front vers le bas. Elle sortit son sexe encore tout flétri et commença à le caresser, sans toutefois obtenir de réaction. Elle le mit dans sa bouche mais ce fut la même chose, elle avait l'impression de suçoter un ver crevé. La main de l'homme appuyait toujours sur le sommet de sa tête, et lorsqu'elle tenta de sortir un instant son membre de sa bouche, elle perçut instantanément une autre paume qui lui empoignait les cheveux par-derrière et la poussait avec force vers le bas tandis qu'un corps étranger la couvrait de tout son poids. Elle sentit le goût de la terre et s'efforça en vain de se débarrasser de lui, les bras tendus, cherchant l'aide de celui qui aurait dû être son protecteur, mais les intentions de ce dernier avaient apparemment changé, peut-être avait-il conclu un marché plus intéressant et elle-même était-elle un produit qui avait atteint sa date de péremption. Sa tête s'enfonçait de plus en plus profondément dans le sol, elle avalait de la terre et des cailloux, sa respiration devenait de plus en plus difficile. La dernière chose qui lui traversa l'esprit fut l'image de son père la bouche ouverte et les yeux fermés pointant la télécommande dans sa direction.

Pardon, papa, parvint-elle tout juste à penser.

Puis on entendit un coup de tonnerre et le programme télévisé fut définitivement coupé, tandis que l'appareil restait allumé sur une chaîne désormais supprimée.

2

Le bateau était arrivé au port depuis une heure et demie, rangeant une fois de plus sa carcasse de fer au même emplacement. Devant la grande cafétéria centrale le lieutenant de police Dimos Guérès n'avait pas encore réussi à regarder par la fenêtre, mais il sentait déjà sur lui l'ombre pesante de la Crète. Quoi que n'ayant pas dormi une minute, il avait refusé de voir le soleil se lever, le regard rivé tantôt à la moquette rouge, tantôt aux chaussures des autres passagers, dans une tentative désespérée de faire durer la nuit aussi longtemps que possible. L'aube le trouvait là où des années auparavant il s'était juré de ne jamais revenir. Il ferma les yeux. Quand il les rouvrit, le bateau s'était vidé et il regarda avec angoisse le dernier couple de passagers, un homme émacié d'une trentaine d'années et son fils, un petit garçon d'environ cinq ans qui dormait. L'homme essayait de soulever l'enfant avec mille précautions, pour ne pas le réveiller, et de se diriger vers la sortie. Il n'y avait pas trace de la mère et le jeune père était entièrement absorbé par son effort de transporter son enfant sans perturber son sommeil, afin de ne pas troubler les doux rêves qui lui mettaient un léger sourire sur les lèvres. Il lui fallait cependant aussi soulever l'énorme sac de voyage qui les accompagnait et tenant l'enfant du côté gauche il essayait de le hisser de la main droite sur l'épaule correspondante.

Sachant qu'ainsi s'effaçait son dernier espoir de retarder sa sortie, Guérès se leva avec difficulté, franchit en boitant la distance qui les séparait et mit le grand sac sur l'épaule de l'homme. Celui-ci sourit timidement et bredouilla un « merci beaucoup » à la sonorité étrangère que Dimos reconnut et classa dans sa mémoire comme un accent roumain, avant de faire demi-tour et de retourner à son fauteuil sans dire un mot. Lorsque le père et le fils eurent définitivement quitté le salon et que leur image fut remplacée par celle du vieux fort vénitien, Dimos sut qu'il était le dernier individu, en dehors de l'équipage, à demeurer encore à l'intérieur du navire et qu'il était condamné à sortir immédiatement. Dans le salon les télévisions continuaient à produire images et informations dramatiques tandis que dehors le soleil dominical suivait sa trajectoire habituelle, attendant l'instant où il se refléterait à la verticale dans les eaux sales du port. Alors il baisserait les yeux, acceptant sa chute.

Guérès se frotta machinalement le nez. C'est un geste qu'il faisait depuis l'enfance lorsqu'il se sentait mal à l'aise, ce qui lui avait valu des remontrances de la part de ses parents, de ses professeurs et de ses camarades, et l'avait trahi à des moments critiques. Le steward, un garçon de dix-neuf ans avec des joues écarlates, des cheveux blonds coupés court et une prononciation défectueuse que Guérès n'aurait pas l'occasion de remarquer ni de classer géographiquement selon son jeu favori, s'approcha de lui d'un air hésitant, s'efforçant de lui faire comprendre que le moment était venu de descendre.

Il était déjà huit heures et demie ; dans trois heures le bateau repartirait, ils devaient nettoyer et préparer le retour au port du Pirée, l'odeur des corps transpirants n'aurait pas le temps de disparaître, la climatisation marcherait à fond, l'air glacé faisant illusoirement songer à une croisière. La réalité était tout autre : la plupart de ces gens voyageaient par obligation, afin d'accomplir leur devoir d'électeur dans une confrontation à laquelle personne n'avait envie de participer, pas même les partis politiques, mais dont tout le monde soutenait qu'elle serait déterminante pour l'avenir de la nation. Le gouvernement qui avait été nommé en novembre 2011, à la suite de la démission de Georges Papandréou, sous la direction d'un ancien vice-président de la Banque centrale européenne et ancien gouverneur de la Banque de Grèce, après avoir achevé la signature du deuxième mémorandum*, « avait conduit le pays, comme cela avait été décidé, aux élections anticipées, lesquelles auraient lieu ce jour-là ». L'officier de police, se remémorant la formulation de la phrase telle qu'il l'avait lue dans le journal acheté place Syntagma tandis qu'il s'acheminait vers le port, sourit avec amertume et regarda sa montre. Les raisons de son propre voyage

* *Il s'agit du gouvernement formé par Loukas Papadimos le 11 novembre 2011.*

étaient bien différentes ; de toute façon, cela faisait des années qu'il ne votait plus.

Un minuscule insecte, un moucheron, voleta devant ses yeux. Il tendit la main et la referma doucement dessus, prenant bien garde à ne pas l'écraser. Il se rappela les paroles de sa cousine, sa voix qu'il n'avait pas reconnue, ce timbre rauque caractéristique qu'il entendait autrefois presque chaque jour. « Viens. Son dernier désir est de te voir. Quand lui pardonneras-tu ? »

Il n'était aucunement disposé à lui pardonner, pour lui, son père s'était éteint vingt-trois ans auparavant, à l'instant où sa mère était morte dans le lit conjugal sans qu'il fût présent à ses côtés. En ces jours où toute la Grèce avait déjà oublié les événements de la place Tian'anmen et se demandait avec angoisse ce qui sortirait de cette première coalition gouvernementale de la droite et de la gauche, Guérès pleurait la perte de sa mère adorée qui voyageait vers une discutable paix éternelle. Il y a vingt-trois ans de ça, presque jour pour jour, se dit-il, formulant différemment la même pensée.

La mort était désormais la seule chose qui le liait à la Crète ; la mort de sa mère, passée mais toujours présente dans son esprit, et la mort imminente d'un homme qu'il ne reconnaissait pas et qu'en lui-même il avait déclaré défunt depuis des années. Il avait répondu « oui » à sa cousine, lui dissimulant la vérité : il ne reviendrait pas pour accomplir la dernière volonté de son père, mais pour le voir mourir de ses yeux, pour être sûr qu'il n'existait plus, il ferait ce que lui avait enjoint sa mère dans le rêve qu'il avait fait précisément la veille du jour où Kaitie lui avait téléphoné.

Sa mère lui était apparue comme autrefois, aux beaux jours, avec ses fins cheveux blonds noués en une queue-de-cheval, une robe verte à bretelles et la bouche rehaussée de rouge, elle souriait et lui disait quelque chose, mais il n'arrivait pas à l'entendre, ni à lire sur ses lèvres. Il s'était approché, s'était penché vers elle, son oreille touchant presque sa bouche, et l'avait entendue murmurer : « *Viens…* »

Comme elle lui tournait le dos et commençait à s'éloigner, il avait essayé de la suivre mais elle s'éloignait de plus en plus, Dimos courait, sans que la distance se réduise, jusqu'à ce que sa silhouette disparaisse. Alors, Dimos avait vu dans le fond une autre ombre, haute, fine, une ombre qui se ramifiait vers le haut – un arbre, il le reconnut, c'était un citronnier semblable à celui que son père et sa mère avaient planté quand ils avaient construit la maison familiale, c'était la première chose que l'on voyait de loin avant même de distinguer la maison elle-même. Le téléphone l'avait brutalement tiré du sommeil, la voix de sa cousine semblait surgir du passé, du monde du rêve, et lui donner le même ordre que sa mère : « Viens à la maison. »

Guérès ne croyait pas aux rêves, cependant il n'avait jamais vu sa mère dans son sommeil depuis qu'elle était morte. Il pensait à elle chaque jour, mais n'avait jamais rêvé d'elle, jusqu'à cette nuit-là. Quarante-huit heures s'étaient écoulées depuis le coup de téléphone, il ne savait même pas si son père était encore en vie, si le sang coulait encore dans ses veines ou s'il se trouvait déjà dans cet état que l'on nomme la « raideur cadavérique », qui oblige à casser les articulations au marteau si l'on veut modifier la position du défunt et lui donner une attitude digne avec laquelle il puisse honorablement descendre dans son tombeau – de toute façon provisoire. Son propre corps était engourdi, il avait pris une couchette sous la pression de Magda, sa femme – avec laquelle il était en instance de divorce – soutenant que sa carcasse ne résisterait pas à douze heures de position assise, mais il n'avait pas même osé entrer dans la cabine. Il savait qu'il était incapable de supporter l'enfermement, il se sentirait comme une souris prise au piège, et les exhalaisons des autres organismes lui donneraient la nausée.

Il allongea ses jambes pour les détendre. En plus de l'engourdissement, il y avait surtout cette douleur à la hanche gauche. Cela faisait environ six mois qu'elle durait, maintenant elle s'était déplacée derrière le genou et plus bas jusqu'à la cheville. De nouveau sur les instances de Magda, il était allé voir un médecin orthopédiste, un chiropracteur et un kinésithérapeute, il avait pris des médicaments, fait des séances d'acupuncture et des massages, mais aucune amélioration ne s'était manifestée. Il sentait que son corps avait commencé à le trahir. Si la dégringolade commence à trente-huit ans, que va-t-il se passer à cinquante ? se demanda-t-il. Il ouvrit la main, le moucheron avait l'air étourdi mais vivant. Il déploya ses ailes et allait s'envoler lorsque la main du steward s'abattit avec force sur lui, le réduisant en bouillie, à l'instant même où il croyait l'avoir échappé belle une nouvelle fois.

Le policier se leva avec difficulté en serrant les dents et chargea sur son dos le sac qu'il avait acheté la veille même. C'était un modèle de randonnée avec des compartiments pour le sac de couchage et la tente, ainsi que des filets pour les petits objets qui ne lui serviraient jamais à rien. Il l'avait pris parce qu'il avait été séduit par la grande poche intérieure qui le divisait presque en deux et permettait de ranger quelque chose en le protégeant de tout contact avec le reste. Dimos éprouvait perpétuellement ce besoin, il voulait toujours qu'une frontière infranchissable le sépare des autres, il pensait qu'on ne pouvait se lier avec un être que jusqu'à un certain point, il fallait qu'une ligne de démarcation évite que l'on éprouve une douleur absolue au cas où on le perdrait.

Écœuré par l'air marin, il s'arrêta quelques secondes en haut des marches, les yeux fixés sur l'escalier. Comme il commençait à descendre péniblement, son regard tomba sur une rangée de voitures immobilisées. Des taxis, une file interminable d'insectes gris métallisé, attendaient encore au port l'éventuel client, qui sait depuis quelle heure ? Tant pis pour eux. Malgré ses articulations douloureuses, il n'allait pas flancher. Il irait à pied jusqu'à la place des Lions, l'endroit le plus célèbre de la ville, avec sa fontaine ornée de quatre lions de la bouche desquels l'eau coulait ; il s'assurerait que le monument était bien à sa place, puis il déciderait de la suite du programme.

Restant dans l'enceinte du port, il se mit à longer la mer. Derrière lui se dressaient de gigantesques grues dont il n'avait pas souvenir, mais il sentit ses extrémités trembler à la pensée que l'une d'elles pourrait le saisir et le lancer en l'air, telle la main de Kronos qui jetait dans sa bouche ses malheureux enfants. Haut dans le ciel, un énorme oiseau de mer au long cou traçait des cercles au-dessus de sa tête en croassant de manière menaçante. À droite, en contrebas, des poissons morts flottaient à la surface huileuse de l'eau. Devant lui, un peu plus loin, s'élevait un bâtiment orné d'une fresque représentant un homme en train de voler, peut-être Icare ou Dédale, qui s'était évadé de cette île au prix de la vie de l'un d'eux ; cependant les ailes du personnage étaient tellement effacées que, quel qu'il fût, il était immanquablement condamné à mort.

Il entendit le bruit d'une moto qui approchait, un son lent, fatigué, comme cette vieille chanson de *rebetiko* qui parle d'injustice, jouée sur un disque usé qui craque : « *C'est une grande injustice, / une grande cruauté, / de perdre ses amis / dans cette société** ». Il tourna légèrement la tête vers la gauche, l'engin ralentit. Guérès se figea, tandis que la XT 250 blanche, modèle 1989, s'arrêtait à côté de lui, confirmant l'idée que certaines choses ne changent pas, quel que soit le nombre d'années qui passent. Sur la selle rouge usée, derrière la visière du casque cabossé, le regard trouble du Cowboy réclamait des réponses qu'il n'avait aucune intention de fournir.

* *Chanson de Mitsos Papatsikas pour le film* O Sakaflias *(1967).*

3

Les vagues se brisaient avec force sur les blocs de ciment au pied du muret, éclaboussant les flâneurs de la promenade by-pass – laquelle commençait au Koulès, le fort vénitien emblème de la ville, pour arriver jusqu'au phare qui dominait l'entrée du port. Guérès, assis sur le mur, les bras enserrant ses genoux, fixait un point dans l'eau. Là-bas, malgré le fort vent du sud, un petit bateau de pêche semblait immobile. Il ressemblait à une baleine morte au milieu de la mer, un Moby Dick le ventre en l'air dont le capitaine Achab aurait enfin réussi à triompher – sauf qu'alors le vieux marin n'aurait plus de raison d'être, la mort du cétacé meurtrier signifiant pour lui la fin de tout désir, le terme de son existence.

Le policier avait replié ses longues jambes contre sa poitrine, une position qu'il affectionnait depuis l'enfance, lorsqu'il venait là avec Héraklis, durant ces après-midi d'été où ils n'avaient rien d'autre à faire. Dans la ville désertée, ils étaient les seuls de la bande à ne pas être partis, gardiens de phare oubliés sur une île temporairement effacée des cartes. Munis de sodas, d'abord, puis plus tard de bières, ils allaient s'installer sur le muret, tournant ostensiblement le dos au fort et au chemin qui n'avait pas encore pris son nom actuel, si médical. En ces temps-là le by-pass et la chirurgie à cœur ouvert étaient des termes inconnus – ils ne sont entrés dans le vocabulaire des Grecs qu'après l'intervention subie par Andréas Papandréou, Premier ministre naguère tout-puissant, à l'hôpital Harefield de Londres. Tandis que la Grèce entière s'inquiétait pour la santé du chef de la nation, il était revenu accompagné de sa nouvelle épouse*, tel un trophée remporté sur Charon, une hôtesse de l'air que personne ne porta jamais dans son cœur. Un an plus tard, Papandréou perdait le pouvoir et Guérès sa mère bien-aimée, Aphrodite.

« Dose excessive de somnifères », avait dit le médecin, vieil ami de la famille et père du Cowboy ; il n'avait pas utilisé le mot « suicide », les mots ont un poids différent selon qu'on les prononce ou qu'on se contente d'y penser. C'est cependant ainsi que la conscience de tous les proches l'enregistra.

Le Cowboy buvait sa troisième bière à grandes lampées sans rien dire. Son fidèle cheval était garé derrière eux, comme si pas un seul jour ne s'était écoulé, et pourtant vingt ans les séparaient de leur dernière rencontre. Le policier tenait sa canette de bière à la main, presque pleine, c'est tout juste s'il avait réussi à avaler trois gorgées, et encore avec difficulté. Cet alcool

* *Dimitra Liani, seconde épouse d'Andréas Papandréou, fondateur du PASOK, Premier ministre de 1981 à 1989, puis de 1993 à 1996.*

matinal ne lui disait rien, pas plus qu'il n'était tenté par une discussion qui conduirait à fouiller le passé ; Dimos était d'avis que, une fois la cendre refroidie, rien ne peut l'enflammer de nouveau. L'homme à côté de qui il était assis le troublait, mais il n'éprouvait aucune émotion, il voulait en finir avec tout cela, remonter le temps et se retrouver de nouveau à Athènes, au service des Passeports qu'il dirigeait et où le pire qui pouvait se produire au milieu de la routine quotidienne était la découverte de quelques faux papiers.

Guérès versa lentement sa bière sur les brise-lames gris, le liquide glissa entre les blocs, se mélangea à la mer et disparut. Il se leva et regarda à ses pieds le corps plié en deux du Cowboy. Il paraissait formé de trois morceaux indépendants : les épaules étroites, les jambes maigres et arquées et entre les deux une excroissance, un ventre que Dimos ne reconnaissait pas, qui semblait avoir été volé à un autre corps pour être placé là.

« Allons à la maison », dit Guérès, et ce mot résonna étrangement à ses oreilles parce qu'il ne désignait pas le trois-pièces qu'il louait dans le quartier de Patission à Athènes mais la vieille demeure dans laquelle sa vie avait commencé et s'était poursuivie jusqu'à ce qu'il l'abandonne sans aucune intention d'y revenir. Le Cowboy vida sa bière d'un trait, se leva lentement et se tint en face de lui. Il semblait vouloir lui demander quelque chose, poser une question qui serait restée enfermée dans son gosier toutes ces années sans pouvoir sortir parce que son destinataire était parti sans laisser d'adresse. Guérès attendait le verdict. Le Cowboy n'avait pas articulé un mot tout le temps où ils étaient assis sur le muret et ne semblait pas disposé à le faire maintenant non plus, ils avaient juste échangé quelques « comment ça va ? », « bien, et toi ? », « ça fait un bail » et « on boit une bière », sans qu'on sache trop qui avait dit quoi. Il avala sa salive, toussa bruyamment au nez du policier et descendit les marches en direction de sa moto. Dimos demeura immobile, les postillons séchant lentement sur son visage, ses nerfs une fois de plus prêts à craquer. Il jeta avec rage la canette sur le sol en ciment.

– Va te faire foutre, espèce d'abruti ! Ça fait une heure qu'on est là et tu ne dis rien ! Qu'est-ce que tu veux, à la fin ?

Le kick s'abaissa vigoureusement et le moteur démarra en rugissant. La roue avant se souleva en l'air et la Yamaha bondit vers la sortie du port en se stabilisant de justesse, dans une scène qu'on aurait dit tout droit sortie d'un film grec des années 1980, tandis que le sac à dos de Guérès tombait lourdement sur le sol.

– Putain de merde ! hurla le policier en portant ses mains à ses tempes.

Il ferma les yeux et prit deux inspirations profondes, il devait se calmer. Il ne voulait pas que ça se passe comme lors de sa dernière crise, quand il avait frappé du poing sur la table en verre du salon, ce qui lui avait valu sept points de suture et une expulsion définitive du domicile conjugal. Et pourtant il l'aimait, Magda, aujourd'hui encore c'était la seule personne qu'il appelait au téléphone pour lui demander conseil, c'était le seul être qui avait su tracer une ligne de démarcation sans que Dimos éprouve le besoin de la repousser un peu plus loin. Il pressa fortement son crâne entre ses poings, aspirant et rejetant l'air avec rage, se pencha en avant et appuya ses mains contre le ciment rugueux du muret. La douleur le fit grimacer, mais il maintint la pression jusqu'à ce qu'il commence à se calmer. Il ouvrit lentement les yeux, la lumière revenait par à-coups, hachée d'ombres qui bougeaient vaguement, visions d'êtres qui cherchaient leur place dans ses pensées et ses souvenirs. Sentant le regard des passants sur lui, il plia les genoux et se mit à frotter ses mains écorchées. Du sang coulait de son nez, formant des petites taches rondes sur le ciment. Il se pencha davantage encore, il voulait que ses traces se dissolvent dans l'eau, avec la bière à moitié bue, mais à cet instant son regard s'arrêta sur un komboloï en équilibre instable au sommet d'un rocher, prêt à disparaître pour toujours dans le courant qui l'entraînerait on ne savait où. Il tâta rapidement sa poche gauche, le komboloï n'était plus là, il avait glissé lorsqu'il s'était penché pour passer sa colère sur le mur ; c'était le dernier cadeau de Magda pour son anniversaire l'an passé, en obsidienne, avec des perles sombres et lisses. Il cracha avec force, jaugea la distance à franchir et d'un bond brusque atterrit sur le bloc de ciment puis, serrant les dents pour ne pas hurler à cause de la douleur dans sa hanche, il commença à glisser prudemment vers le bas. Comme il se baissait avec difficulté pour attraper l'objet, il remarqua tout à coup quelque chose de blanchâtre une vingtaine de mètres plus loin, au milieu des rochers. Il se figea. Ce qu'il avait devant les yeux ne faisait aucun doute : il s'agissait d'un corps humain immobile et nu. On aurait pu penser que quelqu'un prenait un bain de soleil, mais la position du corps, l'heure et le lieu rendaient peu vraisemblable une telle hypothèse.

Guérès porta machinalement la main à sa ceinture, cherchant l'arme de service qu'il avait enfermée dans son bureau à Athènes et dont il ne s'était jamais servi ; à cet instant le komboloï glissa et disparut dans l'eau, sans qu'il parvienne à l'intercepter. Il étouffa un cri et, respirant profondément, s'avança avec précaution vers le point où il avait aperçu le corps. Les rochers limitaient son champ de vision si bien que, durant un instant, il pensa qu'il avait pu se tromper, qu'il n'y avait rien là-bas, sinon le produit de son imagination troublée par la tension nerveuse, pourtant il continua sa progression. Prenant vigoureusement appui sur la surface aplanie d'un bloc, il réussit à se hisser plus haut. Alors il le vit. Le corps nu d'une femme gisait devant lui à plat ventre, elle aurait pu dormir si sur les rochers alentour ne s'était pas formée une sombre mare de sang.

4

La voiture de service de la police s'arrêta à l'angle d'une maison délabrée. La portière arrière droite du véhicule s'ouvrit et les grands pieds de Guérès se posèrent sur l'asphalte. Ayant réussi à s'extraire de l'habitacle, il attrapa son sac de la main gauche, salua ses confrères d'un signe de tête et contempla la demeure familiale.

Le vieux portail en fer était tout démantibulé. La rouille avait recouvert les gonds et collé le pêne, le maintenant ouvert en permanence, de sorte qu'entrait qui voulait dans la cour. Le muret de l'enclos avait lui aussi triste allure, l'enduit écaillé laissait même paraître les briques à un endroit. Le policier leva les yeux : le bâtiment principal, ce qu'il appelait autrefois « ma maison », n'était pas en meilleur état. Les vieilles persiennes avaient pris une teinte indéfinissable, souvenir d'un vert clair qui flirtait désormais ouvertement avec le bleu ; elles étaient fermées, de sorte que l'habitation semblait abandonnée. Guérès monta sur le trottoir, posant le pied sur la plaque métallique gravée aux initiales de la municipalité d'Héraklion, poussa lentement le portail et s'engagea dans la courte allée qui menait à l'entrée principale de la maison. De part et d'autre, le jardin avait besoin d'un bon désherbage et d'un coup de bêche, mais au fond, devant la fenêtre de son ancienne chambre, le citronnier avait résisté, comme si le temps l'avait épargné. Il marcha jusque-là, tendit la main et caressa le tronc avec ses deux gros nœuds, s'égratignant la main au passage ; de tout ce qu'il avait renié, seul cet arbre lui avait manqué. Il regarda la terre à son pied, elle n'avait pas été retournée depuis des années. Est-ce qu'il serait encore là ? se demanda-t-il. L'idée était absurde, si bien qu'il laissa l'arbre à ses secrets – ils avaient tant de choses à se dire sur toutes ces années passées qu'il valait mieux se taire pour toujours – et se dirigea vers la porte d'entrée.

Le bruit de la sonnette – un long sifflement sans rien de commun avec le doux tintement de clochette dont il se souvenait – le surprit tant qu'il recula, mais il était déjà trop tard. Un chuchotement et des pas se firent entendre à l'intérieur. Il prit une profonde inspiration. Fallait-il sourire ou garder l'air sérieux ? Et puis zut, il s'en fichait, il ne savait même pas qui il allait découvrir dans l'encadrement de la porte, sans doute un fantôme du passé ; il serra les dents et fronça les sourcils. La porte s'ouvrit et il se trouva nez à nez avec une femme élancée d'une quarantaine d'années, aux cheveux blonds coupés court et aux yeux vert émeraude. Dimos fut surpris, ce fantôme ne lui inspirait aucune répulsion et ce regard lui rappelait quelque chose, mais quoi ?

– Vous désirez ? demanda la femme, d'une voix profonde et mélodieuse dépourvue de tout accent, comme si sa propriétaire n'avait pas d'origine particulière.

Dimos ne savait que dire. Il leva la main vers la sonnette avec embarras. Il buta légèrement sur les mots tandis qu'il prononçait le nom qu'il avait effacé de son vocabulaire et de son identité depuis tant d'années.

– Je suis bien chez M. Sirmas ?

La femme le considéra un instant, ses yeux verts semblaient plonger des années en arrière, associant sa physionomie et le timbre de sa voix à l'image d'un garçon qu'elle avait connu autrefois.

– *Sauterelle* ?

Le sobriquet oublié lui parut ridicule, une fausse note dans la symphonie monotone de sa vie bien enclose. En l'entendant il leva instinctivement les yeux vers le plafond et vit le lustre avec ses innombrables pampilles, cadeau, pour le mariage de ses parents, d'un oncle richissime de sa mère, exilé au Canada, et qu'il n'avait jamais rencontré – une légende, comme le yéti ou le monstre du Loch Ness. Oui, il avait autrefois été la Sauterelle, mais elle, qui était-elle ? Il regarda de nouveau les yeux verts, la peau dorée et les lèvres minces qui esquissaient un sourire. Bien sûr, comment ne l'avait-il pas reconnue ?

– Angie ?

La femme rit en lui tendant la main.

– Ça fait longtemps qu'on ne m'a pas appelée comme ça…

– Ni moi « Sauterelle » !

Elle rit de nouveau, Dimos rougit et serra énergiquement sa paume étroite. Une forte voix masculine se fit entendre de l'intérieur de la maison.

– Antigone, qui est-ce ?

Comme la femme se retournait, le regard de Guérès tomba sur son corps mince. Elle portait un jean serré qui dessinait son joli postérieur et un haut vert ajusté dont les manches découvraient les épaules. Angie, la sœur du Cowboy, la fille qu'il lorgnait lorsqu'il allait chez son ami. Il se rappelait son rire quand il lui parlait en baissant les yeux, incapable de soutenir son regard. Un jour où elle était dans sa chambre, en train de se préparer pour sortir, et que le Cowboy avait fait un saut jusqu'au kiosque pour acheter des cigarettes, Guérès avait collé son œil contre le trou de la serrure. Il avait encore en tête l'image de la jeune fille en soutien-gorge blanc qui peignait ses cheveux blonds, qu'elle avait longs à l'époque, devant le miroir. Il était resté à l'admirer, et quand il avait entendu la porte s'ouvrir – c'était l'été et il portait un bermuda – il avait couru à la salle de bains pour cacher à son ami la vue de son sexe en érection. Ils partageaient tous leurs secrets et toutes leurs pensées sur les filles, mais là il s'agissait de sa sœur, et ça changeait tout. Angie, camarade de classe de sa cousine Kaitie, avait trois ans de plus que lui ; elle avait quitté la maison familiale lorsqu'elle était devenue étudiante à Réthymnon. Cela faisait plus de vingt ans qu'il ne l'avait pas vue mais sa réaction était la même : il lui était impossible de contrôler son corps, ce qui confirmait une fois de plus la faiblesse de la pensée logique face aux instincts primitifs.

– C'est Dimos, papa !

La jeune femme s'effaça et le policier vit la silhouette massive d'Ajax Vatalos s'avancer lentement vers lui. Mis à part ses cheveux qui avaient blanchi et un soupçon de ventre, le cardiologue n'avait pas changé depuis la dernière fois qu'il l'avait vu. Grand, solide, droit comme un I, le visage rasé de frais, avec d'épais sourcils et un impeccable costume noir à fines rayures grises. Le médecin arrivant près de lui, Dimos se demanda s'il devait lui serrer la main, l'embrasser ou rester immobile. Il avait toujours éprouvé de la sympathie pour M. Ajax, il aurait voulu avoir lui aussi un père comme ça, l'air dynamique, impartial et décontracté ; un jour où il l'avait dit au Cowboy, cependant, celui-ci avait fait la moue et s'était frotté le front nerveusement. Il avait semblé sur le point de dire quelque chose, mais avait finalement avalé sa salive et marmonné entre ses dents : « Il est bien. »

– Bienvenue, Dimokratis !

Le vieil homme tendit la main et lui donna une tape amicale sur l'épaule. Le policier n'avait pas entendu son nom de baptême depuis la dernière fois qu'il avait rencontré le cardiologue, il ne savait plus quand – c'était le seul qui s'obstinait à l'employer, refusant d'utiliser des diminutifs, même à cette époque où toutes les femmes s'appelaient Soula, Kaitie ou Mairy et tous les hommes Haris, Akis ou Sakis. « Chacun a un nom et doit se battre pour. On se souviendra de lui par son nom, comme on se souvient de Socrate, Platon ou Euripide. Tu imagines si on les avait tous appelés Akis ? » disait-il en éclatant bruyamment de rire.

Ajax, Dimos et Antigone se regardèrent en silence. Leur gêne était visible, aucun des trois ne savait que dire, les années et les conditions déplaisantes du départ de Guérès avaient créé un vide qui ne pouvait être comblé par des questions aussi ordinaires que « Quoi de neuf ? », « Tout va bien ? » qui n'attendent pas de réponse et sont posées par pure habitude. Dimos fit un geste vague de la main, rappelant à tous la raison de son retour.

– Où est-il ?

– Ton père ? À l'intérieur.

– Il est… ?

– Mort ? Non. Il est dans un état comateux, la moitié de ses organes ne fonctionnent plus, mais curieusement son cœur tient encore, je ne sais pas pour combien de temps.

Guérès ne savait pas s'il était soulagé ou le contraire. Il voulait en finir avec cette histoire. Son « père »… Encore un mot qu'il avait rayé de son vocabulaire depuis des années. Antigone était à côté de lui, les bras croisés devant la poitrine, en face de lui le cardiologue le regardait dans les yeux, son sac à dos lui pesait et sa jambe lui faisait de plus en plus mal. Il posa le sac par terre, se frictionna le genou, se redressa, se toucha encore une fois le nez avec la main. Une voix féminine rauque mit fin à ses hésitations.

– Tu vas entrer, à la fin ?

5

Le corps d'Eleftherios Sirmas semblait s'être incrusté dans le lit en traversant le matelas, enfoncé dans l'ornière qu'il avait creusée soir après soir durant les vingt-cinq dernières années. Ce moule s'était comme solidifié autour de lui de sorte que personne ne pourrait prendre sa place une fois que l'actuel locataire de la couche l'aurait abandonnée. Un film de sueur couvrait le front ridé du vieil homme et une goutte perlait au coin de son œil gauche ; si personne ne l'essuyait, elle resterait peut-être là définitivement, l'immobilité et le manque d'air ne lui permettant ni de couler, ni de s'évaporer. Le septuagénaire était si maigre qu'il paraissait transparent, la couleur blanche de sa peau s'accordant parfaitement avec celle des draps. On aurait pu oublier totalement son existence, sans ce pyjama rouge foncé qui couvrait son corps osseux. Sur ses joues pas rasées, de petites touffes de poils gris poussaient çà et là, sa poitrine s'élevait et s'abaissait selon un rythme lent mais régulier, puisque son cœur, comme l'avait dit Ajax Vatalos, continuait – pour une raison inconnue – à envoyer du sang dans ses vieilles artères.

Kaitie prit un mouchoir et essuya soigneusement son visage, libérant la goutte de son hésitation angoissée entre l'état liquide et gazeux. Dimos regarda sa cousine. Il se rappela la jeune fille de vingt ans aux cheveux bouclés et aux fines lunettes qu'il avait quittée à l'époque, la comparant inévitablement avec la femme qu'il avait devant lui. Ses cheveux auburn étaient manifestement teints, elle ne portait pas de lunettes mais ses yeux avaient des cernes sombres et ses hanches s'étaient arrondies. Malgré tout, les vêtements qu'elle portait – un pantalon large de couleur mauve et une chemise multicolore – lui donnaient l'air plutôt jeune. Lorsqu'en 1992 Dimos avait passé en cachette l'examen d'entrée à l'École de police dans le but de partir et de ne plus dépendre économiquement de son père, abandonnant ainsi la littérature, qui était jusque-là son grand amour, elle fut la seule à qui il dévoila ses projets. Elle avait essayé de le faire changer d'avis par tous les moyens, mais avait tenu sa promesse de ne révéler ses intentions à personne. Quand Dimos avait eu les résultats et appris qu'il était reçu, elle l'avait poussé dans sa chambre, avait fermé la porte et lui avait demandé de la regarder dans les yeux. Dimos s'était exécuté, elle lui avait rendu son regard et avait pleuré.

– Ne fais pas ça, lui avait-elle dit encore une fois. Ne te vends pas, avait-elle ajouté, retournant le couteau dans la plaie.

Il avait encaissé le coup, sans un mot, et détourné les yeux.

– Tu vas me manquer… imbécile.

Ce furent les derniers mots qu'il l'avait entendue prononcer, avant qu'elle n'ouvre la porte, ne sorte et ne disparaisse pour toujours de sa vie. Pour toujours jusqu'au jeudi de la semaine précédente, où son téléphone avait sonné et où il avait entendu sa voix lui enjoindre impérieusement, d'un ton dépourvu de toute sentimentalité, de venir à Héraklion. C'est seulement en raccrochant qu'il s'était demandé comment diable sa cousine avait fait pour le retrouver après toutes ces années.

Kaitie avait raison, il ne s'était jamais adapté à la police. Au début il prenait son mal en patience, il se disait que dès qu'il aurait fini il passerait le concours d'entrée à la fac de lettres et ferait alors ce dont il rêvait autrefois, mais peu à peu la vie quotidienne l'avait usé, au point qu'il avait fini par oublier ce qu'il avait voulu faire au juste et s'était satisfait du salaire régulier et de la routine. La seule chose qui lui était restée était l'amour des mots, la recherche permanente de synonymes et le souvenir de ses lectures d'autrefois. Il lui arrivait de se demander s'il avait renoncé à ce qu'il était ou bien s'il avait toujours été ce qu'il était devenu. Il n'apportait pas de réponse à cette question et continuait à vivre une existence semblable à celle de la goutte de sueur, immobile dans son coin, alors qu'il aurait voulu voler ou, tout au moins, devenir immatériel.

Au chevet du vieux Sirmas se tenait une femme blonde, solidement bâtie, la cinquantaine. Elle avait les cheveux tirés en un chignon sévère et la peau aussi rouge que celle d'une Allemande qui vient de prendre son premier bain de soleil sur une plage de

Crète. Cependant la femme était bulgare et s'appelait Tsveta, comme le lui apprit Kaitie en la lui présentant ; c'était l'aide-ménagère qui prenait soin du vieillard grabataire. Guérès eut confirmation de son origine lorsqu'elle se mit à parler : elle avait l'accent bulgare, plus précisément du nord de la Bulgarie.

– Oncle, Dimos est arrivé.

Kaitie garda la main du malade dans la sienne. Aucune des quatre personnes présentes ne parlait, bien qu'une seule d'entre elles en fût empêchée physiquement. Dimos savait que tous attendaient qu'il prononce une parole, qu'il s'approche de son père, lui serre la main et lui dise « je suis là » ou « comment vas-tu ? », ou encore qu'il lui enjoigne de se lever, « lève-toi et marche », voire qu'il se mette à hurler, et alors tout se déroulerait comme par magie. Mais il n'avait aucunement l'intention d'agir ainsi. Cela faisait vingt-trois ans qu'il ne lui avait pas parlé et il ne voyait pas de raison de changer d'attitude à présent. Il se détourna brusquement et sortit de la chambre.

Le salon était vide, le cardiologue et sa fille avaient discrètement pris congé et Guérès s'assit dans le vieux fauteuil recouvert de velours râpé couleur moutarde. Dans la maison, le temps semblait s'être arrêté vingt ans auparavant, tout était identique, à l'exception de la grande télévision à écran plat qui trônait désormais au milieu du mur en face de lui. Sur le vieux buffet sculpté il y avait partout des photos de sa mère et de lui, datant d'une enfance enfouie dans les tréfonds de sa mémoire, d'une époque où il croyait que tout irait bien.

– Tu ne l'as toujours pas pardonné, bon Dieu de bon Dieu ?

– Pourquoi ? Qu'est-ce qui a changé ?

– Que veux-tu que je te dise ? C'est ton père, à la fin.

– Ça non plus ça n'a pas changé, malheureusement.

Kaitie secoua la tête et le regarda fixement. Elle faillit répondre : « Tu sais ce que ça veut dire d'avoir un enfant ? », mais comme elle non plus ne le savait pas encore, elle serra les lèvres et retint la phrase au dernier moment.

– Tu veux du café ? lui demanda-t-elle pour dissiper les mots qu'elle avait ravalés.

Le policier hocha la tête affirmativement, il avait très envie d'un café, malgré les efforts qu'il faisait dernièrement pour diminuer sa consommation, sur les conseils de son nouveau médecin. Celui-ci pensait en effet que sa douleur à la jambe était psychosomatique et qu'il devait éviter tout ce qui pouvait exciter son système nerveux. Mais les événements de la journée n'allaient pas du tout dans ce sens, et un café ne pourrait guère empirer les choses.

Guérès se sentait oppressé par les murs. En allant vers la chambre de son père, il était passé devant la porte de ce qui avait été autrefois la sienne et avait jeté un coup d'œil à l'intérieur. Il s'attendait à voir un débarras mais tout, au contraire, était resté exactement comme il l'avait laissé. Le vieux lit en bois avec les autocollants des héros de son enfance, la bibliothèque avec ses livres d'adolescent, le ballon de basket gonflé comme s'il avait joué la veille, tout était là – on aurait pu penser qu'il était simplement sorti faire une promenade, boire une bière avec le Cowboy avant de reprendre son existence. Il se souvint de ce qu'avait dit le plus jeune de ses confrères, celui qui s'était serré sur la banquette arrière afin de lui laisser la place devant, tandis qu'ils le ramenaient de la Sûreté :

– Pour certains, la vie continue comme si rien n'avait changé, comme s'il n'y avait pas de crise. Pour le plus grand nombre, en revanche, c'est la merde. Nous nous sommes endormis au paradis et nous nous réveillons au fond de l'enfer.

L'ambulance qui était venue chercher le cadavre avait mis une bonne demi-heure à arriver. « Il n'y en avait pas d'autre disponible, s'excusèrent les brancardiers quand ils virent les policiers. Parfois, nous n'avons même pas d'essence. »

Les policiers hochèrent la tête et le responsable de l'équipe, un vieux sergent avec un ventre proéminent et une moustache aussi grosse qu'un balai-brosse, regarda hargneusement Dimos, à croire que c'était sa faute s'il y avait eu un meurtre.

– À Héraklion on n'a pas l'habitude de ce genre de choses. Comme si les élections et les mesures de restriction ne suffisaient pas, il va falloir maintenant qu'on s'occupe d'assassinats. Tu vas voir, à tous les coups c'est un de ces salauds d'Albanais qui lui a fait la peau. Elle devait travailler pour eux. À moins que ça soit une de ces traînées avec le sida, comme on voit à la télé – bien fait pour elles, elles sont venues nous contaminer.

Guérès pensa à l'affaire qui occupait l'opinion publique depuis dix jours. Trente et une femmes présentées comme des prostituées étaient accusées d'avoir infecté leurs clients avec le virus du sida. Sur les écrans, on voyait à longueur de journée les images montrant des policiers gantés les transférant dans leur cellule. La plupart d'entre elles étaient squelettiques, pour aucune on n'avait pu prouver qu'elle travaillait dans une maison de tolérance. L'avilissement absolu gratuitement sur votre écran – le peuple voulait du pain et du spectacle, et puisque le pouvoir ne pouvait fournir le premier, il offrait généreusement le second. Mais Guérès avait vécu ce petit jeu de l'intérieur ; servant pendant vingt ans dans la Police nationale grecque, il avait dû coffrer plus d'une fois un innocent, à défaut de pouvoir arrêter le véritable coupable. Certaines affaires étaient classées sur ordre des supérieurs, alors que des éléments auraient permis de continuer les investigations. C'est la raison pour laquelle il avait été rapidement dégoûté de son poste à la direction des Affaires intérieures et avait demandé avec insistance sa mutation à la direction des Passeports, pour avoir au moins sa tranquillité.

– Je vais aller voter après. Tu viendras ?

La voix de sa cousine le sortit une fois de plus de ses réflexions. Il était fatigué, mais n'avait pas envie de rester à la maison. Qu'y ferait-il ? Il voulait aller à l'hôtel où il avait réservé une chambre, prendre un bain et dormir, rêver qu'il n'était pas revenu, qu'il n'avait pas vu le Cowboy, le corps nu de la femme, son père mourant qui attendait un message pour partir. Il ouvrit son sac à dos et sortit avec précaution l'*Antilexikon* de Bostanzoglou, un livre que sa mère lui avait offert et dont il ne se séparait jamais. C'était le seul objet personnel qu'il avait conservé de cette époque et il y tenait comme à la prunelle de ses yeux. Le dos était marqué par une légère déchirure verticale, conséquence de la chute du sac sur le port. Il l'ouvrit et chercha le mot « coma », qu'il trouva à l'entrée « sommeil » [*suspension des fonctions motrices et autres du corps*] ; y figurait aussi, entre autres, l'expression « sommeil hibernal ». Qu'est-ce qui pourrait le tirer lui-même de cette situation ? Et s'il en était tiré, que se passerait-il après ?

« Après, oui », murmura-t-il entre ses dents, dessinant mentalement sur l'écran de la télévision un gigantesque point d'interrogation.

II. PETITE QUANTITÉ

rayon [d'espoir, de lumière],
v. rai, ombre [de doute]

1

Mardi 8 mai 2012

« Levez-vous ! »

Le lieutenant de police Dimos Guérès ferma à demi les paupières, plissant les yeux et fronçant les sourcils, les mâchoires contractées d'indignation. Avait-il bien entendu ? Il regarda les quatre garçons qui, une minute auparavant, étaient assis sur le banc à côté de la fontaine aux Lions. Trois d'entre eux se tenaient à présent au garde-à-vous, juste devant lui, le regard fixé sur le ciel nuageux qui n'avait pas encore décidé s'il allait libérer l'eau qu'il tentait en vain d'absorber, tandis que le quatrième les passait en revue, l'air altier ; ils ne devaient pas avoir plus de douze ans. Ils mimaient la scène qui avait eu lieu le soir des élections, lorsque le chef du parti néofasciste *Chryssi Avyi*, « Aube dorée », arrivant à l'endroit où l'attendaient les journalistes, avait voulu reproduire l'entrée spectaculaire de son parti au Parlement. À l'instant où cet homme de petite taille, avec son costume, ses cheveux en brosse et ses yeux de crapaud, pénétrait tel un conquérant dans la pièce, un type râblé avait donné l'ordre aux journalistes de se mettre debout pour saluer son chef. Un moment d'embarras s'en était suivi ; la plupart s'étaient levés, impressionnés par le ton impérieux de la voix et craignant d'éventuelles représailles s'ils n'obéissaient pas – on savait jusqu'où ce parti, avec son idéologie et sa récente ascension, était susceptible d'aller. Seuls quelques-uns avaient protesté. Guérès se trouvait à l'hôtel, allongé sur son lit, et suivait à la télévision d'interminables débats qui avaient soudain été interrompus par la liaison avec la salle « où le président d'Aube dorée allait faire une déclaration ». La scène qui s'était alors déroulée avait fait vive impression sur les commentateurs télé, mais pas sur le policier. Celui-ci savait à quoi s'en tenir, il avait simplement été une fois de plus écœuré. Il avait observé ces procédés chez ses confrères, qui affichaient ouvertement leurs opinions politiques, il avait eu vent des consignes qui circulaient, concernant l'attitude à adopter dans le cas où l'on arrêterait des individus appartenant à la mouvance de ce parti. Il savait, mais ne disait rien. Il n'avait voté qu'une seule fois dans sa vie, pour le parti communiste, en réaction contre son père, alors soutien indéfectible du PASOK. Il suivait la situation politique, concluant immanquablement que tout allait de mal en pis et persuadé qu'il ne pouvait en être autrement, surtout si les enfants eux-mêmes se mettaient à imiter ces agissements. S'il était leur père, il leur passerait un sacré savon, pour leur faire comprendre où mène ce genre de comportement. Mais il n'était le père de personne et il n'était pas question qu'il le devienne, il n'en avait jamais eu le désir ; il ne savait pas si l'instinct paternel existait, dans son propre organisme en tout cas, il semblait ne jamais devoir se réveiller.

Il se demanda de quel « lever » parlait le petit quinquagénaire à la cravate rouge et à la voix fluette, apparence aux antipodes du type de pur Aryen dont il faisait la réclame. S'agissait-il de résurrection, de relèvement ou d'insurrection ? Comme antonyme du « lever », le dictionnaire de Bostanzoglou donnait le « coucher ». Guérès se souvint d'une Grèce malade et d'un autre petit moustachu* qui déclarait vouloir la guérir, mais l'avait finalement enfermée sept ans durant dans un plâtre qui l'étouffait. Elle souffrait encore des suites de cette longue immobilisation.

On était désormais mardi en début d'après-midi, il n'avait vu personne depuis dimanche soir, quand Kaitie lui avait annoncé qu'elle se souciait des élections comme d'une guigne et qu'elle irait voir la « super lune », la plus grande pleine lune de l'année, au sommet du Iouktas. C'était la montagne que l'on voyait depuis la ville et qui ressemblait à la tête d'un géant endormi.

– Je n'attends rien des élections. Que veux-tu en attendre ? Quoi que nous votions, ils mettront

* *Allusion au dictateur Georgios Papadopoulos et à son premier discours, après le coup d'État du 21 avril 1967, où il parlait de la Grèce comme d'un patient allongé sur la table d'opération, que le chirurgien doit attacher pendant la durée de l'acte chirurgical, sous peine de le tuer au lieu de le guérir. Il utilisait aussi volontiers la métaphore du plâtre dans lequel il faut immobiliser un membre cassé, jusqu'à la guérison de la fracture.*

quelqu'un d'autre à la tête du pays, avait-elle dit en allumant une de ses cigarettes sans filtre roulées à la main.

Dimos avait catégoriquement refusé de l'accompagner ; il n'avait pas l'esprit aux clairs de lune, et ne se laissa pas même fléchir lorsque sa cousine l'informa qu'Angie viendrait sans doute aussi, accompagnée non de son mari, mais de son frère. Une balade comme au bon vieux temps, c'était bien la dernière chose dont il avait envie, surtout avec une Angie mariée. Mais pourquoi cela le gênait-il, et qu'est-ce que ça pouvait bien lui faire, se demanda-t-il, en tournant le dos aux gamins et en continuant son chemin vers le magasin d'objets traditionnels que tenait sa cousine, un peu après la loggia vénitienne désormais transformée en hôtel de ville.

La rue du 25-Août, qui descendait de la place des Lions jusqu'au vieux port, était désormais piétonne. Il regarda autour de lui, mais la seule chose qu'il reconnaissait était la basilique Saint-Marc, avec le parvis de l'église entouré de colonnes, rendez-vous des marginaux et des amateurs de heavy metal quand il était collégien. C'est là qu'ils se rassemblaient pour boire des bières, et c'est là qu'un soir son oncle Tassos avait trouvé Kaitie et l'avait battue comme plâtre. Il se souvint que son père était allé le calmer. Dimos avait treize ans à l'époque, sa cousine était en première et sortait avec un type des Jeunesses communistes. Il y avait eu un gros esclandre chez son oncle, mais Kaitie ne s'était pas dégonflée, une semaine plus tard elle y était retournée, il l'avait su par le Cowboy à qui Angie l'avait dit. Il l'avait alors admirée pour son courage, sans jamais oser le lui dire. Depuis ce moment il éprouvait un respect sans limites pour sa cousine et l'aimait, presque comme une sœur, se disait-il, car il ignorait ce que c'était que d'avoir des frères et sœurs…

Sur les deux côtés de la rue piétonne étaient alignées des cafétérias modernes, pleines de consommateurs. Guérès détestait ce genre d'établissement, il aimait boire son café – grec, double, sans sucre – dans de vieux cafés avec le bruit du jacquet, de la belote et des discussions politiques comme fond sonore. Lui qui ne jouait à aucun de ces jeux, il s'asseyait dans un coin sans rien dire et se régalait des éclats de voix, du claquement des pions ou des cartes. C'étaient les seuls moments de la journée où il trouvait un certain apaisement : il restait simplement assis, à écouter et engranger les mots qui le frappaient plus particulièrement, et dont il cherchait ensuite les synonymes et les antonymes, se perdant dans les expressions et les définitions. Il se rappela la première fois où il avait cherché le mot « café », il l'avait trouvé dans la section « matière organique », à l'entrée « décoction » : « café – du Brésil, – moka, – européen, – ottoman ou turc ». Nulle part il n'était fait mention de café grec, ce qui ne l'avait pas empêché de continuer à le commander sous ce nom.

Le matin, il avait essayé de retrouver le café où il allait à dix-sept ans, quand il séchait les deux premières heures de cours, en cachette de ses amis et de son père, pour échapper aux regards familiers et ne pas avoir à répondre à des questions concernant son état physique ou psychologique. Il se souvenait qu'il était dans la rue du vieux marché, à proximité des poissonniers, mais il ne réussit pas à le repérer, tout avait disparu. La rue du marché était devenue piétonne elle aussi, il n'y avait pas grand monde, sauf dans quelques gargotes à la décoration accrocheuse, d'où sortait une bruyante musique grecque à la mode.

Le policier avait passé toute la journée précédente à l'hôtel. En vingt ans de service, il n'avait jamais pris de congés – autre raison pour laquelle son mariage avait fait naufrage –, de sorte que maintenant il ne savait à quoi employer son temps. Que fait-on en attendant la mort, qu'il s'agisse de la sienne propre ou de celle de quelqu'un d'autre ? Charon a le pouvoir de te paralyser, il est imprévisible et omniprésent, conclut Guérès, si bien qu'il resta simplement à attendre dans sa chambre. Il demanda qu'on lui apporte tous les journaux, y compris la presse locale, et commanda son repas au restaurant de l'hôtel. Il ne lut pas une ligne des journaux et mangea à peine, cependant il ne regretta pas sa décision. Sortir pour faire quoi ? Il parla une fois au téléphone avec Magda et une fois également avec Kaitie. Son ex-épouse était indignée par le score d'Aube dorée, sa cousine lui avait dit que son père était toujours en vie, aucune d'elles ne lui avait appris quoi que ce soit de nouveau.

Devant Agios Titos, l'église qui se distinguait par son architecture pour avoir été transformée en mosquée après le terrible séisme de 1856, il vit un homme de haute taille avec des cheveux gris clairsemés, une barbe, des vêtements usés et des baskets, qui se tenait au milieu de la place, la main droite sur l'oreille. Il parlait dans un téléphone imaginaire tout en gesticulant de la main gauche ; ses yeux d'un bleu intense brillaient, comme si on avait allumé une lumière à l'intérieur de son cerveau lui permettant de voir enfin quelque chose qui lui échappait depuis des années. Exactement en face de lui, sur un banc situé au pied d'un grand magasin de produits de beauté, un autre homme, portant un chapeau et des gants troués, s'efforçait de se couvrir avec une couverture invisible. Tandis que ces Vladimir et Estragon nouvelle manière continuaient à jouer l'éternelle pièce de l'attente d'un Godot à l'existence douteuse, les cloches de l'église se mirent à sonner, effarouchant les pigeons qui s'envolèrent. Le premier homme referma son téléphone imaginaire, le second se tourna de l'autre côté et Guérès poursuivit son chemin. Le centre d'Héraklion ne diffère guère de celui d'Athènes, ni de la Grèce dans son ensemble, songea-t-il.

Arrivant au magasin de Kaitie, il la trouva assise derrière le comptoir, en train de feuilleter quelque chose qui lui parut être une brochure ou un périodique et qu'elle ferma rapidement lorsqu'il entra. Sur la couverture, avant qu'elle la dissimule maladroitement de sa main, il parvint à distinguer quelque chose qui ressemblait à une petite voiture ou une poussette avec des dessins de fleurs.

– Qu'est-ce que tu lis ? lui demanda-t-il en guise de bonjour.

– Des bêtises, des publicités, pour faire passer le temps, je n'ai pas vu un chat, répondit-elle hâtivement.

Dimos s'assit sur l'unique chaise de la boutique, regardant sa cousine dans les yeux.

– Je veux aller sur sa tombe, dit-il.

Kaitie porta les mains à ses cheveux, les tirant en arrière ; les boucles qu'ils formaient sur ses tempes et sa nuque dégageaient une certaine sensualité, mais les racines qui avaient poussé commençaient à se décolorer. Elle ouvrit son sac, prit une cigarette.

– Il n'y a pas de tombe, répondit-elle en lui soufflant la fumée au visage.

2

Le petit bureau du lieutenant de police Ivan Alexandrof était une vraie tabagie. La fumée masquait les expressions et les pensées des deux hommes qui se trouvaient là, assis comme tous les jours sur leurs chaises dures et inconfortables. Il faisait chaud, mais les fenêtres étaient hermétiquement closes. Le policier souffrait d'un épouvantable torticolis qui l'obligeait à tourner le corps entier dans la direction où il voulait regarder et lui donnait l'air d'un robot démantibulé, de sorte qu'il n'avait aucune envie de s'exposer au moindre courant d'air susceptible d'aggraver son état. Sans compter que la fenêtre battait dès qu'on l'ouvrait, bien que le bâtiment de la Sûreté fût relativement récent. On lui avait attribué le pire des bureaux, le directeur n'ayant aucune sympathie pour lui. Pourquoi lui envoyait-on maintenant ce Bulgare, se demandait-il ? Grec depuis trois générations je t'en fiche, Bulgare un jour, Bulgare toujours. Le type avait dû faire une connerie et les services centraux s'en étaient débarrassés, sinon que viendrait faire ici un officier de police de première classe de la Criminelle ?

Alexandrof se posait exactement la même question tout en feuilletant le dossier que venait de lui apporter le brigadier Chronis Kouliarakis, fumeur de pipe enragé et cruciverbiste hors pair – avec une préférence pour les « blancs », ceux dans lesquels on doit noircir soi-même les cases – avec qui il partageait son bureau et dont la bouffarde était responsable du brouillard régnant dans la pièce. Que faisait-il là ? Qui avait manigancé pour le faire atterrir dans ce trou, et quelle était encore cette affaire pourrie qui lui était tombée entre les mains ? Aux deux premières questions, il avait la réponse : les méthodes qu'il utilisait ne plaisaient pas à certaines personnes haut placées. Il avait tendance à creuser un peu trop les choses et ses façons de faire ne s'accordaient pas avec les pratiques policières habituelles. Le sommet avait été atteint dans la dernière affaire dont il avait été chargé, concernant le meurtre d'un homme politique. On la lui avait retirée dès que les indices avaient commencé à orienter son enquête vers le propriétaire de l'une des grandes chaînes télévisées privées – celles dont on disait qu'elles tiraient toutes les ficelles mais contre lesquelles personne n'osait agir. La mutation avait très logiquement suivi, assortie d'une recommandation l'invitant à limiter ses « excès de zèle ».

Et comme si cela ne suffisait pas, il sortait maintenant avec Clio, cette fille aux yeux bleus qui hantait ses rêves et le faisait courir le soir jusqu'à Réthymnon – quatre-vingts kilomètres de route – pour la retrouver. Il lui avait donné rendez-vous trois semaines plus tôt dans un bar où il avait atterri après une longue balade à moto. Tous les week-ends, Ivan s'évadait d'Héraklion : il enfourchait son énorme engin et allait se perdre sur les mauvaises routes de Crète, sans destination précise. Un samedi soir où il s'était retrouvé à Réthymnon et avait eu envie de boire un verre, il était entré au hasard dans un bar et, négligeant le principe selon lequel chacune de nos actions est susceptible d'avoir des conséquences, il avait appelé le numéro enregistré quelques jours plus tôt dans son téléphone portable. Dès qu'elle était entrée et lui avait souri, Ivan avait compris dans quel piège il venait de tomber. Ces yeux l'attiraient plus puissamment que la route nationale qui lui enjoignait de rentrer sans tarder. La fille au regard d'azur, étudiante en dernière année de licence, n'avait que vingt-deux ans, alors que lui en comptait quarante-deux – même s'il paraissait plus jeune – et traînait derrière lui tout un passé de liaisons qui s'étaient soldées par autant d'échecs, résultat de son incapacité à s'engager pour fonder une famille. La différence pouvait paraître grande, mais au bout du compte la situation avait ses avantages : il était peu probable qu'une jeune fille de vingt-deux ans exige de lui une relation stable. Le problème était qu'Ivan éprouvait de plus en plus souvent le besoin d'aller la voir, un besoin qui trouvait sa source non seulement dans la faiblesse de la chair, mais aussi dans quelque chose d'autre, qu'il avait toujours redouté : il commençait à se sentir dépendant de ces yeux bleus, et cela l'inquiétait. Il y avait cependant un autre problème, beaucoup plus grave que le premier : Clio était la fille de Chronis Kouliarakis, l'homme avec qui il partageait son bureau et avec qui il avait peu à peu commencé à se lier. Tout provenait de cette visite fatale au bureau, alors que son père était absent pour raison de service et qu'elle avait décidé de l'attendre, ce qui les avait amenés à bavarder et à échanger leurs numéros de téléphone. Non, ce n'était pas tout à fait la vérité. Le coupable c'était lui, qui lui avait dit aller souvent se promener à Réthymnon. Pourquoi le dire, sinon pour l'entendre répondre : « Si tu veux, appelle-moi la prochaine fois que tu viendras » ? Que cherchait-il d'autre qu'à entrer en contact avec elle ? Un juge aurait dit que le crime était prémédité et parfaitement mis en scène, et ne lui aurait accordé aucune circonstance atténuante. Le plus étrange était que lui-même ne se sentait pas gêné d'avoir une liaison avec la fille du seul collègue semblant éprouver de la sympathie pour lui dans le service. Au contraire, il avait l'impression que cela les rapprochait. Il n'était pas du tout sûr, en revanche, que l'autre aurait les mêmes sentiments, s'il venait à l'apprendre.

Comme on frappait à la porte, Kouliarakis posa sa pipe à contrecœur et répondit « entrez » d'une voix enrouée. Tandis que la fumée continuait de monter, unissant le monde d'en haut à celui d'en bas, la silhouette longiligne de Dimos Guérès surgit du nuage.

– Bonjour – Dimos Guérès.

Ivan se leva et lui tendit la main.

– Lieutenant Alexandrof. Asseyez-vous.

Dimos distingua à peine un accent dans la prononciation de cet homme dont le nom trahissait l'origine balkanique, une imperceptible intonation bulgare mêlée à la nonchalance athénienne, avec des « s » légèrement appuyés. Il prit une chaise et s'assit, jetant un regard étonné à l'autre homme, qui n'avait pas dit un mot ni bougé de sa place. Il avait la tête engoncée dans les épaules, comme s'il était dépourvu de cou, le nez aplati tel celui d'un boxeur, les cheveux gris, courts et frisés, les yeux enfoncés dans les orbites, les oreilles décollées, tandis qu'une épaisse moustache lui cachait entièrement la bouche. À cet instant, penché sur les mots croisés d'un magazine, il complétait le 7 vertical avec le mot « phœnix », répondant à la définition : « Oiseau légendaire que l'on est heureux de rencontrer dans le désert. » La relation de Kouliarakis avec les mots croisés était hautement cérébrale. « Les mots croisés sont la meilleure école ; tout ce que je sais, je le tiens de là. Mais ne va pas t'imaginer que je m'en tiens à la définition ; quand je tombe sur un mot pour la première fois et qu'il me plaît, je cherche à tout savoir sur lui », avait-il dit à Ivan deux jours à peine après l'avoir rencontré. Alexandrof s'était contenté de hocher la tête.

Dimos s'attarda encore un peu à observer le sous-officier. Il ressemblait davantage à un petit escroc ou un caïd qu'à un policier. Son apparence était en opposition complète avec celle d'Ivan : celui-ci était grand, blond, les yeux verts, avec des lunettes à monture dorée, un nez mince et une fine moustache, il portait une chemise blanche, un pantalon gris et des bretelles. Il lui rappelait l'ami de Tom Cruise dans *Top Gun*, un acteur dont il ne connaissait pas le nom, mais dont le sobriquet dans le film était « Goose ». Il ne l'avait revu dans aucun film depuis, il s'agissait d'un second rôle, le copain du héros qui se fait toujours tuer juste avant le final dramatique.

– C'est à propos du cadavre que vous avez trouvé dimanche.

– Oui, et alors ?

– Je voulais vous poser quelques questions supplémentaires.

Guérès se redressa sur sa chaise, sentant la douleur lui transpercer tout le côté gauche du corps. Encore un frimeur du service de criminologie qui se croit dans *Les Experts*, songea-t-il en soupirant.

Vingt minutes plus tard, il avait changé d'opinion, les choses étaient plus compliquées que prévu, et Ivan semblait connaître son travail. La femme que Dimos avait découverte dans les rochers de la forteresse avait bien sûr été assassinée, mais pas comme l'avait imaginé Guérès, ni à l'endroit où il l'avait trouvée. Sa bouche était pleine de terre, ainsi que ses narines. L'autopsie avait montré qu'on lui avait enterré la tête – mais seulement la tête – et qu'elle était morte asphyxiée. On lui avait ensuite fait une profonde incision en longueur dans le ventre, d'où le sang qu'avait vu Guérès. La morte était une prostituée chypriote de vingt-neuf ans, du nom d'Yvonne Paphitis – première fois que Dimos entendait un nom pareil. Le cadavre avait été jeté à la mer et s'était échoué à l'endroit où Guérès l'avait repéré. Ivan voulait savoir s'il avait observé quelque chose de bizarre, s'il avait quelque chose à lui dire. Dimos ne se souvenait de rien, il n'avait vu personne rôder dans le coin, en dehors des passants qui allaient vers le phare ou en revenaient après leur course à pied matinale, avec la satisfaction, ce jour-là encore, de ne pas avoir été trahis par leur cœur.

– Vous êtes arrivé par le bateau du matin. Vous l'avez découverte vers neuf heures et demie. Qu'avez-vous fait dans l'intervalle ? Pourquoi vous trouviez-vous à cet endroit précis et pourquoi votre sac était-il par terre ?

– Dois-je comprendre, cher confrère, que tu me soupçonnes ?

– Écoutez, je veux que nous collaborions, pas que nous nous disputions. De toute façon, le meurtre a eu lieu à quatre heures du matin, vous ne pouvez donc pas l'avoir commis. Mais n'est-ce pas curieux que vous vous soyez trouvé là si longtemps après l'arrivée du bateau ?

Ivan allait à la pêche – Guérès s'en rendait parfaitement compte, il suivait la même tactique lorsqu'il voulait apprendre quelque chose : on instille le doute chez la personne qu'on interroge en l'embrouillant avec des questions qui renferment les réponses que l'on souhaite entendre. Il ne tomberait pas si facilement dans le piège. Pour une obscure raison il ne voulait pas parler de la rencontre avec le Cowboy et n'était nullement disposé à expliquer d'où il venait, ni pourquoi.

Il avait encore à l'esprit la conversation qu'il avait eue avec sa cousine et que l'appel de la Sûreté avait brusquement interrompue. Une voiture de patrouille l'attendait à la forteresse et le conduirait aux services centraux qui se trouvaient désormais à l'extérieur d'Héraklion, près du campement de Gitans, dans le secteur d'Alikarnassos. Il n'avait pas eu le temps d'apprendre ce qui s'était passé avec sa mère. Il savait simplement qu'elle avait été inhumée dans le caveau familial des Guérès, dans le cimetière du village d'où ils étaient originaires, près de la côte sud de l'île, mais il n'y était jamais allé, il avait refusé de voir le corps descendu dans la fosse, le couvercle sombre du cercueil interdire pour toujours l'accès de la lumière et plonger dans les ténèbres le corps qui lui avait donné naissance ; il avait refusé d'admettre que la fée de ses années d'enfance reposait désormais sous terre. À présent toutefois il sentait qu'il devait aller la trouver, c'était ce qu'Aphrodite lui avait dit dans son rêve, il l'avait compris tandis qu'il attendait que la journée passe, allongé sur le lit de sa chambre d'hôtel : c'était pour la voir elle, et non le mourant, qu'il était revenu. Sa cousine avait parlé à mots couverts d'un ordre de priorité dans le tombeau familial, d'une série de morts qui avait entraîné une exhumation immédiate, mais il n'avait eu ni le temps ni la présence d'esprit de demander des précisions, car à ce moment trois touristes à la recherche d'un souvenir de leur visite dans l'île de Minos étaient entrés dans la boutique. Lorsqu'il lui avait demandé : « Et maintenant, où est-elle ? », Kaitie avait répondu, les yeux dans les yeux : « Seul ton père le sait. » Ces mots avaient mis fin à une conversation qui ne pourrait se poursuivre qu'au prix d'un « miracle médical », ou d'un « miracle » tout court, selon les opinions des uns et des autres, enjoignant à celui qui avait déjà pris la tangente vers les vestiaires de la vie de faire demi-tour et de se battre pour la dernière mi-temps d'un match perdu d'avance.

– Monsieur Guérès, je vous ai posé une question.

Dimos hocha la tête affirmativement, comme si, poursuivant son débat intérieur, il était arrivé à la conclusion que non, cela ne valait pas la peine qu'un tel miracle ait lieu, car il serait ensuite difficile de revenir en arrière – il devait y avoir une autre manière d'obtenir le renseignement recherché. Cependant sa bouche formulait d'autres mots :

– Je voulais voir le fort et marcher.

Ivan demeura impassible.

– Votre patronyme est Sirmas. Comment avez-vous réussi à le changer ? Pour quelle raison ?

Guérès fronça les sourcils.

– Cela me regarde et n'a rien à voir avec l'affaire.

Le sang lui battait aux tempes et sa voix était si rauque que même le brigadier Kouliarakis lâcha un instant sa pipe pour le regarder. Il tira ensuite une vigoureuse bouffée et retourna à ses mots croisés ; il était presque sûr d'avoir mal placé une case noire, mais il n'arrivait pas à savoir laquelle. Ivan ouvrit le tiroir de son bureau et y plongea la main gauche.

– Un homme qui faisait son footing au Koulès a dit que votre sac à dos était tombé d'une moto rouge partie du port en trombe, dix minutes à peine avant que nous ne recevions votre appel.

Guérès haussa les épaules – qu'est-ce que son confrère s'imaginait ?

– Il paraît qu'on vous a changé de département après une agression violente contre un détenu. Est-ce vrai ?

Dimos ferma les yeux, prit une profonde inspiration et se leva lentement de sa chaise, de sorte que sa tête s'enfonça dans le nuage de fumée. Non, ce n'était pas la vérité, on ne l'avait pas changé de département, il se trouvait en congé « maladie » forcé sur ordre de son supérieur, avec un « on verra ce qu'on fera quand ton congé sera terminé » suspendu au-dessus de lui comme une épée de Damoclès. La fin de ce congé approchait dangereusement et Dimos pensa avec haine au détenu, un imbécile de camé qui s'était avéré le frère d'une huile d'un parti politique. Cela n'avait pas diminué l'incapacité de Guérès à contrôler sa fureur quand ce crétin avait insulté sa mère. Dimos savait pertinemment que dans la police on peut faire ce qu'on veut, mais pas avec n'importe qui.

– Autre chose ?

– Oui, il y a ça aussi.

Ivan sortit la main du tiroir, la tendit et l'ouvrit lentement. Les yeux de Guérès s'emplirent d'effroi à la vue d'un scarabée rouge autour duquel était enfilée une bague en or avec une pierre verte, une bague qu'il aurait reconnue entre mille et à l'intérieur de laquelle était gravé le nom d'Aphrodite Guérès…

3

Mercredi 9 mai 2012

Les doigts de Lefteris Sirmas reposaient immobiles sur le drap blanc, des doigts courts et épais, pleins de cals, qui avaient manié de nombreux outils pour biner, arroser et faucher la terre héritée de son père. Il avait continué à cultiver celle-ci jusqu'à ce jour où ses membres avaient fléchi en raison de l'incapacité de son cerveau à donner les ordres appropriés. Dimos Guérès, autrefois Dimokratis Sirmas, étendit la main avec hésitation et caressa mentalement la bague à la pierre noire qui se trouvait à l'annulaire gauche de l'homme immobile. Les paroles d'une chanson enfantine lui vinrent à l'esprit : « *Où est-elle, où est-elle la jolie bague / Cherche-la, cherche-la / Tu ne la trouveras pas.* » Dimos l'avait trouvée sans la chercher, quelqu'un d'autre la lui avait mise sous les yeux, à l'instant précisément où il n'avait aucune envie de jouer. C'était le cadeau de fiançailles du jeune Lefteris, un anneau d'or avec une pierre verte et le nom de sa bien-aimée gravé à l'intérieur, contrairement à l'usage qui voulait que le donateur inscrive son propre nom. Dimos avait toujours cru qu'on ne la lui avait pas enlevée, même après sa mort. En partant pour Athènes il l'avait cherchée pour l'emporter, il avait interrogé Kaitie, qui avait elle-même posé la question à son père, l'oncle Kostis ; on l'avait enterrée avec, lui avait-on fait savoir. Qui la lui avait donc ôtée et à quel moment ? Le vieux Sirmas portait encore sa propre alliance, en or lisse avec une pierre carrée noire et ses initiales gravées à l'intérieur de l'anneau, selon la nouvelle coutume, un morceau de métal qui avait en vain essayé d'unir deux êtres humains « à la vie et à la mort ».

Anneau, sous l'entrée « cercle » ; contour, périmètre, circonférence, etc. Adjectif : annelé. Il se trouvait enfermé à l'intérieur de lui-même, là où il n'y a ni fin ni début, et la seule chose qu'il pouvait faire était de tourner en rond jusqu'à ce que le frottement ait raison de toutes les résistances et qu'il s'arrête, non pas au centre, mais en un point quelconque de la circonférence, de manière à devenir lui-même un point de celle-ci. L'association des mots ne le menait nulle part, sinon dans une ronde interminable, sans échappatoire. Il tenta de réfléchir, d'autres mots lui vinrent à l'esprit, comme « maillon ». Voilà qui lui convenait mieux, un maillon unissant la vie et la mort, mais cela ne lui offrait aucune issue de secours.

Tsveta se tenait à côté de lui, répétant :

– Papa très malade, sais pas quoi faire.

– Qui t'a amenée ici pour t'occuper de lui ? lui avait demandé Guérès, négligeant le fait que lui non plus ne savait que faire et évitant d'employer le terme plus complexe d'« engager » qui risquait de conduire les deux interlocuteurs sur des routes différentes.

– Kaitie, avait répondu la femme.

Il lui fallait clarifier la situation. Alexandrof ne l'avait pas directement accusé de quoi que ce soit mais le fait qu'il ait découvert, à son arrivée, un cadavre dans la bouche duquel se trouvait la bague de sa propre mère défunte était en soi suspect et représentait une coïncidence que personne ne pouvait admettre aisément. Ce ne pouvait être un simple hasard, quelqu'un lui jouait un mauvais tour et Guérès avait depuis longtemps passé l'âge de jouer. Du moins, c'est ce qu'il croyait.

Il expédia l'aide-ménagère à la cuisine en lui demandant un café et saisit l'annulaire de son père. Sa peau était froide, si bien qu'il se demanda un instant si le vieux Sirmas n'avait pas passé l'arme à gauche, mais sa poitrine montait et descendait, son cœur battait, fût-ce avec difficulté. Il se pencha vers son oreille ; l'odeur du corps sénile et des vêtements mille fois lavés, aigre odeur de décomposition, lui causa un mouvement de répulsion, mais il réussit à ouvrir la bouche et à lui demander en chuchotant :

– Où l'as-tu mise ?

Ne recevant évidemment aucune réponse il reposa la question, plus fort, sans obtenir davantage de réactions. Serrant alors la bague entre deux doigts, il se mit à la tirer, d'abord doucement puis de plus en plus énergiquement. Soudain le doigt de son père se replia, agrippant le sien, si bien que Guérès sursauta en poussant un cri bref.

– Qu'est-ce qui se passe ?

Comme Tsveta entrait, tenant le plateau avec la tasse, Guérès lui jeta un coup d'œil rapide, les yeux écarquillés par la peur, puis reporta son regard sur son père, voulant lui montrer l'étau paternel, mais ses doigts étaient de nouveau droits et immobiles, comme si rien ne s'était passé. Il salua hâtivement la Bulgare et sortit dans la rue, bredouillant une excuse et répondant « bois-le » à sa question :

– Et café ?

Il s'efforça de retrouver son souffle mais il étouffait, la chaleur et l'humidité aggravaient le sentiment d'oppression et il resta bien deux minutes appuyé contre le muret délabré de la cour. Il était certainement sous le coup d'une hallucination, causée par sa peur que cette histoire ne se termine pas aussi vite qu'il aurait voulu. Il se passa la main sur le visage pour chasser les fantômes, se redressa et se mit à marcher. Bien qu'ayant très mal à la jambe gauche, il avait décidé d'aller à pied chez le Cowboy.

Au début il regardait les noms des rues – pour la plupart ils n'avaient pas changé –, mais bientôt son regard s'attacha davantage aux magasins fermés. Ce spectacle était fréquent à Athènes, ce n'était donc pas tant cela qui l'impressionnait que son incapacité à se rappeler ce qu'il y avait à l'époque à la place de ces boutiques fermées. C'était comme s'il n'était jamais passé par là, comme si cette vie d'il y a vingt ans appartenait à quelqu'un d'autre et qu'il ne la connût que par ouï-dire. Il remonta tout le boulevard Akadimias puis tourna à gauche pour descendre vers la rue où se trouvait autrefois le premier bowling qui avait ouvert à Héraklion. Ils y passaient des heures, le Cowboy et lui, avec ces chaussures dures et sales aux pieds, sans jamais parvenir à faire un strike susceptible de prouver leur valeur aux filles qui jouaient dans les couloirs voisins. Le bâtiment, devenu un jardin d'enfants, était entouré d'immeubles récents ; c'est là qu'habitait désormais celui qui avait été son meilleur ami.

Kaitie, qui lui avait donné l'adresse au téléphone, devait l'attendre sur place. C'était un immeuble de quatre étages sur pilotis, avec un petit jardin dont deux palmiers occupaient la majeure partie. Guérès regarda ces arbres exotiques avec curiosité : leurs feuilles avaient commencé à se décolorer aux extrémités, par manque d'eau peut-être ou bien parce qu'ils n'avaient pas assez de terre pour leurs racines. Il était évident qu'ils allaient bientôt mourir d'asphyxie, si personne ne leur donnait l'espace dont ils avaient besoin.

Il appuya sur la sonnette au nom de Vatalos et, malgré sa douleur à la hanche gauche, commença à gravir lentement l'escalier. Il détestait les ascenseurs, il se sentait pris au piège dans ces boîtes mécaniques, craignant toujours qu'une porte ne s'ouvre brusquement dans son dos, le projetant dans le vide. Une fois où ils montaient en ascenseur et où le Cowboy l'avait poussé, il avait cru sa dernière heure venue, avant de se rendre compte qu'ils étaient tout simplement arrivés au bon étage et que la porte s'ouvrait de l'autre côté. Cet idiot de Cowboy, ils avaient fait les quatre cents coups ensemble autrefois, et maintenant…

Il secoua énergiquement la tête. Il ne voulait pas se laisser submerger par les souvenirs ; plus rien ne subsistait de cette époque et c'était très bien comme ça. En montant l'escalier, il regardait à droite et à gauche, tout était propre et tranquille. Au troisième étage, une porte en bois clair avec des serrures de sécurité l'accueillit. Il s'approcha lentement, l'oreille aux aguets ; impossible de se souvenir, était-ce bien à cet étage-là ? Comme il tendait la main vers la sonnette, la porte s'ouvrit brusquement et Angie surgit sur le seuil.

Guérès resta un instant perdu dans ses yeux verts – ils avaient exactement la couleur de la bague de sa mère. Il n'avait jamais noté cette similitude auparavant, d'ailleurs pourquoi l'aurait-il remarquée, ce sont les circonstances qui relient les faits et non le contraire. Il avala sa salive avec difficulté, sourit et leva la main en un salut évoquant plutôt le geste d'un écolier qui veut montrer qu'il a appris sa leçon mais espère en son for intérieur que la maîtresse ne va pas l'interroger.

– Salut. Kaitie est là ?

– Je croyais que tu venais voir quelqu'un d'autre.

Dimos porta machinalement sa main à son nez – que fallait-il répondre ?

– Héraklis…

Il hocha la tête de manière vague, comme ces petits chiens qui décoraient autrefois beaucoup de pare-brise, supportant stoïquement les nids-de-poule et la lumière du soleil qui les décolorait peu à peu. L'écolier s'était bien tiré de l'interrogation, il ne redoublerait pas mais n'avait pas non plus amélioré sa moyenne. Il passa devant la jeune femme et s'avança vers le salon. L'appartement semblait assez grand mais excessivement vide. Une vieille bibliothèque surchargée, une énorme chaîne stéréo et un canapé en cuir constituaient un trio dépareillé qui tentait désespérément de passer pour un ameublement. Kaitie était assise sur le canapé, tandis que devant elle une table basse en bois hébergeait un cendrier rempli de mégots et une dizaine de canettes de bière vides. En face de sa cousine, sur une méridienne brûlée par le soleil, s'étalait le corps du Cowboy. Les yeux fermés et les bras croisés sur la poitrine, il répétait encore son rôle de cadavre, comme il le lui avait dit lorsque, le premier soir de leur voyage de classe en terminale, il l'avait vu allongé dans cette position. Tant d'années de répétitions pour une représentation d'un soir sans même un rappel, songea Guérès en s'asseyant sans un mot près de sa cousine.

Une odeur bizarre flottait dans la pièce. Le Cowboy ouvrit lentement les yeux, les fixant sur lui comme s'il ne le reconnaissait pas. Kaitie lui tendit la main et Dimos vit qu'elle tenait une cigarette épaisse de forme irrégulière – voilà d'où provenait l'odeur. Il n'avait pas fumé de haschich depuis sa dernière visite à son ami et éprouva un sentiment de déjà-vu. Il avança la main, prit le joint et tira une profonde bouffée. Il sentit sa gorge le brûler et sa tête s'alourdir brusquement, tandis qu'il contenait sa toux avec peine. Ses yeux se brouillèrent, ce qui ne l'empêcha pas de distinguer le sourire qui se dessinait sur le visage de l'homme en face de lui. Il se pencha vers Kaitie et lui demanda d'une voix rauque :

– Tu te souviens de la bague de maman ?

Elle acquiesça lentement de la tête, tandis qu'Angie venait s'asseoir à côté de lui.

– Quand on l'a enterrée, elle la portait, tu en es sûre ? C'est ce que tu m'avais dit, tu te souviens ? Il plongea les yeux dans les siens. Elle le regarda à son tour d'un œil trouble, ouvrit lentement la bouche sans produire aucun son, ferma les yeux et haussa les épaules en silence. Dimos tira une autre bouffée mais cela ne lui réussit pas davantage que la première fois et il passa le joint à Antigone.

4

Angie posa son verre en jetant un coup d'œil à la silhouette de son frère qui oscillait au milieu du bar au son de *California Dreamin'* de The Mamas and The Papas. Ensuite elle releva la tête et planta son regard dans les yeux noirs de Guérès.

– J'en ai marre des étiquettes.

Dimos sourit avec embarras. Il cherchait un moyen de lancer la conversation et l'avait fait de la pire manière possible en lui demandant si elle était mariée, chose qu'il savait et qui fermait les portes à ce qu'il avait en tête. Ce n'était pas son mariage qui l'intéressait, ni les détails sur sa vie ou son travail, c'était son corps qu'il désirait, au-delà de toute logique ou relation amicale. Il voulait oublier les pensées qui lui rongeaient le cerveau comme des rats affamés, effacer les images de sa mère et de son père, fuir ses rêves aussi bien que la réalité et avoir de nouveau seize ans, afin de conquérir ce qui lui avait échappé. Il négligeait délibérément le fait qu'on ne se baigne jamais deux fois dans le même fleuve, sauf à vouloir se noyer.

Il se passa machinalement la main sur le nez. L'établissement était petit, quoique doté d'un grand comptoir, la musique était très forte et l'air saturé de fumée. Sur les murs, des affiches exaltaient les légendes de la musique rock : Jimi Hendrix, Eric Clapton, Jim Morrison. Il y avait peu de clients, surtout des hommes. Cela faisait des années que Dimos n'était pas allé dans un bar, il ne se souvenait plus exactement depuis quand ; il avait demandé un gin tonic – il buvait rarement, c'est ce qui lui avait paru le plus léger – et le Cowboy l'avait regardé d'un air ironique.

Kaitie était partie brusquement. Après avoir reçu un appel téléphonique, elle avait pris le Cowboy à part et ils avaient discuté un moment à voix basse. Guérès n'avait pas posé de question, il savait qu'il ne recevrait d'autre réponse qu'un « je t'expliquerai plus tard » ou quelque chose du même genre, juste pour ne pas laisser sa question en suspens. Ils étaient donc restés tous les trois. Avec le Cowboy, ils n'avaient pas échangé le moindre mot, chacun suivait son chemin dans la nuit, l'un buvant verre sur verre, l'autre ne sachant quelle était sa place dans cette ville où il avait oublié comment vivre.

Il avala une gorgée de son gin – il s'était réchauffé et lui parut trop dilué –, sourit et regarda Angie.

– S'il s'agit d'une légende ou d'un titre, je comprends, mais ça pourrait aussi être une affiche publicitaire, un tract ou même une banderole : « Liberté aux femmes mariées », par exemple, c'est toujours d'actualité.

Il faisait chaud, le barman essuyait ses verres, il y avait de la musique comme tous les soirs, les discussions pour la constitution d'un gouvernement se poursuivaient, le Cowboy titubait, prêt à tomber, Guérès essayait de reprendre son équilibre, Angie sourit légèrement.

– Personne n'est tout l'un ou tout l'autre. Quand j'étais petite, mon père disait qu'il n'y a qu'une gorgée d'eau qui sépare un bon cheval d'un mauvais. S'il a soif il va tout casser ; donne-lui à boire et il se calmera, même si tu le bats. C'est la soif qui fait la différence, le cheval reste le même, quoi que tu en dises.

Dimos porta son verre à sa bouche et le huma. La vapeur d'alcool emplit ses narines et lui monta au cerveau, l'obligeant à fermer les yeux.

– Et toi, tu étais un bon cheval ?

Le regard d'Angie s'assombrit.

– Rarement…

Sa paume glissa de la bouteille de bière qu'elle tenait jusque-là et elle se mit à dessiner avec l'ongle des formes invisibles sur la surface laquée noire du comptoir, méandres d'une âme restée un mystère pour Dimos.

– Je suis tombé sur un cadavre, au port, le jour de mon arrivée – belle manière d'accueillir un enfant du pays. Une femme avec de la terre dans la bouche, comme si on l'avait enterrée sur le ventre.

Sa main resta en suspens.

– « À plat ventre ».

– Pardon ?

– Rien, c'est une nouvelle de Théotokis* : un homme revient dans son pays, il s'aperçoit que sa femme a eu

* *Constantin Théotokis (1872-1923), écrivain originaire de l'île de Corfou, auteur de nouvelles et de romans naturalistes. La nouvelle « À plat ventre » est parue en revue en 1899.*

un enfant avec un autre homme et il l'enterre vivant, à plat ventre.

– À plat ventre, murmura Dimos entre ses dents. Il se rappelait vaguement cette nouvelle, du temps où il lisait de la littérature.

Le Cowboy s'approcha d'eux à pas lents, un sourire cynique lui tordant la bouche, comme celui de l'« homme qui rit », un masque qui cachait de mauvaises pensées. La bouteille de whisky qu'il avait commandée était presque vide, il la souleva et la retourna dans son verre, puis il la laissa tomber en leur tournant le dos. Au bruit du verre qui se brisait, tous les regards convergèrent dans leur direction. Guérès fit un geste d'apaisement de la main. Il se tourna vers le barman et sortit de sa poche un billet de cinquante euros, tout en apercevant du coin de l'œil un type balèze qui s'était levé de son siège et s'approchait lentement d'eux.

– Tout va bien, assura-t-il en se hâtant de poser l'argent devant le barman.

Celui-ci haussa les épaules, fit un signe de tête au videur qui s'était arrêté à deux mètres d'eux, prit l'argent et se remit à essuyer ses verres avec un torchon sale tandis que l'unique serveuse de l'établissement se dirigeait vers les toilettes pour y chercher un balai et une pelle. L'homme à qui était destiné le signe de tête ne retourna toutefois pas à sa place, il se mit à regarder avec un intérêt flagrant Dimos qui, entre-temps, s'était appuyé à son tabouret et évaluait la situation, surveillant les mouvements de l'autre tout en évitant de le provoquer. Il n'aurait aucune chance s'il devait l'affronter directement, le type était gigantesque, avec des épaules de déménageur, un large visage couvert de barbe et des vêtements noirs qui ne parvenaient pas à dissimuler ses muscles gonflés. Ses yeux cependant ne témoignaient d'aucune méchanceté, ils rappelaient plutôt ceux d'un taureau repu se promenant dans une prairie desséchée ; il est inoffensif tant qu'il n'a pas faim et qu'on n'agite pas un chiffon rouge devant lui.

– C'est toi, Dimos ?

Guérès sursauta ; il s'attendait à une attaque physique, pas à une communication verbale.

– Oui.

– Tu ne te souviens pas de moi, hein ?

L'homme avait indubitablement l'accent crétois et un sifflement particulier quand il prononçait les « s », un sifflement qui lui disait quelque chose, mais qu'il ne parvenait pas à identifier.

– Je suis Mitsos, Mitsos Drimiskianakis.

– Ça alors !

Guérès revit le garçon mince avec ses cheveux en bataille et sa prononciation caractéristique, sans aucun rapport avec l'homme effrayant qu'il avait devant lui. Il savait que son ancien camarade de classe pratiquait depuis longtemps les arts martiaux, mais il n'avait plus guère eu de contacts avec lui à partir du moment où il avait redoublé sa quatrième et était parti en lycée technique. Il le croisait de temps en temps dans des soirées et ils avaient toujours eu de bonnes relations, tout cela bien sûr jusqu'au jour où Dimos avait quitté Héraklion, pour n'y revenir que vingt ans plus tard.

– Je ne t'avais pas revu depuis le lycée.

– Je suis à Athènes.

– Dans la police, c'est ça ?

– Oui.

– Toute une histoire. Moi, ici, je n'ai pas fait d'études, je me débrouille…

– Nous nous débrouillons tous comme nous pouvons, répondit Dimos, lui-même gêné par la banalité de sa phrase, une expression qui avait depuis longtemps perdu son sens propre et était devenue un refrain dans la bouche des gens, à chaque salutation. Après la question rituelle « Comment vas-tu ? », la réponse habituelle « Bien, et toi ? » était désormais presque systématiquement remplacée par la phrase « Je me débrouille », bien souvent pas même suivie de l'indispensable « et toi ? ».

– Vous êtes toujours potes ? Ça c'est de l'amitié. Moi, je ne vois plus personne de ce temps-là, ajouta Mitsos.

Angie se leva de son tabouret. Guérès et Mitsos tournèrent de conserve la tête vers son frère, qui était resté au milieu du bar, les yeux fermés et les bras ouverts, se balançant d'avant en arrière, comme s'il était prêt à faire le grand saut depuis le pont, sauf qu'il avait oublié d'attacher à ses pieds le câble salvateur.

– Regarde-le, dit Angie. Trente-huit ans. À cet âge, mon père avait acheté la maison de campagne d'Agia Pelagia, je me souviens qu'il m'avait emmenée la voir. Tu l'imagines en père, celui-là ?

Dimos ne savait que dire. Non, il ne l'imaginait pas en père, mais cela valait aussi pour lui.

– On s'en va, continua Angie.

Dimos vida d'un trait son verre de gin tonic, se tourna vers elle et désigna son frère de la tête.

– Et lui ?

– Je vais lui parler, répondit-elle, se dirigeant vers le Cowboy.

Mitsos posa sa main lourde sur l'épaule de Dimos.

– Tu as besoin d'aide ?

– Non, ça va.

L'homme secoua la tête, sur le point de murmurer quelque chose, mais il se ravisa et rejoignit sa place à pas lents. Dimos regarda Antigone marcher vers le Cowboy, avec son jean ajusté, sa taille mince, ses chaussures noires à talon. Il la vit passer son bras autour du cou de son ancien ami et lui parler tout contre le visage, il pouvait sentir son haleine sur lui. Ensuite le frère et la sœur se dirigèrent vers la porte. La jeune femme le regarda et lui fit un léger signe de la main : « Viens. » Il les suivit. Par terre les morceaux de verre avaient déjà été balayés.

Il était à peu près trois heures. En sortant dans la rue il reçut de plein fouet la chaleur et l'humidité. Il observait le couple à trois mètres de distance, ils avaient l'air de deux amants et lui d'un voyeur. Ils s'approchèrent de la station de taxis, cela lui rappela la file interminable au port, tous à la queue leu leu, à attendre leur destin, Némésis ou le salut, sans faire un pas en avant vers lui.

La portière avant s'ouvrit et se referma, puis celle de l'arrière s'ouvrit à son tour et resta ouverte, comme une invite, si bien qu'il s'engouffra dans le véhicule sans poser de question. Le trajet était court et personne ne dit mot sauf pour indiquer l'adresse où les déposer. Le chauffeur maudit silencieusement sa malchance, attendre toute la nuit pour une malheureuse petite course, même le pourboire ne réussit pas à le dérider, quelle vie minable, il allait encore rentrer à la maison les poches presque vides, et va-t'en après faire vivre deux adolescents et une femme au chômage depuis un an. Il passa la première, appuya sur l'accélérateur, drôle de trio, se dit-il, se dirigeant de nouveau vers la station, peut-être la chance allait-elle tourner et allait-il décrocher une bonne course qui lui paierait sa journée.

Dans l'ascenseur, le Cowboy tenait à peine sur ses jambes. L'atmosphère de la cabine étroite sentait l'alcool, Dimos s'efforçait de prendre de courtes inspirations pour ne pas se sentir mal ; il n'avait pas osé révéler aux autres sa phobie et était entré avec eux, mais il s'agrippait à la poignée métallique, alors qu'Angie restait calme, comme si tout allait bien. L'ascenseur s'arrêta brutalement, donnant un haut-le-cœur au policier. La porte s'ouvrit et la lumière du couloir les éblouit comme la lampe d'une salle d'interrogatoire. Ils entrèrent dans l'appartement où ils laissèrent le Cowboy sur sa chère méridienne, tel un Néron qui n'aurait pas réussi à brûler Rome.

– Je vais rester avec lui.

Guérès acquiesça silencieusement, la fin de la soirée ne serait pas idéale, apparemment, mais à quoi pouvait-il s'attendre, tout était dans sa tête, et au bout du compte elle était la sœur de son ami – ou du moins de celui qui l'avait été un jour.

– Tu restes aussi ?

5

Jeudi 10 mai 2012

Le jour se levait. La moto descendait à vive allure le boulevard Dimokratias en slalomant dangereusement entre les autos, ignorant les coups de klaxon et les cris des conducteurs à peine réveillés qui s'efforçaient d'arriver à leur travail ou des noctambules qui en revenaient au petit matin, aspirant à quelques heures de repos. Le lieutenant de police Ivan Alexandrof, ayant déjà franchi quatre-vingts kilomètres en moins de quarante minutes, distingua à travers la visière du casque la voiture qui s'apprêtait à traverser le carrefour, serra les dents en tentant de dompter la douleur qui lui vrillait la nuque, évalua les risques en un éclair et accéléra à fond, obligeant l'aiguille du compte-tours à flirter avec la zone rouge du cadran qui figurait le danger sans l'écarter. La roue arrière de la moto passa à trois centimètres du pare-chocs de la 2 CV bleue, tandis que la conductrice, les mains cramponnées au volant à trois rayons, écrasait inutilement le frein en hurlant, une seconde après avoir échappé à la collision. La moto tourna au bout de la rue, arriva à la place Eleftherias qu'elle traversa par le milieu en montant sur le trottoir et en passant devant la statue du Soldat inconnu qui continuait à espérer une retraite honorifique des années après la défaite définitive, pour aboutir à la place Daskalogianni, où vendeurs de brochettes et ouzeries attendaient en vain la résurrection du marché et la relance promise par tous les hommes politiques.

Alexandrof laissa sa moto juste devant le tribunal et bondit à l'intérieur en écartant les curieux ainsi que les reporters des chaînes de télévision et des stations de radio locales, qui avaient envahi les abords. À l'intérieur le calme régnait, le hall était désert à l'exception de Chronis Kouliarakis, la pipe au bec, assis sur une chaise en bois qu'il avait placée au milieu de la pièce. À l'instant où Ivan entra, il achevait de résoudre une grille de mots croisés qui l'occupait depuis deux jours. Le dernier mot qu'il avait écrit était « mort-né ». Il l'aurait trouvé plus tôt s'il n'avait commis une erreur auparavant, optant pour « glace » au lieu de « miroir », ce qui lui aurait fourni le « m » indispensable. Au lieu de cela, il avait multiplié les erreurs, plaçant une case noire au mauvais endroit, ce qui l'avait conduit à une impasse et contraint à reprendre les définitions depuis le début, pour enfin réussir à achever la grille. Le brigadier inscrivit le « e » final puis leva la main, semblant montrer un point en hauteur. Ivan suivit du regard la direction qu'indiquait l'index tendu et découvrit, attaché à la rampe de l'escalier, le cadavre nu d'une femme qui le regardait de ses yeux vitreux. Il fut frappé de la teinte de sa peau, couleur cendre, presque grise, comme si elle était morte depuis longtemps ou qu'une substance répandue sur son épiderme en avait altéré la texture. Une stalactite écarlate prenant sa source dans son ventre la reliait aux marches, donnant l'impression que son corps s'équilibrait sur cette fine ligne rouge, et qu'elle n'avait choisi cette position que pour rester en contact avec la terre.

– Qui l'a trouvée ? demanda Ivan à son assistant.

– La femme de ménage. Deuxième possibilité s'il n'y a pas de majordome ou si les lettres ne correspondent pas.

– Où est-elle ?

– Chez elle, en train de se remettre du choc.

– Je la veux dans mon bureau dans une heure.

Le brigadier de police referma son magazine puis se leva sans entrain de sa chaise et se dirigea vers la sortie. Ivan songea qu'il lui avait peut-être parlé trop sèchement, mais il se demanda si ce n'était pas plutôt ses remords concernant sa liaison avec Clio qui influaient sur ses pensées et ses réactions. Il ferma les yeux, chassant de son esprit toute image étrangère à cette salle dans laquelle il se trouvait. Chaque chose revint à sa place : le vieil escalier de marbre, le corps de la femme, l'odeur de ce hall où accusés, victimes et avocats attendaient l'heure du verdict, sans plus pouvoir rien faire. Il rouvrit les yeux, sortit de son petit sac à dos une paire de gants en latex, les enfila et s'approcha lentement du cadavre. Les longs cheveux noirs de la femme recouvraient son visage. Il releva doucement sa tête, de la terre commença à tomber de la bouche entrouverte, dans laquelle il semblait n'y avoir que peu de dents. Glissant son doigt à l'intérieur, il entreprit de la vider progressivement quand tout à coup il rencontra quelque chose de dur. Il tira un peu plus fort dessus pour l'extraire. Le rostre d'un scarabée rouge émergea d'abord des lèvres à moitié fermées, puis son corps tout entier, sur lequel était fixé un objet. Ivan le prit et le retourna, c'était de nouveau une bague, lisse et brillante, avec cette fois-ci une pierre noire plate, nouveau message qui fit frissonner le policier. L'affaire commençait à se compliquer. Il ne s'agissait pas d'un simple règlement de comptes, c'était évident, un tueur en série opérait dans la ville. Il sortit une pince de sa poche, dégagea la bague et regarda l'intérieur de l'anneau : il y avait là aussi quelque chose de gravé, mais il n'arrivait pas à distinguer l'inscription, apparemment des initiales et une date. Scrutant plus attentivement il parvint à lire 07/73, mais malgré tous ses efforts il ne put déchiffrer les lettres.

La voix puissante de Kouliarakis l'appelant de l'extérieur interrompit son travail. De sa main libre il sortit de sa poche un sachet en plastique transparent, l'ouvrit et y plaça sa trouvaille, emprisonnant par la même occasion une mouche qui, attirée par le sang frais, s'était collée sur le scarabée, oubliant que celui qui se nourrit de la chair d'un autre finit par être pris dans le cycle de la mort.

6

Ce jour-là, Héraklion s'était rempli de mouches, elles entraient par essaims dans les maisons où elles volaient comme hypnotisées. La plupart finirent sous un torchon sale ou une savate usée, leurs innombrables yeux empreints d'une expression de terreur, sans même avoir le temps de regretter leur erreur d'avoir recherché la chaleur d'un lieu habité par l'homme.

La veille, le chef du principal parti d'opposition avait remis au président de la République son mandat pour la formation d'un gouvernement, lequel allait désormais échoir au troisième parti. Le même jour ce dernier avait publié dans la presse une lettre adressée aux cinq présidents : de la Commission, du Conseil européen, du Parlement européen, de la Banque centrale européenne et de l'Eurogroupe, qui se terminait par la phrase suivante :

… L'avenir commun des peuples européens est menacé par ces élections catastrophiques. Nous sommes profondément convaincus que la crise est un problème européen et que la solution doit par conséquent être trouvée au plan européen.

Dans cette lettre, les termes « européen » et « européenne » étaient si souvent répétés qu'ils se trouvaient quasiment vidés de leur sens, de même que le mot « union » semblait n'avoir aucun rapport avec la notion qu'il recouvrait. Guérès fut surpris que le Bostanzoglou contienne le mot « européen ». Il se trouvait à l'article « étranger », parmi les adjectifs : [en parlant des étrangers] hospitalier I barbare I demi-barbare I européen, franc I international. [qui a trait aux étrangers] d'influence étrangère, de manière étrangère. Dimos constata qu'il ne saurait y avoir de meilleure définition de ce mot qui guidait et gouvernait avec fatalisme le destin du pays ces dernières années.

Les mouches n'avaient pas été informées du sort qui les attendait et continuaient leur voyage suicidaire, tandis que Guérès, après avoir exterminé – au moyen du journal dans lequel il venait de lire les récentes évolutions politiques – les deux qui tournoyaient dans la pièce et troublaient sa tranquillité, venait de s'allonger sur le lit king size de l'hôtel, avec le parfum d'Antigone répandu sur tout son corps. Il se déshabilla entièrement afin de profiter pleinement de la sensation. Ses membres étaient engourdis et ses yeux se fermaient de fatigue, mais il entendait encore un bourdonnement, rappel lancinant des fautes qu'il avait commises, n'étant lui-même qu'une mouche volant à l'aveuglette. Il regarda autour de lui, aucun être vivant ailé ne semblait subsister dans la pièce, pourtant le bruit persistait. Le souvenir du plaisir luttait avec les remords. Il avait fait l'amour avec la sœur du Cowboy, il avait franchi les frontières interdites de son imagination adolescente et maintenant, la seule chose qu'il ressentait, c'était l'envie de recommencer. Il était de nouveau excité, tandis que la douleur aux reins revenait avec force ; les mouvements de va-et-vient n'avaient pas arrangé la situation, une fois de plus les instincts primaires avaient pris le pas sur son intelligence, la jouissance qu'il avait éprouvée allait progressivement être rongée par les Érinyes de la raison, mais pour l'instant il ruminait son souvenir.

Après avoir accepté sa proposition de rester pour l'aider à s'occuper d'Héraklis, il l'avait suivie dans la cuisine de l'appartement. Ils s'étaient assis sur les deux seules chaises de la pièce et avaient posé en même temps leurs mains sur la table. C'est elle qui avait parlé la première.

– Il n'a jamais pu accepter que tu l'aies oublié et que tu sois devenu…

Le mot resta bloqué dans sa gorge.

– Flic, compléta Guérès, sachant que ce terme ne figurait pas dans l'article correspondant du Bostanzoglou. Il y avait policeman, carabinier, gendarme, bien sûr, et même gardien de la paix, mais pas celui-là.

Dans son embarras, il prit une boîte de cachets qui se trouvait sur la table et se mit à la faire tourner entre ses doigts. La jeune femme à côté de lui hocha la tête ; oui, flic. Dimos avait entendu ce mot d'innombrables fois, on le lui avait lancé dans des manifestations, certains l'avaient dit avec surprise lors de présentations, Magda le lui avait craché au visage au cours de leurs disputes.

Flic, c'est ce qu'il était, ce qu'il avait réussi à devenir après des années d'efforts pour échapper au passé. Parti rebelle, il était revenu flic, et tous autour de lui s'acharnaient à le lui rappeler, mais finalement c'était lui qui ne parvenait pas à l'oublier, il savait que l'image dans les yeux des autres n'était que le reflet du miroir. En vérité, que dirait-il à sa mère aujourd'hui s'il la rencontrait, qu'aurait-il à dire de ce qu'il avait fait de sa vie ?

Antigone se leva, ouvrit le réfrigérateur et apporta une bouteille transparente avec deux petits verres cylindriques. Du raki. Cela faisait des années qu'il n'en avait pas bu. Il lâcha la boîte, approcha le verre de son nez ; la vapeur d'alcool pénétra dans ses conduits olfactifs et atteignit le larynx. Dimos prit une profonde inspiration et ouvrit la bouche.

Il sentit l'alcool lui brûler l'œsophage et descendre dans son estomac. Un jour, ils devaient être en cinquième, le Cowboy et lui en avaient bu un litre et demi en une heure. Alors que le collège les avait emmenés en excursion au stade de la Liberté, là où ils jouaient au basket l'après-midi, ils s'étaient éclipsés tous les deux et étaient allés chez Guérès. Ils avaient l'intention de revenir juste avant l'heure prévue pour le retour au collège, mais les choses avaient tourné autrement. C'était le mois de mai, comme maintenant, et il faisait chaud. Ils avaient ouvert le frigo où ils avaient trouvé une bouteille transparente, dont ils s'étaient rapidement aperçus qu'elle contenait du raki.

– On en boit un ? avait proposé l'un d'eux, comme il avait entendu les grands le faire lors de leurs réunions amicales. Ils avaient sorti deux grands verres et avaient commencé. Quand la mère de Dimos les avait découverts, à la suite de l'appel téléphonique du directeur signalant leur absence, ils étaient verts et vomissaient par terre. Elle avait appelé le père du Cowboy, qui était venu le chercher. Ajax était entré en riant dans la maison.

– Les petits branleurs, ils n'en ratent pas une !

Si le cardiologue avait pris les choses à la légère, Dimos avait en revanche eu droit à un sermon en règle de la part de ses parents, tout en luttant pendant des heures contre la migraine et la nausée.

– Il ne travaille pas ? Et ses études de mathématiques ?

– Il les a finies. Il est très intelligent, comme tu le sais, il a eu sa licence sans forcer, il a même commencé un master, mais il a laissé tomber en cours de route. Il y a eu des périodes où il buvait beaucoup, il boit encore, parfois il ne sait plus ce qu'il fait, il disparaît et nous le retrouvons deux jours plus tard. Papa lui a d'abord trouvé du travail dans une boîte privée, avec en plus des leçons particulières, mais il manquait des cours, il dormait ou était ivre ; il y a travaillé pendant deux ou trois ans, puis il y a eu moins de cours particuliers, la boîte privée a fermé, il n'a pas cherché ailleurs. Papa lui a ensuite déniché un boulot dans un Centre de services au citoyen, mais ça a été de nouveau la même chose, il n'y allait pas ; enfin il a réussi à le caser à la mairie, une place fantôme où personne n'attend rien de lui. Tout le monde ferme les yeux, il perçoit un salaire, il a le beurre et l'argent du beurre, tout va pour le mieux dans le meilleur des mondes. Reste à savoir jusqu'à quand ça va durer.

Guérès but un deuxième verre de raki et se sentit mieux, il avait peut-être commencé à s'habituer. Il regarda la femme en face de lui, il lui était impossible de surmonter son désir, l'alcool diminuait toujours ses défenses et dévoilait l'érection dissimulée sous la raison. Il se leva de sa chaise, s'approcha d'Angie par-derrière, se pencha lentement, posa ses mains sur ses épaules et se mit à la caresser. Il sentit son corps se raidir mais il n'arrêta pas. Il l'enlaça et commença à l'embrasser à la naissance de la gorge. Elle poussa un profond soupir. Il lécha le lobe de son oreille et approcha ses lèvres de sa bouche. Sa langue franchit la légère résistance et s'unit à la sienne, ses mains s'introduisirent dans son soutien-gorge et il se mit à caresser ses mamelons durcis d'excitation.

– Allons à côté, l'entendit-il murmurer.

Ils passèrent devant le Cowboy, qui restait immobile, à sa place, et se dirigèrent vers la chambre dans un vertige. Lorsque le moment fut venu, elle lui demanda de ne pas mettre de préservatif, elle était dans un jour « sans danger », et lui, tel un adolescent excité, finit en elle sans y réfléchir à deux fois. Elle s'allongea ensuite sur sa poitrine. Lorsqu'il ouvrit les yeux, il faisait presque jour et son bras était engourdi par le poids de sa tête. Il se dégagea doucement, prenant garde de ne pas la réveiller, contempla son corps nu, se remit à bander, prit une profonde inspiration et se leva ; il lui fallait partir avant que le Cowboy ne se réveille.

Il commençait à chercher ses vêtements dans la pièce lorsqu'il aperçut près de l'armoire la vieille guitare, une Fender Stratocaster rouge de 1987. Il s'en approcha lentement, son doigt se couvrit de poussière lorsqu'il effleura sa caisse endommagée, mais les cordes étaient à leur place, il promena doucement l'index dessus, elle semblait accordée. Angie soupira dans le lit, Dimos se souvint d'une scène, avec le Cowboy qui grattait les cordes et lui qui faisait mine de chanter d'une voix enrouée, tandis qu'à leurs pieds le port, les barques et la mer de Crète essayaient de dormir en ignorant la représentation que donnaient les deux garçons. Il laissa la guitare, fit demi-tour, ramassa sa chemise par terre, s'habilla sans faire de bruit et tendit la main vers la poignée. La porte s'ouvrit silencieusement, il passa la tête dans l'entrebâillement et regarda dans le salon : la méridienne était vide, Néron était allé brûler Rome et reviendrait insatisfait, le feu continuant à le dévorer intérieurement. Dimos ferma la porte derrière lui et se dirigea à pas de loup vers la sortie ; il y était presque lorsqu'il entendit la chasse d'eau des toilettes. Il retint sa respiration et ouvrit rapidement la porte d'entrée, dont le grincement fut couvert par le bruit de l'eau. Il sortit et s'engagea dans l'escalier ; derrière lui la porte ne se rouvrit pas.

À l'hôtel, la réceptionniste, une quinquagénaire aux cheveux blond platine, lui sourit en lui disant bonjour. Il monta dans sa chambre, se déshabilla et s'allongea sur le lit. Il n'avait pas envie de prendre de douche, il voulait conserver son odeur sur lui. Jetant un coup d'œil sur son téléphone, il vit que Magda l'avait appelé trois fois, mais il l'éteignit. Impossible de lui parler, il avait l'impression de l'avoir trompée, même s'ils étaient séparés. Il se tourna sur le côté et fixa les stores fermés de la porte-fenêtre en écoutant le bourdonnement des mouches. En haut à droite du volet, il y avait un trou dans lequel un nid de guêpes se construisait méthodiquement.

Il fut réveillé par un coup violent frappé à la porte et une voix féminine qui criait son nom. Sa tête était sur le point d'éclater, il avait la bouche sèche. Quelle heure était-il ? Il se leva lentement tandis que les coups résonnaient de plus en plus fort, enfila son pantalon sans prendre le temps de mettre un caleçon et ouvrit. Une Kaitie échevelée fit irruption dans la chambre, claquant la porte derrière elle.

– Ils ont arrêté le Cowboy, dit-elle avant d'éclater en sanglots.

III. CONSÉQUENCE

[action négative]
conséquence, ombre

1

Il a l'air trop détendu pour être innocent, se dit Ivan en observant par la vitre de la porte le type qui attendait, assis sur une chaise en bois derrière la table, au centre de la salle d'interrogatoire. Il était grand, le corps rejeté en arrière, et se balançait légèrement, les mains croisées derrière la nuque. Fixant un point au plafond, il ne paraissait pas particulièrement préoccupé par son arrestation ; enfermé dans un univers qui lui était propre, peut-être n'avait-il pas compris la différence entre la prison et la liberté. Le policier l'examina plus attentivement ; les lèvres de l'homme bougeaient, comme s'il murmurait quelque chose. Ivan comprit tout à coup que le détenu chantait. Ou bien il était dans son monde, ou bien c'était une vraie canaille. Dans un cas comme dans l'autre, Ivan n'avait aucune envie de se le coltiner, mais il ne pouvait faire autrement.

Il ouvrit le dossier contenant les éléments de l'affaire. Il était trop tôt pour tirer des conclusions, mais deux scarabées rouges avec une bague enfilée autour d'eux enfoncés dans la bouche d'autant de femmes mortes ne pouvaient signifier qu'une chose : quelqu'un commettait des meurtres selon un rituel précis, tout en cherchant à envoyer des messages. Il lui fallait non seulement en décrypter la signification, mais également identifier leur destinataire. Il avait pris des notes sur un papier :

> Le scarabée ou charançon rouge des palmiers, *Rhynchophorus ferrugineus*, est un coléoptère originaire des régions tropicales d'Asie du Sud-Est. Il est observé pour la première fois en 1891, en Inde. En 1906, il est identifié comme nuisible du palmier coco, et en 1917 comme ravageur du palmier dattier (phœnix) en Inde. En Crète il a été signalé pour la première fois en 2005 dans la région de Chersonnèse en raison de l'importation de palmiers infectés. Deux ans se sont ensuite écoulés avant la publication de la directive européenne 2007/365/EK, pendant lesquels les foyers se sont multipliés. Cela a eu pour conséquence de rendre difficile l'application de mesures efficaces en vue de l'extermination de l'insecte. On estime que, à ce jour, quatre mille palmiers ont été touchés et détruits dans des parcs publics et des propriétés privées de Crète (nomes du Lassithi, d'Héraklion, de Réthymnon et de La Canée).

Rhynchophorus, il portait bien son nom ; son rostre long et fin, avec deux antennes de part et d'autre, formaient un trident original qui se plantait dans le cœur du palmier pour lui sucer le sang et provoquer ainsi sa mort lente.

– Saloperie d'insecte ! murmura-t-il en rangeant les papiers dans le dossier.

Il ouvrit la porte et entra dans la salle d'interrogatoire. L'homme arrêta tout de suite de chanter, leva lentement la tête et le regarda. Ses yeux verts étaient froids, son regard traversait le corps du policier pour se poser derrière lui, il le regardait, mais il ignorait son existence ; à ses yeux, Ivan n'était qu'une figurine du théâtre d'ombres*. Lorsque le projecteur s'éteindrait, il disparaîtrait. Alexandrof tira une chaise et s'assit en face de lui. Il sortit le sachet de la poche de son pantalon et le déposa devant lui. La lumière de la lampe se refléta sur le métal.

– Tu reconnais cette bague ?

Le Cowboy baissa légèrement le regard puis le releva, le plantant avec impudence dans les yeux d'Ivan.

– On l'a trouvée dans la bouche d'une femme morte, enfilée autour d'un scarabée. Une collègue de la victime a déclaré qu'elle t'avait vu un certain nombre de fois avec elle ces derniers temps, elle t'a décrit avec une grande précision. Dans le sac de la morte on a trouvé ceci.

Le policier ouvrit le dossier qu'il tenait et en sortit un papier plié. Il le déplia et lut à haute voix :

– H., 69 89 91 22 39. On appelle pour voir qui répond ou ce n'est pas la peine ?

L'homme en face de lui ne répondit pas. Ivan sortit une photo du dossier, la posa sur la table et la poussa

* *Le théâtre d'ombres est un art très populaire en Grèce.*

vers le Cowboy. Celui-ci la regarda sans bouger de sa place. Son visage restait inexpressif.

– Irini Santalos, née au Pirée en 1980, surnommée Pépie. Elle faisait la putain dans un bordel du port. La fille qui t'a reconnu a dit que Pépie avait disparu de son travail depuis deux mois car elle avait désormais un client régulier : toi.

Le Cowboy haussa les épaules. Ivan se leva brusquement, le moment était venu d'adopter une attitude plus dure. Il éleva la voix.

– Arrête tes conneries, parce que tu es bon pour la réclusion à perpétuité. Où étais-tu hier, de cinq heures à sept heures du matin ?

Le Cowboy resta immobile, sans dire un mot.

– Tu fais le muet ? Tu as avalé ta langue ? Pourtant tu chantais tout à l'heure, hein ? Je t'ai posé une question : Où étais-tu hier matin, entre cinq et sept ?

Derrière Ivan la porte s'ouvrit et une voix féminine interrompit l'interrogatoire.

– Il était chez lui. Avec moi.

Alexandrof grimaça d'agacement. Il se leva lentement de sa chaise et se tourna en direction de la voix, pour se trouver face à une grande femme blonde aux yeux d'un vert intense. Derrière elle se tenait Kouliarakis, les sourcils tellement froncés qu'ils se rejoignaient presque, masquant complètement le seul trait qu'il avait en commun avec sa fille : ses yeux bleus.

– Et toi, qui es-tu ?

2

Il m'a entendu, le salaud, songea le lieutenant Guérès en fermant momentanément les yeux. Est-ce qu'il m'a entendu seulement quand je partais ou bien aussi quand nous le faisions avec Angie ? Il poussa un profond soupir. Les questions d'Alexandrof l'avaient mis dans une position difficile. Il avait dû reconnaître qu'il se trouvait chez le Cowboy jusqu'au petit matin, sans dire toutefois ce qu'il y faisait à une heure aussi tardive. Il avait décrit leur sortie, l'incident au bar suivi de leur retraite précipitée, et avait soutenu qu'il s'était occupé de son ami ivre sur les instances de la sœur de celui-ci, qui lui avait demandé de ne pas la laisser seule avec lui. La vérité était qu'il n'était pas du tout certain que le Cowboy dormait pendant qu'Angie et lui faisaient l'amour. Et s'il était sorti ? Il avait eu tout le temps de s'absenter et de revenir, laissant les deux autres lui fournir un magnifique alibi, aveuglés qu'ils étaient par la passion. Quoi qu'il en soit, le matin, il ne se trouvait plus sur la méridienne ; puisqu'il s'était levé pour aller aux toilettes sans qu'ils s'en aperçoivent, il aurait pu tout aussi bien être sorti.

Dimos avait l'air calme, mais il ne savait pas jusqu'à quand il arriverait à se contenir. Il contrôlait sa respiration, prenant de courtes inspirations, s'efforçant de visualiser l'air, de l'imaginer passant de part et d'autre de sa langue, pénétrant dans son larynx puis envahissant peu à peu ses poumons, gonflant les alvéoles pulmonaires et s'y trouvant enfermé, sans possibilité de s'échapper.

– Quand le jour s'est levé et que j'ai été certain qu'il ne pourrait rien lui arriver, je suis retourné à mon hôtel. La réceptionniste du matin peut le confirmer. Je ne me souviens pas de son nom, mais c'était une blonde, d'une cinquantaine d'années environ.

Ivan serra les lèvres et ferma les yeux. Il avait trop mal à la tête pour écouter ces foutaises. Il se massa les tempes, sentant la sueur dégouliner de son front, et tenta de prendre une profonde inspiration. La fenêtre était de nouveau fermée et Alexandrof avait la sensation que tout l'air de la pièce était réduit à un petit nuage qui ne parvenait plus jusqu'à ses voies respiratoires. Qu'est-ce qui lui arrivait ? Il perçut la vibration dans la table puis entendit le signal sonore qui marquait l'arrivée d'un message ; il jeta un coup d'œil à l'écran, la notification « Nouveau message de C. K. » le fit se ressaisir. La nuit précédente lui revint à l'esprit, l'expédition impromptue à Réthymnon et le retour précipité à Héraklion après le coup de fil l'informant de la découverte du cadavre. Il n'avait pas eu le temps de clarifier la situation et savait que les choses allaient encore se compliquer. Il fallait qu'il parle avec elle, mais que lui dire, sinon reconnaître sa défaite dans son combat contre le temps et les conventions sociales, et l'impuissance de sa raison à contrôler un corps vieillissant ? Il retourna son téléphone et se concentra de nouveau sur Guérès. Il mit la main dans son tiroir et répéta le geste qu'il avait effectué lors de leur première rencontre. Dimos écarquilla les yeux et sentit la salive sécher dans sa bouche, tandis qu'il contemplait la simple bague en or avec une pierre noire que lui-même n'avait pas réussi à enlever du doigt de son père la veille.

– Inutile de préciser où je l'ai trouvée. La morte est encore une prostituée. Toi, tu étais de nouveau avec ton ami. Je n'ai toujours aucun élément pour te garder, mais je t'ai à l'œil.

Guérès redressa son corps mince, la douleur dans les reins empirait, il ne pourrait bientôt plus marcher et il lui faudrait se traîner à quatre pattes, comme un sale coléoptère qui se nourrit des excréments des autres. Il sortit du bureau du policier en boitant, sans saluer, et se dirigea vers le vestibule. Dans la salle d'attente, Angie était assise sur une chaise en plastique bleu, tenant à la main un gobelet en carton à moitié rempli de café. Comme il s'avançait vers elle, elle leva la tête et le dévisagea, mais son regard était vague, comme si elle ne le reconnaissait pas. Dimos s'arrêta net, porta la main à son nez et se mit à le frotter machinalement. Antigone fit un imperceptible signe de salut ou d'abdication, puis fixa de nouveau un point devant elle en continuant à boire son café. Guérès fronça les sourcils et, suivant la direction de son regard, vit la lourde silhouette d'Ajax Vatalos s'avancer à grands pas tout en commençant à parler.

– Où l'ont-ils mis ?

Il avait la voix sévère d'un maître d'école qui gronde les enfants tardant à entrer dans la salle de classe. Angie but une nouvelle gorgée de café, Dimos porta ses mains à sa taille tout en tendant son corps en avant, il entendit ses vertèbres lombaires craquer tandis qu'une brûlure à la base de la nuque l'obligeait de nouveau à fermer les yeux.

– À l'intérieur, ton avocat est là aussi.

– Autre incapable. Je vais les chercher tous les deux – toi, rentre immédiatement à la maison. Tu as un mari et des enfants.

Le cardiologue s'éloigna, les laissant là où il les avait trouvés, sans un regard pour Guérès, comme s'il n'existait pas, ou plutôt comme s'il savait ce qui s'était passé entre sa fille et lui. C'est ce que laissait entendre sa dernière phrase, songea Dimos avec un sentiment de culpabilité. C'était la première fois qu'il sentait le père Vatalos hostile à son égard, la première fois que celui-ci prenait au sérieux les incartades de son fils au lieu d'afficher l'habituel sourire suffisant pour couvrir les frasques du « petit branleur ». Quant à lui, il avait l'impression d'avoir commis le plus grand crime du monde, à croire qu'il avait quinze ans et qu'on l'avait pincé à regarder par le trou de la serrure. Qu'il aille au diable, il avait presque quarante ans, il n'avait de comptes à rendre à personne. Antigone finit son café, posa le gobelet vide sur la chaise d'à côté et se leva.

– Où vas-tu ? chuchota-t-il entre ses dents, comme s'il avait encore peur que son père ne l'entende.

– À la maison, pour obéir à papa. Sinon, privée de dessert…

Un sourire ironique se dessina sur son visage. Dimos eut envie de la gifler et de l'embrasser en même temps, de l'attraper par les cheveux et de lécher sa gorge ou d'y enfoncer ses dents, cependant il se contenta de la regarder partir. Dès qu'il l'eut vue sortir par la porte tambour, il fit un pas en avant, saisit le gobelet vide et le serra dans sa main jusqu'à l'écraser. Deux gouttes de café tombèrent sur sa chaussure, peut-être aurait-il dû se baisser pour les essuyer, mais il ferait ça plus tard, quand il aurait moins mal au dos, ou quand la douleur l'aurait au contraire tellement plié en deux qu'il serait obligé de poser ses mains par terre pour ne pas tomber et se casser comme du verre…

Perestroïka

Héraklion, dimanche 4 juin 1989

Il sentit d'abord la brûlure sous la plante du pied, puis vit la trace de sang. Il plia le genou, tendit la main et retira soigneusement l'éclat qui s'était planté sous son gros orteil. Il observa ensuite attentivement la plaie profonde, se demandant combien de temps elle mettrait à se refermer, et si les chaussettes blanches qu'il portait avec ses nouvelles chaussures de sport seraient définitivement tachées. Le fragment pointu de porcelaine blanche provenait vraisemblablement d'une tasse, une des dernières qui restaient. Les bris de vaisselle avaient commencé à peu près un mois auparavant, et dans ce laps de temps, presque tous les verres avaient disparu ainsi que quelques assiettes, maintenant c'était le tour des tasses apparemment, bientôt peut-être suivraient les plats, les vases et tout ce qui pouvait se briser dans cette maison où, en même temps que les objets, les habitants semblaient eux aussi se détruire.

Dimos jeta le morceau de porcelaine par terre. Tant pis si quelqu'un d'autre marchait dessus, même si c'était lui, il était hors de question qu'il ramasse quelque chose qu'il n'avait pas cassé.

Qui sème des clous, récolte des blessures, songea-t-il en paraphrasant un aphorisme qu'il avait entendu en cours d'histoire. « Qui sème le vent, récolte la tempête », avait dit le professeur et Dimos avait noté cette phrase dans sa tête, se mettant aussitôt à chercher des variantes pour tester ses possibles applications. Il eut le sentiment d'avoir pleinement assimilé sa signification, ce qui l'emplit de satisfaction.

En rentrant du basket, il avait trouvé la maison vide ; son père devait encore être à une réunion du parti, les élections approchaient. Sa mère était sans doute allée se promener, il ignorait où, dans le meilleur des cas chez son amie, pour parler et boire. Il en allait ainsi après chaque dispute, chacun vaquait à ses occupations jusqu'à la suivante, l'abandonnant à lui-même, libre de faire ce qui lui chantait. D'autres auraient payé pour jouir d'une telle liberté, mais lui aurait préféré avoir simplement des parents normaux. Qu'est-ce qui s'était donc passé ce dernier mois ? D'accord, tout n'était pas rose auparavant, mais à présent la situation était hors de contrôle. Les disputes étaient devenues quotidiennes ; quand elles éclataient, ils le chassaient, lui disaient d'aller se promener, ils prenaient parfois même les devants :

– Tu n'irais pas chez Héraklis cet après-midi ?

Des disputes programmées, putain de merde, ce n'était pas possible.

Qui sème la dispute, récolte le divorce, tenta-t-il dans une nouvelle version qui ne le satisfit pas pleinement.

L'année scolaire se terminait, à la rentrée prochaine il irait au lycée. C'était un excellent élève, il était grand, réussissait bien au basket, n'avait pas trop de boutons, et s'il n'avait pas de petite amie, c'est qu'il n'avait pas trouvé de fille qui lui plaise vraiment. Les choses auraient donc pu aller plutôt bien, mais ce n'était pas le cas. Il était déjà presque huit heures, la nuit allait bientôt tomber, c'était dimanche et il ne savait pas quoi faire ; si encore on avait été samedi, il aurait pu descendre au Kafetheatro voir s'il y rencontrait quelqu'un, Kaitie y serait avec ses copines. Elles ne le traitaient pas comme un gamin, même si elles étaient en terminale, elles lui parlaient volontiers et lui offraient parfois une cigarette. Il y aurait peut-être aussi Angie, la sœur du Cowboy, avec ses cheveux blonds et ses yeux verts, mais le dimanche, personne n'allait en ville. Sans compter que dernièrement Kaitie était devenue invisible et, quand par hasard il la voyait, elle était bizarre, elle devait de nouveau avoir un petit ami. Où allait-elle les chercher, tous ces crétins ? Au moins, avec sa connerie de parti, son père rentrerait tard, et il passerait quelques heures avec sa mère à regarder la télévision, si bien sûr elle finissait par arriver et si elle n'était pas trop énervée. Elle sortait tous les après-midi, en général pour aller chez Sophie, avec qui elle était amie depuis le collège.

– Si tu veux savoir quelque chose sur moi, demande à Sophie, avait-elle coutume de dire, signifiant ainsi qu'elle n'avait aucun secret pour elle et que personne ne la connaissait mieux.

Un jour peut-être Dimos prendrait Sophie à part et lui demanderait ce qui se passait depuis un mois, elle saurait le lui dire. Il la prierait aussi de ne pas la laisser boire autant, il n'aimait pas son haleine qui sentait l'alcool, ni son humeur qui passait de la colère à la joie et du calme à la tempête à une vitesse plus grande que celle du puissant vent du sud qui faisait tourner le petit moulin à vent qu'il avait cloué au pied du citronnier dans le jardin.

Il laissa le ballon rouler par terre, ouvrit la fenêtre, le parfum du chèvrefeuille entra dans la pièce, il soupira ; que diable devait-il faire ? Souvent il lui semblait que plus rien n'avait de sens. Il pensait souvent à cette haute meurtrière au Koulès, un jour où ils étaient montés au sommet du fort avec ses copains ; en dessous il y avait la mer et les rochers, un instant il s'était senti attiré par le vide, il avait oscillé à l'extrême bord, pris une profonde inspiration et fermé les yeux, mais quelqu'un l'avait attrapé par la jambe du pantalon, le ramenant à la réalité. Un jour il monterait là-haut et ferait le grand saut, il volerait comme un oiseau et personne ne le pleurerait. Il regarda le gros livre posé sur la table servant de bureau. *Antilexikon ou dictionnaire onomastique de la langue grecque*, disait le titre, et dessous il y avait une image qui semblait empruntée à un vase antique : on voyait une sorte de Sphinx installé en haut d'une colonne, au pied de laquelle se tenait un homme barbu, la main sous le menton, qui paraissait songeur. Lorsqu'il l'avait tenu en main pour la première fois, il l'avait feuilleté en essayant de comprendre comment il fallait s'en servir. Dans l'index qui se trouvait à la fin, il avait remarqué qu'un feuillet était corné. Il avait ouvert le volume à cette page et vu que sa mère avait encerclé le mot « ombre », ainsi que les onze autres mots qui permettaient de le définir et étaient disposés en colonne. Il avait supposé que sa mère avait cherché ce mot et l'avait noté. Il n'avait toujours pas compris pourquoi elle lui avait offert ce livre à Noël.

– Ne cache jamais ce que tu es, lui avait-elle dit en le lui donnant. Pas comme moi... avait-elle ensuite murmuré, croyant que Dimos ne l'entendrait pas.

Il l'avait remerciée, bien qu'il eût préféré recevoir les nouvelles Air Jordan rouges avec les semelles à coussin d'air – ça ne faisait rien, en insistant un peu son père les lui achèterait, ce qui arriva effectivement.

Il prit le livre, l'ouvrit à l'index, lut « suicide », « autodestruction », avec les numéros renvoyant aux articles correspondants. Il alla voir la première référence, c'était le mot « meurtre ». « Démarche désespérée » et « harakiri » ne lui plurent pas, il alla à la deuxième référence, au mot « catastrophe ». « Auto-extermination » lui parut plus intéressant, peut-être qu'un jour je m'auto-exterminerai, se dit-il, puis il tira le rideau sans fermer la fenêtre. Il ouvrit le magnétophone et mit la cassette depuis le début, la chanson lui trottait dans la tête et il l'écoutait continuellement, bientôt la cassette serait abîmée, mais ce n'était pas grave, il demanderait à Héraklis, qui avait le disque, de la lui enregistrer de nouveau. Il enleva son tee-shirt, le jeta par terre, reprit son ballon et retourna au salon.

Il alluma la télévision en couleurs qu'ils avaient achetée juste un mois auparavant, alors que tous ses copains en avaient déjà une, il avait dû aller voir le précédent championnat d'Europe de basket chez son oncle, exilé de chez lui même pour les festivités, mais il verrait celui de cette année ici, ils n'auraient qu'à aller se disputer ailleurs. Sur l'écran apparut une file de tanks arrêtés dans une grande avenue, et devant eux un jeune homme immobile, obstacle inattendu à leur progression. Dimos continua à regarder, le tank de devant manœuvrait, tentant de contourner l'obstacle par la droite ou la gauche, mais le jeune homme le suivait, comme si un fil invisible le reliait à lui, telle la marionnette au marionnettiste, sans que Dimos sache qui était qui, ni du côté de qui il se trouvait lui-même.

– Écrase-le, ce minable ! s'entendit-il murmurer, avant que l'image ne soit remplacée par le visage du présentateur décrivant la situation tragique.

Il éteignit la télévision et alla dans la salle de bains, l'eau devait être chaude à présent, il regarda son visage dans le miroir, quelques poils poussaient par-ci, par-là, il eut le sentiment qu'ils n'épaissiraient jamais ; il avait entendu que, si on se rase, ils deviennent plus forts et qu'une barbe véritable pousse, cela lui donnerait l'air plus âgé. Peut-être y avait-il quelque part un rasoir propre, il se mit à chercher dans le petit placard au-dessus du lavabo, rien. Tout à coup il se souvint que sa mère se rasait les jambes, peut-être en aurait-elle un dans sa chambre. Il y alla, ouvrit le tiroir où Aphrodite entassait toutes sortes de choses pêle-mêle, depuis des papiers officiels jusqu'à des cosmétiques et des médicaments, et se mit à farfouiller ; il ressentait toujours une légère excitation à toucher ses objets personnels, ombre à paupières, rouge à lèvres, boîte de tampons – il la prit, l'ouvrit, en sortit un, qu'est-ce que ça pouvait bien être, le remit dedans. Au fond, une autre boîte, il la sortit, lut dessus « Prédictor ».

– Dimos !

Qu'est-ce que le Cowboy pouvait bien lui vouloir, alors qu'ils avaient passé l'après-midi ensemble ?

– Qu'est-ce que tu veux, mon vieux ?

– Où es-tu ? Viens voir !

– J'arrive.

Il jeta la boîte au hasard dans le tiroir et le referma en hâte. Héraklis était déjà entré en escaladant la fenêtre de sa chambre et appuyait sur la touche Play du magnétophone, un immense sourire sur le visage.

– Regarde !

Il leva la main et la clé étincela devant les yeux de Dimos tandis qu'on entendait une fois de plus l'introduction de *Un jour ils viendront te dire* de Pavlos Sidiropoulos.

3

Sa chemise lui collait à la peau, la sueur saturait ses pores, les empêchant de respirer, il souhaita que le vent se lève un peu, une petite brise fraîche qui chasserait loin les pensées négatives et l'odeur de mort qui le suivait, où qu'il se trouve. Il regarda l'horloge de son téléphone portable : dix heures trente-cinq. Les chiffres lumineux ne voulaient plus rien dire, ces derniers jours le temps avait perdu sa signification conventionnelle, il dormait et se réveillait à des heures irrégulières, le programme qui ordonnait jusque-là sa vie, avec réveil obligatoire à sept heures du matin, avait été bouleversé, sans qu'il sache s'il devait s'en réjouir ou regretter un passé récent qu'il avait toujours maudit. Il y avait de la lumière au salon, les lueurs changeantes qui se reflétaient sur la vitre signalaient que quelqu'un regardait la télévision, essayant peut-être d'évaluer la lettre que le chef de SYRIZA avait envoyée aux représentants de la Troïka et de décider si elle était ou non suffisamment sévère, ou attendant l'heure de suivre l'interview des nouvelles stars du petit écran, les deux députés d'Aube dorée, qui serait diffusée à minuit. De son côté, Guérès n'attendait son salut de personne, ni de la nouvelle gauche, ni des néofascistes. Il ne croyait pas que le changement puisse venir des hommes politiques, c'était l'une des raisons pour lesquelles il ne votait pas, tous ceux qui recherchent le pouvoir en promettant des lendemains qui chantent sont condamnés ensuite à payer des traites pour rembourser leurs dettes, pensait-il.

Cela lui faisait bizarre d'espionner sa propre maison, par instants il avait peur de se voir lui-même à l'une des fenêtres et il battait brusquement en retraite, mais il voulait s'assurer que personne d'autre ne se trouvait à l'intérieur, à part ceux dont c'était la place, un mourant et une assistante-ménagère entre deux âges, afin de surprendre Tsveta pour l'obliger à lui dire tout ce qu'elle savait. Si ce n'était pas elle qui avait pris la bague, elle saurait qui avait rendu visite à son père entre le moment où il l'avait vu, la veille après-midi, et le lever du jour, où l'on avait découvert le cadavre de la femme.

La rue était déserte, les Hérakliotes étaient cloîtrés chez eux ; désarçonnés par la crise économique, qui ne cessait d'empirer, ils se raccrochaient à la télévision. Dimos décolla son dos du poteau électrique, sentant la sueur couler le long de sa colonne vertébrale, et se dirigea vers l'entrée de la maison. Le portail rouillé était entrouvert, il passa sans le toucher, arriva sur le perron et sonna. Quelques secondes de silence puis une voix :

– Qui est-ce ?

– Dimos, répondit-il laconiquement. La porte s'ouvrit telle la caverne d'Ali Baba, la femme lui sourit et s'effaça pour le laisser passer.

– Papa toujours pareil.

– Dimos pas pareil. Dimos a foutu bordel, saute sœur d'ami et gens tués tout autour avec bagues parents dans la bouche, faillit-il dire, mais il se contenta de hocher la tête et s'avança dans le couloir.

Le vieux Guérès se trouvait dans la même position que la veille, attendant une fin qui tardait, et son fils, son fils unique chéri, perdu depuis des années, s'approcha de lui avec précaution ; la bague se trouvait à sa place à son annulaire. Il se pencha légèrement pour la regarder, quelque chose n'allait pas, il y avait une marque tout autour, comme si la peau était partie et que n'était resté que l'os. La bague semblait avoir été déplacée ou avoir rétréci. Dimos fit mine d'approcher la main, Thomas incrédule voulant mettre son doigt « dans la marque des clous », mais n'alla pas jusqu'au bout de son geste, échaudé par l'incident de la veille. Il se frotta machinalement le nez, prit une profonde inspiration et saisit l'anneau. Cette fois il glissa facilement du doigt et se retrouva dans sa main – c'était évident, quelque chose avait changé. Il l'examina attentivement, sa surface était plus rêche et le noir de la pierre était plus vif, comme si elle avait été polie récemment ; à l'intérieur, la même date était gravée, avec les initiales E. S., sauf que de la terre semblait s'être incrustée dans les sillons. Il la remit à sa place et retourna au salon où Tsveta regardait la télévision.

– J'attends voir Aube dorée.

– Éteins la télé. J'ai à te parler.

La femme fit la moue mais obéit, jetant en même temps un coup d'œil à la pendule murale et calculant le temps qu'il restait jusqu'au début de l'émission.

– Tu as enlevé la bague de mon père ?

– Quelle bague ?

– Celle qu'il porte à la main gauche, avec une pierre noire.

– Non, pas touchée.

– Qui est venu hier après mon départ ?

– M. Tassos seulement, personne d'autre.

– Quel M. Tassos ?

– Frère de papa, avec sa femme.

L'oncle Tassos, le père de Kaitie… Il ne l'avait jamais beaucoup aimé en raison du conservatisme et de la sévérité qui le caractérisaient, ainsi que de la manière dont il se comportait avec ses enfants, voulant contrôler le moindre aspect de leur vie, mais était-ce possible ? Il devait maintenant avoir dans les soixante-quinze ans – aurait-il pu le faire, lui, changer la bague de la main de son frère mourant et mettre l'autre dans la bouche d'une morte ? Et pourquoi un homme proche de la fin de son existence irait-il ôter leur vie à d'autres, quel pourrait être son mobile, en dehors d'une crise de folie ou peut-être de la manifestation d'un instinct primitif, le même qui pousse le condamné à mort à prendre à la gorge le bourreau, dans le désir de vivre une ultime vengeance.

Les associations d'idées se bousculaient dans l'esprit de Dimos, sa jambe s'ankylosait de plus en plus, il secoua la tête comme s'il se réveillait et regarda la femme qui était restée debout, la main tendue vers la télécommande, dans une tentative désespérée d'arrêter le temps jusqu'à ce que ce visiteur inopiné s'en aille et qu'elle appuie enfin sur le bouton qui lui donnerait ce qu'elle attendait tout ce temps, une fausse image de la réalité, un signe dans cette nuit de mai.

– Réfléchis bien, Tsveta, personne d'autre n'est venu ?

– Non, je jure…

Elle était prête à fondre en larmes. Dimos n'était pas totalement convaincu, mais il ne voulait pas trop insister. Les interrogatoires n'étaient pas son fort, pourtant il sentait que la femme ne lui mentait pas, et qu'avait été dit tout ce qui pouvait l'être ce soir-là. Il partit sans dire « bonne nuit ». Au moment où il sortait, il entendit qu'elle rallumait la télévision. Vraiment, qu'est-ce que cette femme espérait entendre de ces types, qu'est-ce qui pousse les gens à contempler l'image du danger ? La conviction que l'on n'est pas soi-même menacé ou l'attirance pour l'inéluctable ?

Guérès descendit à pied vers le centre, malgré l'humidité qui accentuait la douleur et sa claudication. Il longea les remparts en dessous du tombeau de Kazantzaki, vit avec effroi se dresser devant lui le gigantesque bâtiment en béton inachevé avec son inscription « Centre culturel », et s'enfonça une fois de plus dans les ruelles étroites du Lakkos, le Fossé. Ce quartier où fleurissaient autrefois les bouges et les bordels était désormais en pleine mutation, et de mal famé était en train de devenir résidentiel. Les masures des Gitans coexistaient avec des constructions flambant neuves, l'asphalte était défoncé, plein d'ornières, de gravats et d'enfants pieds nus qui sortaient de tous les coins et serraient les poings en le regardant. Quand il était petit, il allait jouer au foot au stade Ergotelis sur la colline Martinengo, en face du Lakkos, là où était enterré Nikos Kazantzaki. Un jour, il devait avoir dix ans à peu près, il descendait le nez au vent quand un de ces garçons vint se planter devant lui. Il ne ressemblait pas vraiment à un Gitan mais il avait un regard dur, des cheveux noirs et raides, des chaussures trouées. Dimos faisait une bonne tête de plus que lui. Le garçon le somma de lui donner ses chaussures, des chaussures en cuir noir qu'il avait achetées la semaine précédente et dont il était très fier. Dimos refusa et tenta de s'enfuir, mais l'autre le bouscula et le fit tomber par terre. Terrorisé, il avait enlevé ses chaussures et les lui avait données, puis était rentré pieds nus chez lui, sans rien dire à personne. Le lendemain, il avait dû casser sa tirelire pour acheter une nouvelle paire afin que ses parents ne s'aperçoivent pas qu'il ne les avait plus. Les chaussures étaient identiques mais ce n'était pas la même chose. Le jour même il déclara à ses parents qu'il voulait arrêter le football. Un mois plus tard, il rencontra de nouveau le même garçon. Trois grands l'avaient acculé dans un coin et le frappaient. Dimos s'arrêta à l'écart pour observer la scène. Puis il alla se cacher derrière un mur de clôture en ruine, ramassa des pierres et des briques et se mit à les lancer vers les attaquants. Le voleur de chaussures réussit à s'échapper, le rejoignit et ils partirent tous les deux en courant. Lorsqu'ils furent assurés d'avoir échappé à leurs poursuivants, ils s'arrêtèrent, se regardèrent et se serrèrent la main. Depuis lors, chaque fois qu'ils s'apercevaient de loin, ils se saluaient en cachette, jusqu'au jour où, ayant grandi, ils cessèrent de se rencontrer. Il n'avait pas récupéré ses chaussures et n'était pas non plus revenu sur sa décision de changer de sport, mais il n'avait plus jamais eu peur en traversant le Lakkos, et même maintenant il sentait comme une ombre protectrice se déployer au-dessus de lui.

Il parcourut rapidement les ruelles et déboucha dans la rue Agiou Mina, là où se trouvait l'église du même nom, la cathédrale de la ville, à côté de laquelle on pouvait voir une bombe de la Deuxième Guerre mondiale. Selon la légende, elle était tombée à l'intérieur du sanctuaire mais le saint ne l'avait pas laissé exploser, protégeant ainsi ses ouailles. Dimos posa avec précaution sa main dessus – y avait-il un risque qu'elle explose un jour, se demanda-t-il, et si oui, serait-ce par la volonté du saint qui se serait lassé d'accorder sa protection, ou à cause d'un événement fortuit, le déverrouillage d'une goupille sous le poids des siècles ? Ne recevant pas de réponse, il poursuivit son chemin vers le centre de la ville, il n'avait pas envie de rentrer à l'hôtel ni de dormir. Cependant il était trop tard pour aller voir son oncle, d'autant plus qu'il n'avait pas de prétexte pour justifier sa visite. Il descendit vers le port, dans la zone où se trouvaient les maisons closes, peut-être dénicherait-il une professionnelle disposée à parler de ses consœurs disparues dans la nuit.

Lui-même n'était jamais allé au bordel. Quand il était élève de terminale et rentrait le soir du cours privé, il passait devant un de ces établissements, pas loin de là, dans une des ruelles reliant l'église Agios Minas à l'avenue Kalokairinou. C'était une vieille bicoque, avec une petite cour intérieure et une porte métallique surmontée d'une faible lampe. Il avait été frappé du fait que la lumière n'était pas rouge, mais jaunâtre, ce qui lui donnait un air maladif, si bien qu'il aurait voulu entrer leur dire de la changer, mais il n'avait jamais osé. Une fois seulement, où la porte était entrebâillée, il avait passé la tête pour jeter un coup d'œil, mais s'était enfui en courant dès qu'il s'était rendu compte qu'une femme le regardait depuis l'intérieur.

Il savait que la plupart des maisons de passe se trouvaient sur la rue qui longeait la mer, à proximité du vieux port. Quand il était petit, croyait-il se souvenir, il y en avait une près de l'ancien marché aux légumes, à un jet de pierre de l'endroit où il avait trouvé la première morte ; il n'avait qu'à aller de ce côté et il verrait bien ce qu'il en était. Il descendit la rue Handakos, désormais une voie piétonne bordée de cafétérias, pleines de gens venus profiter de cette soirée de mai en buvant une bière et en bavardant. Guérès mit ses mains dans ses poches, baissa la tête en l'enfonçant dans les épaules et arriva à la mer sans jeter un seul regard à ceux qui étaient assis à droite et à gauche. Il avait froid et horriblement mal à la jambe, sans doute aurait-il mieux valu rebrousser chemin pour aller boire un raki quelque part ou téléphoner à Kaitie pour savoir comment elle allait et lui tirer les vers du nez au sujet de son père. Il regarda son portable, il était onze heures et demie, heure indue pour un coup de fil mais idéale pour une visite dans une maison de tolérance. Au fait, est-ce que ces établissements ont des horaires ? se demanda-t-il avant de tourner à gauche et de commencer à marcher sur la nouvelle route côtière, parallèlement à la mer.

La maison avec la petite lumière était encore là où il en avait le souvenir, ce qui faisait probablement d'elle l'entreprise la plus ancienne de la ville. On ne voyait personne à l'extérieur et les volets étaient fermés. Dimos s'approcha et poussa discrètement la porte. À son âge, il était encore gêné à l'idée que quelqu'un puisse le voir. À l'instant où il se préparait à franchir le seuil et à saluer la vieille maquerelle qui venait à sa rencontre, il sentit une main masculine se poser lourdement sur son épaule.

4

Il avait déjà jeté l'homme à terre et son poing se dirigeait vers son visage, quand le regard vide dans les yeux presque incolores et la voix qui s'adressait en chuchotant à un interlocuteur invisible le firent suspendre son geste, à l'instant précis où il sentait sur ses phalanges la surface rêche de la joue pas rasée. Sous son poing, il reconnut le fou au téléphone portable, celui qui se tenait au milieu de la place de l'église Agios Titos et parlait dans sa main comme s'il s'agissait d'un combiné.

– Attends une minute, l'entendit-il dire tout essoufflé.

Guérès se redressa brusquement et se releva en se frottant le poing.

– Ils veulent te parler, insista l'autre, signal urgent, silence radio.

Il mit un certain temps à comprendre que l'homme lui tendait la main, c'est-à-dire le téléphone imaginaire par lequel il communiquait avec Dieu sait quel monde, pour qu'il parle à son tour.

– Fiche-moi la paix, murmura-t-il, tandis que la maquerelle arrivait à la porte.

– Celui qui n'écoute pas n'apprend pas, poursuivit l'homme encore au sol.

Guérès, tout en tournant le dos, perçut dans sa voix la prononciation chantante des gens de Réthymnon.

La femme entreprit de le morigéner :

– Qu'est-ce qu'Aristotelis t'a fait, mon bon, pour que tu le jettes par terre ? C'est un homme de Dieu, il ne ferait pas de mal à une mouche.

Dimos la regarda avec agacement, c'était bien le moment de lui faire un sermon. Il songea à révéler son identité et à commencer les menaces, mais il préféra garder cette arme pour le cas où les choses se gâteraient. Il savait que si on veut apprendre quelque chose, il vaut mieux se concilier l'autre que s'en faire un ennemi. Il s'avança vers l'intérieur de l'« établissement », tandis que la femme aidait l'homme à se relever.

– Le scarabée mangera la sauterelle, cria le vieux au moment où la porte se refermait.

Dimos secoua la tête.

– Oui, oui, et le pharaon sera frappé des dix plaies d'Égypte, murmura-t-il en essuyant ses mains sur son pantalon et en remettant sa chemise en place.

– Les filles sont au salon, va choisir. Trente euros pour l'ordinaire, cinquante pour le programme complet, préservatif obligatoire, l'argent tout de suite et je ne veux plus entendre parler de violences. Allez, va tirer un coup pour te calmer.

– Elles sont grecques ?

– Elles sont ce que tu veux et tu peux les appeler comme il te plaît.

Il sortit trente euros de sa poche, renonçant à demander ce que comprenait le programme complet, malgré sa curiosité. Il s'avança vers la porte verte écaillée que lui désignait la femme, marchant sur un sol en granito d'un jaune décoloré avec des carreaux de plastique vert collés ici et là. Les « filles » étaient assises sur un canapé râpé qui avait dû être rouge un jour mais dont la couleur hésitait à présent entre le beige et le marron. Elles étaient trois : la première devait avoir au moins quarante ans, très maigre, les cheveux teints en noir, un rouge à lèvres vermillon, des dents de travers qu'elle tentait de cacher par un sourire pincé ; la deuxième, une blonde platinée, du même âge à peu près mais plus en chair, avec une poitrine blanche qui débordait de sa combinaison synthétique verte, n'était certainement pas grecque ; la troisième, brune elle aussi, l'air plus jeune, moins de trente ans, avait les ongles vernis rouges, les cheveux bouclés et un petit tatouage sur son épaule gauche dénudée, représentant une femme debout sur un rocher disant adieu à un bateau. Les « filles » mâchaient toutes les trois du chewing-gum.

– Vos noms ?

– Mairy.

– Eva.

– Sissi.

Des diminutifs courts de deux syllabes, commodes, faciles à prononcer. Guérès les regarda de nouveau. Il songea que les jeunes parlent plus facilement, de plus les deux victimes avaient autour de trente ans, peut-être se connaissaient-elles entre femmes du même âge, peut-être aussi qu'une jeune, plus fraîche dans le métier, n'aurait pas encore appris à résister à la pression. Il s'approcha de la jeune femme au tatouage, celle qui avait déclaré s'appeler Sissi, un faux nom certainement, mais les autres n'étaient sans doute pas plus authentiques. Ils suivirent un couloir sombre avec deux portes de chaque côté, toutes passées à la même peinture à l'huile verte. Sissi ouvrit la deuxième porte à droite et ils entrèrent dans une pièce étroite, au centre de laquelle il y avait un lit, encadré par un lavabo du côté de la fenêtre et une table de nuit démantibulée de l'autre. La femme s'assit, ouvrit le tiroir de la table de nuit et en sortit un préservatif.

– Tu le mets ou c'est moi qui le fais ?

Sa voix était aiguë, presque un miaulement, on ne pouvait pas dire que c'était particulièrement érotique, pourtant Dimos fut tenté un instant – il avait payé les trente euros, que diable, il y avait droit. Il tendit la main, prit le préservatif et le rejeta dans le tiroir.

– Ah ! tu préfères sans ? Pour cinquante euros de plus, je peux même avaler, mais pas un mot dehors.

Guérès sortit son portefeuille de sa poche gauche, en tira un billet de cinquante euros et l'agita devant ses yeux. Elle fit mine de le prendre mais il l'arrêta.

– Tu vas le gagner plus facilement que tu ne le crois. En échange d'une petite conversation.

Sissi se leva, son attitude avait complètement changé.

– De quoi est-ce qu'on va parler ?

– D'abord de ces deux femmes, et ensuite d'un grand type avec une moto rouge, dit-il en lui mettant sous les yeux les photographies des deux victimes.

– Je ne connais aucune moto, fit-elle en esquissant un mouvement vers la porte, sans même jeter un coup d'œil aux photos.

Dimos l'attrapa par le poignet, sortit sa carte de police et la lui montra.

– Choisis, soit on discute, soit je te dénonce là dehors et ensuite on va au poste, on vérifie tes papiers et je fais une belle déposition comme quoi tu exerces sans protection, on verra bien qui de nous deux ils croiront.

– Salaud.

– Tu as raison, mais ça ne change rien. Alors, on discute ?

Elle fit oui de la tête, Guérès lâcha sa main et elle s'assit sur l'unique chaise de la pièce. Elle prit les photos que lui tendait Guérès et sembla les regarder attentivement. Un sourire mélancolique se dessina sur son visage.

– Parle-moi de ces filles.

– J'en connaissais une, la brune. On allait faire nos courses ensemble, de temps en temps.

– Vos courses ?

Il la regarda d'un air interrogateur. En guise de réponse, elle lui montra l'intérieur de son bras, plein de piqûres de seringue.

– Sauf qu'elle disait qu'elle avait arrêté. Elle était clean depuis deux mois, depuis que ce type avait fait son apparition.

Elle fit un geste vague en direction de la photographie que tenait Dimos.

– Héraklis ?

– Je ne sais pas comment il s'appelle. Il est venu un soir avec une femme, ils sont entrés dans une chambre avec Tina, ça nous a paru bizarre, mais d'un autre côté les gens ont des vices, tu sais, les parties à trois et tout ça, alors « Madame » nous a dit de la fermer, et à partir de ce jour Tina a changé, elle ne venait plus travailler, une fois j'ai demandé pourquoi et « Madame » m'a dit : « Occupe-toi de tes affaires », et j'ai obéi.

– Cette femme… comment était-elle ?

– Elle portait un imperméable beige avec une capuche et de grosses lunettes de soleil, même à l'intérieur, je ne l'ai presque pas vue, quand ils sont partis je travaillais.

– Tu les as revus ? Tu es sûre que c'était lui ?

– Oui, je les ai aperçus un jour par hasard, près de Talos, j'ai vu Tina de loin et le type est arrivé avec la moto rouge dont tu parlais, ça fait plus d'un mois, je ne l'ai plus revue après.

– Chez qui est-ce que tu te fournis ?

La jeune femme rit.

– Il faudra beaucoup plus qu'un billet de cinquante euros pour ce genre d'information. Demande à tes collègues, eux ils savent, et tu peux être sûr que cette fois c'est moi qu'ils croiront.

Il se leva, laissant discrètement les cinquante euros dans le tiroir de la table de nuit. Il n'avait pas de raison d'insister, il en avait déjà beaucoup appris.

– Pas un mot dehors, si tu ne veux pas avoir d'ennuis.

La jeune femme fit une croix avec ses deux index, l'embrassa, puis de ses mains dessina deux cercles imaginaires de chaque côté de son visage, avec une moue ironique. Dimos sourit imperceptiblement à ce serment enfantin, fit un signe d'adieu et quitta la pièce. Il longea le couloir en se lissant les cheveux, passa devant les « filles » et « Madame », puis, sans un mot, sortit dans la rue. Il regarda autour de lui, le fou au téléphone n'était pas dans les parages, il avait mal à la tête, une pluie fine s'était mise à tomber, il aurait lui aussi besoin d'un imperméable, comme la femme qui accompagnait Héraklis. Se pouvait-il que ce fût Angie, une affaire de famille dans laquelle ils l'auraient entraînée ? Se jouaient-ils tous les deux de lui ? Et pourquoi ? Comme il baissait la tête en remontant le col de sa chemise pour protéger sa nuque, il vit tout à coup briller quelque chose, à l'endroit précis où il avait jeté l'homme à terre. Cela ressemblait à un petit flacon ; il le saisit et le leva en l'air, à la lumière de la lune on voyait à l'intérieur quatre grosses chenilles blanches répugnantes, avec une tête rouge.

5

Vendredi 11 mai 2012

Il claqua violemment la porte derrière lui et sortit. La peau le brûlait, les yeux lui sortaient des orbites et à force de serrer les poings, les ongles lui entraient dans la peau. Il était idiot, jobard, aveugle ! Il sentait que cette fois-ci il ne parviendrait pas à contrôler sa colère. Il palpa machinalement la poche d'un blouson inexistant – il n'avait pas emporté ses cachets, il allait encore affronter le combat désarmé. Il regarda autour de lui, des pierres, de la terre, et la mer en face, avec un vent qui venait de se lever, du sud apparemment, et qui lui envoyait de la poussière à la figure.

– Va te faire foutre toi aussi, fils de pute ! murmura-t-il entre ses dents, donnant un coup de pied à une énorme pierre avant de se mettre à hurler.

Une voiture passa sur la voie principale, les phares tombèrent sur Dimos et un klaxon moqueur vint compléter la scène. Guérès était hors d'haleine. Il avait arpenté la rue de la mer dans un sens et dans l'autre, était entré par toutes les portes ouvertes, mais nulle part n'avait rencontré le fou. La dernière porte qu'il avait poussée, un vieux battant en bois déglingué à la peinture mauve écaillée, lui avait révélé une pièce sale dans laquelle quatre Pakistanais dormaient les uns sur les autres. Une ampoule faiblarde éclairait l'endroit. Les quatre hommes s'étaient redressés d'un bond et lui avaient dit quelque chose dans leur langue, d'un ton calme et conciliant, mais en levant les mains en l'air. Ça se voyait donc tant qu'il était flic, et ces gens étaient donc tellement habitués aux violations de leur espace privé, aux contrôles et aux poursuites, qu'ils se rendaient tout simplement sans discussion ? Sans un mot il était sorti et avait laissé exploser sa rage. Maintenant qu'il était en train de se calmer, il sentait le regard des quatre hommes sur lui, l'un d'eux fit même deux pas dans sa direction, mais Dimos leva la main pour l'arrêter, il n'avait besoin de l'aide ni de la pitié de personne.

Quel imbécile il faisait, songeait-il, il le tenait entre ses mains et il l'avait laissé filer. C'était la faute de la mère maquerelle, elle s'était jetée sur lui comme un vautour et l'avait détourné du type. La vieille mégère cachait peut-être quelque chose, mais il ne voulait pas l'interroger maintenant, il était sûr de n'obtenir aucun résultat, il voulait croire que la petite n'avait pas révélé sa véritable identité, lui ménageant ainsi la possibilité d'une seconde visite. Heureusement, il n'avait pas perdu son sang-froid devant elle, il n'était pas revenu sur ses pas, mais avait essayé de repérer dans les environs l'homme au téléphone imaginaire. En vain. C'était comme si la terre s'était ouverte et l'avait avalé, à moins qu'il ne vive en son sein, en compagnie des vers qu'il transportait.

Ses chaussures étaient couvertes de poussière, ses doigts endoloris, il les fit bouger pour s'assurer qu'ils étaient intacts, puis il sortit de sa poche le petit bocal contenant les invertébrés et le regarda à la faible lumière. Il lui sembla que l'un d'entre eux avait cessé de remuer. Il agita le flacon, aucune réaction. De quelle espèce s'agissait-il exactement ? Qui pourrait le lui dire ? Presque en face de lui se trouvait le musée d'Histoire naturelle, un grand bâtiment vert qu'il avait aperçu le jour de son arrivée depuis la voiture de patrouille et dont ses collègues lui avaient appris la fonction – il ne se souvenait pas qu'il ait existé lorsqu'il vivait à Héraklion –, là on saurait le renseigner, mais pas à cette heure-ci.

Il respira un grand coup et remit le bocal dans sa poche. Cela faisait trois jours qu'il n'avait pas parlé avec Magda, un record depuis qu'ils s'étaient rencontrés, presque quatre ans auparavant. Il aurait voulu entendre sa voix, mais il était trop tard. S'il l'appelait, il la réveillerait, et pour lui parler de quoi, de vers, de putes et de Pakistanais qui lèvent les mains en l'air sans protester ? Il se mit à errer dans les ruelles étroites derrière l'ancien marché, dans le secteur d'Agia Triada. Quelque part par là devait se trouver le Trombone, la boîte où il avait assisté à ses premiers concerts live, avec le Cowboy ; c'est là qu'ils avaient écouté pour la première fois des chansons de Sidiropoulos, l'année où ils avaient passé là le réveillon du 31 janvier à attendre une fille qui était arrivée en retard, avec un autre garçon, un élève de troisième qui la trouvait à son goût,

Dimos le savait. Quand il était rentré à la maison au petit matin avec le Cowboy qui se moquait de son béguin, il avait eu le pressentiment que l'année serait difficile, et l'avenir lui avait donné raison. Il se souviendrait toujours de cette période, en particulier l'été tragique avant l'entrée au lycée, c'est là que tout s'était passé, c'est le moment où sa vie était partie en vrille. Il se rappelait le premier accès de colère qui l'avait saisi. Il avait battu ce garçon du lycée professionnel – comment s'appelait-il ? –, il était plus grand que lui et paraissait plus fort, mais un voile avait couvert ses yeux lorsqu'il l'avait entendu insulter sa mère.

– Putain de ta mère, connard ! avait-il dit, et avant même que la phrase soit achevée, Dimos lui avait bondi dessus, l'avait jeté par terre et s'était mis à le frapper de toutes ses forces.

Le Cowboy lui avait dit ensuite qu'il avait été impossible de le lui arracher. Il lui avait cassé une dent, il se souvenait encore de la marque que ce coup avait laissée sur sa main. Quand les avait-on séparés, quand les deux groupes s'étaient-ils éloignés, il l'avait oublié ; il se souvenait simplement que Drimiskianakis avait réussi à chasser les autres en deux temps trois mouvements, et aussi que l'élève du lycée professionnel pleurait et était parti en menaçant : « On ne va pas en rester là, connard », mais on en était resté là et il ne l'avait jamais revu, comment les gens pouvaient-ils ainsi disparaître dans une aussi petite ville ?

C'était sans doute une bonne idée de parler avec son ancien camarade, les gens de la nuit connaissent le monde de la rue, peut-être saurait-il qui était ce fou, qui au bout du compte n'avait pas l'air si fou que ça ; de toute façon il avait besoin de boire un verre. Il regarda une dernière fois autour de lui, tout était désert et il n'avait aucune chance de retrouver le Trombone. Il mit les mains dans les poches et entreprit de remonter vers le centre de la ville.

6

Ivan venait de se réveiller d'un horrible cauchemar. Il se tenait au-dessus d'un puits et regardait la poulie qui tournait toute seule, faisant remonter un seau métallique au bout d'une corde. Lorsque le seau arriva en haut, il vit dedans un enfant mort. Sa peau était mauve et ses yeux blancs. L'enfant bougea la main, une main grasse et molle, et l'attrapa avec force, puis la corde cassa et le seau se mit à descendre à toute vitesse, entraînant Ivan avec lui, tandis que l'enfant pleurait. Ivan se réveilla couvert de sueur avec un goût métallique dans la bouche. Il se leva et alla dans la cuisine. Que diable, il avait quarante ans, il fallait qu'il se débarrasse de ces cauchemars. Oui, il avait quarante ans, mais il avait une relation avec une fille de vingt-deux, et le soir il avalait les kilomètres pour aller la voir.

Dernièrement, cependant, les choses semblaient avoir changé. La petite lui avait dit au téléphone qu'elle voulait venir le voir à Héraklion pour lui parler. Le voir se réveiller de ses cauchemars, trempé de sueur, au milieu de la nuit ? Il n'avait aucune envie de discuter – que dire sur leur « relation » ? Et pourquoi voulait-elle venir en cachette de ses parents ? Elle pouvait aller chez eux et ils se retrouveraient le soir à l'extérieur, comme par hasard, dans un café. Non, lui avait-elle répondu, elle voulait aller chez lui, elle avait une raison, elle lui expliquerait sur place. Il ne se sentait pas du tout disposé à jouer à cache-cache, ni à entendre des explications, il préférait que les choses évoluent d'elles-mêmes, se terminent peu à peu sans qu'il ait à analyser ni à inventer des justifications. Il avait besoin de tranquillité, surtout maintenant, avec cette affaire qui l'occupait jour et nuit, des conversations du genre « qu'est-ce que nous faisons ensemble » ou « pourquoi ne viens-tu pas plus souvent » étaient bien la dernière chose qu'il lui fallait. Et quoi, « plus souvent » ? Deux soirs auparavant il était là-bas, quoiqu'il ne le lui ait pas révélé. D'un autre côté, évidemment, peut-être la petite voulait-elle lui dire qu'ils devaient se séparer, à cette idée son cœur se serrait, il fallait qu'ils se séparent, il le savait, mais pourquoi vouloir venir le lui dire en personne ? Habituellement ces choses-là se font plus facilement à distance, avec les silences du téléphone qui cachent les expressions, et la tonalité monotone, une fois la ligne coupée, qui souligne dramatiquement le final.

Il secoua la tête pour chasser son image et revint à l'affaire des prostituées mortes. Le père du type qu'ils avaient pincé avait le bras long, il avait réussi à faire immédiatement libérer son fils et à éviter que cela ne s'ébruite dans les médias. Pour une ville comme Héraklion, où chacun connaît les turpitudes de ses voisins, c'était un véritable exploit. Ivan était fatigué de cette ville, l'anonymat d'Athènes lui manquait, quand il prenait sa moto et se baladait dans des rues et des quartiers où il n'était jamais allé et où personne ne le reconnaissait. Ici, la seule échappatoire était la côte sud et les petits villages de l'arrière-pays, où, certes, personne ne le connaissait, mais où tout le monde le regardait avec méfiance. Certaines fois où il n'arrivait pas à dormir, il prenait sa moto et roulait sur la nationale. Un soir, il était arrivé en moins d'une heure et demie à Falassarna, dans cette région magique située à l'extrémité occidentale de la Crète, face à l'Italie. Il avait contemplé le lever du soleil assis sur une plage déserte et glacée, où seul le mugissement du vent du sud rompait le chant monotone des vagues, et avait réussi à rentrer pour être à l'heure au bureau. L'avant-veille, il était allé à Réthymnon et avait sillonné les ruelles en essayant de décider s'il irait voir Clio ou non, il ne l'avait pas avertie de sa visite et approchait du quartier où elle habitait, quand le coup de fil l'informant du meurtre l'avait sauvé. Il était rentré en une demi-heure, dépassant tous les véhicules en une tentative désespérée de s'éloigner du destin que lui fixait son incapacité à dominer ses impulsions. Peut-être, finalement, n'était-ce pas de la ville, mais de lui-même qu'il était las.

Il regarda de nouveau l'écran de son téléphone. « J'arrive par le premier autocar », lui écrivait Clio. Il était trois heures. Il alluma une cigarette et s'approcha de la fenêtre. La vue était la seule chose pour laquelle il valait la peine d'habiter dans cet appartement. Le vieux port vénitien, le Koulès et les infinies irisations jouant à la surface de la mer de Crète rendaient supportables le salon étroit, le balcon inexistant et l'odeur des plats que cuisinait nuit et jour la veuve de l'étage en dessous depuis qu'elle avait perdu son mari et ses deux fils dans un accident de voiture, sur cette même route qu'Ivan parcourait à cent soixante kilomètres-heure.

Que fait-elle de toutes ces préparations ? se demandait parfois Ivan. Il était exclu qu'elle les mange, mais pour une raison quelconque il lui semblait également impossible qu'elle les jette.

Il éteignit sa cigarette, dehors le vent du sud soufflait avec force, ce vent qui mettait tout le monde mal à l'aise sauf celui qui recherchait dans son haleine chaude un message venu d'un être cher disparu. Il s'habilla et commença à descendre l'escalier. Il s'arrêta un instant au troisième : la veuve préparait un *stifado**.

Il enfourcha sa moto et prit la route côtière en direction d'Alikarnassos. Arrivé à son extrémité, il gravit la côte et s'arrêta devant la prison, puis tapa un numéro sur son portable.

– Je t'attends dehors.

La voix à l'autre bout de la ligne répondit quelque chose comme une insulte.

– Sors immédiatement et arrête tes conneries.

Ivan arrêta le moteur et attendit. Cinq minutes plus tard, la porte centrale de la prison d'Alikarnassos s'ouvrit en grinçant. Ivan descendit de sa moto et

* *Plat de viande mijoté avec des échalotes, spécialité crétoise.*

s'appuya contre la selle, les bras croisés sur la poitrine. Des nuages s'amoncelaient dans le ciel. L'homme qui était sorti s'avança vers lui à pas rapides. Il portait une casquette rouge avec le logo de l'Olympiakos qui cachait son crâne chauve et il fumait nerveusement par petites bouffées.

– Qu'est-ce que tu viens faire ici ?

– Te voir.

L'homme ne sourit pas. Il jeta sa cigarette par terre et en alluma tout de suite une autre.

– Va te faire foutre, fils de pute ! Tu veux me faire perdre mon travail ?

– Je me fous de ton boulot, j'ai besoin d'informations.

L'homme fit une grimace.

– Et avec ça on sera quittes ?

Ivan acquiesça de la tête.

– Demande.

– Drogue pour des prostituées du port. Grecques. Héroïne et chicha. Qui ?

Les oreilles de l'homme s'étirèrent vers l'arrière, faisant bouger sa casquette.

– Abruti ! Qu'est-ce que tu racontes ?

– Tu payes ta dette, j'oublie tout, je ne t'ai jamais vu, je ne te connais pas.

– Ordure !

– À toi de décider !

– Ils vont me faire la peau ! T'es con ou quoi ?

– Il ne va rien t'arriver. Le trafic ne m'intéresse pas, ce n'est pas mon boulot, je cherche autre chose, alors décide-toi ; sinon, tout va sortir sur Internet, avec les photos et tout. Et tu sais ce qui arrive aux pédérastes en prison ?

– Fils de pute !

– Tu as deux jours.

Ivan enfourcha sa moto, démarra et accéléra, l'homme rentra dans la prison, le vent du sud se mit à souffler encore plus fort, secouant les palmiers plantés tout le long de la route. La moto passa à côté d'eux à toute allure, si bien que le conducteur n'eut pas le temps de voir les larves qui achevaient de se transformer en insectes, prêts à déchiqueter la pulpe de l'arbre.

IV. ÊTRE IMMATÉRIEL

[substance morale et psychique de l'homme]
esprit, âme.
[défunt] fantôme,
spectre, ombre

1

Le bar était presque vide, le sol était poisseux d'alcool et la fumée des cigarettes formait un brouillard léger au travers duquel on pouvait distinguer sur le mur le panneau d'interdiction de fumer. Derrière le comptoir se tenait non plus l'homme de l'avant-veille mais une blonde avec de gros seins et de longs bras qu'elle balançait à contretemps au son de *Paradise City* des Gun N' Roses, s'efforçant de convaincre les rares clients présents qu'elle ne s'était jamais autant amusée. Au moment où Dimos entra, elle en eut apparemment assez de faire semblant, baissa brusquement les bras et exhala dans un cri de soulagement dissonant le final de la chanson : « *Oh, won't you please take me home* ». À la suite de quoi elle posa les deux mains sur le comptoir et ferma les yeux.

Guérès regarda autour de lui avec désappointement. Mitsos n'apparaissait nulle part, et avec l'introduction de *Californication*, la blonde s'était mise à secouer la tête d'avant en arrière, comme si une question la hantant depuis longtemps venait enfin de trouver une réponse. Dimos s'approcha et vint s'appuyer au comptoir. La barmaid ouvrit les yeux comme par magie et afficha un sourire qui avait fait ses preuves mais qui dernièrement avait commencé à perdre de son efficacité.

– Qu'est-ce que je te sers ?

– Rien, je cherche Mitsos.

– Mitsos ?

Dimos soupira.

– Le videur, celui qui se tient là et veille au grain.

– Qui ?

– Grand, bâti comme une armoire, avec du ventre… une barbe, il traîne sur les « s » quand il parle.

– Ah, tu veux dire Godzilla ?

– Godzilla ? Ça se peut. Où est-il ?

– Il ne travaille pas ici, il passe quelquefois voir Vanguelis. Il travaille au Flambeau.

– Qu'est-ce que c'est ?

– Une boîte de nuit, sur l'avenue Papandréou.

Guérès regarda sa montre. Trois heures et demie, ce serait peut-être encore ouvert.

– Pas la peine de regarder ta montre. Ils ne ferment pas avant six heures du matin.

Il sortit dans l'obscurité et commença à monter vers l'avenue Papandréou. Sous la Porte Neuve une voiture de police faisait passer des alcotests aux conducteurs. Il les observa depuis le trottoir d'en face, avec leurs gilets phosphorescents, lucioles dans la nuit qui protégeaient la vieille ville de l'arrivée des barbares. Il lui semblait que l'Héraklion d'aujourd'hui n'avait rien de commun avec celui de son adolescence. Ses pas retrouvaient les rues, mais dans sa tête il y avait d'autres images – seuls les remparts correspondaient à son souvenir.

Arrivé avenue Georges Papandréou, il regarda à gauche, la rue se poursuivait jusqu'au boulevard Dimokratias mais, n'apercevant rien qui ressemble à un bar, il prit à droite, en direction des lumières. Au bout de quelques mètres il repéra la grande enseigne lumineuse qui clignotait, Le Flambeau, les pick-up garés devant qui bloquaient la rue et les gens qui allaient et venaient en criant et en riant. Il s'arrêta net. Qu'allait-il faire là, que cherchait-il, lui le déshérité, au milieu du bonheur malsain de ces gens ? Devant le bar, trois types barbus portant chemise noire, jeans et bottes se querellaient dans une langue qu'il n'avait pas entendue depuis des années. Dans un coin derrière eux, l'œil vigilant de Drimiskianakis, alias Godzilla, les surveillait. Dimos passa devant les hommes sans leur jeter un regard et, faisant un signe de tête à son ancien camarade de classe, entra dans l'établissement.

La salle était pleine et la musique si forte qu'elle lui ébranla la tête. Des serviettes en papier volaient en l'air, des filles court vêtues étaient perchées sur des chaises et des tables, et à chaque refrain tous levaient la main qui tenait une cigarette et l'agitaient vers le ciel, comme pour envoyer un signal mystérieux à un dieu du divertissement que Guérès ne connaîtrait jamais. Il s'approcha avec difficulté du bar, commanda un whisky sans glace après avoir repéré la bouteille sur l'étagère – il n'avait pas vu de gin et le whisky lui sembla la seule boisson pure possible – et se mit à le boire à petites gorgées. Des gamines de vingt ans se pâmaient sur des airs qu'il entendait pour la première fois, levant les bras en l'air et chantant à tue-tête, tandis que les hommes de la tablée les couvaient du regard, excités sous leurs barbes touffues. Dans sa tête à lui tournicotait *Mon vieux paletot*, une chanson de Lakis Papadopoulos sur des paroles de Sunny Baltzis, interprétée par Christos Dantis, un chanteur que Magda adorait. Lui ne l'appréciait guère, mais dans ce cas il était extraordinaire. Dimos ne savait plus si c'étaient les paroles de la chanson qui lui trottaient dans la tête ou la pensée de Magda, le sentiment que son image s'éloignait et la certitude qu'il allait une fois de plus rester seul dans cette vie. Il était déjà quatre heures et demie, peut-être l'appellerait-il le lendemain.

Une petite brune, des anneaux d'or aux oreilles et un tatouage représentant un tigre en haut de son dos dénudé, se tenait debout, presque collée contre lui. Comme elle se trémoussait, elle le toucha et tourna la tête, lui jetant un regard de satisfaction lascive. Sa jupe courte ne laissait pas beaucoup de place à l'imagination et ses longues jambes se terminaient par des escarpins dorés dont les talons de douze centimètres surélevaient encore son postérieur. Dimos eut le sentiment d'être un vieux lion, encore affamé de chair fraîche mais trop faible pour chasser sa proie et dont les dents seraient incapables de la déchirer, si par chance il l'attrapait.

Le compagnon de la jeune femme le transperça du regard. Vingt ans tout au plus, avec des joues rouges couvertes d'une barbe rousse, une chemise noire ouverte sur la poitrine où brillait une médaille de Saint Constantin, l'archétype du pallicare crétois tel qu'il l'avait toujours détesté. Guérès se tourna vers le bar, prit son verre, jeta un billet de dix euros sur le comptoir et se dirigea vers la sortie. Il allait laisser les jeunes lions se battre entre eux, et qui sait, peut-être trouverait-il encore une charogne faisandée à se mettre sous la mâchoire.

Au moment où il passait la porte, il entendit l'introduction de *Mon vieux paletot*. Il regarda la gamine, son enthousiasme était identique à celui soulevé par les autres chansons. Elle ne savait pas écouter, seulement s'exhiber, bibelot tout neuf qui serait vendu un jour, et avec un peu de chance, à un bon prix. Dimos s'attarda un instant, le jeune homme, visiblement fier d'elle, continuait de guetter les prétendants potentiels – un jour il s'en trouverait un avec les dents plus longues, mais en attendant il pouvait se pavaner. Il jeta un dernier regard au couple, se détourna et franchit le seuil.

Mitsos se tenait à côté de la porte, le dos appuyé au mur. Il devait être le seul qui ne fumait ni ne buvait, il avait l'air calme, c'était une nuit de travail parmi d'autres. Il attendait sans doute de débaucher pour rentrer chez lui, ayant certainement une famille, une femme qui s'était habituée à dormir seule et des enfants qui savaient qu'ils ne voyaient pas beaucoup leur père parce que « papa travaille » ; mais peut-être vivait-il seul et allait-il rentrer dans une maison vide, rêvant à une voix qui le réveillerait, fût-ce avec des récriminations.

Dimos se planta à côté de lui, remuant légèrement son verre, les yeux fixés sur le liquide foncé où se formait un petit tourbillon dans lequel il avait l'impression qu'il pourrait plonger et disparaître. Il y avait eu une époque dans sa vie où il s'était battu corps à corps avec l'alcool, il s'éveillait et s'endormait avec lui, faute d'une autre compagnie, d'un autre moyen d'effacer ses pensées jusqu'à l'heure d'aller de nouveau au travail et d'avoir quelque chose à faire pour ne pas réfléchir.

– Tu as une famille, Mitsos ?

Drimiskianakis sourit. Il sortit un portefeuille de la poche arrière de son jean, l'ouvrit et lui montra une photographie.

– Ma petite fille. J'ai aussi un grand gaillard de douze ans.

Guérès regarda la photo. L'enfant avait de longs cheveux lisses, plus clairs sur les pointes, et portait un appareil dentaire. Est-ce qu'elle étirait aussi les « s », comme son père ?

– Je cherche quelqu'un, un fou qui circule en faisant semblant de parler au téléphone. Il s'appelle Aristotelis, apparemment.

Mitsos leva la tête et le regarda en plissant les yeux.

– Il a fait quelque chose ?

Dimos but une grande gorgée, vidant son verre.

– Il a peut-être tué la fille de quelqu'un. Tu sais où je peux le trouver ?

– Qu'est-ce que tu racontes, mon vieux. Lui ?

– Tu le connais ?

– Je le connais d'avant qu'il devienne fou. Ce type a tout perdu, il s'efforçait de sauver quelque chose et passait ses journées au téléphone avec les banques, les impôts et les avocats pour s'en sortir, mais tu sais, de nos jours, une fois que tu n'as plus le sou, tout le monde te tourne le dos. Sa femme s'est suicidée quand il n'est plus rien resté, on l'a appelé pour le lui annoncer, mais il était toujours au téléphone et ne l'a appris que trois heures plus tard. Depuis ce jour, il fait comme s'il parlait continuellement au téléphone. Mais je ne peux pas croire que…

– Des blagues. Tu sais où je peux le trouver ?

– Non, mais le Commando saura.

Mobilisation

Héraklion, samedi 20 juillet 1974

1er escadron des commandos de montagne, sergent avec deux galons et vingt-huit mois de service, dont quatre aux arrêts à cause d'une altercation avec un lieutenant qui voulait marcher sur des soldats en train de faire des pompes dans la neige et se tenir debout sur le dos de ceux qui ne parvenaient pas à se relever. Il n'en gardait pas un mauvais souvenir, les soldats l'aimaient, il prenait toujours leur défense, et une fois – à Bourazani, ils étaient presque ensevelis sous la neige – l'un d'eux avait fait quatre kilomètres pour lui apporter du café, parce qu'il avait exprimé son désir de boire autre chose que ce jus noirâtre qu'on leur servait sous le nom de thé. Il n'en gardait pas un mauvais souvenir, mais neuf ans étaient passés depuis et sa vie avait pris un autre chemin. Il n'avait aucune envie de retourner en arrière, surtout maintenant qu'Aphrodite était enceinte et qu'ils attendaient d'un jour à l'autre leur premier enfant. Ils traversaient de plus une période difficile, avec la junte qui vivait ses dernières heures – tout le monde le voyait – et la Turquie qui venait d'envahir Chypre.

Quelle merde. Tout était truqué : le coup d'État à Chypre et la nomination de Sampson*, l'invasion, les déclarations d'Averoff** démentant les propos de la Deutsche Welle selon lesquels il aurait pris contact avec les dictateurs pour exiger le retour à la démocratie. Il n'y a pas de fumée sans feu, estimait Sirmas, persuadé qu'ils préparaient déjà la situation à venir et se mettaient d'accord sur le prochain gouvernement, afin qu'il soit nommé et non élu par le peuple. Ils se partageaient le gâteau une fois de plus, comme ils l'avaient partagé après la Deuxième Guerre mondiale. La question était de savoir qui tomberait dans le feu et qui resterait à jeun.

Lui-même n'avait plus vingt-deux ans, comme en 1965, pour faire ce qu'on lui disait de faire, il avait compris quel jeu malpropre se jouait dans leur dos. Les Américains, les Britanniques, tous des ordures, et les hommes politiques grecs, des pions dans leurs mains, ils entraient au gouvernement et en sortaient selon leurs ordres, comme à l'époque, en 1965, alors qu'il était sous les drapeaux à Chypre. Le roi avait poussé Georges Papandréou à la démission et l'avait remplacé par un de ses pions, Athanasiadis-Novas***, en une soirée dont Sirmas préférait ne pas se

* *Nikos Sampson, journaliste et homme politique nommé président de Chypre après le renversement de Mgr Makarios par le coup d'État du 15 juillet 1974, fomenté par la junte au pouvoir en Grèce. Il ne resta que huit jours à ce poste, d'où il fut chassé par l'invasion de l'île par l'armée turque.*

** *Evangelos Averoff (1910-1990), homme politique et écrivain grec.*

*** *Le 15 juillet 1965, le roi Constantin, après avoir poussé le Premier ministre, Georges Papandréou, également chef de l'Union du centre, à la démission, le remplace dans l'heure par Georgios Athanasiadis-Novas, qui prête immédiatement serment.*

rappeler, une soirée pleine de secrets coupables qui lui pesaient encore sur le cœur aujourd'hui. Neuf ans plus tard, exactement, Chypre l'appelait de nouveau. Il ne voulait se battre pour personne, il ne voulait pas se faire tuer, il sentait cependant qu'il avait une dette à acquitter, et de toute façon, que pouvait-il faire ? Le journal le disait clairement : il devait se présenter à l'endroit indiqué sur son certificat de position militaire, un camp situé à une dizaine de kilomètres d'Héraklion, après la montagne de Kako Oros et sa route en lacets, dans une région, Roussès, qui tirait son nom de sa terre rouge comme le sang.

Le tenancier du kiosque qui lui avait donné le journal était un quinquagénaire avec une épaisse moustache, des lunettes et un rhume chronique. Il secoua la tête, toussa bruyamment et regarda par terre tandis que Sirmas payait, comme s'il avait honte d'avoir passé l'âge d'être mobilisé ; il resterait assis dans sa boîte carrée à attendre le jour où, de verticale, sa position deviendrait horizontale et où une autre boîte constituerait sa demeure définitive.

Lefteris Sirmas retourna chez lui et referma doucement la porte métallique derrière lui. Cela ne faisait pas un an qu'il était sorti de prison, la junte ayant été contrainte d'amnistier les prisonniers politiques, et le même pays qui l'avait condamné pour ses idées lui demandait maintenant de le défendre. Cela faisait également moins d'un mois que son certificat de position militaire avait changé de couleur, passant du vert au blanc* ; cependant, alors que l'armée s'éloignait de plus en plus de lui et que la vie

* *Le certificat de position militaire de couleur blanche indique que la personne n'est plus mobilisable en cas de guerre.*

familiale se rapprochait, voilà que surgissait cet ordre de mobilisation.

Il alla au salon et s'assit pesamment dans le fauteuil, laissant tomber le journal. Il songea à sa femme, à l'enfant à venir, à sa place dans le monde. Quelle devait être son attitude ? Bien qu'elle l'ait blessé, il aimait sa patrie, mais il aimait plus encore sa famille ; il ne laisserait jamais personne lui faire du mal. Il n'avait pourtant pas le choix. Il prit une cigarette dans le paquet orné d'un as, l'alluma et aspira une profonde bouffée. Il sentit le regard de sa femme sur lui. La grossesse l'avait rendue inquiète, plus son terme approchait et plus elle devenait nerveuse, mais Lefteris se montrait patient. Ils échangèrent quelques mots.

– Qu'est-ce qui se passe ?

– La guerre. Il montra le journal tombé par terre. Je dois me présenter. À l'armée. Pour Chypre. Mobilisation générale.

– Cela ne finira donc jamais ?

Aphrodite fit volte-face et se dirigea vers la chambre. Il ne savait que répondre à sa question. « Cela » finirait, il en était sûr. D'une façon ou d'une autre, cela finirait. Le rideau tomberait et tout deviendrait noir, un tomber de rideau sans applaudissements ni bis. La vie s'achèverait, soit maintenant, soit dans quelques années. Il le savait, mais cela n'avait pas de sens de le lui dire, ni même d'y penser.

Il éteignit sa cigarette, ramassa le journal et alla à la salle de bains pour se raser. Il préparerait ensuite ses affaires et chercherait un moyen de rejoindre le camp militaire.

2

Il faisait presque jour lorsqu'ils arrivèrent, le ciel, débarrassé des nuages, brillait d'un éclat métallique et semblait factice, l'humidité n'avait pas diminué et le vent du sud était à l'affût, prêt à se déchaîner d'un instant à l'autre. Ce vent était ainsi, il pouvait rester longtemps tapi, puis, quand l'occasion se présentait, il passait à l'attaque, entraînant sur son passage objets, pensées et images. Les secousses de la voiture et les nids-de-poule de la route avaient mis l'estomac de Guérès à l'envers, il avait mal à la tête et à chaque cahot son dos l'informait du dommage irréparable qu'il subissait, minute après minute.

Le Commando habitait au-delà de Kavrohori, à une quinzaine de kilomètres d'Héraklion, une maison au milieu de nulle part. D'habitude il descendait en ville et passait par le bar où travaillait Mitsos, mais cela faisait plus de trois jours qu'il ne s'était pas montré et la seule façon de le trouver était d'aller chez lui.

– Tôt le matin, à l'heure où il se lève, aux premières lueurs du jour, avait dit son ancien camarade de classe, faisant frissonner Dimos à la pensée de cette aurore s'immisçant sournoisement dans le sommeil et toujours annonciatrice de dangers.

Le pick-up Navara tourna à gauche dans un chemin de terre et, au bout de deux cents mètres, s'arrêta sous un vieil olivier. Guérès regarda autour de lui : une étendue aride, de la terre rouge et des oliviers. Le vent avait commencé à donner l'assaut, soulevant la poussière et la faisant tourbillonner avant de la lancer sur tout ce qui se trouvait aux alentours, plante, bête ou homme, sans distinction. Il descendit de la voiture et la douleur lui transperça les reins, dès qu'il posa les pieds par terre. Il ne put retenir une grimace, tandis que son corps se contractait.

– Eh, qu'est-ce donc qui t'arrive ?

Il sourit intérieurement en entendant la classique expression crétoise, et fit un mouvement de la main pour dire que tout allait bien, mais ce n'était pas vrai, il se sentait comme un pantin en bois gauchi, tout déjeté. Il respira un bon coup, se redressa et, serrant les dents, se mit à suivre son compagnon qui, malgré sa corpulence, escaladait le raidillon comme une chèvre. Ils parcoururent environ cinq cents mètres puis Mitsos s'arrêta, mit ses doigts dans sa bouche et produisit un sifflement strident. Ils attendirent un peu, immobiles, mais aucune réponse ne vint. Guérès pouvait maintenant distinguer à distance une petite maison en pierre, entourée d'un mur de clôture bas, en pierre également, au centre duquel se trouvait une porte en bois entrouverte.

– *Hopa* ! murmura Mitsos. Attends ici.

Dimos ne demandait pas mieux. Il s'adossa à un arbre et se massa les reins, se procurant ainsi un soulagement passager. Godzilla sortit un canif de sa poche droite. Il appuya sur un bouton et une lame de dix centimètres jaillit, faisant sursauter Dimos. Celui-ci avait des relations exécrables avec les armes ; quoique excellent tireur, il n'avait jamais utilisé son revolver de service. Il suivit des yeux la silhouette massive de l'homme s'avançant lentement vers la maison. Parvenu à une cinquantaine de mètres de celle-ci, il se mit soudain à courir. Dimos se décolla de son arbre et, sans attendre, commença lui aussi à courir en boitillant vers la maison. En arrivant, il comprit pourquoi Godzilla avait réagi ainsi : le cadavre d'un chien était couché sur le seuil de la porte d'entrée béante, la tête écrasée par un énorme morceau de bois, un petit ruisseau de sang dans sa gueule ouverte. Il enjamba la dépouille de l'animal et, une fois à l'intérieur, découvrit Mitsos serrant dans ses bras gigantesques le corps d'un homme. Celui-ci portait un treillis et des brodequins, son tee-shirt kaki était remonté sur sa poitrine, révélant un thorax musclé. Une casquette militaire pendait de sa tête, laissant voir un trou ensanglanté à travers lequel on apercevait le crâne fracassé et une partie du cerveau qui avait coulé à l'extérieur.

Dimos n'eut pas besoin de poser de questions. Il promena autour de lui un regard scrutateur. La pièce n'était pas en désordre et on ne voyait aucune trace de lutte ; le meurtrier avait dû surprendre la victime et devait être connu d'elle. Sur le mur en face trônait un immense drapeau grec, tandis qu'à gauche se dressait une vitrine en verre. Guérès s'en approcha, il y avait dedans un vieux fusil à deux coups, deux pistolets et un insigne des BCM, les bataillons de commandos de montagne : une épée encadrée d'ailes et portant l'inscription « qui ose vainc ». Il fit volte-face et vint s'agenouiller à côté du corps. Mitsos semblait sous le choc. Des larmes coulaient de ses yeux et il ne cessait de répéter un prénom, « Yorgos ». La mort avait rendu au défunt son identité, un nom qui serait gravé sur sa plaque tombale, marquant la fin de son existence terrestre.

– Tu l'as trouvé comme ça ?

– Que nenni… à plat ventre…

– Montre-moi.

L'expérience de Dimos lui dictait qu'il devait agir vite et sans faire de sentiment. Sa voix dure fit retrouver ses esprits à Mitsos, qui retourna le corps de l'homme ; Dimos remarqua trois petits cercles rouges sur son dos nu, ce n'étaient cependant pas des plaies, cela ressemblait plutôt à des traces anciennes, comme celles que laissaient les ventouses qu'Aphrodite posait autrefois à son père. À droite du corps, Dimos remarqua un petit cachet rond qu'il saisit d'un geste vif et mit hâtivement dans sa poche, après quoi il se redressa de nouveau avec difficulté et se dirigea vers le chien. Quelque chose dépassait d'entre les dents de l'animal. Il le détacha avec précaution ; c'était un morceau de tissu imbibé de sang. Il le plia et le mit lui aussi discrètement dans sa poche, tandis que les paroles de la chanson traversaient son esprit :

… Les années ont passé, qu'est-ce que je mets
Quel satin, quelle soie pour aller danser
Mon vieux paletot, je te l'offre à toi,
Prends-en bien soin, ma petite, car il est un peu moi…

3

Les morts avaient commencé à se multiplier avec une fréquence inquiétante, trois meurtres en six jours, cela faisait beaucoup pour une ville comme Héraklion. La relation entre la mort du Commando et celle des deux femmes n'était pas évidente, mais il était difficile d'y voir une simple coïncidence, Guérès n'aimait pas les coïncidences et n'y croyait pas. Plus de huit heures s'étaient écoulées depuis la découverte de l'homme mort ; après six heures d'un sommeil agité, il s'était réveillé en nage dans sa chambre d'hôtel plongée dans l'obscurité, incapable de savoir si c'était le jour ou la nuit, ni où il se trouvait. Il était parvenu à convaincre Mitsos de le ramener à Héraklion, puis de retourner sur les lieux du crime et de là, appeler la police, sans mentionner la présence de Guérès au moment de la découverte du corps – il était inutile que son nom soit associé à ce nouvel assassinat. Son ancien condisciple avait accepté sans poser de questions ; la nuit lui avait appris à sentir quand il devait garder la bouche fermée. Dimos pensait que Mitsos tiendrait sa promesse, sans en être absolument certain.

Le chien avait réussi à mordre le meurtrier, vraisemblablement à la jambe, s'il en jugeait d'après le morceau de vêtement déchiré. Cependant le tissu était tellement imbibé de sang qu'il était difficile d'en distinguer la couleur, de plus le sang de l'assassin était sans doute mélangé avec celui du chien, ce qui n'en faciliterait pas l'analyse. De toute façon, Dimos n'avait pas la possibilité de diligenter l'expertise qui s'imposait, il ne connaissait personne ici dans les laboratoires de la police, il ne savait même pas si un tel département existait. À Athènes, sans doute, mais à Héraklion, c'était peu probable. Il lui fallait trouver une autre manière d'agir, il devait absolument retrouver le fou au téléphone, c'était peut-être lui l'assassin, Mitsos lui avait dit que le Commando le connaissait bien, ils « bricolaient » ensemble, mais il n'avait pas été plus précis. Peut-être le meurtre n'avait-il aucun lien avec le reste, le mort était fâché avec pas mal de monde, il trafiquait de petites quantités de haschich, se querellait souvent et était connu pour ses opinions nationalistes.

– Un grand patriote, avait dit Mitsos après avoir couvert le corps de son ami du drapeau grec qu'il avait décroché du mur, et Guérès avait hoché la tête. Son ancien condisciple ne semblait lui-même guère éloigné de ces positions, mais il avait besoin de son aide pour avancer dans l'affaire et n'était pas d'humeur à entamer une discussion sur le sens profond de la patrie.

Il ouvrit la porte-fenêtre, le sirocco le frappa au visage, lui coupant la respiration. Tout le monde détestait ce vent venu d'Afrique, qui rendait nerveux et donnait mal à la tête, mais lui l'adorait, c'était le vent de la Crète du Sud, l'haleine de sa mère à son chevet. L'atmosphère était troublée, un pâle soleil transparaissait à travers des nuages diffus ; s'il pleuvait, ce serait une pluie rougeâtre qui tomberait et tout se retrouverait couvert de boue. Dimos leva la tête bien haut et respira profondément, dans l'angle la construction du nid de guêpes se poursuivait selon un rythme régulier.

Il descendit dans la rue, il n'y avait pas âme qui vive, Héraklion semblait déserté, paysage lunaire que tous craignaient de traverser, de peur que des âmes mortes ne les tirent vers l'Hadès. À la station de taxis une file de voitures s'étirait, tandis que sous le kiosque les chauffeurs tentaient de se rafraîchir et de passer leur temps de garde de manière aussi indolore que possible. Il entra dans la première, au grand dam du chauffeur contraint de se lever et de conduire dans la chaleur. Il était cinq heures et demie de l'après-midi.

Dix minutes plus tard, il était devant la maison de son oncle, tout en haut du boulevard Ionias, près de la place Sinani. Il se rappela comme le trajet lui paraissait long quand il était petit et prenait le bus pour aller les voir, en réalité plutôt pour aller voir Kaitie que ses parents. L'oncle Tassos et la tante Vasso. Il ne les avait jamais beaucoup appréciés. Mentalité de paysans, sévères avec leurs enfants, ils avaient réussi à faire en sorte que l'aînée leur ressemble en tout point, une maîtresse de maison terne, mais la plus jeune leur en avait fait voir de toutes les couleurs. Ni mariage ni cohabitation sous le toit familial pour Kaitie. Malgré toutes les raclées reçues dans son enfance – et elle en avait eu plus souvent qu'à son tour – elle n'avait pas changé d'attitude à l'égard de son père et n'en avait fait qu'à sa tête, sans demander la permission à personne. Un jour, l'oncle Tassos en avait eu assez de la battre – peut-être n'en était-il plus capable – ; dès lors il s'était contenté de râler toute la journée en accusant sa femme, la falote tante Vasso, d'être la cause de tout. Comme celle-ci l'entendait sans réagir, l'oncle Tassos finissait par s'arrêter, pour recommencer le lendemain, dès son café du matin qu'elle lui apportait sur un plateau d'argent, une routine qui, apparemment, les maintenait en vie tous les deux.

Guérès examina la maison à deux étages, elle était sans aucun doute en meilleur état que celle de son père. La retraite que touchait son oncle grâce au magasin de verreries qu'il avait autrefois, ajoutée aux subventions et aux revenus de l'huile qu'il produisait, lui permettait de l'entretenir parfaitement. Il sonna, au bout d'une minute la porte s'ouvrit et une tête minuscule avec de longs cheveux blancs apparut dans l'entrebâillement.

– Vous désirez ? s'enquit une voix féminine, tandis qu'un regard perplexe se posait sur lui.

– Tante Vasso ?

La femme continua à le regarder, il était évident qu'elle ne le reconnaissait pas.

– C'est moi, Dimos.

Elle ouvrit la bouche, sans toutefois réussir à proférer un mot, puis elle s'effaça pour le laisser passer. Dimos entra dans le salon, où des animaux empaillés, trophées des glorieuses expéditions de chasse de son oncle, se mirent à le regarder fixement de leurs yeux de verre. Au-dessus d'une bibliothèque remplie de petits bibelots, une icône de la Vierge et le globe contenant leurs couronnes de mariage complétaient cette exposition triomphale.

– Je te fais un café ? articula sa tante, ayant enfin réussi à surmonter, au moins en partie, le choc initial. Cette visite ne lui disait rien qui vaille, que venait-il faire ici après tant d'années, il allait lui énerver son Tassos, comme il l'avait toujours fait, et après, qui allait devoir supporter ses bougonnements ? Surtout s'il le voyait au réveil, où il était toujours de mauvaise humeur…

– Sans sucre. L'oncle est là ?

– Il dort.

– Dans combien de temps va-t-il se lever ?

La tante Vasso haussa les épaules et s'éloigna en hâte vers la cuisine. Dimos s'assit dans un fauteuil. Il n'était pas question de partir et il resterait, quoique parfaitement conscient de les déranger. Lui non plus n'avait aucune envie de les voir, mais il fallait qu'il sache si son oncle avait pris la bague de son père, il trouverait moyen de le deviner d'après ses propos. À cet instant il entendit des pas traînants chaussés de pantoufles qui s'approchaient, et une voix sénile et enrouée remplit la pièce :

– Café !

Sa femme n'eut pas le temps de sortir pour l'avertir, si bien qu'Anastassios Sirmas se trouva brusquement nez à nez avec son neveu, qu'il n'avait pas vu depuis des années.

– Bonjour mon oncle.

Le vieillard le regarda comme s'il le voyait tous les jours. Il fit un signe de tête accompagné d'un « tiens donc ! » tout sec et s'assit à sa place favorite, en face de la grande télévision.

– Alors, tu t'es souvenu que tu avais une famille ? Quand l'aigle meurt, les corbeaux s'assemblent.

Dimos encaissa l'affront.

– Tu es passé à la maison hier ?

– Et toi, en quoi est-ce que cela te concerne ? C'est ça qui te fait mal ? La maison ? Toutes ces années où tu n'étais pas là, ce n'était pas la maison ?

Dimos ne parvint pas à se contenir, il n'était pas d'humeur à recevoir des leçons de morale, surtout venant de lui. Son esprit s'obscurcit, les mots lui échappèrent avant d'y penser.

– Tu as pris sa bague ?

Le vieillard se mit debout, il était aussi grand que son père, mais plus solidement bâti, même à présent, à soixante-quinze ans.

– C'est pour me traiter de voleur que tu es venu ? J'aurais dû m'y attendre te connaissant !

Dimos se leva à son tour, ses oreilles étaient cramoisies, il serrait les poings avec force, ses ongles s'étaient incrustés dans ses paumes.

– Tu l'as prise ou tu ne l'as pas prise ? Une femme a été tuée et on l'a trouvée sur elle, tu le sais ?

– Bois ton café et va-t'en. Quant à la bague de ton père, va chercher ailleurs qui l'a prise. Dame Vasso, mon café dans ma chambre.

Dimos le regarda s'éloigner, il avait tout gâché et il le savait, il n'avait pas l'intention de lui poser directement la question mais il n'avait pu se contenir. Il ferma les yeux, s'appliqua à respirer profondément, son pouls se calma, son esprit commença à s'éclaircir. La tante Vasso lui apporta son café sur un plateau en plastique – l'argenterie étant réservée à ceux qui en étaient jugés dignes et à son époux – avec un verre d'eau et un biscuit pour l'accompagner, puis elle retourna dans la cuisine préparer le café de son mari – Dieu sait ce qu'elle allait encore endurer ce jour-là. Guérès porta le biscuit à sa bouche, il était dur comme de la pierre.

4

Samedi 12 mai 2012

La gare routière se trouvait en bas, près du port ; un vieux bâtiment tout en longueur, imprégné de l'odeur des corps et des haleines de tous ceux qui étaient passés par là au fil des années. Il y flottait un relent aigre qui résistait à tous les produits de nettoyage, comme s'il était la mémoire du lieu, sa manière de garder en vie les voyageurs. Ivan gara sa moto et regarda l'heure sur son portable. Le premier car en provenance de Réthymnon n'allait pas tarder à arriver. Il n'aimait pas les gares, pas plus routières que ferroviaires, ni même aériennes. Le vacarme l'importunait, l'attente du départ ou de l'arrivée, ainsi que l'inévitable question de savoir s'il y aurait un retour à chaque voyage qui commençait. Il lui plaisait, quant à lui, de couper net ses relations, de disparaître sans « au revoir » ni « pourquoi » ; il ne supportait pas les fausses excuses, les sourires feints ni les adieux bruyants.

Il regarda de nouveau l'horloge, il était presque huit heures. À dix heures il devait retrouver Kouliarakis. Comment pourrait-il le regarder en face, sachant que sa fille l'attendait, lui, son collègue, dans une chambre d'hôtel ? Le brigadier lui avait téléphoné peu avant, il y avait eu un nouvel homicide et il fallait qu'il se rende sur place. Cette fois il s'agissait d'un homme, quelqu'un les avait prévenus, déclarant avoir trouvé le mort chez lui, le crâne ouvert, dans une flaque de sang. La victime vivait en pleine cambrousse, au milieu de nulle part, il s'agissait très probablement d'un cambriolage. Naturellement il n'y avait personne aux alentours pour entendre quoi que ce soit ni remarquer une activité suspecte, loin des regards tout peut arriver. On était samedi et, théoriquement, le service pouvait attendre jusqu'à lundi, mais Ivan ne voulait pas que d'autres interviennent dans ses affaires, en dehors de Kouliarakis il ne faisait confiance à personne. La réciproque était vraie, pourtant cette relation privilégiée risquait de voler en éclats très prochainement.

Il avait mal dormi et se sentait épuisé. Clio allait arriver d'un instant à l'autre, avec ses questions, ses yeux bleus et ses longs doigts. Comme il n'était pas question de la laisser seule, qu'allait-il faire d'elle ? De plus la petite s'attendrait à aller chez lui, alors qu'il lui avait déjà réservé une chambre à l'hôtel. Cela ne lui plairait pas du tout, évidemment, cependant il ne voulait pas être vu dans son immeuble avec elle ; à Héraklion, on vit en permanence sous le regard des autres et les langues sont promptes à cancaner. Personnellement il s'en moquait, mais il ne voulait pas que l'on jase à propos de la petite, dans ces cas-là, le diable avait plus d'un tour dans son sac et se trouvait toujours au mauvais endroit, prêt à cafarder. Ivan frappa un grand coup sur son casque. Qu'était-il allé faire dans cette galère ? Était-il possible qu'il doive se cacher, à son âge ?

L'autocar vert portant l'inscription « Réthymnon-Hérakion » passa devant lui. Il vit le visage de la jeune fille collé contre la dernière vitre à l'arrière, et il lui sembla distinguer quelque chose de brouillé dans l'azur de ses yeux. Dès que l'énorme véhicule eut achevé de se garer, le policier s'en approcha. La porte automatique s'ouvrit et Clio se précipita sur lui, se nichant dans ses bras et le serrant avec emportement ; il jeta un coup d'œil aux alentours avant de se mettre à lui caresser le dos avec embarras, surpris par cette absence totale d'effort pour cacher leur relation.

– Tout va bien ?

La petite hocha affirmativement la tête. Ivan ne savait comment se comporter. Clio s'était teint les cheveux en bleu, cela lui allait très bien, il admirait sa capacité à faire ce qu'elle voulait sans rendre de comptes à personne, particulièrement en Crète où cela faisait beaucoup, les anneaux dans le nez et les lèvres, les vêtements qu'elle portait, jusqu'à son sourire. Fichtre, il était très content de la voir, mais quel sens tout cela avait-il ? Maintenant qu'il était sobre et avait les idées claires, il savait qu'il fallait mettre un terme à cette histoire, mais comment faire pour que personne ne soit blessé ? Il entortilla une mèche de ses cheveux autour de ses doigts, tout en l'éloignant de lui.

– Ils te plaisent comme ça ?

– Ils sont bleus. Que va dire ton père ?

Clio fit la moue. Ivan se sentit rougir, il regarda par terre, les chaussures de marche poussiéreuses de la jeune fille juraient avec ses mocassins de cuir bien cirés, quel idiot il faisait, quel besoin de mentionner son père, mais n'était-ce pas inévitable ?

– Ils vont bien avec tes yeux, tenta-t-il de se rattraper, mais c'était trop tard, le moment était passé et rien ne le ferait revenir. Un goût amer lui vint dans la bouche.

– Qu'est-ce que tu as ? lui demanda-t-elle, posant légèrement sa main sur son épaule gauche.

– Rien. Je suis fatigué. On va boire un café ?

Clio se mordit les lèvres. Elle voulait lui dire qu'il lui manquait, qu'elle pensait à lui, qu'elle ne savait pas ce qu'il faisait dernièrement, et puis il y avait ce secret qu'elle portait en elle, elle avait préparé un petit discours qu'elle avait répété mentalement durant tout le trajet, mais au lieu de cela, elle accepta sa proposition. Ils enfourchèrent la moto et se dirigèrent lentement vers le port, Clio avec son sac à dos, enlaçant légèrement la taille d'Ivan, lui avec son casque, les mains tenant fermement le guidon, s'efforçant de dissiper ses sombres pensées.

Le trajet ne dura pas plus de deux minutes, ils auraient pu y aller à pied, mais Ivan préférait éviter la promenade le long de la mer. Ils s'assirent à la Marina, la cafétéria historique située dans l'enceinte du vieux port. Ils commandèrent des cafés et échangèrent quelques propos sans portée. Clio lui dit que les examens approchaient mais qu'elle n'avait aucune envie de réviser, Ivan expliqua qu'il avait beaucoup de travail en ce moment, sans entrer dans les détails. Il lui parla de l'hôtel, « mon appartement est petit et en désordre », se justifia-t-il, elle ne sembla pas s'en offusquer, « nous irons quand même, je veux voir où tu vis », et lui sourit, « d'accord ». La journée était chaude et bientôt ils se sentirent plus à l'aise l'un avec l'autre, comme s'ils étaient à Réthymnon. L'établissement était vide, Ivan passa son bras autour des épaules de Clio et elle se blottit contre sa poitrine.

– Je suis heureux que tu sois venue.

– Moi aussi.

Elle tourna le visage vers lui, il s'efforça de faire de même, le torticolis rendit la chose un peu difficile mais il y parvint, ses lèvres s'ouvrirent et fermèrent les siennes, leurs langues s'unirent et Ivan sentit ses muscles se détendre. Puis Clio s'éloigna un peu, tourna le regard vers le port où quelques mouettes s'affairaient à manger les restes d'un poisson mort qui flottait à la surface de l'eau.

– J'ai dix jours de retard.

5

Yvonne Paphitis et Irini Santalos. L'une née à Chypre, l'autre au Pirée. Les noms ne lui disaient rien, c'était seulement une suite de lettres disposées à égale distance les unes des autres, une nouvelle preuve que les écrits restent, même lorsque ce qu'ils représentent a disparu. Le seul lien entre leurs morts était-il l'exercice de la prostitution, ou bien le fait que l'on ait trouvé dans leur bouche les bagues de ses parents les liait-il à lui d'une manière ou d'une autre, s'interrogea Dimos tandis qu'il regardait la photo d'Yvonne Paphitis dans le journal. Cette femme n'était certainement pas la « Tina » dont lui avait parlé la fille dans le bordel de la rue de la mer. Elle semblait insouciante sur cette photographie qui avait dû être prise plusieurs années auparavant. Elle paraissait très jeune, avec des cheveux bouclés qui devaient être noirs et des joues roses, à l'opposé du cadavre qu'il avait vu, aux cheveux blonds et raides, au visage émacié. Ses obsèques avaient eu lieu la veille, presque une semaine après le décès, car le corps avait été conservé à la direction des Enquêtes criminologiques afin de subir une autopsie avant que ne soit délivré le permis d'inhumer.

« 16 heures à Agia Sophia », était-il précisé sous la photographie. Pour le plus grand étonnement de Guérès, la famille n'était représentée que par le père, Emmanouïl Paphitis. Selon l'annonce, le cortège avait dû partir de la maison familiale, rue Antoniou Kastrinaki, pas très loin de chez lui ; ils étaient presque voisins, peut-être un jour avait-il croisé son père, ou Yvonne elle-même, qui avait autrefois été une petite fille jouant dans les rues de quelque ville ou village de Chypre.

Nom : partie du discours, dénomination, réputation. Nom de baptême ou petit nom, si petit que souvent il se limitait à une simple lettre, songea Guérès en regardant la sonnette qui portait le nom de E. Paphitis. Quelle partie du discours cet E. pouvait-il bien être, et quelles rumeurs concernant la réputation de sa fille morte pourrait-il lui communiquer ? Il regarda l'habitation de haut en bas, c'était un vieux bâtiment, de ceux que l'on désigne par l'expression « immeuble familial », avec un rez-de-chaussée et deux étages, des balustrades en fer forgé aux balcons et des persiennes. Il était midi et demi, il hésita à sonner. Il fallait pourtant qu'il parle avec lui, afin d'apprendre quelques détails sur la morte, peut-être trouverait-il ainsi un moyen de dérouler la pelote qui ne cessait de s'embrouiller et le conduisait dans un labyrinthe dont il ne savait s'il pourrait sortir. Il cherchait lui aussi le Minotaure, le monstre mythique, mais il ignorait à quoi il ressemblait, ni de quelles forces fabuleuses il disposait, tandis que le fil qu'il dévidait était usé, prêt à casser.

Il appuya sur le bouton et entendit dans l'interphone une voix enrouée qui lui demandait qui il était.

– Lieutenant de police Dimos Guérès, répondit-il, puis, après une petite pause, il perçut le déclic caractéristique et la porte de l'immeuble s'ouvrit.

L'appartement était au premier étage, une vieille porte en bois entrouverte indiquait son emplacement. Dimos la poussa et entra dans un petit salon où résonnait le son de la télévision. Surpris, il regarda l'écran : Paphitis regardait un dessin animé. Il était assis sur une chaise, les yeux rivés au poste, une couverture en laine marron sur les genoux malgré la chaleur. Dimos ferma la porte derrière lui et s'assit sur une chaise à côté du vieil homme aux cheveux gris clairsemés et à l'épaisse moustache jaunie.

– Monsieur Paphitis, il s'agit d'Yvonne.

Le vieux ne répondit pas. Son visage était creusé de rides, mais ce qui frappa le plus Dimos, ce furent ses yeux : ils étaient si clairs et troubles à la fois que l'iris en devenait presque invisible.

– Monsieur Paphitis, il faut que vous me disiez…

– Il faut ? Il ne faut plus rien. Ce que j'avais à dire, je vous l'ai dit. Laissez-moi tranquille, j'ai à faire.

Sa voix était rauque mais puissante. Les policiers l'avaient bien sûr interrogé, et peut-être fatigué, mais Guérès ne savait pas ce qu'il leur avait dit et il devait l'apprendre.

– Je dois vous demander autre chose, excusez-moi, mais… dans la bouche de votre fille on a trouvé une bague, et cette bague appartenait à ma mère, elle avait été enterrée avec cet anneau et il s'est retrouvé dans la bouche de votre fille, vous comprenez, il faut que je sache si Yvonne était en relation… enfin, si…

– On dit que l'homme devient vieux le jour où il perd sa mère. C'est possible. Mais quand il perd son enfant, il est déjà mort.

Guérès hocha la tête. Paphitis avait peut-être raison, lui-même ne pouvait ressentir ce que représentait la mort d'un enfant, mais il comprenait ce que l'autre lui disait, voilà vingt-trois ans qu'il se sentait vieux. À l'écran, Grosminet essayait une fois de plus d'attraper Titi. Le pauvre, il n'était bourreau que de nom, en fait une victime qui ne comprenait pas à quel point ses tentatives étaient vaines, ni que le scénariste l'avait condamné à un échec permanent, tel un Sisyphe poussant éternellement son rocher pour le voir ensuite dégringoler jusqu'en bas. Pourtant c'était si simple, il aurait suffi qu'il écrive l'épisode approprié, la scène de dénouement, mais c'était impossible, cela aurait mis fin à la série, le monde se serait arrêté de tourner.

– Est-ce qu'elle fréquentait quelqu'un, une amie ou quelqu'un d'autre ?

– Elle a pris l'argent dans mon portefeuille en croyant que je ne la voyais pas. Ces derniers temps elle semblait avoir arrêté, elle était plus calme, mais ce type lui a téléphoné.

– Qui ça ?

– Je ne sais pas, il l'appelait de temps à autre. Il disait simplement « Yvonne », pas un mot de plus. Alors elle parlait à voix basse et ensuite elle sortait. Il l'a appelée, elle est partie et n'est jamais revenue.

– C'était quand ?

– L'après-midi. Samedi dernier. Personne ne téléphone ici, personne ne se souvient de moi. Autrefois j'avais du monde chez moi toute la journée, des amis, de grandes tablées, mais depuis que j'ai fait de mauvaises affaires, plus personne ne vient, ma femme a disparu, elle m'a laissé tout seul, et maintenant je suis mort. Quand le téléphone a sonné, j'ai compris, j'ai fait semblant de dormir, en espérant qu'il allait s'arrêter, mais elle est entrée et a décroché.

– Je peux voir votre appareil ?

Le vieillard lui indiqua le couloir qui reliait le salon aux autres pièces. Là, sur une petite table, se trouvait un téléphone noir. Dimos s'approcha et vit qu'il était pourvu d'un écran. Il rechercha les appels récents, en espérant qu'ils n'avaient pas été trop nombreux. L'appareil gardait en mémoire la date et l'heure. Le samedi 05/05 à 19 h 47, il y avait eu un appel. Il sortit un papier de sa poche et nota le numéro, puis retourna au salon.

– Connaissiez-vous mon père ou ma mère ?

– Comment s'appelaient-ils, mon garçon ?

Nom, patronymique, matronymique, patronyme, matronyme.

– Lefteris Sirmas et Aphrodite. Aphrodite Sirmas, née Guérès. Ils habitaient ici, un peu plus bas.

Le vieux continuait à regarder l'écran.

– Non, mon garçon, murmura-t-il en fermant les yeux. Qu'ils reposent en paix, mon petit, qu'ils reposent en paix…

Vidéo

Héraklion, mardi 13 juin 1989

Lefteris Sirmas balaya soigneusement les débris de verre sur le sol, les poussa dans la pelle et se dirigea vers le puits de lumière où se trouvait la poubelle. Il avait réussi à nettoyer à peu près la pièce, il était sept heures et demie et Dimos allait bientôt rentrer. Il ne voulait pas que son fils voie la maison dans cet état, cependant il ne savait pas comment lui expliquer que sa tasse préférée, celle avec le pélican de l'EuroBasket 1987, avait fini en mille morceaux. Il en assumerait la responsabilité, tout en sachant que son fils lui en voudrait. De toute façon, même s'il lui disait la vérité, il ne le croirait pas. Il savait que l'adolescence était une période difficile, mais il ne s'attendait pas à une telle situation ; à cela s'ajoutaient les problèmes avec Aphrodite, et les élections qui auraient lieu dans cinq jours. De ce côté-là non plus les choses n'allaient pas bien, il s'en rendait compte : les pourcentages du parti avaient chuté et lui, le secrétaire de la cellule locale, n'avait plus le temps ni l'énergie de se démener comme autrefois. Même les gens d'Héraklion se montraient mécontents d'Andréas dernièrement, toutes ces rumeurs autour des scandales, les boîtes de Pampers* et le reste, lui avaient coûté cher. Il y avait aussi cette maladie qui l'avait terrassé, tout le monde disait que désormais c'était Dimitra qui portait la culotte, mais Sirmas connaissait le chef, personne ne pouvait le manipuler.

Dimos était sorti à six heures, heureusement il avait presque tous les jours entraînement de basket, ce qui l'éloignait de la maison durant quelques heures. Il n'y avait donc plus de raison de lui dire d'aller se promener. Son fils manquait bien sûr à Lefteris, mais même quand il était à la maison, il s'enfermait dans sa chambre et mettait la musique à fond, des sons que l'homme de quarante-six ans, ami personnel de Mikis Theodorakis, ne pouvait comprendre. Il se rappela les élections de 1981, c'était le 18 octobre, quand le PASOK avait accédé au pouvoir pour la première fois et qu'ils étaient allés place Eleftherias pour fêter l'événement. Il y avait des milliers de gens. Dimos, assis sur la banquette arrière, chantait *L'hirondelle est seule*** et Aphrodite, sur le siège du passager, souriait, le visage rayonnant. Le lendemain, Lefteris avait acheté au petit Dimos un harmonica et lui avait appris à jouer

* *Il s'agit du scandale politico-financier qui éclate à la fin des années 1980 autour du banquier Yorgos Koskotas, dont les activités frauduleuses étaient couvertes par le PASOK alors au pouvoir. Les « boîtes de Pampers » auxquelles il est fait allusion ici avaient servi à dissimuler de l'argent sorti clandestinement de Grèce afin d'alimenter un compte en Suisse.*

** *1961-1963, musique de Mikis Theodorakis sur un poème d'Odysseas Elytis, extrait du recueil* Axion Esti *(N.d.l.T.).*

sa chanson préférée, *Jamaïca**. À partir de ce moment ils avaient passé beaucoup de temps ensemble, Dimos jouant et Lefteris chantant, jusqu'à quelques mois auparavant ; mais maintenant l'harmonica s'était tu et son fils ne lui parlait plus. Vraiment, où tout cela était-il parti, où cette joie, cet optimisme, ce sentiment que le monde allait changer, s'en étaient-ils allés ?

À présent Aphrodite se plaignait continuellement qu'il passait tout son temps au parti : « Qu'est-ce que ça nous a rapporté ? Tout le monde s'est casé, il n'y a que toi, l'idéologue, que toi, l'… » Imbécile, avait-elle sur le bout de la langue, mais elle n'allait pas jusqu'à prononcer le mot, cependant son silence était encore pire. Lui ne voulait pas de place dans l'administration ni d'argent, cela lui plaisait de travailler aux champs, de prendre une motte de terre et de l'émietter entre ses doigts, de moissonner sous le soleil brûlant, il n'avait jamais eu envie de s'enfermer dans un bureau, il avait passé assez de temps en prison, même si cela n'avait duré que quelques mois, il avait l'impression d'avoir perdu une grande part de sa vie.

Le bruit de la sonnette le tira de ses pensées. Une silhouette trapue se dessinait derrière le verre dépoli de la porte. Il alla ouvrir, devant lui se tenait Vasso, sa belle-sœur, une femme revêche et taciturne qui souriait au compte-gouttes, et seulement par obligation. Sa visite le dérangeait mais le surprenait tout autant, il n'avait pas souvenir qu'elle soit jamais venue chez eux

* *Chanson du film* Le Jouvenceau *(Dinos Dimopoulos, 1969).*

sans y être invitée. Il souhaita intérieurement que rien de fâcheux ne soit arrivé.

– Sois la bienvenue. Que se passe-t-il ?

Elle fit un signe de tête négatif, l'air emprunté, les bras pendant le long du corps, vêtue d'une longue robe fermée, bien qu'on fût en été, les cheveux serrés dans un chignon haut.

– Tu entres ou bien on reste dehors ?

– À l'intérieur, que les voisins ne nous entendent pas.

Lefteris sourit avec amertume, il ne supportait pas cette mentalité : que vont dire les gens, que vont penser les voisins. Les Hérakliotes avaient toujours été comme ça, même si la maison était sens dessus dessous, rien ne devait transparaître à l'extérieur. Hypocrisie et « front haut », rien d'autre ne les intéressait. Ça, et regarder des films en vidéo, comme s'ils étaient tous devenus des adorateurs du 7e art. Si au moins il s'agissait d'œuvres de qualité, mais non, c'étaient des comédies médiocres, sans intérêt, au comique grossier. Même Vasso avait un lecteur vidéo, sa fille le lui avait acheté, celle qui s'était mariée très jeune, avec un gros richard de quinze ans son aîné ; mais il avait un atelier de mécanique qui « gagnait de l'or » et une Mercedes de « quatre mètres de long », comme lui avait dit son frère.

– Tu veux un café ?

– Non, je ne reste pas, Tassos va bientôt rentrer.

– Alors ? Tu voulais me dire quelque chose ?

Vasso se mordit les lèvres et regarda par terre.

– Ta femme. Moi, ce ne sont pas mes affaires, mais les gens commencent à jaser.

Lefteris suivit son regard. Sur le sol, devant lui, un petit morceau de verre avait échappé au balai et attendait qu'un pied se pose dessus pour l'ensanglanter.

V. DÉCHARNÉ

[homme décharné]
squelette, ombre

1

« *Votre correspondant n'est pas joignable…* »

Il raccrocha. Depuis midi il appelait, presque toutes les heures, il était maintenant huit heures du soir mais le message était toujours le même. Le numéro qu'il avait noté chez Paphitis correspondait à un téléphone portable qui était toujours éteint. Peut-être parce qu'on était samedi, ou bien parce que son propriétaire ne l'utilisait que lorsqu'il en avait besoin et le laissait éteint le reste du temps, il ne savait quelle hypothèse privilégier. Le numéro n'était pas enregistré aux renseignements téléphoniques et il ignorait comment retrouver le propriétaire d'un portable. Lui-même avait activé la fonction « numéro masqué » sur son propre téléphone, procédé qu'il avait appris d'un de ses collègues qui était jaloux de sa femme et l'appelait à intervalles réguliers pour voir comment elle réagissait et si, par hasard, elle prononçait le nom d'un autre homme. Finalement, la femme avait changé de numéro pour échapper à ce harcèlement et le mari, tout heureux, avait décidé de prendre un jour de congé pour lui faire une surprise, l'emmener en promenade, ce qui ne leur était pas arrivé depuis la naissance de leurs enfants. Son collègue avait une grosse moto ; tandis qu'il descendait l'avenue Syngrou, une voiture était sortie de la contre-allée sans le voir, il avait tourné le guidon à droite pour l'éviter et s'était encastré dans une camionnette qui roulait sur la voie d'à côté. Il était mort sur le coup. Un an plus tard, sa femme s'était remariée avec un collègue du service des Étrangers. Tout le monde était invité, mais Dimos n'y était pas allé ; ce n'était pas tant l'acte lui-même qui l'avait gêné, que le fait que, pour le message collectif qu'elle leur avait envoyé en guise d'invitation, elle avait utilisé le numéro de son ancien mari.

Dimos posa le téléphone sur le lit. La mort rôdait partout autour de lui, dans son esprit comme dans la réalité. La vraie mort, celle qui vient avec des orbites creuses qui t'aspirent jusqu'à la moelle et te vident. Le seul qui n'avait pas l'intention de mourir, apparemment, était son père, à croire qu'il retardait exprès la rencontre avec Charon, comme s'il s'était mis d'accord avec lui pour qu'il ne l'emporte qu'au moment opportun.

Le signal ponctuant l'arrivée d'un nouveau message interrompit ses réflexions. « Demain après-midi je serai seule. Angie. » Il sentit tout à coup qu'il bandait, voilà la vie qui se rappelait à lui. Quel effet cette femme produisait donc sur son corps ? Ce n'était même pas que le sexe avec elle ait été le meilleur de sa vie, avec Magda c'était souvent mieux, mais il ne pouvait lui résister, le simple fait de penser à elle le rendait fou. « Je t'attends à l'hôtel ? À quelle heure ? » Il tapa et envoya le message, sans songer que cette réponse pouvait être jugée humiliante par sa destinataire, laissant entendre qu'il ne la voulait que pour son corps ; cette idée ne lui vint toutefois à l'esprit qu'au bout de cinq minutes de silence, le plongeant dans un océan de remords et de culpabilité, quand apparut un nouveau message : « Retrouvons-nous plutôt à l'extérieur. »

Cela ne lui posait pas de problème, il était libre, personne ne se souvenait de lui et il n'avait pas peur qu'on le reconnaisse ; si cela ne la dérangeait pas, elle, lui non plus, voilà bien longtemps qu'il ne s'inquiétait plus de ce que dirait la bonne société d'Héraklion. Cependant il la voulait, le désir charnel l'emportait sur tout, c'est seulement lorsqu'il l'aurait satisfait qu'il aurait l'esprit clair et pourrait parler avec elle. Jusque-là il ne serait qu'attente. Il soupira puis, n'ayant pas d'autre choix, répondit « d'accord ». Mais quand, après quelques secondes, il lut dans le message suivant le lieu de rendez-vous, son humeur s'assombrit encore et il sentit un brusque élancement dans le dos. Il se redressa avec difficulté, respira profondément et donna un violent coup de poing dans le mur. Ses doigts s'écorchèrent et le mur se tacha de sang, mais la nouvelle douleur ne réussit pas à faire disparaître l'ancienne. Qui a dit qu'une douleur chasse l'autre, paraphrasant le dicton bien connu, rien de tout cela n'a cours, quand on souffre, un nouveau coup vient simplement s'ajouter au précédent, en augmentant son intensité. Dimos savait très bien tout cela, cependant il avait parfois besoin de la douleur physique pour maîtriser celle de l'esprit.

Il alla à la salle de bains, ouvrit le robinet et mit sa main sous l'eau. Un bruit attira son attention, il ferma le robinet pour mieux entendre : le bruit se renouvela, quelqu'un frappait à la porte. Il attrapa une serviette et enveloppa sa main. Puis il se dirigea à grands pas vers la porte et l'ouvrit brusquement, tel un boxeur prêt au combat. La silhouette massive d'Ajax Vatalos se dressait dans l'encadrement, tenant d'une main une bouteille transparente et de l'autre un sac.

Surpris, Dimos recula, et le père de son ancien meilleur ami ainsi que de son actuelle maîtresse entra dans la chambre. Il s'assit sur l'une des deux chaises, posa la bouteille et le sac et sortit deux petits verres de sa poche.

– Je veux que nous parlions, dit-il en versant du raki dans les verres.

Dimos ferma la porte et s'assit sur l'autre chaise, regardant le médecin dans les yeux. L'assurance de l'ami de la famille – à l'époque du moins où la famille existait – semblait entamée, il ne rappelait plus que de loin l'homme altier qui avait régné pendant plus de vingt-cinq ans sur le monde médical, économique et politique d'Héraklion. Contrairement au père de Dimos, qui avait toujours été un simple militant du parti, Ajax Vatalos s'était rapidement élevé jusqu'aux places les plus en vue : de conseiller municipal il était devenu adjoint au maire, et d'assistant, directeur du département de cardiologie de l'hôpital universitaire. Il avait même failli être élu député une année, mais il avait été battu à mille voix près et le recours qu'il avait déposé n'avait pas abouti. Tout cela jusqu'au début de 2012. Depuis quatre ou cinq mois, Vatalos était certes à la retraite, mais il demeurait président rémunéré de divers comités et soutenait vigoureusement le maintien de la Grèce dans la zone euro, gardant sa foi dans la voie européenne, sans se préoccuper de savoir qui pourrait l'assurer. Ce n'était toutefois pas cela qui préoccupait Dimos, mais de savoir ce que diable le cardiologue lui voulait, à l'heure du déjeuner.

– Mon nom est menacé. Mes enfants ont entrepris de m'anéantir.

Guérès saisit le verre entre le pouce et l'index et le porta à sa bouche. Ajax avait déjà vidé le sien et le remplissait de nouveau.

– Héraklis est idiot, il croit qu'il peut faire n'importe quoi, qu'il a quinze ans et que je serai toujours là pour le tirer d'affaire. J'ai réussi à mettre Antigone sur le droit chemin, quand elle était plus jeune elle aussi s'était compromise, heureusement je lui ai trouvé cet imbécile qui l'a épousée, elle a deux enfants, il faut qu'elle reste avec sa famille, les femmes ne doivent pas se mêler de trop de choses.

Il vida de nouveau son verre, le remplit, puis sortit du sac une poignée de cerneaux de noix qu'il se mit à mâcher. Dimos ne le regardait pas, il avait les yeux fixés sur son verre plein et se sentait mal à l'aise. Qu'est-ce qui lui valait ce soudain accès de confiance de la part du cardiologue ? Comment lui, en tant que copain du fils, en arrivait-il à partager les secrets et les soucis du père ? Ajax plongea de nouveau la main dans le sac, mais cette fois, quand il la sortit, au lieu de noix, c'est une liasse de billets flambant neufs qu'elle tenait.

– Je sais qu'Héraklis ne te parle pas, mais je m'en fiche. Je veux que tu trouves un moyen de redevenir ami avec lui. Et de surveiller Antigone. En échange tu peux me demander ce que tu veux.

2

Kaitie renversa la tête en arrière, ferma les yeux et entrouvrit les lèvres.

– *Ah ! dites-moi où est ce docteur / qui guérit les plaies*, fredonna-t-elle, tandis que les haut-parleurs de son ordinateur diffusaient l'introduction de la chanson, premier enregistrement, Camden, Nea Yersei, 1928, par Giorgos Katsaros, comme l'indiquait la page sur YouTube. Bien sûr, la colonne de droite du site proposait aussi l'interprétation de Marika Papaghikas, Nea Yorki, 1928 ou 1929, mais Kaitie préférait celle de Katsaros, avec la sobriété de la guitare et la voix caverneuse, sans compter ce merveilleux « Nea Yersei » pour New Jersey, référence à un lieu qui ne pouvait être que mythique, une antique « Yersei » perdue quelque part en Orient, où à midi la terre fumait et où le parfum des épices et du tabac se mêlait au son du saz et de la guitare, ainsi qu'aux voix étouffées des enfants épiant la scène en cachette. Une utopie, comme la Tanger des romans de Bowles et de Burroughs, ou la Casablanca du grand écran, une ville où se perdre, loin des regards voraces des proches. Elle continuait à murmurer les paroles, les yeux fermés, elle adorait ce son vieillot, il lui rappelait le raclement du saphir sur les vinyles, elle regrettait de ne pas avoir d'électrophone, alors qu'elle avait gardé tous ses disques. Elle se sentait un peu étourdie, cela faisait une heure qu'elle buvait du raki, elle avait l'estomac en feu ; l'estomac, le ventre, les intestins, étaient les seuls organes qui se rempliraient en elle, son utérus et son âme resteraient vides à jamais, mais quelque chose allait venir combler ce vide, si tout allait bien.

À la télévision, les informations annonçaient que le gouvernement n'était toujours pas formé, malgré les efforts du président de la République, il était évident que l'on s'acheminait vers de nouvelles élections, ainsi que le disait le bandeau en bas de l'écran. Désormais, tous les événements défilaient dans sa vie comme des brèves, de petites phrases simplistes qui disparaissaient quelques secondes après avoir été formulées.

Elle jeta un coup d'œil à son téléphone, tout semblait calme, elle pouvait donc continuer à boire, puis à vomir sur son lit ou par terre, sans que personne ne l'appelle, c'était du moins ce qu'elle espérait. Toutefois l'inquiétude ne parvenait pas à s'effacer de son cœur. Cette histoire d'assassinats l'avait terrorisée, elle les connaissait toutes les deux, elles avaient été candidates, mais avaient été rejetées, elle avait trouvé ce qu'elle cherchait dans la troisième jeune femme, celle-là était absolument idéale et tout semblait désormais marcher à souhait. Elle savait que le Cowboy les voyait encore de temps en temps et leur donnait chaque fois un petit quelque chose, mais elle ignorait jusqu'où cela pouvait aller. C'était peut-être une simple coïncidence qu'elles aient justement été tuées toutes les deux, mais Kaitie non plus ne croyait pas aux coïncidences.

Malgré l'alcool et les joints qu'elle avait fumés, elle n'arrivait pas à se détendre, son esprit restait enfermé dans son corps fatigué, dans la petite chambre et dans l'atmosphère humide de la ville. Il faisait chaud, ses longs cheveux bouclés s'étaient collés sur sa nuque, l'obligeant à les rassembler en un chignon improvisé retenu par un crayon, ses lunettes s'étaient couvertes de buée, il aurait fallu qu'elle se lève pour ouvrir la fenêtre, mais elle n'avait aucune envie que son père, avec son odorat hypersensible, ne détecte l'odeur de l'herbe et ne l'assaille de remarques et de questions. C'était toujours la même chose, les observations et les commentaires, « que vas-tu faire de ta vie ? », « quand vas-tu enfin te marier ? » et autres réflexions du même acabit. Encore que, dernièrement, il semblait s'être résigné à l'idée que sa benjamine allait rester vieille fille. Pas comme l'aînée, qui s'était mariée à vingt-cinq ans et dont le fils avait déjà fini le lycée et faisait son service militaire, attendant d'être libéré pour reprendre l'atelier de mécanique de son père, véritable clone de son beau-frère, rustre et paysan, la seule chose qui l'intéressait étant d'avoir de l'argent en poche et une voiture pour sortir sa petite amie du moment. Elle n'aimait pas non plus son neveu et n'en éprouvait aucun remords, certes, c'était le fils de sa sœur, mais elle n'avait jamais eu non plus de bonnes relations avec celle-ci. Peut-être, après tout, que les chats font des chiens, songea-t-elle en aspirant une dernière bouffée de sa cigarette avant de l'éteindre dans le gobelet en plastique rempli d'eau qui lui tenait lieu de cendrier.

Elle-même n'avait aucune envie de revenir sous le toit familial, mais elle avait maintenant besoin de beaucoup d'argent et la boutique ne rapportait pas suffisamment. Son père avait tiqué quand elle le lui avait annoncé, même si le deux-pièces sur la terrasse était vide, il n'avait jamais voulu le louer, simplement il fallait que ce soit lui qui décide de ce qui allait arriver, pas les autres. Depuis le temps qu'il lui disait : « Pourquoi habiter seule et payer un loyer ? » Cette fois c'était elle qui le lui avait dit, ce qui l'avait désarçonné. S'il savait ce qu'elle lui préparait ! Quand il l'apprendrait, il en serait médusé et mettrait tout en œuvre pour l'en empêcher, Kaitie le savait, c'est pour cela qu'elle devait le mettre devant le fait accompli.

Il était déjà dix heures, il fallait qu'elle aille la voir, s'assurer qu'elle allait bien, il restait encore six mois, cela paraissait une éternité. Elle regarda par la fenêtre, le ciel était chargé de nuages, l'orage allait enfin éclater, elle adorait la pluie, elle avait l'impression qu'elle les purifiait, la ville et elle. Elle se leva de sa chaise, s'approcha de son ordinateur, Katsaros arrivait à la célèbre conclusion : « … *Hélas, mes plaies sont profondes et ne peuvent guérir / Hélas, docteur, et ne peuvent guérir.* » Elle éclata de rire, son regard venait de tomber sur un titre qui apparaissait dans la play-list, *V'là les flics qui rappliquent*, cela lui rappela son cousin Dimos. Après toutes ces années, il lui paraissait étranger, un type perdu qui ne savait que faire en ce monde. Comment les gens peuvent-ils ainsi se perdre ? se demanda-t-elle. Que reste-t-il de ce qu'ils étaient autrefois ?

Que dirait Dimos, s'il connaissait son projet ? Non, il valait mieux qu'il ne l'apprenne pas, elle ne voulait pas avoir encore quelqu'un d'autre dans les jambes. Elle éteignit son ordinateur, mit ses chaussures, ouvrit la porte et descendit l'escalier intérieur en faisant aussi peu de bruit que possible.

Dehors la nuit était encore calme, Héraklion attendait la suite des événements, les dents serrées. Elle enfourcha son scooter, démarra et commença à descendre vers le port, sans remarquer une Yamaha blanche, modèle 1989, qui faisait le guet au coin de la maison et se mit à la suivre.

3

Dimanche 13 mai 2012

Il la regardait dormir, couchée sur le côté en position fœtale. Ses longs cheveux bleus lui couvraient le visage dont seul le nez était visible, fin, bien dessiné, ses pieds dépassaient légèrement de la couette. Il tendit la main et la couvrit doucement pour que le froid ne la réveille pas ; lui-même craignait le froid, la chaleur ne lui faisait pas peur mais le froid le paralysait. Si elle n'avait pas les yeux bleus, elle ne ressemblerait en rien à son père, songea-t-il en se dirigeant vers le salon.

Il prit les cigarettes sur la table basse, en alluma une, s'approcha de la fenêtre et colla son front contre la vitre. Dehors, le jour se levait, le kiosque en face venait d'ouvrir, un homme avec des cheveux gris se dirigeait vers le môle. Le Koulès se dressait toujours au fond, observant les transformations de la ville. Il vieillissait et le savait, cela faisait des années qu'il attendait la reconnaissance qu'il méritait, en vain, il continuait à jouer les seconds rôles, comme dans sa vie personnelle, d'ailleurs. Sur le côté droit de la forteresse, à l'endroit où la mer la léchait, un morceau du mur s'était détaché et avait disparu dans les flots, sans que personne se soucie jamais de le réparer. Les gens passaient à côté comme si elle n'existait pas, la regardaient sans la voir, considérant sa présence comme une évidence. À gauche du fort il y avait les brise-lames, là où l'on avait trouvé le premier cadavre. Si Ivan avait regardé de ce côté au moment opportun, il aurait pu voir la vague le déposer, mais c'était son éternel problème, il n'était jamais dans le bon tempo, ni avec le monde, ni avec les événements, encore moins avec lui-même ou son âge. Quand, la veille, Clio lui avait dit qu'elle avait du retard, il s'était figé, avait eu un mouvement de recul et l'avait regardée. Il ne savait que dire, mais elle avait lu la peur dans ses yeux et avait éclaté en sanglots.

– Ça va… ne pleure pas… on va voir ce qu'on va faire.

La vérité était qu'il n'avait aucune idée de ce qu'ils allaient faire, il n'y avait jamais réfléchi, il ne lui était pas venu à l'esprit qu'il pouvait devenir père, il ne se souvenait plus s'ils avaient utilisé un préservatif la première fois, quel idiot il avait été, est-ce qu'il était vraiment de lui ou bien… Il eut honte de cette pensée, mais il ne pouvait la chasser, c'est ainsi, quand on se trouve sur le banc des accusés, on cherche à reporter la faute sur quelqu'un d'autre, il est impossible d'échapper à l'instinct de conservation. Non, il ne voulait pas devenir père et Clio était trop jeune, elle ne pouvait pas vouloir devenir mère, si ? Et qu'arriverait-il avec Chronis ? Comment pourrait-il désormais le regarder droit dans ses yeux bleus ?

– Je ne le garderai pas, même si je suis enceinte, je ne le garderai pas, l'entendit-il dire au milieu de ses sanglots.

– Calme-toi, nous allons d'abord voir si tu l'es, tu n'en sais rien, tu ne l'es peut-être pas, hein ?

Elle s'essuya les yeux avec la main.

– Ne me regarde pas quand je pleure, je suis affreuse.

– Tu es belle.

Il la reprit dans ses bras. Il ne voulait pas la blesser, mais il était peut-être déjà trop tard, son comportement avait déjà blessé d'autres femmes dans le passé, sans pour autant être violent, ni même brutal. Simplement, il ne voulait pas s'engager, il voulait rester libre, loin des soucis d'une famille, de sorte qu'il s'éclipsait dès qu'il sentait que le lien devenait trop fort, il partait souvent sans rien dire, il disparaissait sans explications, les laissant se demander ce qui avait cloché. Le problème venait de lui, il était lâche et ne pouvait les regarder dans les yeux en admettant la vérité. C'était peut-être pour cela au fond qu'il avait choisi Clio, une gamine n'a pas les mêmes exigences qu'une femme de plus de trente ans, elle se contente du sexe et des virées à moto, et se lasse de toi plus vite que toi d'elle, t'évitant ainsi la peine de rompre. C'est ce que croyait Ivan, oubliant que toutes les gamines ne se ressemblent pas, de même qu'il préférait oublier que Clio était la fille de son collègue.

Ils partirent rapidement de la Marina et trouvèrent une pharmacie de garde ; Ivan descendit de la moto après l'avoir stabilisée avec la béquille. Juste avant d'entrer dans l'officine, il se retourna. Sanglée dans son blouson en jean et le casque sur la tête, Clio baissait la tête, comme si elle n'osait pas regarder les gens en face, portant le poids du péché originel, malgré les milliers d'années qui s'étaient écoulées. Il y avait trois clients devant lui et, tout en attendant son tour, il appela l'hôtel pour annuler la réservation. La réceptionniste lui dit que la moitié de la somme lui serait retenue, ce qui était pour l'heure le cadet de ses soucis.

Naturellement, ils n'avaient pas fait l'amour ce soir-là. Aucun des deux n'avait la tête à ça et Clio s'était remise à pleurer, le test à la main, dès qu'ils étaient entrés dans l'appartement. Elle n'était ni la première ni la dernière à tomber enceinte par erreur, sa réaction lui avait paru excessive, mais peut-être était-ce la situation générale de sa famille. Ivan savait que sa mère, la femme de Chronis, avait un cancer, cela faisait sans doute beaucoup pour une fille de son âge. Il lui proposa de remettre le test au lendemain, d'essayer de l'oublier et de faire comme si de rien n'était. La petite fut d'accord, mais l'ombre de cette menace pesa sur eux tout au long de la journée qu'ils passèrent à Ligaria, une plage située à une vingtaine de kilomètres d'Héraklion, déserte en cette saison, où quelques cafétérias avaient ouvert en attendant l'été. Profitant d'un moment où Clio était allée aux toilettes, Ivan avertit Kouliarakis qu'il serait absent toute la journée, c'était plus facile à distance que face à face, et les heures passèrent, quoique difficilement et avec de nombreux silences. Une fois la nuit tombée, cependant, ils retournèrent à l'appartement et la gêne devint perceptible – « Pourquoi sommes-nous là et que va-t-il se passer ? » demandait-elle à voix haute, leur déchirant les tympans. Ils s'enlacèrent et essayèrent de dormir. Quand la respiration régulière de Clio lui confirma qu'elle s'était assoupie, Ivan se leva et alla au salon se servir un verre de whisky qu'il but en deux gorgées. Il s'installa comme il put dans un fauteuil, mais au bout de trois heures d'un mauvais sommeil il était de nouveau réveillé, avec des courbatures dans tout le corps.

Son téléphone sonna, c'était l'appel qu'il attendait depuis la veille, son informateur avait quelque chose à lui dire.

– Parle.

– Note, abruti, et ensuite, tu ne m'as jamais vu et jamais entendu.

– Attends.

Il s'approcha de la table basse à la recherche d'un papier et d'un stylo, trouva un crayon, mais impossible de mettre la main sur un bloc-notes. Il finit par s'emparer d'une boîte de cigarettes, des Dunhill International, et pressa la pointe du crayon sur le petit cadre blanc dans lequel était écrit : « Fumer tue ». Voilà au moins une certitude, songea-t-il avant de revenir à la communication.

– J'écoute.

Il nota rapidement le nom sur la boîte, raccrocha et tourna la tête vers l'intérieur de l'appartement. Clio se tenait dans l'encadrement de la porte de la salle de bains, le test à la main.

4

Une semaine s'était déjà écoulée depuis son arrivée sur l'île et les élections qui n'avaient toujours pas débouché sur la formation d'un nouveau gouvernement. Les négociations se poursuivaient et continueraient toute la journée encore, en vain. Guérès parcourait la première page des journaux qui pendaient à la devanture du kiosque comme des carcasses dans une boucherie, dégoulinant de sang et commençant déjà à pourrir. Les odeurs qui lui parvenaient depuis les halles toutes proches accentuaient la sensation de puanteur que lui procuraient les titres. Presque tous tiraient la sonnette d'alarme à propos de la sortie de l'euro – à l'exception du journal qui soutenait le principal parti d'opposition et de celui qui était proche du parti communiste. Le premier louait la position ferme du chef de SYRIZA, tandis que le gros titre du second contenait, comme d'habitude, le mot « peuple ». « Peuple », « Grèce », « nation », étaient des termes que l'on lisait et entendait si souvent, ces temps-ci, que Dimos se promit de ne jamais plus les chercher dans son *Antilexikon*, même s'il se souvenait avoir été très impressionné par l'expression « maudit par le peuple », rencontrée lors d'une recherche antérieure. Cette expression prenait pleinement son sens en ce moment et convenait à de nombreux hommes politiques, autochtones aussi bien qu'étrangers.

Il était deux heures moins vingt et il restait encore quatre heures avant le rendez-vous avec Angie, à six heures de l'après-midi au cimetière d'Agios Konstantinos. Drôle d'endroit pour une rencontre, pourquoi avait-elle choisi un tel lieu ? Il n'y était allé qu'une fois et la seule chose dont il se souvenait était son mur d'enceinte blanc et son grand portail métallique. Il avait huit ans à la mort de son grand-père, le père de sa mère. Celle-ci lui avait dit qu'il n'était pas obligé d'aller aux obsèques, mais il avait tenu à le faire. Il aimait beaucoup le vieux Guérès, il se souvenait de lui avec sa barbe blanche, sa tête presque chauve, s'appuyant sur son bâton et le sermonnant de sa voix grave. Il lui arrivait cependant aussi de rire, d'un rire tonitruant qui ébranlait la pièce. Dans ces moments-là, Dimos le regardait avec stupéfaction, il lui paraissait étrange qu'un homme aussi sérieux puisse s'ébaudir de cette manière. Les dernières années avant sa mort, il ne parlait presque plus, une grave attaque cérébrale avait détruit l'homme qu'il avait été. Quand il était mort, Aphrodite n'avait pas pleuré, elle avait versé trop de larmes en attendant qu'il meure.

Guérès se passa la main sur le visage, pour chasser les souvenirs. Il consulta la presse locale pour voir s'il était question de la mort de Yorgos Fountoulizakis, le Commando, mais ne repéra rien sur le sujet. En revanche, il découvrit dans un coin de la première page du principal quotidien local une information qui le fit tressaillir : « Un sans-abri retrouvé mort sur un banc au centre de la ville. » S'agissait-il d'Aristotelis, l'homme au téléphone et aux chenilles ? L'entrefilet n'en disait pas plus. Juste au-dessus, il y avait la photo d'une petite fille offrant une fleur à une femme, avec une légende polychrome rappelant la fête des mères, qui tombait ce jour-là.

Il arrêta de lire et descendit vers la place des Lions. En arrivant à la boutique de sa cousine, il vit qu'elle était fermée. Une petite enveloppe blanche était glissée entre les barreaux de la grille qui protégeait l'entrée, sans doute de la propagande d'un parti, ou une brochure publicitaire comme celle que feuilletait sa cousine l'autre jour. Appuyant sa paume sur la vitre, il regarda plus attentivement à l'intérieur, un magazine traînait sur le bureau, la seule chose qu'il réussit à distinguer étaient des images de poussettes pour bébé. Il allait partir quand son regard tomba de nouveau sur l'enveloppe glissée dans la grille, quelque chose attira son attention, il regarda de plus près, des lettres de différentes tailles étaient collées pour former le prénom de sa cousine, le nom de famille n'étant représenté que par l'initiale en capitale : « Kaitie S. ». On aurait dit que quelqu'un avait découpé chaque lettre dans un texte différent et les avait ensuite assemblées, une technique que Guérès n'avait vue que dans des films policiers.

Il jeta un rapide coup d'œil autour de lui puis introduisit avec précaution deux doigts pour la saisir par un coin et la tirer d'un geste vif. L'enveloppe s'accrocha dans les barreaux et se déchira, révélant une feuille de papier sur laquelle des mots étaient collés de la même manière. Il déplia précipitamment la feuille ; devant lui s'étalait la phrase : « Arrête tout sinon ce sera bientôt ton tour. » Il sentit un frisson parcourir sa colonne vertébrale, enfonça rapidement la lettre dans la poche gauche de son pantalon, fit demi-tour et marcha jusqu'à l'église d'Agios Titos. Les bancs étaient pleins de touristes, le bâtiment qui abritait autrefois la Banque nationale accueillait désormais une gigantesque chaîne de cosmétiques, téléphones portables et appareils photo tentaient en vain de capturer le temps, cependant son fou n'apparaissait nulle part. Il était deux heures et quart, il avait faim et transpirait. Il composa le numéro de Kaitie sur son portable, mais tomba directement sur sa messagerie. Il fallait qu'il la trouve, qu'elle lui explique ce que signifiait ce message, il n'avait cependant aucune envie de remonter jusque chez elle, de rencontrer de nouveau son oncle inflexible et sa terne épouse. Le Cowboy aurait peut-être une idée de l'endroit où elle était, mais il ne savait ni s'il était chez lui ni s'il accepterait de lui parler. Il décida d'attendre et de poser la question à Angie lors de leur rendez-vous. Il monta de nouveau vers les Lions, s'approcha d'une pharmacie et regarda la liste des officines de garde ; la plus proche était avenue Kalokairinou, mais elle fermait à deux heures et demie. Il se mit en route, espérant que pour une fois il arriverait avant qu'il ne soit trop tard.

REO

Héraklion, samedi 20 juillet 1974

L'avenue Kalokairinou était vide, quoiqu'il fût près de midi. De temps à autre passait une jeep militaire ou un camion chargé d'hommes qui priaient, les yeux fermés, pour que la mobilisation prenne rapidement fin et qu'ils puissent rentrer chez eux, qui avec sa femme, qui dans sa famille, ou même seul dans une chambre vide, en tout cas loin de la perspective de se retrouver raide de peur sur un quelconque champ de bataille. Lefteris Sirmas sortit du magasin de son frère ; l'aîné s'en tirait bien, une lésion permanente à la colonne vertébrale lui avait valu d'être réformé. Il jurait et se lamentait : « Je ne suis pas un homme, assurément », mais derrière les cris, Lefteris discernait le soulagement – tu parles, comme si Kostis voulait aller faire la guerre. Il ne pensait qu'à l'argent et à son magasin. Même quand Lefteris était dans les geôles de la police militaire, pendant la dictature, lui, il vendait ses verreries, et si quelqu'un commençait à lui parler politique, il détournait la conversation.

– Ce ne sont pas mes oignons. Une chose est le marin, une autre le sacristain, disait-il en ouvrant ses registres pour vérifier les recettes et les dépenses.

Lefteris l'avait trouvé derrière le comptoir, en train d'écrire quelque chose dans un grand cahier bleu. Dès qu'il le vit, il le ferma et le rangea rapidement. Les deux frères n'étaient guère démonstratifs entre eux, ni accolades ni embrassades, ils s'aimaient comme doivent s'aimer deux frères, sans plus.

– J'ai été appelé et je dois me présenter au plus vite. Aphrodite est proche de son terme, sa mère arrive aujourd'hui du village, mais je voudrais que toi aussi tu veilles sur elle.

Kostis fit la moue. Il était bien assez occupé comme ça, avec ses affaires, son travail, il ne voulait pas entendre parler d'accouchement, de mobilisation et tout le tintouin. Qu'en avait-il à faire de Chypre et des querelles des grands ? « Quand les éléphants se disputent, les fourmis trinquent », avait-il entendu dire un jour, et depuis, il avait adopté ce dicton comme principe de vie. Il voulait sa tranquillité, sa maison et son magasin avaient besoin de lui, cependant il ne pouvait pas ne pas faire son devoir envers son frère, cela ferait jaser.

– Ne t'inquiète pas, grommela-t-il entre ses dents.

Lefteris le salua, fit volte-face, sortit dans la rue et reprit sa marche jusqu'à la porte de La Canée ; il s'arrêta juste au-dessous et regarda les murailles vénitiennes. Elles lui parurent vieillies, prêtes à s'écrouler sous le poids des siècles, de tous ces gens qu'elles avaient vus partir pour ne plus revenir. Il franchit la porte vénitienne et se dirigea vers la statue du Kapetan Korakas, qui avait pris part à tant d'insurrections mais était mort avant de voir la Crète libérée de l'Empire ottoman ; il traversa ensuite le boulevard des 62-Martyrs en direction d'un groupe d'hommes qui s'étaient rassemblés en face. Tandis qu'il s'approchait d'eux, il entendit une voix l'appeler. Il se retourna, un homme assis dans un cabriolet rouge décapotable lui faisait signe d'approcher.

– Sirmas ! C'est moi, Vatalos !

Lefteris reconnut le jeune homme avec qui il avait monté sa première garde au Centre d'entraînement du Grand Pin. Ils étaient ensuite allés ensemble à Chypre où, en compagnie d'une autre recrue originaire de Crète, Aris Sikoulakis, ils avaient participé à une mission qui avait eu un dénouement inattendu, procurant au jeune Sirmas un tenace sentiment de culpabilité. C'était bien le dernier homme qu'il avait envie de voir en ce moment. Vatalos avait disparu dès le lendemain de la mission, et quand il avait interrogé le Premier bureau, on lui avait répondu qu'il avait obtenu une mutation, sans lui dire pour où. Il l'avait revu à la fin de son service, à l'hôpital militaire général 401, où il avait accompagné un soldat qui s'était blessé au pied au cours d'un exercice. Ajax s'était montré distant cette fois, il se trouvait là pour une opération de l'appendicite, « c'est l'occasion de le faire maintenant, comme ça j'aurai un congé pour convalescence », lui avait-il dit. Ils avaient bavardé un peu, s'étaient remémoré leur formation au centre d'entraînement, sans dire un mot du secret qui les unissait, puis ils s'étaient de nouveau perdus de vue, jusqu'à ce jour. Que faisait donc Vatalos à Héraklion alors qu'il était athénien ?

– Tu es mobilisé ?

Lefteris hocha affirmativement la tête, Ajax lui fit signe de monter. Ils bavardèrent un peu en route. Ajax avait fait des études de médecine, on l'avait envoyé comme médecin de campagne à Houdetsi, un village près d'Archanès, il avait rencontré là-bas une jeune fille, était resté à Héraklion pour sa spécialisation. Il était désormais cardiologue et père de deux enfants, l'un – un petit garçon – nourrisson de deux mois, l'autre, une petite fille de trois ans ; la vie allait à toute allure et les dépassait. Une gêne diffuse s'était installée entre eux.

– Est-ce qu'on t'a posé des questions ?

– Non, jamais. Je n'en ai même jamais entendu parler, comme si ce n'était pas arrivé.

– Ce n'est pas arrivé.

Au camp militaire, c'était la pagaille, les réservistes faisaient la queue pour obtenir le papier contenant leur ordre de transfert, le vacarme régnait, mais tous semblaient calmes. Lefteris et Ajax se séparèrent, se donnant rendez-vous à la sortie, dès qu'ils auraient fini. Une demi-heure plus tard, les deux hommes se retrouvèrent. Lefteris avait ordre de se rendre à Dafnès, tout près d'Héraklion, Ajax se tenait la tête dans les mains.

– Où est-ce qu'on nous embarque, Sirmas, nom de Dieu ? Les sous-offs disent Maleme, tout notre escadron y va. Qu'est-ce qu'on a à voir avec les Chypriotes ? Il paraît qu'on va nous envoyer là-bas, un ami de mon père au ministère de l'Armée me l'a dit, ils préparent une action depuis hier mais quelque chose est allé de travers et ils ont tout foiré, une fois de plus. Que diable allons-nous faire à Chypre ? J'y suis allé une fois, ça me suffit, que quelqu'un d'autre y aille maintenant.

Sa voix s'était cassée, les larmes lui montaient aux yeux, Lefteris lut la peur dans son regard, il ne s'y attendait pas, après ce qu'ils avaient vécu ensemble. Il ne savait que lui dire, son propre papier lui ordonnait de se présenter ailleurs, comment le lui avouer, il se contenta de secouer la tête.

– Ma fille est malade, quand je suis parti, elle pleurait, qu'est-ce que je vais lui dire, adieu ? Le petit ne comprend pas, c'est un bébé, mais ma fille me regardait en pleurant, et je me disais : où vas-tu, malheureux ? Ce n'est pas possible, il a dû y avoir une erreur, on n'envoie pas les médecins se battre, on les laisse à l'arrière – que deviendront les blessés quand ils reviendront et que je serai là-bas ? Ma place à moi est à l'hôpital.

Lefteris avala sa salive, le délire d'Ajax lui causait de la gêne, il se sentait coupable d'aller à Dafnès, bien sûr, nul ne savait où on l'enverrait ensuite, mais si tout leur escadron allait à Maleme, comme l'avait dit Vatalos, pourquoi allait-il ailleurs, lui ?

– Moi, mon papier indique Dafnès.

– Quoi ?

– Dafnès. Mon certificat de position militaire est blanc, c'est sans doute pour ça.

Les yeux de Vatalos étincelèrent. Il se passa la main dans les cheveux, la sueur coulait sur son visage.

– Écoute, Sirmas, ma fille est malade, elle a beaucoup de fièvre et je ne sais pas… peut-être faudra-t-il l'amener à l'hôpital. Moi je n'ai pas de famille ici et ma femme, toute seule, comment fera-t-elle ? Prends mon papier et laisse-moi aller à Dafnès, le temps que tu ailles là-bas et qu'ils se rendent compte de l'erreur, je verrai comment ça tourne, j'en parlerai à l'ami de mon père, on te renverra ici ; ma fille est très malade, je te dis. Le type que je connais m'a demandé douze heures pour me faire revenir, ce sera peut-être trop tard pour ma fille, toi tu feras juste un aller-retour.

Lefteris se figea. Lui aussi attendait un enfant d'un jour à l'autre et le papier était clair : Dafnès, alors pourquoi faire toute cette route pour revenir ensuite ? Et si on ne le faisait pas revenir ?

– D'ailleurs il ne m'a pas dit que nous allions à Chypre, il a dit « peut-être » : « avant que ce soit décidé, la guerre sera finie, ils auront vu ton papier et ils te renverront, je te dis, je m'en occuperai moi-même », il est très haut placé, l'ami de mon père, ma fille…

Il faisait très chaud, Ajax lui avait saisi le bras et le serrait très fort, tandis que de son autre main il brandissait sa feuille de route, semblant prêt à se mettre à pleurer. Sirmas soupira, pensa à Aphrodite, à l'enfant à naître, se souvint de sa question : « Cela ne finira donc jamais ? » Au même moment un camion REO transportant des hommes s'approchait d'eux. Lefteris regarda ses chaussures, elles étaient usées et la droite s'apprêtait à se fendre sur le côté. À côté de lui, Ajax grinçait des dents. Le REO s'arrêta devant lui, une voix retentit :

– Eh ! sergent !

Lefteris leva les yeux, sur le plateau du camion, Ménélaos Karavoskakis, son soldat préféré, un bon géant qui, une fois, l'avait porté sur cinq cents mètres dans la neige, alors qu'il s'était fait une entorse au cours d'un exercice, lui tendait sa grande main calleuse.

– Viens, sergent, je ne te laisse pas ! Nous irons tous ensemble !

Un sourire lumineux s'étalait sur son visage, tandis que le camion recommençait à rouler lentement. Sirmas se tourna vers Ajax, ôta précipitamment de son annulaire droit la bague avec la pierre noire, s'empara de sa feuille de route verte et lui fourra dans la main la sienne en même temps que l'anneau.

– S'il m'arrive quoi que ce soit, donne-le à ma femme, surtout, fais bien attention, elle s'appelle Aphrodite, lui lança-t-il, puis il attrapa la main qui était tendue vers lui, et d'un bond se retrouva sur le plateau du camion, dans les bras de ses anciens compagnons. Si cela devait finir, que du moins cela finisse comme il l'entendait.

5

Antigone gara sa voiture, une Peugeot 207 vieille de cinq ans, qu'elle n'avait pas fini de rembourser à la banque ; bleu foncé à l'origine, elle avait maintenant plutôt l'air d'un puzzle inachevé, à cause des innombrables chocs qu'elle avait reçus. Elle mit le point mort et attendit en fumant, soufflant la fumée par la vitre ouverte. Dans quel pétrin s'était-elle fourrée ? Ce n'était pas la première fois, certes, mais il y avait un moment que cela ne lui était pas arrivé, si bien qu'elle croyait que désormais sa vie s'écoulerait paisiblement, comme celle des autres. Pourtant, comment être tranquille lorsque le monde s'écroule autour de vous ? Et qu'avait-elle gagné à rester sage pendant tant d'années, à part une routine ennuyeuse, un néant répétitif dont seul son père pouvait être fier parce qu'il ne causait aucun dommage à sa réputation ? Elle se sentait comme anesthésiée, sa vie s'écoulait sans que rien ne se passe, elle n'en pouvait plus. Elle regarda autour d'elle, la rue était déserte, mais à Héraklion, quelqu'un pouvait passer à tout instant et vous reconnaître, d'autant qu'avec son travail – professeur au collège – il lui était encore plus difficile de garder l'anonymat. Elle devait souvent rencontrer des parents d'élèves pour discuter avec eux des problèmes de leurs enfants. Problèmes qui se multipliaient, ces dernières années, en raison de la crise. Elle voyait fréquemment des enfants tristes, avec des vêtements usés et dépourvus de tout appétit de vivre. Antigone s'inquiétait. La seule chose qui la retenait dans ce travail était son amour des enfants. Tout le reste, avantages, reconnaissance sociale, salaire, s'était cassé la figure.

À l'instant où elle éteignait sa cigarette dans le cendrier, Dimos traversa la rue. Son cœur se serra et elle pensa qu'elle aurait dû vider ce cendrier qui débordait, bientôt les mégots allaient tomber par terre, démontrant son incapacité à maintenir l'ordre dans sa voiture comme dans sa vie. Un sourire spontané se forma sur son visage en le voyant faire ces grands pas sautillants qui lui avaient valu son sobriquet lorsqu'il était au collège. La Sauterelle, le gamin qui baissait les yeux quand elle le regardait et qu'elle se plaisait à taquiner pour le voir rougir, le jeune homme fou de cinéma, l'homme sombre d'aujourd'hui, son tout dernier amant, qui avait réveillé son corps endormi en lui donnant l'élan dont elle avait besoin pour dégringoler au fond du précipice au bord duquel elle se tenait en équilibre depuis des années.

Dimos s'assit à côté d'elle sans un mot, elle passa la première et accéléra, la Peugeot hurla plutôt qu'elle ne rugit, ainsi que le suggérait le logo de la marque, et se mit à rouler. Un cimetière, drôle d'endroit pour un rendez-vous, en vérité, néanmoins aucun d'eux ne fit de commentaire sur le moment, on n'entendait que le ronronnement du moteur et la voix de Leonard Cohen parlant d'un imperméable déchiré à l'épaule. Guérès tendit machinalement la main pour monter le son. La voiture empruntait des rues qu'il ne connaissait pas, elle passa sous un pont, Antigone alluma une autre cigarette, mit le clignotant à gauche, et Dimos vit le panneau indiquant « Vers le nouveau cimetière municipal ». Ils continuèrent à suivre les panneaux de signalisation jusqu'au moment où la Peugeot, rebondissant sur la route pleine de nids-de-poule, tourna à gauche dans une petite rue en descente qui semblait ne mener nulle part.

Il y avait très peu de monde au cimetière. Ils commencèrent à remonter l'allée entre les tombes, Antigone avançant d'un air décidé, comme si elle se dirigeait vers un but précis, Dimos regardant les noms en passant, craignant et espérant à la fois en lire un qu'il connaîtrait, celui d'un ami d'enfance ou d'un parent. Il savait que la mort peut vous trouver partout, mais que la fin est toujours la même. Ils atteignirent un kiosque qui abritait un banc, Antigone s'y assit, imitée par Dimos. Elle sortit de son sac une bouteille de vin, un tire-bouchon et deux verres, ouvrit la bouteille, remplit les verres et en tendit un à Dimos.

– Tu ressembles à un enfant mal élevé à qui on a pris son jouet.

– Qu'est-ce qu'on fait ici ?

Antigone leva son verre en faisant un mouvement circulaire.

– On regarde l'avenir dans les yeux.

Elle vida son verre.

– Et on se cache… murmura-t-elle.

– Angie…

– Oui, mon cher, je sais, tu ne comprends pas.

Elle passa doucement sa main sur sa joue, il ferma les yeux.

– Tu sais, Dimos, il fut un temps où, en me réveillant le matin, j'allais me regarder dans la glace pour voir ce que j'étais devenue. C'était l'époque où nous changions de jour en jour, d'heure en heure, notre visage resplendissait et nous attendions de voir en quoi nous allions nous métamorphoser. Maintenant tu te réveilles et tu vois chaque matin le même visage dans le miroir. Tu sais qu'il ne changera jamais, qu'il sera toujours le même, ou plutôt si, il changera, il vieillira, malgré les teintures les cheveux grisonneront, la peau se fripera comme un lézard craintif, se creusera de rides, profondes, indélébiles, pour toujours. Pour toujours, quelle stupidité. C'est ici, « pour toujours », mais même ici rien ne dure, au bout de trois ans on t'exhume, on jette ta belle plaque de marbre, on sort de la terre ce qui reste de toi, os, cheveux, vêtements, on met ça dans une petite urne et après ? Qui s'intéresse à une urne ?

Elle se leva soudain, le prenant par la main et l'entraînant.

– Viens.

Il la suivit, tous deux descendant l'allée presque en courant, les verres agités de soubresauts, le vin éclaboussant le sol de petites taches qui s'évaporaient rapidement. Ils s'arrêtèrent devant un énorme tombeau de granit sombre, surmonté d'une sculpture représentant deux figures ailées en vol, au-dessous duquel on pouvait lire en lettres d'or : « Tombeau familial Ajax Vatalos ».

– C'est à ce genre de tombeau qu'on s'intéresse, pas aux petites urnes.

Dimos la regarda d'un air perplexe, il ne comprenait pas, pourquoi quelqu'un achèterait un tombeau, qui plus est familial, avant de mourir ? Il tenta de changer de conversation et, s'efforçant de masquer son angoisse, demanda :

– As-tu vu Kaitie aujourd'hui ?

Antigone secoua négativement la tête puis, comme si elle n'avait pas entendu la question, poursuivit son monologue :

– Il y a une place pour moi là-dedans, à côté de ma mère qui s'y trouve depuis 2001, cela fait dix ans – tu te souviens de Mme Frosso ?

Dimos se souvenait d'elle, il la voyait rarement, elle leur disait toujours « Vous allez bien, les enfants ? » et leur offrait un croque-monsieur et du jus de fruits, puis elle disparaissait dans la maison ; elle était donc morte, mais même vivante, elle passait inaperçue. Elle avait toujours été une silhouette furtive, une figure fantomatique qui disparaissait dans la poussière du balai qu'elle utilisait tous les jours.

– Papa a tout prévu, n'est-ce pas merveilleux ?

Elle se tourna vers lui et le regarda, les yeux pleins de larmes.

– Quand j'avais dix-neuf ans, je suis tombée enceinte. J'étais en première année à l'université. Lui était de Réthymnon, il avait un commerce de boissons alcoolisées et approvisionnait le bar où nous allions. Je ne sais plus comment cela a commencé, mais au bout d'un mois il m'a prise chez lui. Il ne me laissait même pas aller à la fac. Jaloux et violent, j'étais un mauvais cheval, je te l'ai dit.

Dimos se frotta machinalement le nez. Le soleil de midi lui brûlait le crâne. Un cortège funèbre approchait, venu du fond, précédé par une grande femme vêtue de noir. Elle n'avait pas l'air de pleurer, semblait pressée, courait presque. Les autres suivaient derrière avec difficulté.

– Lorsque mon père l'a appris, il est venu me chercher. Il est entré dans la maison avec deux hommes, je ne les connaissais pas, ils m'ont embarquée sans dire un mot, l'autre regardait, lui non plus n'a rien dit, je ne l'ai jamais revu ; je suis partie avec mon père, et les deux hommes sont entrés de nouveau. Mon père m'a amenée à la maison, j'étais déjà à mon quatrième mois, le médecin a dit que je ne pouvais pas avorter, il fallait le garder.

La femme en noir passa presque à côté d'eux, elle ne semblait pas avoir plus de cinquante ans, son visage était inexpressif. Elle avait fixé dans ses cheveux une fleur blanche, ce devait être une rose, mais Dimos n'en était pas tout à fait sûr.

– L'enfant est mort-né, du moins c'est ce qu'on m'a dit, je ne l'ai jamais vu. Je ne sais même pas s'ils l'ont enterré normalement ou à plat ventre, en petit bâtard qu'il était, le malheureux – mon père aurait fait n'importe quoi pour préserver l'honneur de la famille. Je ne sais pas non plus où il est enseveli, cela n'a pas d'importance, je ne le voulais pas mais… Un tombeau familial, voilà ma vie.

La femme en noir s'arrêta, le cortège la rattrapa près d'un caveau ouvert. Portant les mains à ses cheveux, elle ôta la fleur puis, d'un geste lent, la laissa tomber dans la tombe. Elle fit ensuite demi-tour et partit, sans que personne ne l'arrête ; tous restèrent à leur place, prêts à commencer la cérémonie qu'elle avait choisi de ne pas suivre.

6

Lundi 14 mai 2012

Il était trois heures cinq. Les chaînes de télé commentaient en continu l'échec de la rencontre des chefs de parti avec le président de la République et le danger que représentaient l'absence de gouvernement, l'effondrement du pays, la sortie hors de la zone euro et toutes les catastrophes qui s'ensuivraient. Dimos n'était pas idiot, il comprenait très bien ce qui se passait, il le constatait autour de lui et avait vu son salaire diminuer d'au moins vingt pour cent, mais il n'avait aucune envie de réagir. « Quand quelque chose va au diable, rien ne peut l'empêcher d'arriver en enfer », était-il convaincu, sachant que la société grecque avait encore quelques marches à descendre avant d'en arriver là. Ce qu'il ignorait, c'était ce qui se passerait alors, peut-être rien, peut-être les gens seraient-ils parvenus à un tel degré d'avilissement qu'ils se battraient entre eux pour un morceau de pain, peut-être tout le monde serait-il déjà mort, et les gouvernants fêteraient-ils sur des cadavres le sauvetage de la nation.

Réveillé depuis peu de temps, il regardait fixement le ventilateur immobile accroché au plafond, la bouche sèche, et l'estomac douloureux. Dans ses membres se diffusait une fatigue si douce qu'elle lui faisait oublier presque tout, pour se remémorer seulement les scènes de la soirée précédente : le corps d'Antigone, le contact de sa main, les expressions, les pauses, les larmes, le vin et de nouveau tout depuis le début, un monde nouveau, étrange et en même temps si attirant. Dans sa tête tournait un vers d'une chanson qu'avait chantée Angie, un peu avant de partir, au petit matin : … *on a dit que tu l'avais aimée / dans un accès de fièvre noire**… Le jour se levait à peine, ils n'avaient pas du tout dormi, les bouteilles de vin étaient vides, les corps conservaient encore leurs sucs, elle était silencieuse, les yeux grands ouverts, fixés sur lui, puis s'était mise à chanter, dans une sorte de transport. Dimos la regardait, sous le charme. La chanson finie, elle avait fermé les yeux, et quand elle les avait rouverts, elle était ailleurs.

– Il faut que j'aille au collège, avait-elle dit, et elle était partie sans un au revoir, sans un dernier baiser. « Nous disons adieu à ce que nous perdons, mais si nous ne disons rien, peut-être ne le perdrons-nous jamais », avait-elle dit à un moment, entre morsures et gémissements de désir, et il n'avait pas compris ; s'adressait-elle à lui ou se parlait-elle à elle-même, s'était-il demandé juste avant de fermer les yeux et de s'endormir.

Il l'avait de nouveau interrogée au sujet de Kaitie, peu avant d'arriver à l'hôtel, tandis qu'ils tournaient

* *Vers de la chanson* La Croix du Sud, *sur une musique de Thanos Mikroutsikos et un poème de Nikos Kavvadias.*

encore en voiture, décrivant un cercle singulier aux limites de la ville, de l'hôpital Venizéleio à la plage d'Ammoudara, de la rue de la mer à la route nationale, comme s'ils voulaient marquer leur territoire, deux chiens amoureux se cherchant l'un l'autre dans l'oubli du monde extérieur. Elle lui avait répondu par une triple dénégation : elle ne l'avait pas vue de la journée, elles ne s'étaient pas parlé au téléphone, elles ne s'appelaient pas très souvent.

– Demande au Cowboy, ils se téléphonent tous les jours, lui avait-elle dit, utilisant pour la première fois le surnom de son frère.

Il tendit la main vers la table de nuit, ouvrit le tiroir et sortit le cachet qu'il avait pris dans la maison de l'homme assassiné, le fameux Commando.

« C'est un médicament pour le cœur », lui avait dit la pharmacienne.

Il lui avait raconté qu'il l'avait trouvé dans le tiroir de son fils adolescent, et l'avait priée de l'aider, car il ne voulait pas le braquer en lui posant directement la question.

« On l'utilise pour différentes pathologies, arythmie cardiaque, angine de poitrine, etc. Votre fils fait du sport ? Est-ce qu'il prend autre chose ? » lui avait-elle demandé, secouant la tête.

Elle aussi avait un fils adolescent et s'inquiétait beaucoup, il ne lui obéissait pas, n'en faisait qu'à sa tête, les enfants d'aujourd'hui sont trop gâtés, « mais c'est notre faute, et c'est pour cela que nous en sommes là », cependant Dimos avait déjà cessé de l'écouter. Ce médicament pour le cœur appartenait-il au mort ou à son meurtrier ? Comment pourrait-il apprendre si la victime souffrait d'une maladie ?

Il composa de nouveau sur son portable le numéro de Kaitie et tomba encore une fois sur la messagerie. Il n'y avait pas d'autre solution, il irait chez le Cowboy, ce serait également l'occasion de montrer à Ajax qu'il essayait de lui rendre le service demandé. Il se rappela la liasse de billets que l'homme lui avait proposée, ainsi que son expression lorsqu'il l'avait refusée, lui disant qu'il ferait ce qu'il pourrait pour l'aider, mais qu'il n'accepterait pas d'argent. Le cardiologue avait eu l'air vexé, alors que c'était Dimos qui aurait dû se sentir offensé de cette tentative de l'acheter. Ajax avait ramassé sa bouteille de raki et était parti sans un mot, c'était la première fois que Guérès l'avait vu en position de faiblesse.

Une heure plus tard il était devant la maison d'Héraklis. Il se frotta machinalement le nez et s'avança vers le parking. La Yamaha était garée dans un coin, témoin silencieux de la vie du Cowboy, une existence que Dimos ignorait. Il passa sa main sur la selle abîmée, puis sur le réservoir, regarda les pneus, il y avait de la terre dessus, il se baissa, une odeur de brûlé lui monta aux narines, il regarda le siège de plus près, distingua trois grandes taches rouges sur le côté ; il se retint de justesse de les toucher avec la main, de peur de laisser une empreinte, colla presque son nez dessus, il n'y avait pas de doute, c'était du sang. Il se releva brusquement, fit demi-tour, retourna à l'entrée et appuya vigoureusement sur la sonnette. La porte s'ouvrit presque tout de suite, sans que la moindre voix se fasse entendre, comme si quelqu'un l'attendait, il la poussa d'un geste décidé, entra et se mit à monter lentement l'escalier. Au moment où il arrivait au troisième étage, il entendit l'ascenseur descendre, quelqu'un faisait le trajet inverse du sien – deux trajectoires parallèles mais opposées s'esquissaient, à la fois proches et condamnées à ne jamais se rencontrer.

La porte de l'appartement du Cowboy était ouverte, Dimos se dit qu'il attendait peut-être quelqu'un d'autre, aujourd'hui personne n'ouvre plus sa porte à n'importe qui, même à Héraklion. Quand il était petit, se souvint-il, il n'y avait qu'une clé pour tous les membres de la famille, elle restait en permanence sur la porte, et jamais personne n'était entré pour les voler, a posteriori cela lui semblait relever du miracle.

Il entra avec précaution dans l'appartement. Dans le salon la table basse était vide et propre, la méridienne à sa place, les chaises en ordre, le calme régnait, un calme s'apparentant toutefois moins à la tranquillité qu'à la mort. Un léger bruit venait de la cuisine, il s'approcha à pas lents.

– Héraklis ? appela-t-il pour le prévenir.

Il lui sembla entendre quelque chose comme un sanglot, il s'avança prudemment, les poings serrés. Une femme était assise à la table de la cuisine, la tête dans les mains.

– Angie ?

Elle releva la tête, ses yeux étaient pleins de larmes, son bras droit bleuissait, tandis qu'elle tenait dans ses mains un mouchoir ensanglanté.

VI. OMBRE

[ombre épaisse] et ombrage |
ombre légère, -profonde,
-rude, -étendue,
ombre

Là-bas et alors (changement)

Héraklion, jeudi 15 juin 1989

Jamais il ne la frapperait, il se l'était promis, jamais il ne la frapperait, quoi qu'il arrive, et voilà qu'il l'avait fait. Il n'avait pas compris comment c'était arrivé, mais lorsqu'elle l'avait regardé de cet air railleur, sa main était partie toute seule et avait atterri sur sa joue droite. Il avait poussé un cri de douleur bien avant que le sien ne résonne, mais il était trop tard. Aucun des deux ne parla, lui serrait les dents pour retenir un mot d'excuse, alors qu'elle, plus stupéfaite qu'autre chose, portait sa main à sa joue et la frottait machinalement. Faisant demi-tour, Lefteris Sirmas vit alors Dimos qui se tenait sur le seuil et les observait. Les regards du père et du fils se croisèrent. Cela ne dura qu'un instant, mais ce fut suffisant pour qu'ils prennent tous les deux conscience du fait que leur relation venait d'être irrémédiablement altérée. Dimos s'avança vers sa mère, tandis que son esprit enregistrait cette phrase : Je le tuerai.

Voyant son fils, Aphrodite baissa les yeux ; elle n'aurait pas dû parler ainsi à Lefteris, ni le regarder moqueusement, mais elle n'avait pu retenir son rire lorsqu'il lui avait dit :

– À la fin, c'est moi l'homme dans cette maison.

Cela faisait bien longtemps qu'il n'était plus l'homme dans la maison, ni dans sa vie. Cependant la situation était maintenant parvenue à un point extrême et elle ne savait plus comment la maîtriser ; depuis deux mois, en effet, elle se trouvait à la croisée des chemins. Aucune des routes qu'elle pouvait emprunter n'était celle de la vertu, pas plus que celle du mal absolu, elle en était sûre.

Dimos se tenait devant elle, les poings serrés – son garçon ne savait pas, il ne pouvait pas comprendre, la seule chose qu'il voyait étaient les disputes, la vaisselle cassée et les pleurs. Ses yeux reflétaient la haine qu'il éprouvait pour son père. Non, Aphrodite ne voulait pas cela, Lefteris ne le méritait pas, mais elle n'en pouvait plus, elle n'avait que trente-sept ans et son corps était encore plein de sève, cela faisait des années qu'elle désirait ce qui se passait en ce moment à l'intérieur d'elle. Elle se leva de sa chaise, s'essuya les yeux, passa la main sur la joue de son fils et lui sourit légèrement. Quoi qu'il arrive, elle ne voulait pas perdre cet enfant. Elle lui donna un baiser rapide et se dirigea vers la salle de bains.

Lefteris Sirmas se retrouva seul dans la rue, obsédé par le regard que lui avait jeté Aphrodite. Cela faisait quinze ans qu'il craignait d'entendre cette phrase, quinze ans qu'il vivait avec ce cauchemar, et voilà que c'était arrivé. Il le savait, son sacrifice était grand, il ne l'accusait pas, mais l'homme est un animal, son esprit se trouble, il oublie qu'il est un homme et ne contrôle plus ni son corps, ni ses impulsions. C'était aussi la faute de sa vipère de belle-sœur.

– Les gens commencent à jaser, lui avait-elle dit. Tu sais où va ta femme chaque matin quand tu es absent ? Si cela arrive aux oreilles de ton frère, tu comprends ce qui va se passer ? Qui va laver cette honte ? Serre-lui la bride.

C'est l'expression qu'elle avait employée, comme s'il s'agissait d'un cheval. En imaginant cependant qu'il parviendrait à serrer la bride à son corps, qu'en serait-il de son âme ?

Il ne voulait rien croire de tout cela, même si, il le voyait bien, Aphrodite s'éloignait peu à peu, de mois en mois, de jour en jour. C'était comme si elle vivait dans son monde ; Lefteris n'était pas idiot, il était évident que quelque chose n'allait pas, mais en quoi cela regardait-il la femme de son frère, cet ectoplasme, que l'on avait mariée sans lui demander son avis, sans qu'elle ait même jamais vu Tassos, pour la seule et unique raison qu'il avait un magasin, alors qu'elle ne possédait que deux oliviers ?

Il avait plié l'échine devant sa belle-sœur, tout en répliquant que tout cela n'était que calomnies. Il le savait, il aurait dû partir à l'époque, quinze ans auparavant, mais il n'avait pas pu, lorsqu'il avait vu pour la première fois le bébé, il avait senti que sa vie changeait. Il avait voulu vivre avec cette femme et cet enfant, il avait voulu que son fils ait un père, un père sur qui s'appuyer, un homme qui serait là pour lui. Et maintenant… Ce regard, mon Dieu, combien de colère cachait-il ! Il n'y avait pas d'autre solution, s'il ne voulait pas perdre son fils pour toujours, il lui fallait maintenant quitter la maison. Lui dire la vérité et partir. C'est ce qu'il allait faire. Dès que les élections seraient passées, lundi même, il aurait une discussion avec Dimos puis il partirait. Il trouverait un logement, il n'avait pas beaucoup d'argent, mais ce qui primait, c'était sa relation avec son fils, le reste suivrait. Il se sentit un peu mieux, regarda sa montre, il était déjà sept heures et demie et il ne voulait pas être en retard à la dernière réunion de la cellule locale du PASOK, les heures étaient décisives pour le parti et le pays. Il ne restait plus que trois jours, il fallait en finir avec les élections, et tout changerait.

1

– Rien ne changera jamais, si tu te contentes d'attendre que quelque chose change.

Oui, c'était bien lui qui venait de proférer cette phrase, lui qui croyait que la meilleure chose à faire était de fermer les yeux en attendant que la vie passe, faute de quoi on se retrouve pris dans des ennuis sans fin, voilà maintenant qu'il lui donnait des conseils pour mener sa vie. Son mari l'avait battue. Il l'attendait à la sortie du collège, il était allé chercher lui-même les enfants à l'école et les avait laissés à sa mère, et lorsqu'elle était arrivée, il lui avait donné une gifle devant tout le monde. Il était rentré au petit matin, n'avait trouvé personne à la maison, ni femme, ni enfants, avait eu honte de téléphoner à la famille ou à des amis, et avait attendu de voir si quelqu'un réapparaîtrait. Comme l'heure passait, il était allé à l'école des enfants et avait appris qu'ils y étaient déjà, puis il avait appelé au collège où enseignait Angie et avait eu confirmation de sa présence.

– Ce n'est pas la première fois, dit Angie, chaque fois il dit que cela ne se reproduira plus et promet de changer.

C'est en réponse à cette phrase que Dimos avait énoncé sa sentence, pour se sentir immédiatement idiot avec sa philosophie de comptoir. Il éprouvait un sentiment très étrange, la scène avait tout de suite éveillé dans son esprit l'image de sa mère après la gifle que lui avait donnée devant lui le vieux Sirmas. Pourtant il ne sentait pas monter en lui la colère, plutôt la perplexité : que devait-il faire maintenant, qu'attendait-elle au juste de lui ? Aller trouver son mari et s'expliquer avec lui ? Il ne savait pas s'il en avait le droit. Lui dire de le quitter et de venir vivre avec lui ? Il n'était pas sûr du tout de le souhaiter. Ils avaient une relation physique très intense, mais était-ce suffisant ? Angie comprit son embarras, se moucha encore une fois – le sang avait arrêté de couler – et poursuivit son récit :

– Je ne savais pas où aller, et comme j'ai les clés de chez Héraklis, je suis venue ici, mais il n'y avait personne. Quand j'ai entendu la sonnette, j'ai eu peur que ce soit mon mari, heureusement qu'il y a une caméra, je t'ai vu, au début je ne voulais pas t'ouvrir, mais…

– Et Héraklis ?

– Je ne sais pas.

– Sa moto est en bas.

– Oui, parfois il la laisse, si quelqu'un vient le prendre.

Et le sang ? Et Kaitie ? aurait-il voulu demander, mais ce n'était pas le moment.

– Tu veux que j'aille le voir ?

Antigone le regarda d'un air interrogateur.

– Ton mari, j'entends…

– Que veux-tu lui dire, mon bon ? Non, laisse-moi faire.

Il n'avait lui-même aucune envie d'y aller, mais il sentait que c'était la chose à dire, aussi sa réponse le soulagea.

– Tu as besoin de quelque chose ?

– Partir de cette ville, c'est cela dont j'ai besoin. Partir sans même laisser mon ombre derrière moi.

Elle prit une cigarette et l'alluma, la fumée commença à remplir la cuisine, Dimos ressentit un élancement dans les reins, il respira profondément. Appuyant ses mains sur la table, il sentit quelque chose de dur sous sa paume droite, qu'il souleva. Un petit comprimé blanc s'y était collé.

– Qui prend ça ?

– Héraklis, il fait de l'arythmie cardiaque.

Dimos serra les dents, ses soupçons commençaient à se confirmer, l'air devint étouffant.

– Tu sais quand il va rentrer ?

– Je n'en ai aucune idée.

– Écoute, il faut que je parte. Ça va aller ?

Angie hocha la tête, elle regardait fixement le robinet de l'évier où une goutte luttait pour s'échapper, ignorant que son destin était de se perdre dans les égouts. Guérès empocha le comprimé, puis lui caressa légèrement les cheveux. Elle ne réagit pas, la goutte tomba, rien ne vint troubler le silence.

Il retourna au salon, regarda rapidement autour de lui, entra dans la salle de bains, puis dans la chambre du Cowboy. La Stratocaster rouge n'était plus à sa place. Il se retrouva bientôt à l'extérieur de l'immeuble, l'état du palmier lui semblait s'être aggravé depuis sa première visite.

Dans le garage, en revanche, plus trace de la Yamaha. Dimos resta immobile, contemplant la place vide sur le parking. Comment était-ce possible ? L'avait-il vu tout à l'heure entrer dans l'immeuble ? Était-ce un simple hasard, était-il revenu prendre sa moto pour repartir, ou bien était-il chez lui, en haut, et était-il descendu par l'ascenseur pendant que lui montait par l'escalier ? Et Antigone le couvrait, naturellement, c'était son frère, mais alors elle était sa complice, c'était peut-être lui qui l'avait frappée, et pendant tout ce temps elle lui racontait des bobards, qu'est-ce que c'était que cette histoire, il n'y comprenait rien. Après l'ignorance et la faiblesse, il sentit la colère monter lentement à son ventre, puis très rapidement jusqu'à sa poitrine et sa tête ; il serra les poings et se dirigea de nouveau vers la porte de l'immeuble. Il allait lui montrer qui il était vraiment, et il la forcerait à lui révéler elle aussi son véritable visage, la sorcière qu'elle cachait derrière les larmes d'or de l'innocente princesse.

Il appuya avec force sur la sonnette. Aucune réponse. Il sonna encore et encore. Elle ne lui ouvrit pas. Il poussa un cri et donna un coup de poing dans la porte vitrée. La douleur le ramena un peu à la raison. Cela n'avait pas de sens d'insister, si elle avait choisi de ne pas lui ouvrir, il aurait beau sonner, cela n'y changerait rien. Il faudrait cependant bien qu'elle parte à un moment, il allait donc attendre en bas, ça ne pouvait pas se passer comme ça, il resterait là jusqu'à obtenir les réponses qu'il cherchait.

2

Yorgos Fountoulizakis, fils d'Antonios, quarante-sept ans, connu sous le nom de Commando. Homme de main, familier du monde de la nuit, adepte d'Aube dorée, trafiquant de drogue – haschich, cocaïne, chicha –, il approvisionnait tous les bordels et la plupart des boîtes de nuit d'Héraklion. Tué d'un coup sur le crâne par un objet contondant. La précieuse information qu'il avait obtenue de son informateur était désormais inutile, le fil qu'il se préparait à suivre, définitivement coupé. Merde, quelqu'un avait toujours une longueur d'avance sur lui, il ne pouvait voir son visage, mais il était certain qu'en ce moment il souriait. Il regarda le feuillet publicitaire qu'il tenait dans ses mains : « Le Flambeau – Night-Club – pour des Soirées de Feu », et lut le nom écrit derrière d'une écriture maladroite : « Mitsos, 69 72 32 23 11 ». Une enquête rapide avait révélé que ce numéro de téléphone appartenait à un certain Dimitrios Drimiskianakis, alias Godzilla, propriétaire d'un gymnase près du stade de l'ASH, l'association des Sportifs d'Héraklion. Il était presque quatre heures, il devrait bientôt partir, le rendez-vous chez le gynécologue était à cinq heures et demie. Clio était enceinte, c'est du moins ce que disait le test, qui se vantait d'un taux de réussite de 97 %. Il reste donc trois pour cent de chances, songea-t-il, pourquoi ne serais-je jamais dans le pourcentage qui s'en tire à bon compte ?

Après le résultat du test, la jeune fille s'était effondrée. Elle avait pleuré à gros sanglots pendant plus de dix minutes, sans qu'Ivan parvienne à la calmer. Quand elle avait enfin retrouvé son souffle, elle s'était mise à parler de sa mère. À la naissance de Clio, il y avait eu des complications lors de l'accouchement et elle avait failli mourir, les médecins avaient réussi à sauver la mère et l'enfant, mais elle avait dû subir une ablation de l'utérus, raison pour laquelle Clio était fille unique. Elle dit ensuite qu'elle-même était très jeune, qu'elle ne voulait pas prendre de risques, qu'elle voulait avoir beaucoup d'enfants, mais pas maintenant, dans quelques années, pas avec lui, qu'il ne le prenne pas mal, qu'elle ne savait plus où elle en était et qu'elle avait très peur. Face à ce torrent de paroles que rien ne pouvait arrêter, Ivan s'était contenté de l'écouter, jusqu'au moment où la gamine s'était brusquement interrompue ; il lui avait alors dit que tout irait bien, que la science avait accompli de grands progrès et que de telles interventions étaient désormais de l'ordre de la routine. Ils iraient voir dès le lendemain ce médecin dont tout le monde disait grand bien, et prendraient ensuite leur décision. À force, elle s'était calmée et avait fini par s'endormir, épuisée. Lorsqu'il était parti ce matin, elle dormait encore.

Ivan posa le premier dossier et en prit un autre, qui se trouvait devant lui. Il paraissait moins intéressant :

un homme non identifié, âgé d'environ cinquante ans, mendiant professionnel, selon les commerçants du quartier, avait été trouvé mort sur un banc de la place Agiou Titou. Les journaux affirmaient qu'il était mort de faim, cependant Ivan connaissait la vérité : quelqu'un lui avait passé une corde autour du cou et avait tiré jusqu'à l'asphyxie complète. Le décès avait eu lieu environ deux heures avant celui de Fountoulizakis. Deux meurtres dans la même soirée, cela faisait beaucoup pour une ville comme Héraklion, surtout si l'on y ajoutait les deux commis la semaine précédente. Non pas qu'il semblât y avoir une quelconque relation entre les deux premiers et les suivants, mais il en fallait peu pour que la population, prise de panique, ne commence à faire courir des rumeurs, à s'instituer en sainte Inquisition et à improviser des tribunaux populaires. Ils avaient donc laissé les journaux raconter ce qui leur chantait, sans annoncer encore la mort de Fountoulizakis. C'est un coup de téléphone anonyme, passé depuis un portable avec un numéro masqué, qui leur avait signalé le cadavre, et jusqu'à présent ils n'avaient trouvé aucun parent ni proche de la victime. Les recherches commenceraient le soir, à l'heure où ses collègues, les videurs, prendraient leur service.

Il songea aux deux prostituées assassinées. Les journaux télévisés avaient très peu parlé d'elles, ce n'étaient que deux petites putains mortes qui n'intéressaient personne. En revanche, on avait fait tout un raffut autour des deux tapineuses séropositives, au début du mois. Photographies, exposition publique, c'est tout juste si elles n'avaient pas été lapidées place Syntagma. Ivan était d'ailleurs certain que, si les gens en avaient eu la possibilité, ils l'auraient fait avec joie.

Sur le bureau voisin, Kouliarakis résolvait des mots croisés avec un calme impressionnant, comme dénué de toute préoccupation. Pourtant, le policier savait que son collègue avait pas mal de problèmes, économiques – il faisait partie de ceux qui avaient contracté un emprunt immobilier avant la crise, s'engageant à payer des traites mensuelles en fonction d'un salaire qui relevait désormais du mythe –, mais aussi familiaux ; sa femme souffrait d'un cancer à présent en phase terminale. Sa maladie avait eu des répercussions désastreuses, sur le plan psychologique mais aussi financier. Malgré cela, Kouliarakis ne baissait pas les bras, il effilait chaque matin sa moustache, prenait son magazine et venait travailler. Quelques après-midi seulement, à l'heure où le soleil se couchait et où le ciel se teintait de mauve, il montait au village de Rogdia où il avait une petite oliveraie, s'arrêtait dans un virage, contemplait la mer et pleurait sur toute cette beauté que sa femme allait bientôt perdre et que lui aussi perdrait un jour. Il puisait cependant son courage dans sa fille, selon ses propres paroles.

– C'est pour elle que je continue à me lever chaque matin, lui avait-il dit.

Que se passerait-il, alors, s'il venait à apprendre dans quelle situation son collègue l'avait mise ? Depuis le début de la matinée, Ivan avait été à trois reprises sur le point de tout lui raconter, mais chaque fois il s'était arrêté au dernier moment. Que dire, en fait ? « Tu sais, je sors avec ta fille, elle est enceinte et a peur, mais ne t'inquiète pas, nous allons chez un bon médecin » ?

– Parole de l'action ?

– Quoi donc ?

– Parole de l'action, cinq lettres, la dernière est un e.

Ivan haussa les épaules. Le silence retomba dans le bureau. Presque quatre heures et quart, il n'avait pas envie de partir pour aller chez le médecin, comment y échapper ? Il ne pouvait cette fois appliquer sa tactique préférée, simplement disparaître.

– Quintal.

– Pardon ?

– La moitié d'une tonne, un quintal, c'est tout réfléchi, Yanno.

Ivan sourit avec difficulté. Kouliarakis était le seul à qui il permettait de l'appeler ainsi, en traduisant et paraphrasant son prénom en grec.

– Moi, je t'appellerai Yanno, lui avait-il dit, quitte à ce que tu me battes. Je ne peux pas t'appeler par un nom étranger et éprouver de l'amitié pour toi. Mais seulement quand nous serons tous les deux ; devant les autres, tu seras « lieutenant ».

Il avait compris que son collègue était sincère, qu'il ne cherchait pas à le rabaisser comme tous les autres mais lui faisait au contraire honneur en l'appelant ainsi, et il avait accepté. Et après il était allé à Réthymnon voir Clio.

– Je réfléchis à ces deux qui ont été tués ce week-end. Sur le mendiant je n'ai aucun élément, c'est comme s'il n'avait jamais existé. Et pourtant, quelqu'un l'a tué.

Qu'est-ce qui reste d'un homme qui disparaît et dont personne ne se souvient ?

– Il avait peut-être des pièces d'or cachées quelque part, trouvons-les et je me souviendrai de lui toute ma vie.

– Où trouves-tu cet entrain, Chronis, j'aimerais bien le savoir.

Kouliarakis porta sa pipe à sa bouche, l'alluma avec son briquet, aspira vigoureusement, puis souffla. Des anneaux de fumée emplirent la pièce. Il leva la main droite et les dispersa d'un geste doux.

– Voilà où je trouve mon entrain.

– Dans le bureau ?

– Dans la fumée. Regarde les belles formes qu'elle produit, et comme elles se dissipent joliment. J'ai vu un jour un film, *Joli Village, Jolie Flamme**, cela fait bien quinze ans de ça. Je ne me souviens pas de grand-chose, juste du titre et de la première scène. Ça se passe en Yougoslavie, à l'époque de Tito, on inaugure un tunnel, et un haut responsable politique, pas Tito, quelqu'un d'autre, en voulant couper le ruban, se coupe un doigt, le majeur. Et ensuite, alors que tout le monde se tait, le maire entre, fait signe aux musiciens, la musique retentit, la fête commence, et tout le reste est oublié, le responsable politique danse avec son doigt coupé. Tu sais ce que ça m'a rappelé ? Une chanson à nous, un *tabachaniotiko***, qui dit : « *Mes peines je m'en*

* *Film de Srdjan Dragojevic, cinéaste bosniaque (1997).*

** *Les* tabachaniotika *sont des chansons caractéristiques des centres urbains de Crète de l'Ouest, mêlant musique traditionnelle crétoise et influence turque.*

*réjouis, mes chagrins je m'en amuse**… » C'est ça la vie, Yanno, danser avec le sang qui coule – qu'est-ce que tu veux faire, pleurnicher ? Tant que j'ai mon enfant, je ne crains rien.

Le dialogue fut interrompu par la sonnerie du téléphone. Kouliarakis tendit la main et décrocha. L'échange qui suivit fut bref, le brigadier répondit sèchement « oui » par trois fois, avant de raccrocher. Puis il se leva, sa pipe toujours à la main.

– Il faut que j'y aille, dit-il d'une voix égale, la patronne a besoin de moi.

– Tout va bien ?

Chronis haussa les épaules, esquissa un sourire et s'apprêta à sortir. Au moment où il atteignait la porte, il se tourna vers Ivan :

– Ombre, dit-il.

– Pardon ?

– La parole est l'ombre de l'action**. J'aurai dû y penser. C'est là, dans l'ombre, qu'il faut chercher ce qui reste de chacun une fois que le soleil disparaît, c'est cela qui demeure, l'ombre de l'existence, voilà la trace que tu cherches. Regarde, s'il te plaît, ça fonctionne ?

Le lieutenant Alexandrof se leva de son bureau, prit la grille de mots croisés, nota mentalement le mot, cela fonctionnait bien sûr, il leva la tête, mais Kouliarakis était déjà parti. Il s'avança, jeta un œil dans le couloir,

* Mes peines je m'en réjouis, tabachaniotiko *sur une musique et des paroles de Stelios Foustalerakis, alias Foustalieris.*

** *Phrase attribuée à Démocrite par Diogène Laërce* (Vies des philosophes).

l'aperçut en train de courir et le suivit des yeux. À cet instant un autre collègue passait, brigadier lui aussi, un vieux de la vieille, l'un des rares avec qui on pouvait s'entendre dans le service. Il s'arrêta à côté d'Ivan.

– Le malheureux ! Il l'aimait beaucoup.

Alexandrof lui jeta un regard interrogateur.

– Sa femme, elle est morte, il ne te l'a pas dit ? J'étais au standard téléphonique quand ils l'ont appelé, tout à l'heure, de l'hôpital.

Sans un mot, Ivan rentra dans la pièce, s'assit au bureau de son confrère et compléta la grille en traçant d'aussi belles lettres que possible : « OMBRE ». La fumée s'était entièrement dissipée, il n'en restait plus que quelques traces tout en haut dans les coins, comme une toile d'araignée ou une moisissure qu'aucun nettoyage ne ferait jamais disparaître.

3

Il était déjà cinq heures et demie, cela faisait plus d'une heure et demie qu'il attendait et Angie ne s'était toujours pas montrée. Le plus étrange était que personne n'était entré ni sorti de l'immeuble, la porte restait hermétiquement close à ses désirs et à ses interrogations. Dimos était toujours planté au même endroit, sa fureur s'était un peu apaisée, mais il se sentait trahi. Il avait envisagé de l'appeler ou de lui envoyer un message, le mot « putain » avait été écrit et effacé à plusieurs reprises, jusqu'à ce qu'il jette son téléphone par terre et que l'écran devenu noir le libère de ses dilemmes. Il tenta de le rallumer, y parvint, mais le clavier ne fonctionnait plus bien, impossible d'écrire le « a », quelque chose avait dû se casser, comme à l'intérieur de lui.

La station debout lui avait donné mal aux reins, il avait faim et soif. Il se sentait tout à coup très seul, les deux uniques personnes avec lesquelles il avait réussi, dans une certaine mesure, à communiquer, avaient disparu ou l'avaient vendu. Il est vrai qu'il avait toujours affirmé rechercher la solitude. Même quand il se trouvait en nombreuse compagnie, à l'école par exemple, avec toute la classe, il choisissait souvent de s'isoler, de rester un peu en arrière pendant les excursions, pas au point de se perdre, mais suffisamment pour que la distanciation soit perceptible. Il appréciait ces moments, ce qui, en même temps, ne l'empêchait pas d'espérer que quelqu'un – de préférence une des filles qui lui plaisaient – vienne lui demander ce qu'il avait et s'il allait bien. Il voulait à la fois être seul et que sa solitude soit remarquée, ce qui ne marchait pas à tous les coups. À ce moment précis, toutefois, il ne se sentait pas à l'aise, peut-être parce que, du fait qu'il n'y avait personne alentour pour prendre garde à son isolement, il était véritablement seul.

Son portable sonna, il le regarda avec le secret espoir que ce soit Angie qui l'appelle pour s'enquérir de lui et lui demander pardon, lui dire de monter et tout lui expliquer. Mais sur l'écran cassé, c'était le numéro du téléphone fixe de la maison paternelle qui s'affichait.

– Oui ?

– C'est Tsveta, papa ne va pas, viens vite.

– Qu'est-ce qu'il a ?

– Je sais pas, il remue, il crie, je sais pas, j'ai appelé M. Ajax.

– C'est bon, j'arrive.

Après avoir raccroché, il leva les yeux vers le balcon du troisième étage. Elle lui avait échappé pour l'instant, mais le jeu de cache-cache ne durerait pas éternellement. Il se redressa avec difficulté et commença à monter en direction du quartier résidentiel de Mastaba.

Quand il y parvint, vingt minutes plus tard, il vit que la porte de la maison était ouverte. Était-ce pour qu'entrent les visiteurs venus voir le défunt, ou pour que l'âme de ce dernier sorte plus facilement dans la rue, à supposer bien sûr qu'il y ait effectivement un mort dans la maison ? Il n'y avait personne dans la cour, à part le vieux citronnier et les mauvaises herbes qu'aucune main n'arrachait ; Dimos nota que le petit moulin à vent n'était pas visible, soit qu'il fût caché par les herbes, soit que le vent du sud ait fini par l'emporter. Entrant dans la maison, il trouva Ajax Vatalos au salon, assis, les yeux fermés, dans le fauteuil paternel. Le cardiologue ouvrit les yeux et regarda Dimos.

– Il a eu une crise, comme s'il faisait un cauchemar, je lui ai donné un calmant, son heure n'est pas encore venue. On a l'impression qu'il attend quelque chose.

Dimos s'arrêta net, il avait interrompu sa surveillance pour rien. La voix d'Ajax se fit de nouveau entendre, plus dure, cette fois.

– Tu as parlé avec Héraklis ?

– Je n'ai pas encore pu le trouver. J'étais chez lui à l'instant, il était absent.

Ajax soupira d'un air méprisant, l'air de dire : « Tu n'es même pas capable d'accomplir une tâche aussi simple. » Heureusement, il ne posa aucune question sur Antigone. Comme il se levait du fauteuil et se dirigeait vers la porte, Dimos remarqua qu'il traînait un peu la jambe gauche – il vieillissait lui aussi. Un peu avant de sortir, il tourna la tête vers Dimos.

– C'est toi qu'il attend.

Un frisson parcourut sa colonne vertébrale tandis qu'il regardait le corps lourd du vieux Vatalos franchir le seuil. La lumière du soleil couchant entrait par la porte et l'ombre imposante du cardiologue arrivait presque jusqu'aux pieds de Dimos. Il le regarda s'éloigner, ne distinguant que le contour de sa silhouette dans le contre-jour.

Moi ? se demanda Dimos. Je suis là, qu'attend-il de moi ? Pourquoi ne part-il pas ?

Tsveta sortit de la chambre du vieux Sirmas.

– Papa va bien maintenant, tu peux voir.

Il hocha la tête comme pour approuver et se dirigea une fois de plus vers la chambre de Lefteris Sirmas. Voir, voir quoi ? Est-ce que quelque chose avait changé là-dedans depuis la dernière fois ? Et pourtant si, il y avait quelque chose de différent. Tsveta, afin de s'assurer que Sirmas ne tomberait pas, lorsqu'il se débattait, avait placé d'un côté du lit le grand chiffonnier, et de l'autre, celui qui était proche de la porte, deux chaises. La Bulgare avait, semble-t-il, tiré le meuble avec force et précipitation, car un certain nombre de choses, un sac contenant des papiers et quelques enveloppes, étaient tombées sur le plancher. Dimos regarda son père ; il était immobile, les yeux fermés, transparent comme la première fois qu'il l'avait vu. Il s'avança vers les objets à terre. C'était un sac en plastique dans lequel se trouvait une enveloppe. Il se pencha et la prit, elle était fermée par un gros élastique. Dimos l'ouvrit et la première chose qu'il vit fut la photo noir et blanc d'un nouveau-né. Il la retourna et lut au dos : « Première photographie de Dimos, juillet 1974 ». Il inspecta le contenu de l'enveloppe, elle était pleine de photographies, avec, tout au fond, un petit livre à couverture verte. Il prit les photos et commença à les examiner, elles étaient toutes de lui, depuis le jour de sa naissance. Il continua à les passer rapidement en revue jusqu'au moment où il tomba sur une qui le montrait en uniforme de l'École des officiers de la police grecque. Il y en avait ensuite une de sa prestation de serment, puis d'autres, plus récentes, qu'il n'avait lui-même jamais vues et que son père n'aurait en principe jamais dû voir non plus : des photos de lui, seul dans la rue ou avec des collègues, et même certaines avec Magda. Toutes portaient au dos la date de la prise de vue, la dernière, où il était tout seul dans un café d'Exarcheia, était datée du 3 mars 2012.

Comment était-il possible que, durant toutes ces années où il croyait avoir complètement coupé les ponts, son père ait toujours su où il était ? Il prit le livre, c'était *Marabout*, de Nikos Kavvadias. Sur la première page, il reconnut l'écriture de son père, dans une encre bleue délavée :

« *Malheureux ! S'ils savaient, ils m'auraient pardonné**… » Mais comment me pardonnerais-tu, alors que je ne peux me pardonner à moi-même, et comment te dire le secret d'une défunte et d'un mort – puisque désormais je suis mort moi aussi.

Dimos, mon fils, bonne route à toi.

En guise de journal,

10/10/1992

* *Nikos Kavvadias, « Marabout »,* Tous les poèmes, *traduction de Michel Volkovitch. http://volkovitch.com/f02_48.htm*

4

Bulletin, journal intime, almanach. Chapitre : « PENSÉE », catégorie : « écriture » [d'un livre – d'un catalogue, etc.] – antonyme : « rature » [disparition de l'écriture], article : « livre ».

Il ne lut pas davantage, referma le livre, le replaça dans l'enveloppe, jeta un coup d'œil à son père, fut sur le point de lui dire quelque chose, puis se ravisa. Il sortit dans la rue sans un mot pour Tsveta, la télévision parlait toute seule dans le salon, informations en gros titres et journalistes hurlant à propos du danger que représentait l'absence de gouvernement. Il marcha jusqu'au Coin Romantique, chercha le Galaxia, le cinéma en plein air où il avait vu, un été, *The Wall*, le film adapté de l'album éponyme des Pink Floyd – il avait l'air fermé depuis des années, à l'abandon. Galaxia, ce nom avait toujours évoqué les rêves, pour lui – une galaxie de rêves –, si nombreux et si inaccessibles. Il appela Magda.

– Où étais-tu passé ? Je me suis inquiétée.

Cela faisait du bien d'entendre la voix de quelqu'un qui se souciait de lui.

– Ça va, beaucoup de démarches pour les histoires de famille.

Il ne lui dit rien, ni des meurtres, ni des gens qui disparaissaient alors qu'on s'y attendait le moins, seulement, à la fin de la conversation :

– Tu as déjà eu le sentiment d'être suivie ?

– Continuellement.

– Tu tiens un journal ?

– Non, pourquoi ?

– Rien.

– Je voulais te dire quelque chose, mais maintenant je ne peux pas parler, quand est-ce que je peux t'appeler ?

– Quand tu veux.

– D'accord, à bientôt.

– Oui.

Comme il n'avait pas envie d'aller à l'hôtel, il se mit à descendre l'avenue Akadimias – impossible de l'appeler par son nouveau nom d'avenue Andréa Papandréou –, arriva à l'Oasis, où se trouvaient les deux théâtres en plein air, passa sous la Porte Neuve, tourna à gauche puis à droite, pour entrer dans le cœur de la ville et se perdre dans ses ruelles. Vieilles maisons mitoyennes, collées les unes contre les autres, odeurs de friture, télévisions allumées, pourtant les rues étaient vides, on n'y voyait pas âme qui vive. Qui pourrait-il trouver ? Il était dans une ville-fantôme, l'ombre de celle qu'il avait connue autrefois. Il poursuivit sa marche, passa devant le vieux gymnase Atlas ; ils y étaient allés pendant un mois, Héraklis et lui, à l'époque où ils finissaient le lycée et pensaient qu'il leur fallait un corps musclé pour séduire les filles. C'était un bel endroit, il y avait une salle équipée d'un panier de basket où ils faisaient leur échauffement, en fait ils y passaient la majeure partie du temps et oubliaient le programme de musculation avec les haltères. À la fin de la troisième semaine, ils avaient abandonné, non sans voler une ceinture de force au nez et à la barbe du propriétaire du gymnase, un homme très pieux. C'est Dimos qui l'avait prise ; il avait l'intention de continuer à s'entraîner avec les haltères à la maison, mais ce n'est pas la raison pour laquelle il l'avait volée, Héraklis l'avait provoqué et il avait relevé le défi, un jour il l'avait portée sous son tee-shirt et était sorti d'un air dégagé. Inutile de dire qu'il ne s'en était jamais servi. Où pouvait-elle bien être, cette ceinture, maintenant qu'il avait mal au dos ? Il l'avait abandonnée en partant, comme tant d'autres choses.

Il déboucha dans la rue principale, ses pas le ramenaient automatiquement vers l'hôtel, il n'avait nulle part où cacher sa solitude. Il monta dans sa chambre, s'assit sur le lit, ouvrit l'enveloppe et commença à regarder de nouveau les photographies – fragments de sa vie depuis sa naissance jusqu'à tout récemment. Un bébé, un enfant, un adolescent, un homme. Quel lien y avait-il entre ces différents êtres ? Et cette première phrase qu'il avait lue, « le secret d'une défunte », c'était sans doute une allusion à sa mère – que lui avaient-ils caché si longtemps, qui l'amènerait à pardonner à son père ? Rien ne le ferait lui pardonner. Il saisit une des photos. Il était dans la cour de la maison, âgé d'une dizaine d'années, semblait-il, vêtu d'un tee-shirt marron décoré d'un logo et d'un short en jean, qui découvrait ses longues cannes maigres, à sa droite il y avait Aphrodite, en robe blanche à fleurs rouges, et à sa gauche, son amie Sophie, qui était aussi la marraine de Dimos. Sophie… Qu'était-elle donc devenue ? Il ne l'avait jamais revue, après le jour où sa mère était morte. Elle saurait peut-être, elle, oui, bien sûr, si quelqu'un savait des choses sur sa mère, c'était Sophie, mais comment la trouver ? Elle habitait quelque part du côté du stade Eleftherias, au-dessus de la porte de La Canée, mais y serait-elle encore ? Simple locataire de son appartement, elle vivait seule à l'époque, pas mariée, indépendante, rebelle, elle se moquait du qu'en-dira-t-on – qui sait où la vie l'avait menée et si elle était restée ainsi, ou si elle avait dû, elle aussi, accepter des compromis ?

Il jeta un coup d'œil à son portable, il n'était que sept heures et demie, la nuit commençait tout juste à tomber. Il ouvrit le petit placard de la table de nuit, y rangea l'enveloppe, alla à la salle de bains, se passa de l'eau sur le visage et se regarda dans le miroir – peut-être aurait-il dû se raser, ses joues étaient couvertes de poils noirs, ce qui lui donnait mauvaise mine, oui, il aurait fallu, mais il ne le ferait pas.

Une demi-heure plus tard, il était en train de remonter la rue Thenon en direction de la rue Therissou. Il se rappelait que l'immeuble où Sophie habitait était situé dans un petit parc. Il trouva facilement le bâtiment et passa en revue les sonnettes à côté de la porte d'entrée. « Plagiotakis A. – Vergadakis S. », lut-il sur l'une d'elles. Son cœur battait follement, elle vivait donc encore là, il semblait toutefois qu'elle avait ajouté à sa vie un certain Plagiotakis, vraisemblablement l'époux qu'elle se refusait autrefois à acquérir. Il appuya doucement sur le bouton, il ne voulait effrayer personne. On entendit dans l'interphone une voix féminine juvénile :

– Qui est-ce ?

– Oui, bonjour. Madame Sophie Vergadakis ?

– Elle n'est pas là. Qui la demande ?

– Je suis le fils d'Aphrodite, une de ses amies. Savez-vous où je peux la trouver ?

– Quelle Aphrodite ?

– Aphrodite Guérès. Elle est décédée depuis des années.

Un silence suivit. Puis on entendit le déclic d'ouverture de la porte et une voix masculine :

– Au troisième.

5

Pour une raison mystérieuse, tous les gens de sa connaissance habitant dans un immeuble vivaient au troisième étage. Comme toujours, il monta à pied. Dans les escaliers, on apprend un tas de choses sur les résidents, grâce aux bruits et aux odeurs. Celui-ci était imprégné de l'odeur des vieilles maisons, un mélange de relents de nourriture et de moisissure, qui collait au sol et aux murs, impossible à éliminer.

Au troisième il hésita, toutes les portes étaient fermées. Puis il sentit des yeux le fixer et entendit le bruit caractéristique d'une clé qui tourne dans une vieille serrure. Il se dirigea de ce côté-là. Un homme de petite taille, avec une barbe et de longs cheveux gris, l'attendait sur le seuil. Il ne parvint pas à déterminer son âge, il était pieds nus et portait un pantalon blanc très large et une chemise de la même couleur. Il lui rappelait Demis Roussos, en beaucoup plus mince.

– Bonsoir.

L'homme le scrutait d'un regard inquisiteur, sans s'effacer pour le faire entrer.

– Comme je vous l'ai dit, je souhaiterais voir Mme Sophie…

– Tu es Dimos ?

Sa voix avait un accent curieux, étranger, comme s'il accentuait mal certains mots. Il ne s'agissait cependant pas d'un accent albanais, ni russe, ni bulgare, tous très familiers à Guérès ; à la direction des Passeports, il se trouvait quotidiennement en contact avec tant de gens issus dudit « ancien bloc de l'Est », qu'il reconnaissait leur pays d'origine aux premiers mots qu'ils prononçaient.

– Oui. Comment… vous me connaissez ?

– Tu lui ressembles.

Sa voix semblait émue, à présent. Dimos frissonna.

– Entre.

Dimos pénétra dans l'appartement, la porte se referma derrière lui. Un petit couloir conduisait au salon, dont les murs étaient couverts par une immense bibliothèque. Il n'y avait pas de télévision. Une jeune fille, assise sur un fauteuil, se leva à son arrivée. Âgée d'une vingtaine d'années, de taille moyenne, mince, elle portait une jupe courte en jean et un haut marron avec de petites fleurs jaunes. Elle avait de grands yeux verts et des cheveux châtains, longs et raides. Elle aussi était pieds nus. Ses orteils étaient petits et ronds, on aurait dit de petites ventouses collées au sol. Elle le salua poliment en le vouvoyant, il lui rendit son salut.

– Tu boiras quelque chose ? lui demanda l'homme.

– Non, merci.

– Assieds-toi, et excuse-moi une minute.

Il disparut vers l'intérieur de l'appartement et Dimos resta seul avec la jeune fille. Celle-ci fit deux pas dans sa direction et lui tendit une main fine avec un bracelet en bois au poignet.

– Melissanthi.

– Dimos.

– Asseyez-vous.

Il obéit, les yeux fixés sur la bibliothèque. Il savait que Sophie était professeur de lettres, qu'elle avait même étudié à Paris, et qu'Aphrodite l'avait toujours enviée, mais c'était la première fois qu'il voyait autant de livres dans une pièce. Melissanthi saisit son regard.

– C'est la bibliothèque de maman.

– Sophie est ta maman ?

La petite sourit.

– Cela vous paraît curieux, n'est-ce pas ?

L'homme revint. Il tenait dans une main une bouteille de vin et dans l'autre, trois verres à pied.

– Évidemment, ça fait combien d'années que tu ne l'as pas vue, plus de vingt !

Il remplit les trois verres, tendit le premier à Melissanthi et le suivant à Dimos, qui le prit machinalement. Il leva le sien en l'air.

– *Santé**.

Du français, bien sûr, il parlait avec l'accent français, comment ne s'en était-il pas rendu compte ? Ils trinquèrent, l'homme vida son verre d'un trait, la jeune fille but une gorgée, Dimos trempa tout juste les lèvres dans le sien.

* *Tous les mots en italique suivis d'un astérisque sont en français dans le texte (N.d.l.T.).*

– Tu ne te souviens pas de moi, hein ?

Guérès secoua négativement la tête. La voix de l'homme et sa silhouette lui paraissaient familières, mais cela lui arrivait parfois avec des gens qu'il ne connaissait ni d'Ève, ni d'Adam.

– Je suis Anghelos, le frère de Sophie, nous nous sommes rencontrés une fois où vous étiez venus au village, tu étais petit à l'époque.

Dimos ne se souvenait pas, mais hocha la tête affirmativement.

– Et Sophie ?

L'homme et la jeune fille échangèrent un regard. Anghelos remplit de nouveau son verre et le vida.

– À l'hôpital. Elle est malade.

– Vous savez, c'est très important pour moi de la voir. Il s'agit de ma mère.

– Maman est en train de mourir. C'est une question de jours, peut-être d'heures, d'un instant à l'autre elle peut…

Un sanglot étouffa sa voix. Son oncle se leva, s'approcha d'elle et la serra dans ses bras.

– Je suis désolé.

– Melissanthi, va te reposer.

La jeune fille acquiesça. Elle se leva en priant qu'on l'excuse et en demandant instamment à son oncle de la prévenir si quelque chose arrivait. Les deux hommes restèrent seuls au salon. Dimos se sentait mal à l'aise, peut-être valait-il mieux qu'il s'en aille.

– Je ne savais pas que Sophie s'était mariée.

– Elle ne s'est jamais mariée.

– Ah ! mais la petite, le nom sur la sonnette ?

– La petite est sa fille. Elle voulait un enfant et l'a fait avec un homme qu'elle a beaucoup aimé mais à qui elle ne l'a jamais dit. Le nom sur la sonnette est pour les importuns. Plagiotakis était le nom de jeune fille de notre mère.

– Je comprends.

– Depuis combien de temps n'étais-tu pas revenu, Dimos ?

– Depuis 1992, presque vingt ans.

– Moi, depuis 1972. Je suis parti à dix-huit ans et je viens de rentrer, pour voir ma sœur mourir et prendre le relais. Ça fait quarante ans que je vis loin de mon pays, quarante ans. Il m'est arrivé de revenir, bien entendu, pour les vacances et les enterrements, mais je n'avais pas mis les pieds ici depuis dix ans. Dès que l'avion s'est posé, j'ai loué une voiture. J'avais donné une autre heure d'arrivée à Melissanthi. Je suis monté dans la voiture et j'ai roulé dans la Messara pour aller au village. Je voulais sentir l'air de la plaine. Je suis allé sur la tombe de mon père et de ma mère, je leur ai dit que j'étais revenu pour rester, je me suis mis d'accord avec eux, en quelque sorte. J'ai pris une poignée de terre et je l'ai frottée contre ma barbe. J'en ai mangé un peu, elle était salée mais douce. Personne ne m'a reconnu. Je suis ensuite retourné à l'aéroport, j'ai laissé la voiture, je suis entré et ressorti comme si je venais d'arriver. Je suis rentré pour rester, quand un être s'en va, il faut qu'un autre prenne sa place, la mienne est restée vide si longtemps. Ma place est ici ; la France a été bonne pour moi, je ne dis pas, mais ma place est ici.

Guérès se leva de sa chaise. Il commençait à avoir mal à la tête. Il vida son verre de vin et se dirigea vers la bibliothèque ; sur l'étagère centrale, en face de lui, derrière une porte vitrée, se trouvait un exemplaire fatigué de l'*Antilexikon* de Bostanzoglou. Il caressa la vitre de la paume. Au fait, sa place à lui, où était-elle ?

– Le mot « place », *thesis*, peut être employé de sept manières différentes en grec. La plus intéressante est la « thèse de doctorat ». Oui, ça se trouve à l'article « livre », comme le journal intime. *Thesis*. Sans doute un emprunt à l'anglais, à moins que ce ne soit le contraire.

Anghelos ne répondit pas.

– Je peux voir le dictionnaire ?

– Naturellement.

Il ouvrit précautionneusement la petite porte, prit le livre, l'ouvrit à l'index. Là aussi, le mot « ombre » était encerclé, comme dans son exemplaire. Il le remit à sa place. Ombre, sa compagne inséparable, le fantôme qui le poursuivait depuis son adolescence.

– Sophie était la personne qui connaissait le mieux ma mère. J'aurais voulu qu'elle me dise, qu'elle m'aide à comprendre.

– Je suis vraiment désolé.

Dehors la nuit était tombée. Une fois de plus l'humidité était extrême, tandis que la quatrième tentative pour former un gouvernement venait de se solder par un échec.

VII. IMPRÉCISION

indétermination, < incertitude > |
ternissement, confusion, lividité |
obscurité, ombre

1

L’ombre ne disparaît pas quand la nuit tombe, elle change simplement de place. Elle est présente et souligne l’absence, elle demeure comme une empreinte indélébile, là où elle tombe il y a toujours des traces, l’ombre des traces et les traces de l’ombre. Le monde des ombres est le monde de la nuit, ce qui est curieux si l’on songe que nous voyons l’ombre surtout le jour, c’est cependant une existence factice, un papillotement du soleil, une situation transitoire. L’ombre nocturne est le fantôme, le chagrin secret de l’existence, le refuge de la vérité.

Ivan pressa avec force les doigts de sa main droite, faisant craquer ses articulations. Kouliarakis avait raison, il lui fallait chercher là où l’on peut rencontrer les ombres des morts, au royaume d’Hadès, dans ce monde où ce qui a un jour existé se trouve défiguré pour toujours. Et il devait chercher comme s’il était lui-même une ombre, ainsi seulement il passerait inaperçu. Il n’avait pas d’autre choix. Après le départ de Chronis, Ivan avait immédiatement pensé à Clio. Que devait-il faire ? Lui téléphoner, aller la retrouver tout de suite, ou attendre qu’elle apprenne la nouvelle par quelqu'un d'autre ? Et comment la petite allait-elle réagir ? Comment réagit-on lorsque l'on apprend que l'être qui vous a donné le jour a perdu la vie ? Ivan se rappela sa propre mère. Elle était morte en Bulgarie, où elle était retournée après la mort de son père. Elle ne s'était jamais sentie à l'aise en Grèce ; à la différence de son mari, elle n'était pas née ici, les parents d'Ivan s'étaient rencontrés pendant la dictature, alors que son père avait quitté la Grèce de peur d'être poursuivi comme communiste. Ils étaient revenus ensemble en 1971, son père avait préféré signer une déclaration de reniement de l'idéologie marxiste, il ne supportait pas la vie en Bulgarie et sa femme était enceinte. Elle, cependant, avait toujours voulu retourner là-bas, pour mourir chez elle, dans sa maison. Sa maison, songea Ivan. Et la sienne, où était-elle ? Personne ne l'attendait nulle part, ni à Héraklion, ni à Athènes. Il n'avait pas de foyer, le retour au pays resterait pour lui une expression vide de sens, il pouvait mourir n'importe où.

Il préféra ne pas avertir Clio – c'était à son père de le faire –, quitte à laisser le destin décider de ce qui se passerait ensuite. Il passa deux heures pénibles au bureau, tentant d'expédier des questions administratives et regardant son portable toutes les cinq minutes. Personne n'ayant essayé de le joindre, il quitta le bureau en début d'après-midi pour retourner chez lui. Là, il découvrit que la jeune femme était partie sans laisser le moindre message. Il ne put s'empêcher de penser, avec un léger soulagement, que peut-être elle avait disparu définitivement de sa vie, ce qui le remplit aussitôt de dégoût à l'égard de lui-même. Voilà encore un être qui disparaissait sans laisser de trace, et dont l'ombre pèserait pour toujours sur lui. Il s'assit sur le canapé, se servit un verre de whisky qu'il avala d'un trait, puis s'en versa un second, qu'il but également. Il regarda l'horloge de son portable, programma le réveil pour sept heures, se vida un troisième verre dans l'estomac – la dame de l'étage en dessous cuisinait du fenouil, dont l'odeur lui donnait toujours la nausée –, il éteignit son téléphone et s'endormit au salon.

Quand il se réveilla, il faisait encore jour et il avait mal à la tête. Il but trois verres d'eau, prit une douche, se rasa. Bien que n'ayant rien mangé depuis le matin, il n'avait pas faim. Il ralluma son téléphone, attendit un peu en regardant l'écran, rien. Encore nu, il s'approcha de la fenêtre, la mer avait commencé à grossir, les vagues se brisaient avec violence sur le fort en éclaboussant les promeneurs, le soleil allait se coucher, les ombres des passants s'allongeaient, c'était le chant du cygne avant l'enfoncement dans l'oubli. Ivan s'habilla et sortit en laissant la fenêtre ouverte, l'appartement avait besoin d'air, cette solitude l'étoufferait un jour.

Une heure plus tard il arrêta sa moto devant le gymnase Molôn Labé* et regarda discrètement à l'intérieur, son casque encore sur la tête. L'entraînement venait de se terminer et une dizaine d'individus saluaient en se frappant la poitrine de leur poing

* *« Viens (les) prendre », réplique de Léonidas roi de Sparte aux Perses qui exigeaient que les Grecs déposent les armes, lors de la bataille des Thermopyles.*

droit avant de le tendre en avant, marque de respect à l'égard de la personne qui se trouvait en face d'eux et qui devait être leur professeur. Ivan regarda ce dernier, c'était un homme de taille moyenne, qui pourtant semblait gigantesque. Il était vêtu d'un maillot moulant tout d'une pièce, qui faisait ressortir son ventre, tandis que ses bras et ses jambes ressemblaient à des troncs d'arbre. Sur la tête, il portait un casque en cuivre. Les murs du gymnase étaient couverts de lances et de boucliers, et partout on lisait des devises guerrières antiques : « Molôn labé », « Le meilleur présage, c'est de se battre pour la patrie », « La victoire sourit aux audacieux », etc.

Ivan attendait que le gymnase se vide. Il était auparavant passé par le bordel dans lequel travaillait Irini Santalos avant qu'elle ne disparaisse, pour être finalement retrouvée morte. Il avait de nouveau discuté avec la mère maquerelle, qui s'était montrée cette fois plus bavarde. Elle y avait été encouragée par la perspective d'une éventuelle dénonciation qui conduirait, lui avait-il affirmé, à la fermeture de son établissement, sinon définitive, si elle avait un piston, du moins temporaire. Dans tous les cas cela ferait du tort à son commerce. La vieille était consciente de sa position et savait collaborer quand il le fallait. Elle lui avait dit que la Santalos lui avait demandé d'arrêter et qu'elle, n'étant pas du genre à maltraiter ni à violenter les « filles » – chacun était libre de faire ce qu'il voulait –, l'avait laissée partir.

– Cela arrive souvent que les « filles » arrêtent ? avait-il demandé.

– Certaines trouvent une bonne poire et se marient. Tiens, il y en a une autre qui s'est arrêtée le mois dernier, puisque tu poses la question, Lila, Eftychia Manassakis de son vrai nom, j'ai vu sa carte d'identité, puisque tu insistes.

Elle lui avait ensuite parlé de la visite d'un homme qui posait lui aussi des questions, un type grand, mince, avec un nez un peu busqué, qui boitait et avait cassé la figure à un pauvre fou qui circulait dans les rues en faisant comme s'il parlait au téléphone, un certain Aristotelis. À la description, Ivan avait reconnu Dimos Guérès. Par contre le fou n'était pas son mort, même s'il s'agissait là encore d'une drôle de coïncidence. Il nota les coordonnées d'Eftychia Manassakis, un simple numéro de portable, elle n'en savait pas plus – « C'est la vérité vraie ! »

Le géant était enfin seul. Il ôta son casque, découvrant un visage avec des joues pleines, des cheveux longs et une barbe, saisit un balai et entreprit de nettoyer la salle, après avoir baissé les stores. Ivan descendit de moto et, sans enlever son casque, entra dans le gymnase. Dehors, la nuit était tombée, il était neuf heures vingt. Le barbu leva la tête et lui jeta un regard, Ivan ferma la porte derrière lui et sortit son revolver de service.

– Lâche le balai et avance jusqu'au milieu de la salle.

L'homme obéit. Ses muscles se contractèrent et il parut encore plus imposant. Alexandrof n'avait pas peur, il conservait une distance de sécurité.

– Qu'est-ce que tu veux, salopard ? De l'argent ? Tu peux te brosser, dit l'homme en traînant de manière caractéristique sur les « s ».

– J'ai deux questions à te poser, fais attention à ce que tu réponds.

– Va te faire foutre, je ne sais rien.

– Moi je sais, en revanche. Et si tu ne veux pas que ta femme et tes enfants apprennent que tu te tapes des putes gratos en échange de ta protection, tu ferais mieux de parler.

Mitsos grinça des dents. Ses yeux se plissèrent et la couleur disparut des iris.

– Qu'est-ce que tu veux ? grogna-t-il.

– Eftychia Manassakis, alias Lila, brune, mince ; elle a arrêté depuis un mois de travailler chez Maritsa.

– Je ne la connais pas, je te jure. Maritsa appartient à Jimy le Gros, je ne me mêle pas de ses affaires.

– Moi j'ai d'autres informations.

L'homme pâlit.

– C'est la vérité, je ne la connais pas.

– Où est-ce que je peux trouver Jimy ?

– Jimy ? Tu es fou ?

– Où est-ce que je peux le trouver ? Dernière chance.

– Il a ses habitudes à Alikarnassos, à L'Aurore, derrière les prisons.

– Yorgos Fountoulizakis. Mort. Que sais-tu ? Je veux tout.

– Je le connaissais, il venait au bar où je travaille le soir.

– Quel bar ?

– Le Flambeau, sur l'avenue Papandréou.

– Continue.

– Il venait aussi de temps en temps au gymnase. Et nous étions ensemble à l'organisation.

– Quelle organisation ?

– Les Vrais Grecs. Des patriotes qui veulent…

– Je vois. Continue.

– Il trafiquait également. Un peu de haschich, un peu de cocaïne, il te trouvait ce que tu voulais. Parfois j'apportais des trucs aux « filles ». Mais c'était un type réglo, un pote. Je ne sais pas qui l'a tué, moi je l'ai trouvé comme ça, qui t'a dit que c'est moi qui l'ai trouvé, ce salaud de Sirmas ? C'est lui qui m'a emmené là-bas, il voulait des renseignements sur un clochard que Yorgos connaissait, moi j'ai rien à voir avec ça, il était mort quand on est arrivés, j'ai rien fait, moi, putain !

– Ce clochard-là ?

Ivan sortit la photographie du mort et la lança aux pieds de Mitsos. Celui-ci se baissa pour l'attraper et roula rapidement, comme un tonneau dans une descente, vers les pieds du policier. La distance était cependant suffisante et il réussit à faire un petit pas à gauche, de sorte que le corps du lutteur cogna la plante de son pied droit, lui faisant perdre un instant l'équilibre, sans toutefois le faire tomber. Avant qu'il reprenne ses esprits, Mitsos était de nouveau sur ses jambes et dirigeait son énorme poing vers lui. Ivan se baissa instinctivement et son casque reçut le coup avec une telle force que sa nuque en fut ébranlée. Mitsos saisit son poignet droit en poussant un cri de douleur, tandis qu'Ivan assénait un coup violent sur son crâne avec son arme. On entendit un bruit sourd, les genoux du géant fléchirent et du sang éclaboussa le sol. Ivan courut vers la porte, tandis que l'énorme corps s'affaissait lentement sur le tapis. Il démarra et disparut dans les ruelles en direction du Yedi-Koulé, le stade de l'ASH, qui tenait son nom des célèbres prisons* où tant d'hommes avaient pourri, bien avant que leur heure soit venue.

* *Yedi-Koulé (ou Heptapyrgion, en grec), forteresse byzantine puis ottomane sur l'acropole de Thessalonique qui a longtemps servi de prison (N.d.l.T.).*

2

Il regardait le plafond de sa chambre et la boule orange du luminaire, avec la petite cassure en bas à droite, souvenir d'une partie de baby-foot mémorable avec le Cowboy. Furieux d'avoir perdu à cause d'un tir complètement raté, il avait expédié la « putain de balle » contre le mur de la pièce. Après trois rebonds, un « crac » avait retenti ; ils s'étaient d'abord regardés avec inquiétude, avant d'être pris d'un véritable fou rire. Les dégâts n'étaient pas très graves, les parents de Dimos n'avaient jamais rien dit, comme s'il ne s'était rien passé, mais lui le savait, et chaque fois qu'il allumait la lumière, il ne pouvait réprimer un sourire. À sa gauche se trouvait la fenêtre qui donnait sur la rue, c'est par là qu'il avait pris la poudre d'escampette une nuit, vers trois heures du matin, pour se payer une balade sur la moto toute neuve de son copain, dans les rues désertes d'Héraklion. La virée s'était terminée au Koulès, où ils avaient bu des bières, avant de rentrer en hâte au lever du jour, afin d'être dans leur lit lorsqu'on viendrait les réveiller pour aller au lycée. À droite, l'armoire sur laquelle s'étalait encore le dessin qu'il avait reproduit d'après la couverture d'une édition – disparue depuis –

des *Fleurs du mal* de Baudelaire : une tête de mort d'où sortaient des fleurs, et à côté, en guise de devise, la phrase de Jim Morrison : « *The future's uncertain and the end is always near.* » Il ouvrit la porte de l'armoire, trois tiroirs et une étagère, dénicha, sous une couverture au crochet orange, la ceinture de force qu'il avait volée au gymnase Atlas, la boucla autour de sa taille et referma l'armoire. En face, son ballon de basket orange trônait au centre de la bibliothèque vide, en compagnie de quelques bouquins datant de l'époque du concours d'entrée à l'université : un volume d'essais d'Umberto Eco sur la culture de masse, *Approches sociologiques* de Vassilis Filias, *Le Droit du plus fort* de Papanoutsos, *Marcellin Caillou* de Sempé, ainsi que quatre tomes de *Mafalda*. Aucun livre de Kavvadias, par contre, qu'il avait découvert plus tard, après avoir terminé l'École des officiers de la police grecque, à cause des poèmes mis en musique par le compositeur Mikroutsikos. Marabout, pourquoi Marabout ? Et qu'était-ce donc qu'il ignorait ? Il avait cherché dans l'*Antilexikon*, le mot marabout n'y figurait pas ; pour « secret », le dictionnaire proposait « mystère » ou « moyen d'action inconnu ». Ayant choisi la deuxième proposition, il s'était enquis du mot « moyen » : ressource, atout, arme – il n'avait rien de tout cela. Un peu plus loin, il avait lu : secret [moyen intelligent ou malin]. Il ne pouvait croire une chose pareille de la part de sa mère.

Il prit *Marcellin Caillou*, cadeau d'Effie, une de ses anciennes camarades de classe, une fille un peu triste qui s'habillait toujours en noir, portait des Converse, écoutait les Pink Floyd et fumait des Camel light. Ils étaient sortis ensemble pendant un trimestre en terminale, jusqu'au jour où Dimos, sans explications, avait rompu avec elle. C'était une des meilleures petites amies qu'il eût jamais eues et elle aussi avait l'air de bien l'aimer, mais il ne supportait plus personne, il y avait au fond de lui une grande colère qui éclatait pour un oui ou pour un non. Il voulait être seul pour se consacrer pleinement à la préparation de sa vengeance. Or, cette relation l'apaisait, le rendait presque heureux, chose qui lui était intolérable. Effie avait accueilli la rupture avec dignité. Simplement, trois jours plus tard, il avait trouvé sur le rebord de sa fenêtre le petit livre de Sempé avec, copié sur la première page, de sa petite écriture ronde, ce vers de Ritsos extrait de *La Sonate au clair de lune* :

Je le sais, chacun de nous s'en va seul dans l'amour,
seul dans la gloire et la mort.
*Je le sais. J'en ai fait l'expérience. Ça ne sert à rien**.

Cela ne menait peut-être à rien, mais depuis des années c'était ce qu'il faisait, il cheminait solitaire dans l'amour et la mort – en ce qui concernait la gloire, il n'en avait aucune idée ni expérience.

Il n'aurait su dire comment ses pas l'avaient mené de l'appartement de Sophie à la maison paternelle.

* *Yannis Ritsos,* La Sonate au clair de lune et autres poèmes *(1956-1963), traduction de Gérard Pierrat, Paris, Seghers, 1976, p. 8.*

« *Santé** », avait de nouveau dit Anghelos en achevant la bouteille de vin. « Santé », c'était justement ce qui manquait à sa sœur, qui avait un cancer au stade terminal ; il avait d'abord touché les ganglions lymphatiques puis s'était étendu partout, Sophie s'endormait et se réveillait, s'éloignait et revenait. « Santé », comme les cigarettes que fumait autrefois Kaitie, ou comme Sempé, l'auteur du livre que Dimos tenait dans ses mains, dont le nom se prononçait « Sanpé », pour une raison qu'il ignorait. C'était peut-être pour cela qu'il était venu dormir ici, pour relire *Marcellin Caillou* et l'histoire de son éternelle amitié avec René, le garçon qui joue du violon et éternue sans arrêt, pour se rappeler comment leurs singularités peuvent unir deux êtres.

Il se rappela la surprise de Tsveta quand il lui avait annoncé qu'il allait passer la nuit là, elle avait paru un peu inquiète, peut-être était-elle troublée par la présence d'un homme à la maison. Elle dormait dans la chambre qui avait initialement été destinée au petit frère de Dimos – lequel ne vint jamais –, avant d'être transformée en chambre de service, puis en chambre d'amis, pour devenir enfin la chambre de son père durant le dernier mois de la vie d'Aphrodite, alors que le couple dormait séparément.

Il se redressa sur le lit, laissant le livre tomber sur le sol à côté de lui. Le moment était peut-être venu d'abandonner l'hôtel, ces neuf nuitées lui avaient coûté un paquet d'argent. Il continuait à percevoir son salaire, quoique amputé, mais ne savait pas jusqu'à quand. Bien que cela ne le préoccupât guère, il était persuadé que sa carrière dans la police allait bientôt prendre définitivement fin, le châtiment pour sa conduite inconvenante viendrait rapidement. Il se frotta machinalement le nez, se leva, ouvrit précautionneusement la porte, se retrouva au salon ; Tsveta avait laissé une veilleuse allumée dans le couloir et une autre dans la chambre de son père. Il se dirigea de ce côté et, s'arrêtant sur le seuil de la porte, contempla encore une fois le vieil homme couché. Quel âge a-t-il ? se demanda-t-il, pour répondre aussitôt, soixante-neuf ans, ce n'est pas si vieux que ça, et pourtant, il paraissait si usé et si seul sur son lit de mort. Il pensa de nouveau au petit livre qu'il avait laissé dans sa table de nuit, il y avait un frontispice du peintre Yannis Tsarouchis représentant un homme assis, les jambes croisées, vêtu d'un maillot noir et d'un pantalon beige, tandis que derrière on distinguait une bouée de sauvetage, celle-là même que le vieux Sirmas cherchait pour échapper à la colère de son fils.

Il fit demi-tour et alla dans le salon. Il alluma la lumière et observa la bibliothèque avec la télévision au centre et les photographies qui trônaient sur les autres étagères. Partout sa mère et lui, il semblait que la vie de Lefteris s'était arrêtée à cette époque. Avait-il essayé de la poursuivre avec une autre femme ? Dimos n'en savait rien. En tout cas, rien dans la maison ne le laissait penser. Il s'agenouilla et ouvrit le placard qui se trouvait dans la partie basse du meuble. Dedans, il aperçut quatre albums photographiques qu'il sortit. Les trois premiers lui étaient connus : c'était l'album du mariage de ses parents et les deux siens, consacrés l'un à sa petite enfance, l'autre à ses années de collège et de lycée. Il n'avait jamais vu le quatrième ; il avait une couverture blanche, sur laquelle était imprimée une carte de Chypre, entièrement colorée en vert et non coupée en deux, ainsi qu'il l'avait connue toute sa vie. Il l'ouvrit et se mit à le feuilleter, il était plein de photos de son père à l'armée, en uniforme de commando de montagne. Dimos éprouva un choc, jamais il n'aurait imaginé que son père avait appartenu aux BCM, qu'il avait lui-même été un commando, un vrai, pas comme l'homme qu'il avait trouvé mort la veille. Lefteris Sirmas ne lui avait jamais parlé de son service militaire. Une fois où Dimos lui avait posé la question, il avait simplement répondu : « dans l'infanterie, ici et là », et la discussion avait été close.

Il continua à feuilleter l'album, regardant les photos, ces visages et ces décors qu'il ne connaissait pas, et au centre son père, avec deux galons cousus sur la manche droite. À trois pages de la fin, une photographie montrait le jeune Sirmas, alors âgé de vingt ans, avec deux autres hommes. Dimos s'efforça de distinguer leurs traits. Ils étaient tous les deux de haute taille, l'un avait une épaisse moustache, le front haut, des yeux très clairs et les joues pleines, son visage et son regard lui parurent familiers, tandis que l'autre avait les épaules larges mais, comme il se tenait accroupi, son visage était obscurci par l'ombre de ses deux compagnons et ne se discernait pas clairement. Qui étaient ces deux hommes et pourquoi lui semblait-il les connaître ? Il essaya de les imaginer en couleur et cinquante ans plus tard. Peut-être leurs noms étaient-ils notés quelque part. Il retourna la photographie. Au dos de celle-ci, en bas à droite, était écrit, d'une encre décolorée : « Les Scarabées, Chypre, juillet 1965 ».

Noratlas

La Canée, dimanche 21 juillet 1974

Au moment où ils dépassaient La Canée, tandis que les gens applaudissaient et chantaient avec eux *Quand fera-t-il un ciel étoilé ?*, il aperçut, devant une petite maison en pierre, une femme qui les regardait en s'arrachant les cheveux. Sa bouche s'ouvrait et se fermait, cependant elle ne chantait pas, ne priait pas non plus, mais semblait leur crier quelque chose ; Lefteris tenta de lire sur ses lèvres, toutefois la seule chose qu'il put reconstituer fut un hurlement, un cri semblable à celui qu'avait poussé la mère d'un de ses camarades de classe quand on lui avait amené son enfant mort, poignardé par le frère d'une jeune fille à qui il avait souri. À cet instant Lefteris, qui avait alors douze ans, avait pris la décision de quitter le village quand il serait grand, pour ne jamais y revenir. Il avait dû patienter encore neuf ans avant d'y parvenir, mais il avait tenu sa promesse : il n'allait au village que pour voir ses parents et, lorsqu'ils seraient morts, il n'y retournerait plus.

Ils avaient quitté le camp militaire de Maleme peu de temps auparavant, chargés dans des cars en direction de Souda. Aucun des soldats ne savait encore où ils allaient, seuls les gradés étaient au courant. Le commandant du bataillon l'avait appelé, avec les autres sous-officiers, pour les informer : « Nous allons à Chypre, avec l'aide de Dieu », Lefteris avait souri avec amertume en son for intérieur, il n'attendait aucune assistance de ce genre. Il pensa seulement à Aphrodite et à l'enfant qui allait arriver d'un jour à l'autre, se mordit la lèvre jusqu'au sang – si c'est mon destin, cela arrivera – cracha le sang et s'avança vers l'endroit où ses camarades s'étaient rassemblés. Il chercha Aris du regard, le vit assis à l'écart près d'un camion REO et alla s'asseoir à côté de lui à même le sol. Ils se regardèrent.

– Chypre, lui dit Aris, bien sûr. Et l'autre, il s'est montré ?

Sirmas leva la tête vers le ciel, qui avait commencé à s'assombrir.

– Non, répondit-il seulement.

Le mensonge est plus facile quand il tient en un seul mot. Aris porta la main à son oreille, mimant un téléphone, le regard interrogateur.

– Silence radio, répondit Sirmas, mettant fin de manière abrupte à la conversation.

En arrivant au camp, trois heures plus tôt, il s'était présenté au bureau du commandant, qu'il connaissait de l'époque de son service militaire, alors qu'il n'était que capitaine, il lui avait tendu la feuille de route d'Ajax, avait salué et lui avait dit :

– Me voici, mon commandant.

Celui-ci lui avait demandé ce que diable il faisait là et où était Vatalos.

– Je ne sais pas, nos feuilles de route se sont mélangées apparemment, mais quelle importance ? Puisque mes soldats sont là, pourquoi pas moi ?

– Ah ! Sirmas, toujours têtu comme une mule ! Si seulement tu n'étais pas de gauche…

– De droite ou de gauche, toutes les brebis sont égales face au couteau, mon commandant.

– Tu as raison, va prendre ton paquetage, je te couvrirai ; quant à Vatalos, je vais envoyer un message pour qu'il reste où il est, il n'a pas le temps de nous rejoindre. Mais si nous sommes encore là après la guerre, ne va pas t'imaginer que nous serons amis.

– Ne vous inquiétez pas, mon commandant, je n'oublierai pas.

Il avait salué et était sorti du bureau. Têtu comme une mule, il l'était peut-être, mais cette fois-ci, il aurait bien aimé rentrer tout simplement à la maison.

Ils laissèrent La Canée derrière eux et prirent la route d'Akrotiri, étroite et sinueuse. Il était assis sur le siège à côté du conducteur, un jeune réserviste qu'il ne connaissait pas et qui s'était mis à lui parler dès l'instant où ils avaient démarré, mais Lefteris avait l'esprit ailleurs. Il était conscient du caractère vain de toute l'entreprise. Nektarios, un camarade du PAK, le Mouvement de libération panhellénique créé par Andréas Papandréou en Suède, disait que le coup d'État de Sampson avait eu lieu exprès pour que les Turcs envahissent Chypre, et que d'un jour à l'autre les Américains allaient chasser le dictateur Ioannidis et rappelleraient Karamanlis, en exil volontaire en France. Ils ne voulaient pas perdre le contrôle du pays, il leur fallait donc régler la situation qui succéderait à la chute de la dictature de manière à ce qu'elle apparaisse comme étant le choix du peuple ; et qui irait dire « non » à son retour, au milieu du sauve-qui-peut général ? Le loup était dans la bergerie depuis le début, et Sirmas avait toujours cru à la sagesse populaire des proverbes.

La nuit était tombée lorsqu'ils arrivèrent enfin à l'aérodrome de Souda où les attendaient plusieurs avions de transport de troupes, des Noratlas et des Dakotas, une trentaine d'après une estimation rapide de Sirmas. Karavoskakis s'approcha de lui.

– Eh bien, sergent, il va falloir y aller, hein ? Notre heure est arrivée.

– Elle est arrivée, Ménélaos, elle est arrivée.

– Eh, allons-y, alors.

Ils rejoignirent les hangars, où les autres s'étaient déjà rassemblés. Une heure plus tard, ils avaient embarqué dans les Noratlas et le bruit des moteurs les assourdissait. Sirmas regarda sa montre, il était onze heures quand l'appareil se mit à rouler sur la piste ; au même moment, quasiment tous les soldats firent leur signe de croix. Sirmas regretta un instant de ne pas être croyant, il aurait au moins quelque chose à quoi se raccrocher, tandis que maintenant… Il effila les pointes de sa moustache, arracha un poil et le laissa tomber sur le plancher de la cabine.

Nous sommes comme des cheveux sur une tête vieillissante, combien resteront, combien tomberont, nul ne le sait.

À l'avant du Noratlas, le pilote tira lentement le manche à lui et les roues se détachèrent du sol.

3

Jimy le Gros s'asseyait toujours dos au mur ; « protège tes arrières » était la leçon la plus importante qu'il avait apprise, gamin, et depuis lors il la mettait systématiquement en application. Ce conseil lui avait été donné par son premier patron, Manoussakas, l'homme qui lui avait enseigné toutes les ficelles du métier : comment battre les prostituées sans laisser de traces, comment enfoncer le couteau dans le ventre ou derrière le rein gauche, en lui imprimant un mouvement tournant de bas en haut, comment mélanger la coke avec du sucre. Un soir, malheureusement, Manoussakas n'avait pas suivi son propre conseil et le couteau à manche noir de Jimy, s'enfonçant à gauche en dessous du rein selon un mouvement de bas en haut, avait mis fin à la domination de son mentor et l'avait installé à sa place. « Le roi est mort, vive le roi », s'exclamèrent en chœur les autres membres du gang, tandis que le petit Dimitris – désormais Jimy – prenait la chaise favorite de Manoussakas et la collait contre le mur, en face de l'entrée du bar L'Aurore. Depuis ce poste, il dirigeait toutes ses affaires, prenant bien garde à protéger ses arrières. Avec le temps, et en contradiction totale avec sa dégaine – il était blond et mince, avec des yeux bleus saillants, une gueule de crapaud et les dents de travers – on l'avait surnommé « le Gros », parce qu'un jour, quelqu'un ayant fait l'erreur de le traiter dans la rue de « demi-portion », Jimy l'avait obligé à reconnaître en pleurant qu'il était l'homme le plus corpulent qu'il ait jamais vu. Il avait ainsi gagné dignement son sobriquet, même si personne n'osait l'utiliser devant lui.

Ivan passa à moto devant le bar, jetant un bref coup d'œil aux deux gorilles qui en gardaient l'entrée. Cette fois les choses seraient plus compliquées qu'avec Godzilla, le lutteur était du menu fretin à côté de Jimy. Le policier savait pas mal de choses sur lui, il contrôlait une grande partie du monde de la nuit, mais pas l'intégralité, comme il l'aurait souhaité. Il y avait une bande rivale qui détenait une solide part du gâteau que Jimy n'était disposé à partager avec personne. Ivan arrêta la moto à un endroit discret, à deux cents mètres environ du bar, mit la béquille et attendit. Il regarda l'heure à sa montre, il était maintenant minuit et demi, il lui avait fallu un quart d'heure pour se remettre du coup assené par Godzilla, malgré le casque. Il s'était arrêté à une buvette de la station de bus, avait bu une bouteille d'eau et fait quelques rotations de la nuque, en espérant ne pas souffrir d'une commotion cérébrale. Il s'était ensuite rendu à la Sûreté et avait consulté le dossier de Dimitris Pytharakis, alias Jimy le Gros. Il y avait un volume entier à son nom, de nombreux rapports et dénonciations, une condamnation à neuf mois de prison pour vol cinq ans auparavant, mais aucune autre depuis qu'il avait repris les rênes après la mort de Manoussakas. Toutes les plaintes avaient été retirées et tous les témoins avaient modifié leur déposition. De tous les éléments figurant dans son dossier, un fait l'avait particulièrement frappé. Deux ans auparavant, Jimy avait fait l'acquisition d'une énorme collection de boules à facettes, dont la plupart avaient été utilisées dans les années 1980 dans quelques-unes des discothèques les plus célèbres de la planète, l'une d'elles provenant même du fameux Studio 54. Cet achat avait paru très étrange à la police, mais personne n'avait réussi à trouver quoi que ce soit de blâmable à la transaction. Dans les archives, il avait ensuite cherché des éléments sur la dernière jeune femme, Eftychia Manassakis, sans rien découvrir, elle n'avait jamais eu maille à partir avec la police.

Il sortit son portable et fit un numéro. Son correspondant à l'autre bout de la ligne ne fut pas ravi de l'appel, c'était un petit dealer, un gosse qu'Ivan avait laissé libre, après l'avoir coincé avec deux joints. Ivan s'entendait à se constituer une armée d'irréguliers, petits poissons toutefois susceptibles de lui ouvrir de grandes portes, parfois plus grandes que ce qu'il pouvait assumer, comme l'avait montré l'histoire qui avait provoqué sa mutation. Cette nouvelle affaire l'avait amené à griller deux de ses « cartes » : l'une de taille – l'homme des prisons d'Alikarnassos –, l'autre de moindre importance – le garçon qui attendait.

Une ombre apparut au bout de la rue, venant vers lui. Ivan vérifia qu'il avait bien sur lui son arme de service, descendit de la moto et enleva son casque.

L'ombre grandit et, deux minutes plus tard, un jeune homme d'une vingtaine d'années, mince, les yeux gonflés, la peau sombre et des cheveux longs retenus par un serre-tête, arriva près de lui.

Alexandrof le salua, le gosse lui rendit son salut, visiblement nerveux.

– Qu'est-ce que tu veux ?

Le policier montra L'Aurore.

– Entrer là-dedans. Parler avec Jimy.

Le garçon éclata de rire.

– Tu en as marre de la vie ?

– C'est mon affaire. Tu me fais entrer ?

– Qu'est-ce que je lui dis ? « Il y a un flic qui veut te voir » ?

– Dis-lui qu'un flic peut lui dire qui lui siphonne une part du fric des putains du port, et lui donner une information qui lui paraîtra très intéressante.

– Tu es fou ?

– C'est mon affaire.

– Et avec ça on est quittes ?

– Jusqu'à ce que tu fasses une nouvelle connerie.

– Si tu l'apprends, tu veux dire.

– C'est ton affaire.

Ivan suivit des yeux le jeune homme qui s'éloignait. Il faisait froid, les bras serrés autour du corps, claquant des dents, il se sentait faible et nauséeux, après tout peut-être avait-il vraiment une commotion cérébrale. Cinq minutes plus tard, il entendit qu'un nouveau message était arrivé sur son portable. « Viens », lut-il. Il démarra et, sans remettre son casque, roula tous feux éteints jusqu'à L'Aurore. Un peu avant d'atteindre l'entrée, une des deux armoires à glace qui contrôlaient les clients lui fit signe de s'arrêter. Alexandrof obtempéra. Il cala sa moto sur la béquille, descendit, mit son casque dans le coffre à bagages qu'il verrouilla. L'homme-armoire s'approcha de lui à pas lents ; il était gros, chauve et portait des lunettes de soleil malgré l'obscurité, sans doute pour ne pas voir trop clairement le visage des gens qu'il affrontait. Le visage de l'adversaire est dangereux, si jamais on éprouve de la sympathie pour lui. Sa main droite était glissée dans sa veste, il ne fallait pas beaucoup d'imagination pour comprendre qu'il était armé.

– Pose ton flingue par terre et envoie-le-moi !

Ivan sortit avec précaution son revolver de son étui, le posa sur le sol et, d'un geste vif, le poussa en direction de l'homme. Celui-ci le saisit avec une souplesse inattendue et s'avança encore.

– Les mains en l'air, je vais te fouiller !

Le policier obéit ; n'ayant rien trouvé sur lui, le gros le poussa d'une bourrade vers le night-club. Alexandrof remit de l'ordre dans ses vêtements, se recoiffa et se dirigea vers la porte. L'intérieur du bar était bien différent de ce à quoi Ivan s'attendait. Il y avait une salle immense avec un très long comptoir, derrière lequel trois barmaids servaient avec diligence les clients. L'air était respirable, grâce à trois grands ventilateurs qui pendaient au plafond et tournaient sans bruit en même temps que trois boules à facettes. Ivan les regarda, se demandant si l'une d'elles venait du Studio 54. La musique était de la disco du début des années 1980 et la plupart des clients, âgés de quarante ans et plus, dansaient sur la piste baignée d'éclairs de lumière qui occupait le centre de l'établissement. Stupéfait, le policier regardait autour de lui, essayant de repérer Jimy.

– Venez avec moi, monsieur.

Il sentit une main lui prendre doucement le bras : une blonde éblouissante, avec une queue-de-cheval, des yeux verts maquillés et un sourire aimable l'entraînait vers le fond.

Jimy était debout derrière une table, le dos collé contre le mur. Il portait un costume bleu ciel avec des revers immenses, des escarpins blancs et des Ray-Ban, et se balançait au rythme de *Staying Alive*, encadré par deux hommes qui se tenaient légèrement devant lui. Ils n'étaient pas aussi corpulents que ceux qui gardaient l'entrée mais, à leur regard fixe et à leur attitude rigide, Ivan comprit qu'ils étaient beaucoup plus dangereux. Ils avaient tout du cobra qui hypnotise sa proie avant la fulgurante et mortelle attaque.

La blonde lâcha le bras d'Ivan et lui désigna la chaise en face de Jimy. Le policier s'assit et, la jeune femme lui ayant demandé s'il voulait boire quelque chose, il lui commanda un cognac Métaxas avec de la glace. La chanson s'acheva, Jimy tira sa chaise et s'assit.

– Tu aimes les Bee Gees ?

– Tu sais, pour la plupart des gens c'est un groupe disco, mais moi je préfère leur première période, avant 1973. Ils ont enregistré de magnifiques ballades.

Jimy enleva ses lunettes et darda ses yeux bleus sur Ivan, qui sentit son estomac se serrer mais soutint son regard, avant que son interlocuteur n'éclate de rire, tandis que résonnait l'introduction de *Electricity* de OMD.

– Tu as de la repartie. Et dix minutes pour me donner une bonne raison de ne pas te liquider.

4

Mardi 15 mai 2012

Premier vol en provenance d'Athènes, sept heures et quart du matin, et il faisait déjà jour. Dimos avait les mains crispées sur le volant de la voiture qu'il venait de louer, une petite cylindrée Hyundai qui semblait en bon état, hormis le curieux bruit de crécelle que faisait le moteur au démarrage. Il avait très peu dormi dans son lit d'adolescent, sans se déshabiller, avec la photographie des trois commandos en noir et blanc dans la poche-revolver de son pantalon. Avant de s'endormir, il avait encore une fois examiné cette photo, puis l'avait remise dans sa poche. Peut-être le sommeil clarifierait-il l'image et l'aiderait-il à reconnaître les visages. Les Scarabées, qu'est-ce que c'était encore que cette saloperie, jusqu'à quel point fallait-il y voir une coïncidence diabolique, et qui étaient ces deux types, surtout celui avec les yeux délavés – il avait vu ce regard récemment, mais où ? Il avait passé en revue toutes les autres photos, ces visages n'apparaissaient nulle part ailleurs. En vidant le placard, il avait découvert, derrière les albums, une vieille boîte à cigares, dans laquelle reposait – qui sait depuis combien d'années – un pistolet. Bien que n'en ayant jamais eu en main, il l'avait tout de suite identifié, c'était un Tokarev TT33, une arme de fabrication soviétique, semi-automatique, sans dispositif de sécurité. À côté du pistolet, dans une petite boîte métallique, il y avait trois balles. Il avait gardé l'arme et la boîte métallique et les avait cachées sous son lit, entre les planches et le matelas, là où il planquait ses magazines pornos quand il était gamin.

Le matin, il s'était levé avant l'aube, Tsveta était déjà assise au salon, en train de regarder les actualités, changeant sans cesse de chaîne, tombant toujours sur le même terrorisme : « Danger visible d'absence de gouvernement et de sortie hors de l'euro. » Faux, songea Dimos, le danger était invisible et le mal déjà là, mais les informations sont ainsi, tel un prestidigitateur, elles détournent ton attention pour que tu ne voies pas le tour de passe-passe.

Il avait une nouvelle fois examiné la photographie, rien n'avait changé, son regard ne parvenait pas à percer le visage de ces hommes. Il avait introduit les trois balles dans le pistolet, l'avait glissé dans son pantalon, sous ses vêtements, et mis la ceinture par-dessus, la serrant bien pour s'assurer que l'on ne voyait rien. Ce serait un peu difficile de le sortir en cas de nécessité, mais il voulait l'avoir avec lui ; quand on part à la guerre, il faut être armé, avait-il décidé.

– Je rentrerai en début d'après-midi, fais bien attention à lui, avait-il dit à la femme, sans parvenir à démêler si ce « fais attention à lui », qui lui était venu spontanément, signifiait « veille à ce qu'il ne lui arrive rien », ou bien « veille à ce qu'il ne fasse rien », tant ses découvertes récentes avaient suscité chez lui d'incertitude concernant ce que tout un chacun est capable de faire, fût-il immobilisé sur son lit de mort ou dans un cercueil sous terre. À la station de taxis du Coin Romantique, il y avait trois chauffeurs à moitié endormis ; à une heure aussi matinale, il avait dû aller jusqu'à l'aéroport pour trouver une voiture à louer.

Il lâcha le volant, recula le siège, défit la ceinture, sortit l'arme et la cacha dans la boîte à gants. Puis il boucla de nouveau la ceinture et conduisit la Hyundai au centre d'Héraklion, en tournant pour finir à droite, vers le Mégaron Fytakis, une construction sur laquelle pesait la malédiction de son premier propriétaire ; le bâtiment, qui était une ruine dans son souvenir, avait été récemment transformé en hôtel de grand luxe. Peut-être l'argent est-il finalement capable d'exorciser les malédictions, songea-t-il tout en se garant en face de l'entrée.

Il sortit de la voiture et marcha jusqu'au collège où travaillait Angie, ainsi qu'il l'avait découvert sur Internet. Il était sept heures et demie, le gardien ouvrait tout juste l'entrée principale. De l'autre côté de la rue, il y avait un petit parc, il s'assit sur un banc, derrière les balançoires qu'un vent de plus en plus fort faisait bouger. De là, il pouvait voir tous ceux qui entraient dans l'établissement, tout en restant lui-même à l'abri des regards.

Une demi-heure plus tard il la vit descendre la rue à pas pressés. Elle portait un jean étroit, un haut noir et des lunettes de soleil. Il fut de nouveau frappé par sa beauté, cette fois cependant il ne devait pas succomber à son charme. Juste avant qu'elle n'entre, il bondit de son banc, traversa la rue et se planta devant elle.

– Bonjour.

Elle fut surprise mais garda son sang-froid et lui sourit gentiment.

– Bonjour, mon cher. Que viens-tu faire ici ?

– Je te dérange ?

– Non, bien sûr, mais mon mari me surveille peut-être. Entre avec moi comme si nous étions collègues.

Dimos obéit. Elle continue à jouer son petit jeu, se dit-il.

– Où est Héraklis ?

– Je ne sais pas. Moi aussi je le cherche depuis hier.

– Vraiment ? Et pourquoi ne m'as-tu pas ouvert hier quand j'ai sonné ?

– Quand ça ?

– Juste après mon départ. Je suis revenu.

– Je n'ai rien entendu. Ah ! oui, maintenant je me souviens, juste après ton départ, il y a eu une coupure d'électricité. J'étais très fatiguée et je me suis allongée pour dormir. Je me suis réveillée après six heures, je ne sais pas quand le courant est revenu.

– Qu'est-ce qu'il y a eu ?

– Une coupure de courant.

– Tu te fiches de moi.

– Demande à la Compagnie.

Ils étaient déjà dans la cour du collège. Des élèves et des collègues d'Angie passaient à côté d'eux et la saluaient, Dimos se sentait mal à l'aise.

– À quelle heure finis-tu ?

– Mon dernier cours se termine à deux heures et quart.

– Je viendrai te chercher pour que tu m'amènes à Héraklis. Si tu ne me dis pas où il est, je ferai un scandale devant tes collègues.

– Mon mari va venir me chercher, tu ne comprends pas ?

– Dis-le-moi tout de suite, alors.

– Je ne sais pas, je te le répète.

La sonnerie retentit, tous commencèrent à converger vers la cour où aurait bientôt lieu la prière du matin.

– Deux heures dix. Préviens le gardien qu'il me laisse entrer. Tu me le diras avant que nous sortions dans la cour et tu partiras ensuite avec ton mari. J'attendrai un peu à l'intérieur jusqu'à ce que vous vous soyez éloignés.

– Toi non plus tu ne me fais pas confiance. Je croyais que tu étais différent.

Dimos sentit son estomac se contracter. Il aurait voulu lui dire qu'il la croyait, mais sa raison l'en empêchait ; non, ce n'était pas sa raison, la vérité était qu'il ne lui faisait pas confiance, malgré l'envie qu'il en avait et le malaise que cela lui causait. Il fit volte-face et sortit de l'établissement en passant au milieu des enfants qui avançaient nonchalamment vers le point de rassemblement quotidien.

Il retourna prendre sa voiture, roula jusqu'au bout de la rue, traversa l'avenue du 25-Août et se gara sur la place Agiou Dimitriou. Il monta ensuite à pied jusqu'aux Lions, tourna à gauche et entra chez le premier photographe qu'il trouva ouvert. Le propriétaire l'assura que l'agrandissement et le nettoyage qu'il lui demandait seraient prêts le lendemain matin. Le processus prenait du temps, lui expliqua-t-il, il fallait utiliser des filtres spéciaux pour éclairer le visage, enlever les ombres, il verrait ce qu'il réussirait à faire.

Dimos hocha la tête.

– Demain matin, répéta-t-il, avant de tourner les talons.

Il repartit en direction de la place Eleftherias, entra dans un café Internet, commanda un double café grec et s'assit devant le premier ordinateur libre. Une demi-heure plus tard environ, il sortit et marcha d'un pas rapide jusqu'à son hôtel.

La quinquagénaire blonde se trouvait de nouveau à la réception, il lui demanda de préparer sa note et monta dans sa chambre. Là, il rassembla en vitesse ses affaires, ouvrit le tiroir de la table de nuit, en retira l'enveloppe avec les photos et le livre, qu'il mit dans la poche de devant de son sac à dos. Puis il saisit délicatement le petit bocal contenant les vers et le secoua légèrement. Aucune réaction ne se produisit, ils devaient être morts, peu importait ; il mit le flacon dans un petit sac en plastique, chargea l'énorme sac sur son dos, ouvrit la porte et sortit dans le couloir.

– Vous partez, lieutenant Guérès ?

Il tourna la tête en direction de la voix. Depuis le fond du corridor, le lieutenant Alexandrof s'avançait vers lui à pas lents.

Catharsis

Héraklion, dimanche 18 juin 1989

« Tsovolas, donne tout ce que tu as*. » C'est ce slogan qui les avait perdus. Il ne comprenait toujours pas comment Andréas avait pu commettre une telle erreur, tombant dans le piège tendu par Mitsotakis, le leader de la droite, et se laissant entraîner à une telle gabegie. Il avait toujours été comme ça, Papandréou, impulsif. Il lançait une promesse sans réfléchir et ensuite il faisait des pieds et des mains pour la tenir, il voyait une femme qui lui plaisait et mettait tout en œuvre pour la conquérir – une personnalité double, pourrait-on dire. D'un côté, sensé et rigoureux, de l'autre, prêt à tout fiche en l'air pour tirer un coup. Lefteris comprenait ce genre d'homme, peut-être parce qu'il aurait bien voulu avoir la trique, lui aussi, sinon être mené par ça, mais le pays n'était pas une poule qu'on saute en passant et qu'on laisse tomber. Le pays devait aller de l'avant, or Sirmas avait le sentiment que ces trois

* *Phrase célèbre d'Andréas Papandréou adressée à Dimitris Tsovolas, alors ministre de l'Économie, quelques jours avant les élections de 1989 (N.d.l.T.).*

dernières années, ils avaient recommencé à se traîner à reculons, le pays comme lui-même.

Les bureaux de vote allaient fermer dans une heure, cependant les choses n'auguraient rien de bon, la foule qui d'habitude affluait dans les locaux du parti était désormais très clairsemée, les journaux attaquaient le PASOK de toutes parts, y compris ceux qui le soutenaient autrefois avec chaleur, la droite progressait, avec la « catharsis » pour slogan et la figure d'Éphialtès, le Cauchemar, pour archange, les gens étaient désillusionnés. Lefteris lui-même était découragé. Il continuait certes à courir au parti, mais c'était plutôt pour se raccrocher à quelque chose, pour avoir un but l'après-midi et échapper aux disputes avec Aphrodite.

Jusqu'aux élections, s'était-il fixé comme limite, jusqu'aux élections, et ensuite il dirait tout à Dimos et il quitterait tout, la maison comme le parti. Quelques heures encore, le temps de remporter cette victoire collective, et il livrerait son combat personnel.

Cependant il n'avait pas encore eu le temps d'aller voter, retenu dans les bureaux du parti depuis le matin. Il ouvrit sa sacoche et chercha sa carte d'identité, mais elle n'était nulle part. Il poussa un juron – il avait dû l'oublier chez lui. Il sortit précipitamment et se dirigea vers la maison ; s'il la trouvait tout de suite, il arriverait à temps pour voter.

La Yamaha flambant neuve était garée devant la maison. Dans sa main, Héraklis faisait tourner la clé qu'il avait exhibée avec tant de fierté devant son ami quelques jours auparavant, cadeau de son père pour son quinzième anniversaire, pendant que le magnétophone jouait à fond *Foxy Lady* de Jimi Hendrix. Quand le solo de guitare commença, Héraklis convertit la clé en un plectre imaginaire tandis que les doigts de sa main gauche appuyaient sur d'invisibles touches. Dimos était allongé sur le lit, d'humeur morose, comme d'habitude.

– On y va, mon vieux, je te dis que la nana est au poil.

– Et moi, qu'est-ce que je vais faire ? Je vais tenir la chandelle ?

– Mais enfin tu n'écoutes pas ce que je te dis ? Elle a une copine, très belle, blonde, à moi elle ne me plaît pas, mais elle est canon, mon vieux.

Il mit la main dans sa poche-revolver, en sortit un carré en papier d'argent.

– Regarde, j'en ai un pour toi.

Dimos le lui arracha.

– Allez, tu ne l'as quand même pas acheté ?

– Je l'ai piqué dans la table de nuit de mon père.

– Il doit être périmé.

– Non, mon vieux, tout récent, chaque semaine il en a de nouveaux.

– Quoi ? Ne me dis pas que tes parents le font ? Dégueulasse !

– Qu'est-ce que j'en sais, mon vieux, ce qui m'intéresse, c'est de le faire, moi. Allez, on y va. Je te dis, les filles ont dix-sept ans, elle m'a dit qu'elles étaient suisses, moi je lui ai dit que j'avais dix-huit ans et que je passerais ce soir avec la moto, mais elle m'a dit qu'elle serait avec son amie et qu'elle ne pouvait pas la laisser seule, ses parents ont dû insister pour qu'elle l'emmène.

– En quelle langue vous avez parlé ?

– Idiot, en anglais, bien sûr.

– D'accord, mais si c'est un cageot, tu me ramèneras tout de suite.

– O.K.

– Je vais dire à maman que je m'en vais.

Il ouvrit la porte, alla au salon, personne. Il s'approcha de sa chambre, la porte était fermée ; il retourna au salon, détacha une feuille du bloc-notes, écrivit en grandes lettres « Je suis sorti, je reviendrai tard. D. » et retourna dans sa chambre.

– On y va, dit-il au Cowboy, qui répondit par un grognement censé imiter le cri de Hendrix dans *Foxy Lady*.

Les deux garçons sautèrent rapidement par la fenêtre, Dimos tira sommairement le rideau et rabattit le volet, puis ils montèrent sur la moto et se dirigèrent vers l'hôtel Atlantis, où, selon le Cowboy, les filles les attendaient, tandis que Hendrix commençait à raconter l'histoire de ce type qui marchait dans la rue en tenant son arme à la main :

… I am going down to shoot my lady,
You know I caught her messin' 'round with another man…*

* *Paroles de la chanson* Hey Joe *de Jimi Hendrix.*

Lefteris Sirmas arriva chez lui à l'instant précis où la Yamaha blanche tournait dans la rue Georgiou Georgiadi en direction de l'Oasis. Il appela sa femme, personne ne répondit, sans doute était-elle sortie – cela valait mieux. Il entendit la musique qui venait de la chambre de Dimos et se dirigea de ce côté. Il ne voulait pas passer par la maison sans dire un mot à son fils, combien de fois pourrait-il encore lui parler à l'avenir s'il mettait à exécution sa décision de quitter le domicile familial ? Il frappa à la porte, d'abord doucement, puis plus fort. Aucune réponse. Il tourna la poignée et entra, la pièce était vide. Il appuya sur la touche Stop du magnétophone, jeta un regard circulaire et sortit sans fermer la porte. Il retourna au salon – où sa carte d'identité pouvait-elle bien être ? Il ne se rappelait pas quand il l'avait vue pour la dernière fois. Il chercha dans toutes les vestes qu'il trouva, pendues au portemanteau ou posées sur le dos des chaises, sans résultat. Elle devait être dans la chambre, probablement dans la table de nuit ou dans le grand tiroir, au-dessous du miroir. Il fallait qu'il aille voir, il ne lui restait plus qu'une quarantaine de minutes. De toute façon Aphrodite n'était pas là, il ne la dérangerait pas. La porte de la chambre était fermée, il s'arrêta, frappa discrètement, sans recevoir de réponse. Il ouvrit avec précaution, regarda à l'intérieur, Aphrodite était allongée sur le lit et dormait, une boîte de Tavor posée sur la table de nuit à côté d'elle – pourquoi diable prenait-elle ça maintenant, quel besoin avait-elle de ces cochonneries de tranquillisants ? Il s'approcha et lui caressa doucement les cheveux. Elle était encore belle, mais ce n'était plus la femme qu'il avait aimée, son âme avait changé.

Il se dirigea rapidement vers sa propre table de chevet, l'ouvrit et regarda dedans : des papiers, des médicaments, mais pas trace de la carte d'identité. Il fouilla ensuite dans le tiroir en dessous du miroir, il était plein, débordait presque. Le coin de la carte d'identité dépassait, sous une serviette en papier. Il tira vivement la carte et la serviette tomba sur le sol avec un bruit bizarre. Se penchant pour voir ce que c'était, il découvrit un objet en plastique de forme allongée. Ce n'était pas possible. Il le prit et l'examina. Aucun doute, il tenait dans ses mains un test de grossesse positif. À cet instant, il sentit sur lui le regard d'Aphrodite.

La moto s'arrêta brusquement. Ils venaient tout juste de passer la Porte Neuve et descendaient la rue Evans.

– Qu'est-ce qui se passe, mon vieux ?

– J'ai oublié les capotes ! Dans ta chambre.

– On en prendra d'autres.

– Tu y vas ?

– C'est bon, on retourne les chercher.

La Yamaha fit un demi-tour serré et commença à remonter vers le quartier de Mastaba, pour s'arrêter trois minutes plus tard devant la maison de Dimos. Celui-ci sauta du siège arrière, courut dans le jardin, ouvrit le volet et, d'un bond, se trouva dans sa chambre.

La musique s'était arrêtée et il entendait les voix de ses parents. Ils se disputent encore, putain de merde ! Quand est-ce que ça s'arrêtera ? songea-t-il. Le klaxon de la moto retentit, son ami s'impatientait. Il regarda autour de lui, il ne voyait nulle part les préservatifs. Il se pencha, quelque chose brillait sous le lit. Il étendit la main, les attrapa, appuya de nouveau sur la touche Play du magnétophone – « … *Yes, I did, I shot her, / you know I caught her messin' 'round, messin' 'round town*… » puis, sans fermer le volet derrière lui, ressortit et, en trois pas, fut de nouveau à califourchon sur la moto.

VIII. VISION

apparition, hallucination |
être irréel, fantôme
spectre, ombre

1

Les deux hommes étaient assis dans le salon de l'hôtel. Dimos buvait un double café grec sans sucre, Ivan un double expresso avec un peu de sucre et du lait. Ils étaient descendus à l'invitation d'Ivan.

– J'aimerais que nous discutions un peu, avait-il dit, sauf si tu es vraiment trop pressé.

Dimos avait jaugé la situation. Ivan lui avait fait plutôt bonne impression, les quelques fois où il l'avait vu ; il avait aussi pris des renseignements auprès de son seul ami aux services centraux ; « Un bon policier, lui avait dit celui-ci, un peu trop accro au travail, et qui parfois emprunte des voies détournées pour résoudre ses affaires, si tu vois ce que je veux dire. » Guérès voyait tout à fait. Il préférait les collègues qui étaient un peu plus attachés à leur travail qu'il n'aurait fallu, à ceux qui se faisaient graisser la patte pour fermer les yeux et ne pas voir ce qu'ils auraient dû. Peut-être le moustachu pourrait-il l'aider, il avait besoin d'un allié et personne d'autre ne lui venait à l'esprit. Il lui ferait part de certaines des choses qu'il avait découvertes, tout au moins de ce qui était sans rapport avec son histoire familiale.

– On dirait que chaque fois que quelqu'un est tué ces jours-ci à Héraklion, tu es dans les parages. Et pour une raison inconnue, cela arrive souvent, ces derniers temps.

Dimos regarda sa tasse de café, il lui sembla voir se former une figure sur le bord, il regarda plus attentivement, cela ressemblait à une tête de mort. Il remua la tasse, le café recouvrit temporairement l'image, mais lorsqu'il se retira, la forme réapparut. Qui a dit que les cauchemars disparaissent avec la première lueur du jour ? Ils sont toujours là, tapis dans l'ombre, attendant le moment où le soleil se sera couché pour se manifester de nouveau.

– Que veux-tu dire ?

– J'ai parlé avec ton ami, Godzilla. Il m'a dit que vous étiez allés ensemble voir Fountoulizakis.

– Ce n'est pas mon ami. Et qui est ce Fountoulizakis ?

– Un homme avec le crâne brisé et une vénération pour les forces spéciales.

– Ah ! celui-là. Je ne connaissais pas son nom.

– Non ? Mais tu savais qu'il allait mourir ?

Dimos but une gorgée de café, posa la tasse sur la table, contracta les muscles de son dos, les relâcha, respira profondément ; il n'allait pas se laisser entraîner par les remarques ironiques d'Alexandrof.

– Ça non plus je ne le savais pas. Je me suis trouvé là-bas par hasard.

– C'est un drôle d'endroit où se trouver par hasard. Pourquoi est-ce que moi je ne m'y trouve jamais ?

– Écoute, je vais t'expliquer.

– Vas-y. Et j'espère que l'histoire sera bonne.

Dimos lui parla de l'enquête qu'il avait faite, de sa visite au lupanar, de la mère maquerelle et du fou aux vers, évitant de mentionner ce qui avait trait à son père et à la photographie qu'il avait découverte.

Ivan se figea. Il sortit de sa poche la photo du mendiant mort.

– C'est lui ?

Dimos la regarda.

– Non, mais je crois que je les avais vus ensemble.

Il posa sur la table le sac en plastique, d'où il sortit le petit bocal. Une grimace de dégoût se forma sur le visage d'Ivan. Guérès ouvrit son sac à dos et en sortit quelques papiers.

– Tu sais que maintenant on peut tout trouver sur Internet. Des vers ? Non, c'est tout à fait désobligeant. Ce sont des larves. Les larves du *Rhynchophorus ferrugineus*, communément appelé « scarabée rouge » ou « charançon du palmier ». Ça ne te rappelle rien ?

Ivan se frottait les tempes avec ses pouces.

– Tu veux dire que ce fou dont tu parles les a tous tués ?

– Je ne sais pas, mais tous les indices conduisent à lui. Personne n'a peur de lui, il fait rire les prostituées, les trafiquants de drogue l'utilisent comme revendeur, il coche toutes les cases, ou je me trompe ?

– Non, mais je trouve ça louche. Un mendiant fou assassin ? Facile.

– Tu sais que ce type, il y a quelques années, était un père de famille considéré ? Et maintenant il est à la rue.

Ivan sourit ironiquement.

– Encore une victime de la crise. Ça ferait un beau titre en première page : « Rendu fou par la crise, il châtie les prostituées et les trafiquants de drogue ». C'est un peu l'impression que ça me donne. Regarde les morts. Sais-tu que, à l'exception du père de la première femme assassinée, personne ne s'est intéressé aux victimes ? Comme si elles n'avaient jamais existé, comme si elles étaient des ombres ayant disparu à la tombée de la nuit.

Dimos se frotta machinalement le nez et haussa les épaules. Ivan avait raison, c'était trop commode que ce type soit le meurtrier, lui non plus n'y croyait pas, mais tous les indices convergeaient vers lui. Un cinglé qui pouvait circuler un peu partout sans que personne y prête attention.

– Personne ne s'intéressera non plus à lui, si tu l'attrapes. C'est ça qui t'embête ? De toute façon, nous sommes tous des ombres, qui reste quand tombe la nuit ?

Ivan but une grande gorgée de café. Dimos toussota.

– Écoute. Trouve le type dont je te parle. Je crois qu'il s'appelle Aristotelis. La taulière du bordel où travaillait Santalos le connaît bien. Si j'ai raison, tu as ton meurtrier, si je me trompe, c'est lui qui sera la prochaine victime, et le mort trouvé place Agiou Titou a été tué par erreur. Et puis vérifie ce numéro.

Il sortit un bout de papier de sa poche et le lui donna. Ivan le regarda, le numéro ne lui parut pas inconnu.

– Qu'est-ce que c'est ?

– Le dernier appel qu'a reçu Yvonne Paphitis, le soir même où elle a été tuée.

– Je continue à ne pas te faire confiance. Je vais attraper ton fou, mais je vais te surveiller. Et arrange-toi pour retrouver l'autre dingue, ton ami, Vatalos.

Il n'est pas mon ami, faillit dire de nouveau Dimos, mais il se ravisa, la phrase lui parut trop grave pour sortir de sa bouche.

– Donne-moi ton téléphone et note le mien. Peut-être auras-tu besoin de moi, ou moi de toi.

Ivan écrivit son numéro sur un papier et le tendit à Dimos.

– Appelle-moi pour que j'enregistre le tien.

Il regarda sa montre, il était déjà dix heures, il fallait qu'il se dépêche, il avait pas mal de choses à faire encore s'il voulait être à trois heures aux obsèques de la femme de Kouliarakis, la maman de Clio. Elles devaient avoir lieu dans un village aux environs d'Héraklion, ainsi qu'il l'avait lu sur le faire-part affiché dans la rue à proximité du domicile de son collègue. Il était passé dans le quartier sans avoir encore décidé s'il allait ou non lui rendre visite et là, sur l'annonce punaisée à un poteau électrique, il avait vu le visage de la morte. C'était une photographie ancienne sur laquelle elle ressemblait tellement à Clio qu'Ivan en avait été sidéré. À cet instant, il avait compris qu'il était incapable de participer à la veillée funèbre, il prétexterait ses obligations professionnelles, en revanche il irait à l'enterrement, il ne pouvait s'en abstenir, tout le monde se formaliserait de son absence ; peut-être serait-ce aussi une bonne chose qu'elle le voie, toutefois il n'en était pas sûr. Il ne savait pas ce qu'elle dirait mais, en même temps, il ne voulait pas partir sans lui parler une dernière fois et, de toute façon, il ne pouvait pas la laisser tomber, étant donné l'état dans lequel elle était. Son téléphone sonna, il regarda l'écran, c'était le bureau. Il sortit un billet de cinq euros qu'il jeta sur la table, sans se préoccuper de la réaction de Guérès, puis s'éloigna à grands pas tout en répondant à l'appel.

2

Il mit son sac à dos dans la malle de la voiture qu'il verrouilla. Il était onze heures, aurait-il le temps d'aller au CHUH, le Centre hospitalier universitaire d'Héraklion, et d'être rentré à deux heures, pour attraper Angie avant qu'elle ne quitte le collège ? C'était peut-être son unique chance ; Anghelos lui avait dit de venir sans tarder, Sophie s'était réveillée et, dès qu'il l'avait informée de sa visite, avait tout de suite demandé à le voir.

– Avant que Charon ne m'emporte, avait-elle dit à son frère, et Dimos avait songé au combat inégal qu'elle devait mener contre le temps.

Il démarra, le moteur gémit puis la voiture se mit à descendre vers la mer au milieu des bâtiments malpropres du centre et des véhicules garés en double file. Il tourna à gauche en direction du secteur de Karavolas, vit à sa droite le stade Pankritio et, arrivé à Giofyro, continua tout droit vers Mirès. La circulation était dense, les voitures formaient une queue gigantesque qui avançait difficilement et, au prix de beaucoup d'énervement, des conducteurs essayaient de gagner du temps en se faufilant à droite et à gauche. L'*Antilexikon* consacrait un chapitre entier, le douzième, au mot « circulation ». *Circulation [changement de place]*. –amortie, –ralentie, –accélérée, il ne savait quel terme correspondait à sa situation, peut-être fallait-il chercher à l'extrême opposé, paralysie, pétrification. Oui, ça lui plaisait bien, la pétrification, ça lui rappelait l'histoire de cette femme qui s'était changée en statue de sel et avait ainsi connu une mort sans gloire.

La Hyundai atteignit le feu, tourna à gauche et, au bout de cinq minutes, arriva au CHUH. L'hôpital était sans doute de garde car il y avait là aussi une queue gigantesque. Dimos tourna un moment, cherchant désespérément à se garer et finit par trouver une place à trois cents mètres de l'entrée environ. Il était midi moins vingt quand il réussit à rejoindre le pavillon des cancéreux.

Anghelos se tenait debout dans le hall, le dos appuyé contre le mur, immobile au milieu d'un véritable tohu-bohu : des médecins et des infirmières passaient devant lui, entraient dans les chambres, en ressortaient, des voix les appelaient de toutes parts. Quand Dimos lui posa la main sur l'épaule, l'homme ouvrit les yeux et sourit timidement.

– Comment va-t-elle ?

– Viens, elle t'attend.

Il entra dans la chambre, suivi avec hésitation par Guérès ; à l'intérieur il y avait quatre lits. Une femme était étendue sur celui qui était le plus proche de la fenêtre, à droite. Les yeux mi-clos, le visage émacié, les cheveux blancs clairsemés, elle respirait à travers un masque à oxygène. Rien en elle ne rappelait plus la femme dynamique qui avait été la meilleure amie d'Aphrodite Guérès. Lorsqu'elle prit conscience de la présence de son frère, elle souleva légèrement la tête et la tourna avec difficulté vers Dimos. Ses yeux brillaient encore. À côté d'elle était assise Melissanthi qui, dès qu'elle vit Dimos, se leva et sortit discrètement.

Sophie ôta le masque, sourit avec une grimace de douleur et lui fit signe d'approcher. Obéissant, il s'assit sur la chaise que la jeune fille avait libérée et prit la main de la femme.

– Un vrai homme, fit-elle d'une voix lointaine et enrouée.

Il était évident que parler lui demandait un gros effort.

– Madame Sophie.

– Madame ? C'est parce que je suis vieille que je suis devenue madame, ou parce que je meurs ?

– Bon, Sophie.

– Si ta mère pouvait te voir. Je ne peux toujours pas croire qu'elle est partie.

Dimos ravala un sanglot, non pas tant à cause du souvenir d'Aphrodite, qu'en raison de la vie qui quittait le corps de la femme étendue devant lui, sans que rien ne puisse la retenir.

– Parle, pose-moi tes questions, je n'ai pas beaucoup de temps.

– Ne dis pas ça.

– Demande, je te dis.

– Pourquoi maman m'a-t-elle offert l'*Antilexikon* ? Pourquoi avez-vous toutes les deux souligné le mot « ombre » ?

Sophie rit, pour autant qu'elle en avait encore la force, et se mit à parler, lentement, avec de nombreuses pauses. Elle évoqua ses études de psychologie en France et la théorie de Jung sur l'ombre. Elle lui expliqua que, selon Jung, chaque être humain porte en lui son antagoniste, un double inversé. Quand elle était revenue en Grèce, elle en avait parlé à Aphrodite, qui avait partagé son enthousiasme. Les deux amies étaient ainsi convaincues qu'elles pouvaient justifier à leurs propres yeux les mauvaises pulsions qui leur venaient de temps à autre. À la même époque, elles avaient découvert qu'à côté du double antagoniste, il existait un *Antilexikon*, un dictionnaire qui définissait chaque terme à travers ses divers emplois, mais aussi à travers les emplois de ses antonymes. Le premier mot qu'elles avaient cherché était, naturellement, « ombre ».

Sophie toussa faiblement et reprit péniblement son souffle. Guérès avait l'impression d'entendre l'air pénétrer avec difficulté dans les alvéoles de ses poumons.

– Ce qui m'avait le plus frappée était l'expression « tache morale ». C'était exactement cela, c'est à cela que nous tentions d'échapper, sans jamais y parvenir.

Sa voix se cassa, on entendit un sifflement puis elle remit le masque sur son visage. Guérès essayait d'appréhender ce qu'il venait d'entendre. « Tache morale », était-ce cela qui hantait sa vie, ou sa propre relation à l'ombre était-elle différente, relevant plutôt de la confusion, ou encore de cette morosité qui le caractérisait généralement ?

La femme enleva le masque de son visage.

– Et maman ? Quelle était sa tache morale ? Quel secret me cachait-elle ?

Sophie porta sa main à son front et se couvrit les yeux, sa respiration était difficile.

– Il y a des secrets qu'il vaut mieux oublier.

– Je t'en prie, il faut que je sache. Je ne pourrai jamais comprendre si je ne sais pas.

La malade découvrit son visage, tourna les yeux vers Dimos ; son regard était terni, comme si un rideau était tombé entre ses pupilles et ses paupières, un rideau qui s'épaissirait de plus en plus, jusqu'à la plonger dans l'obscurité complète.

– Quand elle est morte, elle était enceinte. L'enfant n'était pas de Sirmas.

Vol à basse altitude

Chypre, dimanche 21 juillet 1974-
Héraklion, mercredi 24 juillet 1974

On n'entendait que le vrombissement des moteurs de l'avion, à l'intérieur personne ne parlait, l'enthousiasme s'était dissipé et tous attendaient avec angoisse le moment où ils atterriraient. Ils volaient très bas, souvent la surface de la mer apparaissait dans les hublots, on avait l'impression qu'en les ouvrant on aurait pu plonger dans l'eau sans se faire mal. C'étaient les ordres ; ils devaient prendre plein sud, survoler Tymbaki et poursuivre ensuite leur vol aussi bas que possible, en mode silence radio, jusqu'à l'aérodrome de Nicosie.

Plus d'une heure et demie s'était écoulée et Sirmas gardait les yeux fixés sur ses godillots. Assis en face de lui, Aris se frottait les mains. Les deux hommes échangèrent un bref regard et secouèrent la tête pour s'encourager. Aris se leva, fit un signe à l'homme assis à côté de Lefteris et prit sa place. Il sortit de sa poche une petite boîte métallique, l'ouvrit et en montra discrètement le contenu à son compagnon. Celui-ci y jeta un coup d'œil et frissonna – comment Sykoulakis pouvait-il encore croire à cette histoire délirante ? N'avait-il donc rien appris, durant toutes ces années ? À l'intérieur, il y avait trois balles et trois grands scarabées noirs. Aris referma brusquement le couvercle et mit la boîte dans la poche de sa vareuse.

– Pour les trois premiers. Après j'en trouverai des chypriotes.

Sirmas se rappela la photographie avec la mystérieuse légende au dos, qu'il avait reçue un mois après sa libération ; pas de nom d'expéditeur, ce devait être l'un des deux autres qui l'avait envoyée. Après avoir parlé avec chacun d'eux, il était arrivé à la conclusion que le responsable devait être Sykoulakis, Ajax ayant plutôt l'air désireux d'effacer ce passé. Il se tourna vers lui, se préparant à lui poser directement la question, lorsqu'une lumière aveuglante éclaira tout à coup le ciel. Lefteris essaya de regarder dehors, par le hublot. Des éclairs remplissaient son champ optique, des voix provenaient du poste de pilotage. Un bruit sec, métallique, retentit, puis des cris retentirent à l'avant :

– Ils nous tirent dessus !

Les déflagrations et les explosions se multipliaient autour d'eux, Sirmas se mit debout et cria aux autres de faire de même afin de diminuer leur surface au sol et le risque d'être atteints par les balles. Il se sentait impuissant, emprisonné comme un oiseau dans une cage suspendue en l'air que des enfants bombarderaient à coups de lance-pierres. Il chercha du regard des parachutes, il n'y en avait nulle part. Soudain, un cri se fit entendre, un soldat était tombé ; Lefteris fut auprès de lui en deux enjambées, du sang coulait de sa jambe gauche, juste au-dessus de la cheville. Il l'aida à se relever et à s'asseoir. Au moment où il se redressait, il ressentit une violente secousse et fut projeté à terre. Étourdi, il regarda autour de lui, à l'arrière du fuselage il y avait un trou assez grand pour y faire passer un corps entier. Les autres soldats s'étaient collés aux parois, tandis que certains étaient au sol, comme lui. Tout près de la déchirure gisait Karavoskakis. Lefteris se releva et parvint en titubant jusqu'à son compagnon. Il se pencha sur lui, le sang jaillissait d'un trou situé un peu en dessous de la clavicule gauche. Il saisit le colosse par les épaules, tenta de le redresser, l'homme serra les dents, son épaisse moustache était pleine de sang.

– Sergent, je suis mort.

– Puisque tu me parles, tu n'es pas mort. Je ne te laisserai pas, ce n'est pas ce que tu m'as dit ?

Le nez de l'appareil commença à piquer vers le sol, Sirmas serra la main de Karavoskakis et colla sa tête contre la sienne ; il avait les oreilles bouchées, il n'entendait qu'un bourdonnement continu, comme s'il était environné d'abeilles. Puis le Noratlas toucha brutalement le sol, le fuselage fut ébranlé, des objets roulèrent par terre, l'avion se traîna sur la piste avant de s'arrêter progressivement. La porte s'ouvrit et les cris parvinrent de nouveau à ses oreilles :

– Descendez vite ! Descendez !

Il décolla sa tête de l'homme étendu au sol.

– Ménélaos, on a réussi ! lui cria-t-il.

Un faible sourire se forma sur le visage de Karavoskakis, ses yeux brillèrent un instant puis s'éteignirent pour toujours. Lefteris lâcha la main du mort, s'appuya sur le sol et se leva avec difficulté. Il tenta de faire un pas vers la sortie, mais sentit une vive douleur au bas-ventre, qui le fit se plier en deux. Devant lui se trouvait la boîte métallique d'Aris, couverte de sang. Il tendit la main, la prit et la mit dans sa poche. Son regard suivit le filet de sang qui coulait par terre, il arrivait à ses pieds et montait ensuite depuis son mollet jusqu'à l'intérieur de sa cuisse, près de l'aine il disparaissait dans son pantalon, c'est de là que venait le flux. Il prit une profonde inspiration et perdit connaissance.

Il se réveilla à l'hôpital. Il avait une perfusion dans le bras droit et ne ressentait aucune douleur. Il faisait clair, mais il ne savait pas quel jour on était ni dans quel hôpital il se trouvait, il identifiait simplement l'endroit aux lits blancs, aux murs et au silence. Sa première pensée fut pour Aphrodite, la grossesse et l'enfant qu'il ne verrait peut-être jamais, la seconde fut pour Karavoskakis, mais il n'alla pas au-delà, une infirmière lui planta une aiguille dans le bras gauche et il se rendormit. La dernière chose qu'il vit fut la petite boîte métallique sur la table de nuit à côté de lui.

Lorsqu'il se réveilla, il faisait de nouveau jour ; il sentit une vive douleur entre les jambes, essaya de se redresser, c'était impossible, une infirmière s'approcha de lui et lui sourit.

– Tu as mal ?

Il fit signe que oui, elle lui donna un comprimé et un verre d'eau ; de la lumière entrait par les fenêtres ouvertes, et aussi de la chaleur. Juillet, beau mois pour mourir, comme dirait le poète, mais lui resta en vie et se réveilla le lendemain, se sentant un peu plus fort. Sa tête était claire et il avait faim, il réussit à se redresser, regarda autour de lui. La chambre était vide, sur un siège près de son lit il vit un journal. Il le prit et lut le gros titre en première page : « PREMIER PAS VERS LA LIBERTÉ », puis, plus bas, en lettres plus petites : « Le gouvernement de Konstantinos Karamanlis ». Le journal était l'*Athinaïki*, daté du 24 juillet 1974. Il a fallu que meurent tant de gens pour qu'ils le ramènent comme un sauveur, songea-t-il en laissant tomber le journal, tandis qu'entrait dans la chambre un groupe de médecins, parmi lesquels Lefteris reconnut Ajax Vatalos. Celui qui marchait en tête, un homme mince, avec une couronne de cheveux gris et des petites lunettes rondes, lui adressa la parole :

– Comment allons-nous ?

– Ça va. Je vais guérir ?

Le médecin tourna la tête, fit signe aux autres de sortir ; le cœur de Lefteris se serra, son regard rencontra celui de Vatalos, qui détourna rapidement les yeux. La chambre se vida, l'homme aux cheveux gris s'assit sur la chaise à côté de lui.

– Vous allez vous rétablir, mais, malheureusement, vous garderez une lésion permanente là où vous avez été blessé…

3

Il était une heure. L'automobile, garée en plein soleil, était brûlante. Dimos avait la tête appuyée sur le volant, les yeux fermés. Une grossesse, un enfant qui n'était pas de son père. Sophie avait été catégorique : après sa blessure à Chypre, Lefteris était resté impuissant. Au début, on lui avait dit que, peut-être, avec un traitement, il se rétablirait partiellement, mais ces espoirs s'étaient révélés vains. Aphrodite l'avait confié à Sophie un mois après son retour de Paris. Elle en avait été très troublée.

– Qu'est-ce que tu vas faire, alors ? lui avait-elle demandé.

– Je vais rester à ses côtés, je l'aime, nous venons d'avoir un bébé.

– Et tes besoins physiques ?

– Je les réfrénerai.

Ils avaient déjà décidé d'appeler Dimokratis l'enfant tout juste né – « dans l'espoir que la démocratie arrive véritablement un jour dans ce pays ». Aphrodite aimait follement son fils et pensait que cela lui suffirait pour toujours.

– Il m'a dit de faire ce que je voulais, qu'il me comprendrait, je ne vais pas l'abandonner maintenant.

Elle ne l'abandonna pas alors, ni plus tard, cependant, à un moment donné – Sophie ne savait pas exactement quand, elle ne l'apprit que lorsque son amie était déjà enceinte – Aphrodite n'avait pas réussi à contrôler son corps, l'ombre avait pris le dessus. Dimos était grand désormais, Lefteris passait beaucoup de temps au parti, ses sens réclamaient satisfaction et elle avait cédé. C'est l'expression qu'avait employée Sophie, « elle avait cédé ». Comme Dimos lui demandait si quelqu'un d'autre était au courant, son père en particulier, Sophie l'assura qu'elle était la seule à le savoir. Aphrodite voulait d'abord en parler au responsable et ensuite à Lefteris. Dimos insista pour qu'elle lui révèle le nom de l'homme avec qui sa mère avait eu une liaison, mais Sophie n'en dit pas plus, arguant du fait qu'elle était épuisée, elle remit le masque sur sa bouche et ne l'enleva plus. Anghelos, qui suivait discrètement la scène depuis la porte, s'avança vers elle, vérifia l'écran de l'appareil, son pouls avait baissé, il demanda à Guérès d'aller appeler un médecin et s'assit à côté de sa sœur en lui tenant la main.

Dimos sortit dans le couloir, pas de médecin en vue, il alla dans le bureau de l'infirmière en chef, personne là non plus, dans les chambres voisines, le peu de personnel présent était occupé, enfin il avisa une infirmière qui courait dans le couloir et l'arrêta.

– Je vous en prie, nous avons besoin d'aide, la malade a un problème.

– Quelle chambre ?

– Dix.

– Dans une minute.

Il retourna dans la chambre, Melissanthi, qui entre-temps était allée boire un café, était aussi de retour, leurs regards se croisèrent, il voulut s'excuser, mais c'était inutile, personne ne le blâmait, le masque dissimulait le visage de Sophie, son frère lui lança un regard désespéré.

– Ils vont venir.

– Oui, oui, murmura Anghelos.

Le médecin entra, jeta un coup d'œil à l'appareil. « Je ne peux rien faire, laissez-la se reposer, je ne peux que l'empêcher de souffrir », dit-il, puis il lui injecta un analgésique en intraveineuse et repartit en courant pour une autre chambre.

Dimos remercia Anghelos, s'excusa pour le dérangement, lui souhaita bon courage, phrase parfaitement ridicule, il en eut conscience, et s'engagea dans l'escalier. À l'étage inférieur, il croisa un brancardier qui poussait une civière sur laquelle était étendu un géant. Il avait un bandage sur la tête et une minerve autour du cou : Dimos, qui avait reconnu le visage de Mitsos Drimiskianakis, tourna la tête vers le mur et continua de descendre.

Il se retrouva à errer dans l'enceinte de l'hôpital, au milieu des voitures garées, des gens qui fumaient, des malades qui attendaient, l'air égaré, de guérir pour pouvoir quitter cet endroit et retourner à leurs problèmes quotidiens. Vingt-trois ans après, il avait enfin l'explication des disputes qui avaient conduit à la mort de sa mère. Quand son père l'avait-il appris ?

À combien de mois de grossesse en était-elle lorsqu'elle était morte ? Dimos n'avait pas souvenir que son corps ait changé – son comportement, oui, crises de nerfs, pleurs, il avait attribué tout ça à leurs querelles et en avait rendu Lefteris responsable. Son père n'avait jamais critiqué Aphrodite, il fallait le reconnaître, il avait vécu ce drame tout seul, mais était-ce possible ? Non, il était impossible que sa mère, qu'il adorait, ait fait une chose pareille. D'un autre côté, comment une femme privée de vie sexuelle à l'âge de vingt-deux ans peut-elle résister ? Il le comprenait, mais il lui était difficile de l'accepter. Il songea à Angie, n'était-ce pas précisément ce qu'il faisait avec elle ? Elle était mariée, avec deux enfants, il se souvint tout à coup avec frayeur que lors de leurs deux rendez-vous il n'avait pas utilisé de préservatif – que se passerait-il si elle s'était trompée et se retrouvait enceinte ? Ses enfants vivraient-ils la même histoire que lui ?

Sans s'en rendre compte, il arriva à sa voiture, mit le moteur en marche, son mugissement le ramena un peu à la réalité. Il avait un goût amer dans la bouche. Pour le faire passer, il baissa la vitre et cracha, mais l'amertume persista. Il enleva le frein à main et prit de nouveau la route vers Héraklion. Il conduisit mécaniquement jusqu'au centre, frôlant l'accident à deux reprises, se gara au port sur un emplacement interdit et monta vers le collège. Quand la dernière sonnerie retentit, il se trouvait de nouveau dans le petit parc, en face de la porte principale.

L'établissement se vidait rapidement. Les enfants déferlèrent en premier, puis ce fut le tour des professeurs.

Il attendait, le regard fixé sur les gens qui sortaient, la foule s'éclaircissait peu à peu, au bout d'un quart d'heure il n'y avait plus que quelques personnes isolées qui passaient, enfin, une demi-heure après, le gardien entreprit de fermer la porte. Dimos bondit de son banc et traversa la rue, au mépris des coups de klaxon et des cris d'un conducteur dont la voiture avait failli le renverser.

– Excusez-moi !

Le gardien se tourna vers lui.

– Oui ?

– Mme Vatalos ? Elle est partie ?

– La professeur de grec ? Ça fait un bon moment qu'elle est partie, oui.

Dimos jura intérieurement, fit demi-tour et se mit à descendre vers le port. Elle l'avait grugé, une fois de plus il s'était montré crédule, la prochaine fois elle ne lui échapperait pas, il la coincerait tôt le matin et ne la laisserait pas entrer si elle ne lui disait pas tout ce qu'elle savait. Au moment où il passait devant le Mégaron, son téléphone sonna. Il regarda l'écran, ne reconnut pas le numéro, mais cela venait d'Héraklion, il accepta l'appel.

– Oui ?

– C'est moi.

– Où es-tu ? J'arrive du collège.

– Je t'expliquerai de vive voix. Viens au café Veneto.

– Où est-ce ?

– Juste après l'hôtel Lato, tu sais ?

Dimos se rappela l'hôtel après le Laboratoire national de chimie, en face de l'Hilaeira, un autre hôtel sur le roof-garden duquel ils allaient quelquefois l'été, lorsqu'ils étaient adolescents, pour boire une bière. Certains allaient aussi au Lato, mais pas lui ni sa bande, ils le trouvaient trop bourgeois.

Il y fut en deux minutes. L'hôtel avait été rénové, à présent l'enseigne indiquait Lato Boutique Hotel. Il leva la tête, il ne lui paraissait plus aussi haut qu'autrefois, combien d'étages avait-il, en fait ? Il le dépassa, arriva au Veneto, monta les marches et la vit assise à une table au fond. Elle fumait à petites bouffées rapides, les bras enroulés autour du corps, comme si elle avait froid. Il s'approcha à pas lents, regardant autour de lui, tandis qu'elle levait la tête en souriant, derrière ses lunettes sombres qui cachaient ses yeux et dissimulaient la marque du coup. Il s'assit en face d'elle, elle tendit la main et lui caressa légèrement le bras. Le contact ne dura que quelques secondes mais Guérès sentit son corps frissonner, sa queue se durcir et son cerveau s'obscurcir. Il voulait la prendre, cette fois-ci avec haine, lui faire regretter ses mensonges, l'obliger à lui demander pardon à quatre pattes et à lui dire toute la vérité. Un vers de Cavafis lui vint tout à coup à l'esprit, « *Corps, souviens-toi**… », mais lui justement ne voulait pas que son corps se souvienne, il voulait au contraire qu'il oublie et le plaisir et la douleur ; pourquoi ne pouvait-il, une fois au moins, le maîtriser ?

* *Constantin Cavafis (1863-1933), « Corps, souviens-toi… »,* Poèmes, *traduction du grec par Marguerite Yourcenar et Constantin Dimaras, Poésie/Gallimard, p. 147.*

– Tu vas bien ? lui demanda-t-elle.

Il ne répondit pas, haussant simplement les épaules et se frottant le nez.

– Tu fais la tête ?

Son ton était sérieux, sans minauderie.

– Qui trompe l'autre ?

– Moi, en tout cas, je ne te trompe pas.

– Tu veux dire que c'est moi qui te trompe ? Ce n'est pas moi qui ai fait comme si je n'entendais pas la sonnerie, et je n'ai pas menti sur mon heure de sortie du collège.

– Tu as raison, mon cher. Mais tu vas comprendre.

– Quand ? Tu vas me le dire maintenant. Je ne partirai pas d'ici tant que je n'aurai pas appris la vérité.

– Kaitie t'expliquera ça bien mieux.

– Kaitie ? Où est-elle ?

– Viens avec moi.

Angie se leva, écrasa sa cigarette dans le cendrier, rajusta ses vêtements et se dirigea vers l'escalier qui conduisait à la rue, Guérès sur ses talons. Une fois en bas, ils tournèrent à gauche, firent quelques pas puis traversèrent en direction de l'établissement qui faisait face au Lato. C'était l'ancien hôtel Hilaeira, qui avait été rénové et rebaptisé – Hotel Blue Rose, lut Dimos sur l'enseigne. « Rose bleue », ce nom était plus compréhensible que le précédent, néanmoins il lui parut étranger. Au fait, se demanda-t-il pour la première fois, que signifie « Hilaeira » ? Ils entrèrent, le réceptionniste salua Antigone, qui lui rendit son salut et appuya sur le bouton d'appel de l'ascenseur.

4

Ivan accéléra, il était déjà quatre heures, il était en retard pour les obsèques. Il se demanda si on pouvait vraiment dire ça, la phrase « je suis en retard pour les obsèques » lui parut ridicule, puisqu'elle ne s'adresse à aucun destinataire direct, le mort n'attend rien, le sentiment de la non-attente étant même la seule chose qui lui reste. Quant à lui, quoique vivant, qu'attendait-il donc ? Qu'est-ce qui pourrait remplir le vide qu'il sentait en lui, sinon acquérir la capacité de continuer sans attendre quoi que ce soit.

Il y avait beaucoup de circulation sur la route, surtout des pick-up agricoles qui, soit roulaient à une vitesse folle, soit se traînaient au ralenti. Dans tous les cas cependant ils occupaient le milieu de la route, leurs conducteurs considérant toute tentative de les doubler comme une offense majeure.

Il dépassa le panneau criblé d'impacts de balles sur lequel le nom du village ne se distinguait plus qu'avec peine, et arriva sur la place où se trouvait l'église principale. Une foule de gens affluait pour un dernier adieu à la femme de Kouliarakis. Mme Efthymia, ainsi qu'il l'avait lu sur l'avis de décès. Chronis ne prononçait jamais son nom. Il l'appelait toujours « la patronne », sans pour autant paraître souffrir d'un complexe d'infériorité à son égard. Il le vit de loin entrer dans l'église à côté du cercueil, le bras tendu vers le coffre noir, pas pour le soulever, plutôt comme s'il tenait la main de quelqu'un, celle de son épouse bien-aimée.

Ivan chercha Clio du regard mais ne la trouva pas, il y avait bien sûr beaucoup de monde, peut-être se trouvait-elle dans les bras de quelque parent, ou perdue dans la foule. Il regarda autour de lui avec inquiétude, il n'avait aucune envie de la voir surgir tout à coup à côté de lui, l'obligeant à se livrer à des marques de sympathie et à jouer le rôle du proche affligé. Il n'allait jamais aux enterrements, se sentant horriblement gêné devant les parents effondrés de douleur et ne sachant que leur dire – aucune parole ne ramènerait le mort au monde, ni n'adoucirait leur peine. Les rares fois où il était contraint d'assister à ce genre de cérémonie, il se tenait loin et n'allait pas présenter ses condoléances, se contentant d'un signe de tête exprimant son soutien, si son regard croisait par hasard celui de la personne en deuil. Ce jour-là cependant, il souhaitait faire une exception, se tenir près du cercueil et serrer la main de son collègue.

Il descendit de moto et traversa le parvis de l'église d'un pas rapide ; le pope avait déjà commencé les psalmodies. Jouant des coudes et s'excusant, il réussit à arriver devant et regarda le visage de la morte. Elle avait une expression de sérénité, ses joues, quoique creuses, étaient détendues, le front était lisse, on ne lisait pas dans ses traits l'angoisse de la fin qu'il avait vue sur d'autres cadavres. À côté d'elle, Kouliarakis semblait penser à quelque chose, ses lèvres remuaient un peu et s'entrouvraient, comme s'il soliloquait. Il s'approcha davantage, se tint tout près de lui, il lui parut alors percevoir une mélodie – Chronis disait adieu à sa femme en lui chantant une chanson. Ivan fit quelques pas en arrière, se dissimula dans la foule et l'observa durant toute la cérémonie. En même temps, son cerveau essayait d'écarter l'image de Clio morte que faisait naître dans sa pensée sa ressemblance incroyable avec sa mère. Il contemplait son collègue qui, quoique calme en apparence, lui donnait l'impression de s'être désincarné, comme si son esprit était parti en voyage avec la défunte ; cela n'avait pas de sens de lui parler, il n'était pas là. Lorsque le pope prononça la formule « venez donner le dernier baiser », Chronis s'avança à pas lents vers le cercueil et colla ses lèvres sur celles de sa femme, dans le silence général. Ivan réussit alors à distinguer Clio assise sur une chaise, derrière le cercueil, le regard fixé au sol. Ensuite, Kouliarakis se redressa – il parut tout à coup gigantesque à Ivan – recula, croisa les bras et resta immobile pendant tout le temps où les membres de l'assistance défilèrent près du cercueil pour faire leurs adieux à la morte.

Ivan ne suivit pas le cortège funèbre jusqu'au cimetière. Il s'assit un moment dans un café en face de l'église, but un frappé légèrement sucré et enfourcha de nouveau sa moto. Il n'avait plus rien à faire là, personne ne semblait avoir besoin de sa présence, et de toute façon l'heure était venue de contrôler si les informations que Jimy lui avait données un peu plus tôt par téléphone étaient véridiques. Le puissant homme de la nuit avait tenu parole. Au début, il avait été surpris par tout ce que lui révélait Ivan. Il ne connaissait pas les deux filles assassinées et ne s'en souciait pas, mais dès qu'il apprit qu'une des siennes avait disparu depuis trois mois, il devint fou furieux. Maritsa était en très mauvaise posture, même s'il continuait à percevoir le pourcentage de Lila.

– Le problème, ce n'est pas l'argent. Mais tout le monde ne peut pas faire ce qui lui plaît. À partir de maintenant, mes gars vont la chercher jour et nuit.

Alexandrof lui avait aussi parlé de Godzilla.

– Des crétins, des amateurs, ils croient qu'ils peuvent tout à coup tout contrôler, mais ce travail exige de l'expérience, n'importe quel pékin ne peut pas le faire. Je savais que c'était un abruti, mais pas à ce point. Dommage, parce qu'il a une famille.

Jimy l'avait appelé à trois heures. À cinq heures et quart, Ivan garait sa moto devant l'impressionnante entrée en verre du centre de fécondation « Fertilité de Crète ». Il franchit la porte automatique et s'avança vers le guichet derrière lequel était assise une blonde aux cheveux crêpés bouffants, dont le visage rouge et rond brillait comme si on l'avait passé au papier de verre. Suivant les instructions qu'on lui avait données, il demanda à voir Mme Jenny Plagiokopakis. Cinq minutes plus tard, il se trouvait devant une quadragénaire brune de très haute taille, corpulente, avec des cheveux teints en noir aile de corbeau, des lèvres gonflées et une poitrine plus gonflée encore.

– M. Papadakis m'envoie pour une procuration, lui déclara-t-il, toujours selon les instructions reçues, et la brune lui dit de la suivre d'une voix mièvre.

Ils parcoururent sans un mot un long couloir éclairé, tournèrent à gauche et entrèrent dans un petit bureau. Mme Jenny ferma la porte derrière elle.

– J'ai été prévenue de votre visite.

Sa voix était tout à coup devenue très grave.

– J'ai été obligée de changer ma voix pour qu'ils m'embauchent, elle produisait un effet déplorable sur les clientes potentielles, expliqua-t-elle devant son regard étonné.

Ivan dit qu'il comprenait, sortit les photographies des deux filles mortes et les montra à la femme. Celle-ci les prit et les regarda.

– Je risque de perdre ma place, vous savez, si on apprend que je vous ai parlé.

– Personne ne le saura, ne vous inquiétez pas.

– Cela m'inquiète tout de même.

Ivan mit la main dans sa poche, prit cent euros, ainsi que l'argent qu'il avait mis de côté pour l'examen gynécologique dont Clio aurait besoin ; c'étaient ses derniers sous, et on était encore au début du mois, mais il ne pouvait faire autrement.

– Peut-être vous sentez-vous plus tranquille maintenant ?

Jenny mit l'argent entre ses énormes seins et sourit.

– Bon, il faut que je cherche dans nos archives – quels sont leurs vrais noms, ceux de leur carte d'identité ?

– Yvonne Paphitis, fille Emmanouïl, et Irini Santalos, fille d'Anastassios. Je voudrais aussi que vous cherchiez un autre nom : Eftychia Manassakis, fille d'Evgenios.

– Une minute.

Elle s'assit au bureau et se mit à taper sur le clavier de l'ordinateur. Comme il n'y avait pas d'autre chaise, Ivan fut obligé de rester debout. Au bout de dix minutes, la femme s'arrêta de taper, tandis qu'on entendait le bruit d'une imprimante.

– Alors ?

– Toutes les trois. D'abord Irini Santalos. Séropositive, elle a été exclue d'emblée. Ensuite, Yvonne Paphitis, elle avait un problème à l'utérus, elle a été jugée impropre. Enfin, Eftychia Manassakis. Celle-ci a poursuivi le protocole avec succès.

– C'est-à-dire ?

– Implantation et gestation réussies.

– Implantation ?

– Oui, implantation artificielle d'un ovule fécondé.

– D'un ovule à elle ?

– Non, d'après ce que je vois, les deux gamètes sont étrangers.

– Et qui sont les donneurs ?

– Une minute.

Jenny Plagiokopakis fit pivoter son énorme corps, ouvrit un placard qui se trouvait derrière elle et en retira un dossier volumineux qu'elle se mit en devoir de feuilleter. Ayant trouvé l'enveloppe qu'elle cherchait, elle en sortit une feuille de papier. Elle se leva, ouvrit la photocopieuse et introduisit la feuille.

– Les noms sont écrits là-dessus.

Elle prit la photocopie, la plia soigneusement et la glissa dans une autre enveloppe, qu'elle ferma à l'aide du rabat adhésif.

– Ne l'ouvrez que lorsque vous serez sorti d'ici.

5

– Nous avons grandi avec l'idée que nous vivions dans la plus belle région du plus beau pays du monde. Tu sais ce qu'est la vie en Crète, dans les villages ? Ces barbus avec leurs 4x4 et leurs chemises noires – violence et machisme. Écoute cette histoire que m'a racontée Angie. Une de ses collègues a été nommée dans un village, à vingt minutes d'Héraklion. On lui donne une seconde et une première. Le premier mois, trois gamines arrêtent de venir en cours parce qu'elles se sont fiancées. Elle décide de rencontrer les parents pour discuter avec eux, et en parle à une autre enseignante en poste dans ce lycée depuis quelques années. Tu sais ce que celle-ci lui a répondu ? « Occupe-toi de tes affaires. » Textuellement. Et quand elle lui a demandé ce qu'elle entendait par là, elle lui a expliqué que, si elle s'en mêlait, le plus probable était que les parents seraient très désagréables avec elle et qu'après elle aurait des ennuis. La fille n'a pas voulu la croire et est allée voir les parents de l'une des gamines. Ils l'ont jetée dehors, la mère l'a même poussée dans l'escalier, c'est un miracle si elle ne s'est pas cassé quelque chose. Bientôt plus personne n'a voulu lui parler et un certain nombre de parents ont demandé à ce que leurs enfants changent de classe. Deux mois plus tard, elle a été mutée. Elle enseigne maintenant dans un autre village et ferme son bec, quoi qu'il arrive. Voilà la situation actuelle en Grèce, Dimos, comprends-le, nous avons affaire à des canailles, quel que soit leur nom, troïka, gouvernement, Aube dorée, parents apeurés, crétins ou caïds à la petite semaine. Et quel est le dernier espoir qui nous reste ? Nous et nos enfants, personne d'autre, tu comprends, personne d'autre.

Dimos était resté interdit face à la logorrhée de sa cousine. Sa voix avait monté d'un ton, ses yeux s'étaient remplis de larmes. Ils étaient assis sur le grand lit double, elle d'un côté, lui de l'autre, dans une chambre de l'hôtel Blue Rose. Angie les avait laissés discuter – je vous attends là-haut, leur avait-elle dit. Guérès n'y comprenait rien. C'est pour ça qu'elle s'était réfugiée dans la chambre d'un hôtel de luxe ? Parce que les choses allaient mal, parce qu'il y avait des canailles ? Kaitie secoua négativement la tête.

– Tu sais qu'ils me menacent ? J'ai reçu des appels en numéros masqués.

– Je sais, j'ai trouvé un mot sur la porte de ton magasin.

Kaitie ouvrit des yeux effarés.

– Que dit-il ?

– « Arrête ce que tu fais. » Qu'est-ce que tu fais ?

– Les voyous !

– Qui ? Que fais-tu ? À quoi cherches-tu à échapper ?

Kaitie baissa les yeux, une brise légère agita le rideau de la chambre, découvrant la mer de Crète, dont la surface était immobile, comme si elle attendait quelque chose.

– Les deux filles qui ont été tuées... je les connaissais.

Dimos soupira. Quelle relation sa cousine avait-elle avec ces traînées ? Il allait ouvrir la bouche, mais elle le coupa.

– Tu sais quel âge j'ai ? Quarante-deux ans. Tu peux imaginer ce que je veux plus que tout ? Un enfant. Mais je ne peux pas en avoir. Deux avortements et deux fausses couches. Avant je ne voulais pas, maintenant je ne peux pas. En revanche j'ai des ovaires, encore très sains. J'ai donc décidé de trouver un moyen d'avoir un enfant. Cependant je voulais connaître le père, que ce soit quelqu'un que j'aime et que j'estime, et j'ai choisi le Cowboy.

Dimos eut un sursaut. Son ancien meilleur ami bientôt père, qui plus est de l'enfant de sa cousine, cela dépassait l'imagination.

– Mais comment ? Puisque tu ne peux pas ?

– En effet, je ne peux pas, mais une autre femme peut le faire pour moi, une mère porteuse. Normalement, il aurait fallu déposer une requête au tribunal, attendre la décision du juge, et ensuite trouver une candidate. Mais il faut que les deux parents soient en parfaite santé et aient un travail stable, or Héraklis a cette arythmie cardiaque, et côté boulot, ce n'est pas la joie non plus, bref, j'ai eu peur qu'ils le retoquent et qu'on perde du temps pour rien. C'est à ce moment-là qu'il a pensé à une prostituée. Une fille qui serait saine et ne chercherait pas à se mêler de la vie de l'enfant ensuite, en la rétribuant un peu plus, naturellement. Il avait des contacts, nous avons rencontré plusieurs jeunes femmes et en avons sélectionné trois. Malheureusement les deux premières, celles qui ont été tuées, ne faisaient pas l'affaire. Mais nous en avons trouvé une autre. Du côté du centre de fécondation, en payant un petit supplément, tout a pu s'arranger...

– Et cette jeune femme ?

Elle se passa les doigts de la main gauche dans les cheveux.

– Elle en est au troisième mois. Nous l'avons cachée. Elle va bien.

– Où l'avez-vous cachée ?

Kaitie hésita. Elle allait dire quelque chose, mais elle se ravisa, détournant le regard vers le mur.

– Chez un ami.

– Qu'est-ce que c'est que ces conneries ? Tu n'as pas confiance en moi ?

– Ce n'est pas ça. Mais moins il y a de gens au courant, mieux c'est.

– Et quel rapport est-ce que ça a avec les meurtres ? Pourquoi quelqu'un veut-il tuer ces filles ? Qu'est-ce que c'est que toute cette foutue histoire ?

– Je ne sais pas. J'ai peur. C'est peut-être une simple coïncidence, ou bien parce qu'elles sont parties du bordel, encore que je ne sais pas, les deux premières y sont peut-être retournées, ce n'est pas notre faute, nous ne pouvions pas les garder. C'est pour ça que je suis partie, et Héraklis aussi ; il n'a rien à voir avec les meurtres et tout le reste, c'est impossible.

– Comment peux-tu en être tellement sûre ? Il a peut-être changé d'avis ? Et où est-il maintenant ?

– Mais enfin, tu es complètement abruti ! C'était ton meilleur ami, comment peux-tu parler de lui de cette manière ? Tu ne le connais donc pas ? C'est d'être flic qui t'a rendu comme ça ?

Guérès se leva.

– Les gens changent.

– Tu parles. Le loup reste loup et l'agneau, agneau. Malheureusement, il en a toujours été ainsi. Tu ne sais pas distinguer les loups des moutons ? Tu as perdu ton temps à l'école, mon pauvre !

Dimos se tourna vers la porte. Sa cousine avait raison, la question n'était pas de savoir si les gens changent, mais jusqu'à quel point on les connaît, dans quelle mesure l'idée que l'on se fait d'eux est juste ou bien au contraire s'ils ont des secrets que l'on ne découvrira jamais et qui les conduisent à des décisions que l'on ne peut pas comprendre. Il y avait aussi l'ombre, aurait-il voulu lui dire, la grossesse de sa mère, la raclée reçue par Angie, le sang sur la moto du Cowboy et la mort du Commando. Peut-être Héraklis n'avait-il pas tué les filles, mais peut-être avait-il tué celui qui les menaçait.

– Je voudrais te poser une question. Où as-tu trouvé mon numéro de téléphone ?

– Quoi ?

– Mon téléphone, quand tu m'as appelé pour me dire de venir, comment l'as-tu trouvé ?

– Le père d'Héraklis.

– M. Ajax ?

– Oui. « Appelle Dimos, m'a-t-il dit, le vieux n'a plus longtemps à vivre. » Je lui ai demandé où il l'avait trouvé, il m'a répondu : « Peu importe. »

Qui d'autre encore était informé de cette vie qu'il avait cru dissimuler si longtemps ? Comment le cardiologue avait-il trouvé son numéro de téléphone ? Peut-être par son père ; puisqu'il l'avait suivi de loin toutes ces années, il devait connaître bien d'autres choses à son sujet.

– Tes parents sont au courant ?

– Non, évidemment. Ils ne me laisseraient faire à aucun prix, mon père préférerait me tuer, et l'enfant avec.

– Qui d'autre est dans le secret ?

– Seulement Angie.

– Elle sait où vous avez caché la fille ?

Kaitie secoua négativement la tête.

– Tu ne lui fais pas confiance, à elle non plus ?

Piqûre tranquillisante

Héraklion, jeudi 25 juillet 1974

– Toi, tu le sais, tu es médecin, je t'en supplie, que personne d'autre ne l'apprenne.

– Ne t'inquiète pas. Ce n'est pas le seul secret que nous partageons. Nous l'avons bien caché, depuis tant d'années.

Il faisait très chaud, les fenêtres étaient ouvertes, le soleil se réfléchissait sur le carrelage blanc et transformait la chambre d'hôpital en fournaise. Dehors, il n'y avait pas un souffle d'air, la mer était d'huile et les gens bouillaient à petit feu, suivant comme ils pouvaient la tragicomédie qui se jouait une fois de plus dans le pays.

– Quand sortirai-je ?

– Après-demain.

– Parle-moi encore du bébé.

– Je t'ai dit, je ne l'ai aperçu que de loin. Il va très bien, c'est un garçon, environ quatre kilos, la figure toute rouge, les cheveux bruns, il tient de toi.

– Heureusement, je l'ai fait à temps.

Des larmes coulèrent de ses yeux, il reposa la tête sur l'oreiller et regarda le soleil, qui lui parut blafard. C'était le soleil des condamnés à mort, le soleil qui s'était éteint pour Karavoskakis, et peut-être aussi pour ses autres camarades de mission. Il avait interrogé Ajax, on ne donnait d'informations nulle part, ni à la radio, ni dans les journaux, pas plus locaux qu'athéniens, ces hommes avaient disparu telles des ombres dans les ténèbres ; même le piston de Vatalos au ministère avait été dans l'impossibilité d'obtenir le moindre renseignement quant au sort de l'expédition, comme si elle n'avait jamais eu lieu. Il avait cependant réussi à faire transporter le blessé à Héraklion, dans un hôpital civil, au lieu de le laisser à Chypre ou à Souda, où étaient revenus la plupart des Noratlas, exception faite de ceux qui avaient été abattus, on ne savait combien. Sirmas avait été chargé dans une ambulance et était arrivé sans autres formalités.

– Et ta fille, comment va-t-elle ?

– Très bien, la fièvre est tombée, les médecins ont dit qu'elle n'avait pas de méningite.

– Parfait, parfait. Et la bague, tu l'as donnée ?

– On ne m'a pas laissé parler avec ta femme, elle dormait, elle était fatiguée.

– Mais elle va bien, hein ?

– Très bien.

– Je veux aller voir le bébé. Et ma femme. Je ne peux pas attendre deux jours.

– Ce n'est pas une bonne idée de bouger.

– Je ne sais pas ce qui se passera dans deux jours, je veux les voir, aujourd'hui. Donne-moi la bague.

Ajax se mordit les lèvres. Il ne savait pas où elle était, il avait cherché dans toute la maison, impossible de mettre la main dessus.

– Je ne l'ai pas sur moi. Je te l'apporterai demain.

– C'est la seule chose que je te demande. Ma femme a elle aussi une bague, avec une pierre verte. Nous les avons fait faire ensemble. Nous avons donné de vieux bijoux à fondre, elles ont été façonnées à partir du même morceau d'or et nous avons dit… tu vas me dire que ce sont des mots et des objets. Non, quoi qu'il arrive, ces deux bagues doivent rester ensemble, elles sont unies, tu comprends ? Quoi qu'il arrive, tu entends ? Sinon, tout est foutu. Tu me le promets ?

Ajax hocha affirmativement la tête, oui, il le ferait, bien que cela lui parût insensé. Il le lui devait, c'était comme la dernière volonté d'un condamné à mort, et il aimait payer ses dettes, mais il fallait d'abord qu'il trouve cette maudite bague. Sinon, il en ferait faire une autre, il se souvenait de la forme, elle était simple, une pierre noire carrée, ce n'était pas difficile, il avait un ami qui pourrait la fabriquer à l'identique, en deux jours il pourrait l'avoir. Il se leva, se mit à marcher nerveusement devant le lit, regarda sa montre, il était deux heures, il lui faudrait bientôt partir, rentrer à la maison, il attendait des nouvelles. Avec le retour de Karamanlis, des perspectives intéressantes s'ouvraient à lui ; il avait déjà reçu un coup de téléphone du « Grand », Konstantinos Mitsotakis, qui allait se présenter aux élections législatives et le voulait à ses côtés. Il fallait juste patienter un peu, que cette affaire avec Chypre se termine, et ensuite la voie serait libre, tout le monde était certain que Karamanlis gagnerait les élections, et haut la main. Ces vieilles histoires le fatiguaient. Ça le fit penser à l'autre, au troisième membre de leur groupe.

– Et Aris ?

Lefteris le regarda.

– Eh bien, quoi ?

– Il y était ?

Sirmas fit signe que oui.

– Il a dit quelque chose ?

– Il a demandé où tu étais. J'ai répondu que je ne savais pas. Il était bizarre. Toujours les mêmes manies – tu vois cette petite boîte ? Elle était à lui. Il y avait dedans trois scarabées et trois balles. J'ai jeté les insectes, là, dans la corbeille, mais j'ai gardé les balles, on ne sait jamais ce qui peut arriver.

– Il a toujours été un peu timbré. Ça m'angoisse.

– Il ne parlera jamais, tu le sais. Il risque plus que nous. Est-ce qu'il s'en est sorti, ou est-ce qu'il y est resté avec les autres ?

Lefteris se redressa sur le lit, prit une profonde inspiration et fit basculer ses jambes sur le côté. Une douleur aiguë le transperça, il se mordit les lèvres jusqu'au sang.

– Ta cicatrice va se rouvrir, lui dit Ajax en le prenant par les épaules. Prends patience, c'est l'affaire de deux jours.

Lefteris tapa du poing sur le lit.

– Je veux y aller, hurla-t-il.

Une infirmière entrait à cet instant. Elle entendit le cri, vit Vatalos, s'arrêta net.

– Tout va bien ? lui demanda-t-elle.

– Oui, répondit-il, mais de sa main droite il lui fit signe d'apporter une piqûre tranquillisante.

L'infirmière sortie, Lefteris posa ses pieds par terre, essaya de se lever mais n'y parvint pas ; il sentit ses genoux fléchir, son cœur s'arrêter et retomba sur le lit, tandis que la douleur traversait tout son corps comme un courant électrique. L'infirmière revint avec deux collègues masculins. Sirmas n'opposa pas de résistance, se contentant de jeter un regard méprisant à Ajax, avant de s'enfoncer de nouveau dans le monde du sommeil et de l'oubli, tandis qu'en sourdine, depuis la chambre voisine, on entendait l'introduction de *Jamaïca*.

IX. MOROSITÉ

[visage morose] voile,
nuage de tristesse, ombre

Suicide

Héraklion, dimanche 18 juin 1989

Les premiers résultats n'étaient pas bons du tout, la Nouvelle Démocratie arrivait en tête. Elle aurait du mal, certes, à obtenir la majorité absolue, mais il était évident qu'ils étaient battus. Il était seul devant la télévision, tous les autres étaient partis, la cellule locale du PASOK était déserte, il ne restait plus que lui. Il n'avait nulle part où aller ; il ne pouvait se retrouver en face d'Aphrodite, il était en colère, abattu, aucun mot n'était suffisant pour qualifier son état, un homme jeté au rebut, c'était ainsi qu'il se sentait, un déchet. Il ne pouvait pas non plus voir Dimos, que lui dire ? Ta mère est enceinte d'un autre ? Ton père n'est pas un homme ? S'il avait pu, il se serait tué à l'époque, comme Nouris, le personnage de *La Liberté ou La Mort*, de Kazantzaki, mais celui-là n'avait pas d'enfant, pas de femme ni de famille. Lui, il en avait une, du moins c'était ce qu'il croyait.

Le téléphone se mit à sonner. Qui diable pouvait bien appeler à une heure pareille ? Il n'avait aucune envie de répondre. Il éteignit les lumières, verrouilla la porte et resta seul. Ses pensées, la télévision et les résultats, tout ça c'était de la merde, tout ce qui avait fait sa vie, ces quinze dernières années, achevait de se désintégrer. Ce qui avait commencé dans le sang, mais avec d'heureuses perspectives en 1974, aboutissait à une désillusion complète en 1989. La sonnerie persista encore un peu, dans la réalité ou dans son cerveau, il ne savait pas, puis cessa. Lefteris pressa le bouton de la télécommande, l'écran devint noir, il se pencha sur la table, appuyant sa tête sur ses bras. Cinq minutes plus tard, il fut réveillé par des coups frappés à la porte. Il bondit de son siège et courut ouvrir. Ajax se tenait dans l'encadrement de la porte.

– Pourquoi ne réponds-tu pas au téléphone ?

– Qu'est-ce qui se passe ?

– Tu sais où sont les garçons ? Il est une heure du matin.

– Les garçons ? Je ne sais pas, je regardais les résultats.

– Eh, je l'avais bien dit, tous ces scandales, il fallait bien qu'Andréas les paie. La vérité va sortir, maintenant.

Sirmas resta immobile. Il savait que Vatalos avait récemment été nommé directeur de l'unité de cardiologie du CHU d'Héraklion grâce à ses relations dans le gouvernement – de quoi parlait-il donc ?

– Est-ce qu'ils sont chez toi ? Je voulais appeler, mais j'ai eu peur de réveiller Aphrodite.

– Je ne sais pas. Tu crois qu'on appelle la police ? Encore dehors à une heure du matin, des enfants de quinze ans…

Lefteris était inquiet, à présent.

– Bah, ils seront chez toi à glandouiller. Si on allait voir ?

Lefteris retourna dans le bureau, prit ses clés, verrouilla la porte et se mit à marcher rapidement en direction de sa maison. Cinq minutes plus tard ils étaient arrivés, un silence absolu régnait à l'intérieur. Lefteris alla dans la chambre de Dimos, il n'y avait personne.

– Ils ne sont pas là. On appelle la police ?

– Attends, pas de précipitation. Et Aphrodite, elle est là ? Est-ce qu'elle saurait quelque chose ?

Lefteris se dirigea vers leur chambre, ouvrit doucement la porte et regarda le lit. Aphrodite était là, allongée. Il s'approcha d'elle, murmura son nom. Aucune réaction. Il haussa la voix, mais le résultat fut le même. Il s'approcha davantage, ses yeux étaient grands ouverts, le fixant comme si elle l'accusait de quelque chose.

– Aphrodite, tu m'entends ? Tu dors ?

Il tendit la main, toucha son épaule dénudée, elle était glacée. Il bondit en arrière en poussant un cri.

– Aphrodite !

Vatalos fit irruption dans la pièce.

– Que se passe-t-il ?

Sirmas étreignait sa femme et la secouait en répétant son nom. Ajax se jeta sur lui et le tira violemment en arrière, le faisant rouler au sol. Le cardiologue toucha le cou d'Aphrodite, aucun pouls n'était perceptible. Il pesa des deux mains sur sa poitrine, tentant un massage cardiaque, mais n'obtint aucune réaction, son corps s'était déjà rigidifié, elle était morte depuis plus de deux heures. Il prit la boîte de somnifères qui se trouvait sur la table de nuit à côté d'elle, l'ouvrit, elle était vide. Il se tourna vers l'homme qui avait éclaté en sanglots sur le plancher de la chambre, se pencha vers lui et lui entoura les épaules de son bras.

– Fais quelque chose, lui cria Lefteris.

Vatalos resserra son étreinte.

– Il n'y a rien à faire. Je suis désolé.

À cet instant on entendit le bruit de la moto, puis celui de la porte qui s'ouvrait, enfin la silhouette longiligne de Dimos Sirmas apparut dans le vestibule. Lefteris voulut se lever, mais son corps était cloué au sol. Dimos tentait de comprendre ce qui se passait. Vatalos se leva et se dirigea vers lui.

– Monsieur Ajax ?

– Dimokratis, mon enfant, il va falloir que tu te montres fort.

– Qu'est-ce qu'il y a ?

Le cardiologue tendit ses grands bras, saisit Dimos par les épaules et le regarda droit dans les yeux.

– Ta maman. Malheureusement. N'entre pas.

– Non !

Il échappa aux mains d'Ajax et courut vers la chambre, les yeux pleins de larmes. Il tomba sur le corps glacé d'Aphrodite, la serra dans ses bras, sentant le froid pénétrer jusqu'à son cœur.

– Maman, maman, réveille-toi, maman…

Lefteris était incapable de bouger, il voyait son fils, mais son cerveau s'était arrêté, ses bras étaient paralysés. Au salon, Ajax remarqua quelque chose qui brillait par terre. Il se pencha, ramassa vivement l'objet et le fourra dans sa poche. Puis il marcha à pas lents vers la chambre. Dimos sentit les mains du cardiologue qui le décollaient de sa mère et le tiraient en arrière. Il n'avait pas la force de résister. À l'instant où il franchissait le seuil, il croisa le regard vide de son père.

– C'est toi qui l'as tuée.

Ce furent les dernières paroles qu'il lui adressa jamais.

1

Son corps était étendu sur le lit. Corps : *globalité, existence matérielle, anatomie, plastique* [beauté du corps féminin], *épaisseur d'un caractère en points typographiques, unité militaire*. De toutes ces acceptions, seul le corps féminin l'intéressait : sa main qui glissait sur son ventre et son nombril, ses lèvres qui s'entrouvraient, sa langue qui dessinait des cercles autour de ses mamelons. Il se colla à elle, à même la peau *[directement sur le corps nu]*, entra en elle une fois de plus, les yeux fermés, il entendait sa respiration, le temps était immobile, l'orgasme le prit une fois de plus au dépourvu.

Il s'allongea à côté d'elle, sourit, elle le regarda.

– Tu souris comme si tu étais heureux.

Il l'était, à cet instant, il l'était. Au milieu du désastre des découvertes, des morts et des blessures, il se sentait heureux à ses côtés. Il la vit ensuite se redresser, chercher ses vêtements et les enfiler, d'abord le soutien-gorge puis tous les autres, un à un.

– Il faut que j'y aille. Il va bientôt rentrer. Les enfants ont anglais et musique, mais lui sort du travail à six heures.

– Je veux te demander pardon encore une fois.

Angie ne le laissa pas continuer et lui posa l'index de sa main droite sur les lèvres, le faisant taire. Puis, sans rien dire, elle sortit de la pièce. Dimos resta un moment allongé nu sur le lit, dans cette autre chambre que le propriétaire de l'hôtel, ami de Kaitie, avait mise à leur disposition. Ces largesses avaient d'abord paru étranges à Dimos. Après sa rencontre avec sa cousine, il était monté sur la terrasse, là où autrefois ils buvaient des bières et des cocktails sans alcool, et où l'attendait maintenant Angie. Quand celle-ci, sans un mot, l'avait pris par la main et l'avait amené dans cette chambre, il avait oublié toutes ses réticences.

Il se leva, alla à la salle de bains, mais, voulant garder son odeur sur lui, ne se lava que le visage. Une fois habillé, il jeta un coup d'œil à l'écran de son portable. Il y avait trois appels d'Ivan, qu'il rappela immédiatement. Celui-ci répondit aussitôt.

– Tu sais où sont les terrains de basket de la rue Efodou, près de la station de bus du KTEL, à la Porte de La Canée ? Dans combien de temps peux-tu y être ?

– Dans un quart d'heure. Que se passe-t-il ?

– Je te dirai sur place. Tu as une arme ?

Dimos se rappela le Tokarev caché dans la boîte à gants de sa voiture de location. Fonctionnait-il seulement, ou le trahirait-il au moment critique ?

– Oui, j'en ai une.

– Prends-la.

Treize minutes plus tard, il garait la Hyundai à côté de la station de bus. Il mit avec précaution l'arme dans la ceinture de son pantalon – l'absence de sécurité l'angoissait singulièrement, qu'arriverait-il si le coup partait tout seul ? – et avança à pas lents vers l'endroit où il se souvenait que se trouvaient les terrains de basket. Il y avait joué une fois un match amical avec l'ASH, ils avaient perdu et Dimos n'avait pas réussi à marquer le moindre panier, il espéra être plus performant cette fois-ci.

Ivan se tenait le dos appuyé au grillage. Guérès s'approcha de lui.

– Qu'est-ce qui se passe ?

– Primo, le numéro que tu m'as donné appartenait à Fountoulizakis, le Commando, comme tu dis. C'est depuis ce téléphone qu'ont été passés les derniers appels reçus par Santalos et Paphitis. Secondo, ta cousine et ton pote recrutaient des prostituées pour faire un enfant. Les deux premières ne leur convenaient pas, mais une autre, Eftychia Manassakis, est tombée enceinte ; je n'ai aucune idée de l'endroit où elle se trouve, mais je l'apprendrai bientôt.

Dimos se gratta le nez. Comment diable avait-il appris tout ça si vite ? Il décida de ne pas lui dire qu'il le savait aussi.

– Quel rapport avec l'affaire ? Pourquoi quelqu'un aurait-il voulu les tuer ?

– Je ne sais pas encore. Mais nous allons peut-être bientôt l'apprendre.

– C'est-à-dire ?

Ivan tendit le bras et montra à Dimos les bicoques qui se trouvaient en face des terrains de sport.

– Le type que tu m'as dit de chercher habite là derrière. L'homme au téléphone.

Dimos regarda l'endroit que lui désignait Alexandrof. Les maisons étaient basses, comme si elles avaient été construites en dessous du niveau du sol, et la plupart semblaient en ruine. On aurait dit qu'une catastrophe s'était abattue sur cette partie de la ville.

– Je suppose que nous n'avons pas de mandat pour ça.

– Quel mandat ? Nous faisons une simple visite. Je vais devant et tu me couvres. Les armes cachées, c'est l'après-midi.

Ivan traversa la rue. Dimos attendit un peu et le suivit à une distance de trente mètres environ. Ils longèrent une rue en diagonale puis tournèrent à droite, vers la mer. Il n'y avait pas âme qui vive dans le quartier, à l'exception d'un type qui avait garé son chariot près d'une benne de recyclage et cherchait des objets susceptibles d'être vendus. Ivan lui fit signe de déguerpir et l'homme s'exécuta, terrorisé. Alexandrof s'arrêta à la troisième maison. Elle était comme les autres, enfoncée dans la terre, avec des murs lépreux ; les volets de l'une des fenêtres avaient été remplacés par une plaque de tôle, tandis que ceux de l'autre, bleus à l'origine, avaient à présent la couleur indéfinissable des vieux objets abandonnés. Dimos vit son confrère frapper vigoureusement à la porte, il entendit mentalement le son sec du bois. Il attendit un peu, mais la porte ne s'ouvrit pas. Ivan frappa de nouveau, aucune réaction ne vint de l'intérieur. Il fit le tour de la maison, s'approchant des deux fenêtres et évaluant leur résistance. Il fit signe à Dimos de s'approcher, lui faisant comprendre qu'il allait essayer de forcer celle avec le volet, qui ne lui paraissait pas solidement fermé. Dimos obéit, vint se placer tout près de lui et sortit son Tokarev de sa ceinture, le tenant parallèlement à sa jambe droite, du côté du mur, de façon à ce qu'il ne soit pas visible depuis la rue. Ivan passa avec précaution sa main entre les vantaux de bois et poussa l'espagnolette vers le haut. Celle-ci résista d'abord puis commença à bouger en grinçant épouvantablement. S'il y avait quelqu'un dans la maison, le bruit ne pouvait lui avoir échappé.

L'espagnolette sortit de son logement et le volet s'ouvrit, mais derrière, la fenêtre était fermée. Dimos jeta un coup d'œil circulaire, personne ne semblait les regarder. Il s'approcha rapidement et cogna la vitre avec son arme. Il passa ensuite prudemment la main à travers le carreau brisé et ouvrit la fenêtre de l'intérieur. Une odeur infecte lui frappa les narines, lui donnant un haut-le-cœur. Il était impossible que quelqu'un vive là-dedans. Il examina l'intérieur de la pièce, elle semblait presque vide, à l'exception d'une immense table sur laquelle étaient étalés d'innombrables papiers, d'une chaise et d'un lit de camp adossé contre un des murs. Le sol était recouvert de sacs en plastique, tandis qu'on voyait une porte verte fermée, conduisant probablement à une autre pièce. Il se tourna vers Ivan.

– J'entre, murmura-t-il.

Celui-ci dégaina son arme de service et la pointa vers l'intérieur. Dimos enjamba sans difficulté l'appui de la fenêtre et se retrouva dans la maison. Il y faisait terriblement chaud et les sacs en plastique crissaient sous ses pieds à chaque pas. Il s'approcha de la table, regarda les papiers, c'étaient des milliers de factures, toutes au nom d'Aristotelis Sykoulakis. Il ne pouvait respirer à cause de la puanteur qui semblait venir de la pièce sur laquelle donnait la porte verte. Il fit signe à Ivan d'entrer, celui-ci fut dedans d'un bond, Dimos lui désigna la porte, Ivan acquiesça d'un signe de tête. Dimos s'approcha lentement, saisit la poignée, elle était chaude, presque brûlante, il appuya dessus et tira brusquement.

Une vague de lumière, de chaleur et de pestilence déferla sur eux, les obligeant à cligner des yeux pour s'habituer à la puissante clarté. La pièce était petite et aveugle, mais était éclairée par des lampes spéciales à infrarouge ; partout il y avait des bocaux dans lesquels on voyait des larves mais aussi des individus adultes du genre *Rhynchophorus ferrugineus*, cependant que sur les murs vides, deux photographies pâlies étaient punaisées : sur l'une, en couleurs, on voyait une femme, alors que l'autre, en noir et blanc, représentait trois hommes vêtus d'uniformes militaires, deux au premier plan et le troisième dans l'ombre – Guérès savait que cette photographie avait été prise à Chypre durant l'été 1965.

2

Il était inquiet pour ses scarabées. Heureusement, il y avait toujours le téléphone, il était en contact permanent avec sa femme qui l'informait, mais il se faisait du souci, comme si c'étaient ses enfants. Il voulait aller les voir, aller la voir elle aussi, elle lui manquait à chaque instant.

– Je vais bientôt venir, lui dit-il, cependant il ne raccrocha pas, il continua à parler, il ne raccrochait jamais, s'il arrêtait il craignait de la perdre pour toujours, de même qu'il avait perdu tant de compagnons à cause de ce foutu silence radio, à cause de ce misérable plan qu'ils les avaient obligés à exécuter sans informer personne de leur présence là-bas. Ils faisaient toujours comme ça, ils les envoyaient tuer et se faire tuer en cachette, et ensuite ils ensevelissaient leur souvenir en même temps que les cadavres. Aucune reconnaissance, aucun honneur pour les morts. « Pour la patrie », leur avaient-ils dit, pour la patrie, personne ne doit l'apprendre, pour la patrie, il fallait qu'ils tuent, qu'ils meurent, qu'ils paient, qu'ils empruntent, pour la patrie, traîtres vendus à l'ennemi. Lui avait fait son devoir, et comment la patrie l'avait-elle récompensé ? À cause du silence radio, tant de braves étaient tombés pour rien. Il continuait à lui parler :

– Tous les traîtres mourront, les charançons boufferont les palmiers, ces graines de Turcs qui veulent infecter notre pays, je croyais qu'ils étaient immortels, mais voilà que cette vermine les tue, cinquante ans ont passé, mais leur heure est venue.

Il s'interrompit un peu pour écouter sa voix et regarder les insectes dans le bocal, trois magnifiques scarabées rouges, les derniers, lui avait dit l'autre, avec ceux-là, les comptes seraient soldés, les responsables paieraient, car il fallait que les coupables paient pour la mort et le malheur des autres. Ces scarabées étaient exactement ce qu'il cherchait depuis si longtemps, des scarabées importés, comme était importé le malheur qu'ils leur avaient causé, pas seulement leurs ennemis visibles, les Turcs, mais par-dessus tout ceux qui se présentaient comme leurs alliés, à l'époque les Anglais et les Américains, aujourd'hui les Européens. Tous étaient des charançons voraces, rien ne les arrêtait, ils dévoraient jusqu'à atteindre le cœur et à tuer sournoisement. Les palmiers, il haïssait les palmiers depuis cette époque. Les charançons étaient à lui, ils vivaient parce qu'il le voulait, ils mouraient quand il le décidait. Ils ne pourraient jamais lui manger le cœur, parce que cela faisait des années qu'il n'avait plus de cœur.

Cela faisait un bon moment qu'il attendait à l'endroit où ils se rencontraient habituellement, dans le bâtiment abandonné à côté de la nouvelle avenue qui longeait le bord de mer, à Karavolas. Sa construction s'était interrompue des années auparavant, et personne ne savait si elle reprendrait un jour. Il allait venir, il en était sûr, il venait toujours pour lui dire ce qu'il devait faire, c'était lui qui savait par quel moyen résister, lui qui savait qui étaient les véritables ennemis et comment les faire payer. Les étrangers, les Turcs, les palmiers, les prostituées, tous étaient des traînées qui devaient mourir déshonorées, la bouche fermée, tous devaient mourir, y compris lui. La nuit était déjà tombée lorsqu'il entendit la moto s'arrêter tout près, puis ses pas et sa voix.

– Tu es là ?

– Une minute, dit-il au téléphone, je suis là, cria-t-il à son compagnon, puis, reprenant sa conversation téléphonique, oui, je vais bien, je te dis, j'ai bientôt fini, ne t'inquiète pas, je vais te rejoindre.

L'homme surgit de l'ombre, boitant légèrement, et se planta devant lui. Il tenait un petit sac à dos.

– Où sont-ils ?

Aristotelis lui montra le bocal qu'il avait posé sur un madrier, l'homme se pencha, le prit et le mit dans son sac qu'il referma. Puis il s'approcha des ouvertures du bâtiment, là où auraient dû être posées les fenêtres et d'où les résidents auraient pu jouir de la vue fantastique sur la mer. Il n'y aurait jamais de résidents, puisque l'enchantement de la vue avait été remplacé par le cauchemar de la misère. Il se tourna vers Aristotelis, qui parlait encore dans son téléphone imaginaire.

– Oui, oui, fais bien attention, j'arrive, fais bien attention, répétait-il sans cesse.

Il savait que les flics arriveraient rapidement jusqu'à lui, surtout après la mort de Fountoulizakis, encore un crétin qui croyait qu'il pouvait le faire chanter. Il avait voulu faire le malin, lui avait dit qu'il trouvait curieux que les filles qu'il lui avait envoyées aient disparu, que les gens commençaient à poser des questions et à faire pression sur lui, qu'il ne savait pas combien de temps encore il pourrait se taire, et autres conneries du même genre, tout cela l'air de rien, sur le ton de la conversation.

Le coup l'avait cueilli alors qu'il ne s'y attendait pas, au moment où il l'examinait. Aris était maître dans l'art de s'introduire sans bruit et de liquider, après tant d'années il n'avait pas oublié sa technique, mais sa mission était maintenant terminée, son cerveau avait atteint ses limites, il était sur le point de s'effondrer, si ce n'était déjà fait. Si seulement il n'y avait pas eu ce sale clébard, qui avait bien failli lui emporter un morceau quand il était sorti, du coup lui aussi avait payé, l'abruti. Personne ne l'arrêterait, personne ne le détruirait, ni maintenant, ni jamais.

Il les avait tous embrouillés en attachant le corps à la rambarde de l'escalier dans le hall du tribunal, son plan était génial, tout le monde y avait vu un avertissement à la justice, comment auraient-ils su qu'il avait les clés de la préfecture, mais aussi de la porte qui la reliait aux tribunaux. Camouflage et dissimulation, c'est ce que l'armée lui avait appris. Il lui avait donné rendez-vous et l'avait amenée à la préfecture, elle lui avait dit qu'il était vicieux, surtout quand Aris était arrivé, mais l'autre lui avait cloué le bec comme il fallait. Ils formaient un beau binôme tous les deux, mais maintenant ça aussi c'était fini. Il avait fait une erreur avec le mendiant, il s'était dépêché de le liquider et, dans l'obscurité, il les avait confondus. Peu importait, ils n'arriveraient pas à l'arrêter, demain tout prendrait fin, et c'est lui qui s'occuperait personnellement du final. Cependant il se sentait fatigué, il avait hâte d'en avoir terminé, le poids qu'il trimballait depuis tant d'années l'avait exténué, il était temps qu'il se repose lui aussi.

Il sortit de sa poche une cordelette et s'approcha du malheureux fou qui parlait encore. Comment pouvait-on déchoir à ce point ? Il se rappela le jeune homme qu'il avait connu cinquante ans auparavant, le secret qu'il portait dans sa triste cervelle. Pauvre soldat fidèle, il ne restait plus rien de lui dans cet être-là. Ceci n'est pas un crime, c'est une expiation, se dit-il en serrant avec force la cordelette autour de sa gorge.

La dernière pensée qui traversa l'esprit d'Aris fut que, peut-être, on n'est jamais mieux trahi que par les siens.

3

Il posa son sac à côté du lit, l'ouvrit, sortit ses vêtements un à un et se mit à les disposer dans les tiroirs de l'armoire. Le vieux meuble sentait le renfermé, mais ça ne le dérangeait pas. Il y déposa également la ceinture de force ; finalement, le propriétaire du gymnase avait raison, elle était de bonne qualité, elle maintenait les reins de manière efficace, il se sentait déjà un peu mieux. Il habiterait là pour le restant de son séjour, aussi longtemps qu'il le faudrait, jusqu'à ce que le mystère soit résolu, que son père meure ou qu'un événement imprévu le force à repartir. Il sortit ensuite le revolver avec précaution et le remit dans la boîte qu'il avait cachée sous le lit, puis il plaça l'*Antilexikon* sur la table qui lui servait de bureau. Il chercha « enceinte » dans l'index, le mot était seul, il ne renvoyait à rien d'autre qu'au numéro de l'article correspondant. Il ouvrit le livre à la page indiquée, « GROSSESSE » [le fait d'être enceinte] ; pour la première fois, le mot et sa définition ne renvoyaient à rien d'autre. Il continua à lire, substantifs, verbes transitifs, verbes intransitifs, adjectifs, aucun mot ne l'inspirait, il referma le livre avec agacement.

Son père était toujours dans le même état. Tsveta lui avait dit que le cardiologue était passé un peu plus tôt, « une heure à peu près avant que tu arrives », lui avait-elle dit, dommage qu'il l'ait raté, il aurait bien aimé lui demander quand et comment il avait trouvé son téléphone, et s'il était au courant de la surveillance dont il avait fait l'objet durant toutes ces années. C'était la personne la plus proche de son père, aux dires de tous, toujours à ses côtés depuis le début. Dimos se sentait bien sûr un peu gêné à son égard, la mission qu'il lui avait confiée avait tourné court, cependant l'autre non plus n'était pas très clair, comment avait-il osé lui jeter ainsi de l'argent à la figure ?

Il ne pouvait s'ôter de l'esprit la phrase de Kaitie à propos de son père : « Mon père préférerait me tuer, et l'enfant avec. » L'oncle Tassos avait-il découvert le secret de sa fille, et entrepris de laver la honte ? Ce sauvage l'avait jeté dehors lorsqu'il l'avait interrogé au sujet de la bague de son père, réaction caractéristique de coupable. Il pensa à Ivan, saisit son portable, l'autre fut prompt à lui répondre, il ne dormait pas non plus. Il lui fit part de son soupçon, Ivan lui promit d'examiner la question, il rendrait visite à Anastassios Sirmas le lendemain matin, non, quoi qu'il arrive, il ne lui révélerait pas le projet de sa fille, le rassura-t-il en soupirant ; il semblait très fatigué.

Dimos ouvrit la fenêtre et regarda dehors, les feuilles du citronnier bougeaient doucement dans la brise, la nuit était chaude. Il escalada prudemment le rebord et sauta dans le jardin. Ses reins encaissèrent le choc quand ses pieds atterrirent sur la terre sèche, il serra les dents, il était en train de compromettre l'amélioration de son dos patiemment obtenue. Il se baissa au pied de l'arbre, se mit à gratter le sol avec ses mains, la terre entrait sous ses ongles et le blessait, mais il continua, en sueur, malgré la fatigue qui le terrassait. Il était prêt à abandonner lorsqu'il sentit enfin quelque chose de dur sous ses doigts. Il exhuma soigneusement l'objet, secoua la terre qui le recouvrait, le métal brilla faiblement, il souffla vigoureusement dans les trous, l'harmonica émit un léger son, tel un soupir de petit enfant.

Il rentra dans sa chambre par la fenêtre, alla dans la cuisine. Au salon, Tsveta continuait à regarder la télévision, perdue dans un monde factice. Les négociations du jour n'ayant pas plus abouti que les précédentes à la formation d'un gouvernement, le président de la République réunirait le lendemain à midi les dirigeants des différents partis politiques afin de fixer de nouvelles élections et de désigner le gouvernement provisoire qui officierait jusqu'à cette date. Dimos ouvrit le frigo, passa en revue les bouteilles contenant un liquide transparent, trouva ce qu'il cherchait, prit deux verres à liqueur et retourna dans sa chambre. Il escalada de nouveau l'appui de la fenêtre, s'assit avec les jambes pendant à l'extérieur, l'harmonica posé à côté de lui, remplit les deux verres de raki, trinqua avec lui-même, puis entreprit de nettoyer soigneusement l'harmonica avec le contenu de l'un, tandis qu'il commençait à boire celui de l'autre.

4

Mercredi 16 mai 2012

Une fois de plus, il contemplait le rond-point du vieux port. Il n'y avait quasiment pas de circulation, un jeune garçon s'amusait à tourner autour en vélo, augmentant progressivement sa vitesse. Ivan se mit à compter les tours, toutefois, arrivé à dix, il arrêta. Le gamin pouvait continuer à tourner ainsi jusqu'à la fin des temps, il avait peut-être fait un pari, ou voulait se prouver quelque chose à lui-même. Il était sept heures mais cela faisait deux heures qu'il avait les yeux ouverts, cette nuit encore il avait très peu dormi et s'était réveillé avant le lever du jour, avec la sensation d'un grand vide dans la poitrine, un vide qui empêchait l'air d'entrer normalement dans ses poumons et l'étouffait.

Il finit son café et sortit de chez lui ; aujourd'hui, la dame du dessous faisait frire quelque chose, des boulettes de viande s'il en jugeait d'après l'odeur. Il descendit à pied par l'escalier, puis, une fois dans la rue, regarda en direction du port. Les bateaux de pêche étaient déjà de retour. Il alluma une cigarette, tourna à droite et commença à remonter la rue du 25-Août en direction des Lions, dans l'idée d'aller acheter une *bougatsa** chez Armenis, l'établissement le plus ancien et le plus réputé de la ville. Cette insomnie lui avait donné une terrible fringale, il avait besoin de quelque chose de sucré pour se requinquer, un substitut pour lutter contre la dépression qui l'oppressait. Il ferait ensuite la visite qu'il avait promise à Dimos, puis irait au bureau pour remplir ses engagements à l'égard de Jimy, une petite modification à apporter dans le dossier d'un de ses concurrents, qui provoquerait l'arrestation du monsieur en question, laissant à Jimy le champ libre pour étendre son contrôle sur l'ensemble du marché. Ça ne lui posait pas de problème, dans son travail, il devait savoir utiliser tous les moyens pour atteindre le but recherché. Dans l'immédiat, Jimy était un mal nécessaire, à l'avenir, ils redeviendraient des adversaires et chacun s'efforcerait d'anéantir l'autre.

Au moment où il quittait la place des Lions, une *bougatsa* toute chaude dans un sachet, son téléphone sonna. C'était le bureau, plus précisément le brigadier de police Zirios, un gamin tout fou qui lui tapait sur nerfs avec ses astuces.

– Lieutenant, prends la perche ! Le mort te cherche.

Il le mit rapidement au courant : ils venaient de recevoir un appel d'un homme qui signalait la découverte d'un cadavre dans un bâtiment abandonné sur la rue du bord de mer, à Karavolas. L'homme avait

* *Spécialité traditionnelle, feuilleté sucré fourré à la crème (N.d.l.T.).*

expliqué que c'était en fait son chien qui l'avait trouvé : l'animal, qu'il avait sorti pour le promener, s'était brusquement mis à courir dans cette direction, il l'avait suivi et l'avait vu se tenir immobile, pleurant au-dessus d'une masse sombre ; en s'approchant, il avait vu qu'il s'agissait d'un corps immobile.

– Une ambulance a été appelée, mais si tu es dans le coin, fonce, et si c'est un meurtre, rapport immédiat, a dit le directeur !

Il avait lancé ces derniers mots pour lui faire peur, Ivan en était certain. Le directeur, il s'en contrefoutait, mais il irait tout de suite, pour y être avant que les urgentistes n'arrivent et n'embarquent le macchabée. Il descendit rapidement jusque chez lui, enfourcha sa moto, suspendit au guidon le sac avec la *bougatsa* et démarra en trombe.

Cinq minutes plus tard, il se trouvait devant l'immense construction inachevée. Une voiture de patrouille était déjà arrivée, mais pas encore l'ambulance. Le policier montra sa carte et salua l'équipage de la voiture, un sergent-chef à la veille de la retraite et un stagiaire, qui était blanc comme un linge et tenait à peine sur ses jambes – c'était sans doute la première fois qu'il voyait un cadavre.

– Qu'est-ce qu'il dit ? demanda-t-il au sergent-chef.

– Muet comme une carpe. Il n'y a pas de sang, mais ça me paraît suspect.

– Vous ne l'avez pas touché ?

– Négatif.

– Où est-il ?

– Deuxième étage, à gauche en entrant.

– Attendez-moi ici.

Il escalada l'escalier quatre à quatre. Les choses étaient conformes à la description de son collègue. Un homme corpulent, à plat ventre, le bras droit replié, avec la paume presque collée à la tempe, le gauche tendu, les doigts écartés, les jambes tendues également, cheveux gris. Ivan se pencha au-dessus de lui et l'examina, puis il sortit de sa poche une paire de gants qu'il enfila. Il saisit le corps par les épaules, le tourna un peu sur le côté, regarda son visage et reconnut l'homme qu'ils avaient cherché la veille avec Guérès, Aristotelis Sykoulakis. Merde, Guérès avait raison, le fou était effectivement la victime suivante, le meurtrier courait toujours. Il observa le mort. Autour de son cou, il y avait une ligne rouge, mais son expression était sereine, ses yeux bleus grands ouverts. Sa bouche était à demi fermée, il y enfonça un peu ses doigts, aucune trace de terre. Il remit le corps dans la position où il l'avait trouvé, fouilla ses poches, elles étaient vides. Enfin il jeta un coup d'œil autour de lui – ordures, madriers, clous. Tout en redescendant l'escalier, il ôta ses gants et les remit dans sa poche. Les deux hommes l'attendaient dans la rue ; le sergent-chef fumait, le jeune agent semblait s'être un peu remis. Il leur donna ses instructions :

– Il faut appeler l'Identité judiciaire. Établissez un périmètre de sécurité et interdisez l'accès au bâtiment. Demandez des renforts.

L'ambulance arriva à cet instant et se gara devant eux. Ivan s'approcha du conducteur et le salua.

– Allez faire un tour et revenez dans un moment, nous vous ferons signe.

L'ambulance repartie, Alexandrof regarda l'heure à sa montre ; il était déjà huit heures, il pouvait maintenant faire la visite promise à Guérès. En enfourchant sa moto, il vit le sachet de la *bougatsa* qui pendait toujours au guidon. Il redescendit, prit le sac et retourna vers la voiture de patrouille.

– Une *bougatsa* toute chaude, les gars, leur dit-il en défaisant le papier qui l'emballait ; une odeur de lait frais leur emplit les narines. Le sergent-chef tendit la main et s'en saisit, tandis que le stagiaire se mettait à vomir.

5

Ivan gara sa moto devant la maison de l'avenue Ionias, descendit et sonna. Une voix féminine lui répondit, il déclina ses nom et qualité, et la porte s'ouvrit quelques secondes plus tard. Il fut accueilli par une femme menue aux cheveux blancs et au nez pointu. Ses yeux étaient minuscules et le regardaient avec crainte, tandis qu'un animal empaillé ressemblant à une grande chèvre dotée d'énormes cornes avait également le regard fixé sur lui. La dame lui dit qu'elle s'appelait Vassiliki Sirmas, née Papadakis, épouse d'Anastassios Sirmas. Comme Ivan lui demandait si M. Sirmas était là, elle lui répondit que non, il n'était pas là à cet instant. À la question de savoir s'il tarderait, elle murmura un « je ne sais pas » hésitant, tout en jetant un coup d'œil furtif à l'horloge accrochée sur le mur d'en face. Il était huit heures et quart du matin.

L'absence du mari arrangeait Ivan, il lui semblait que cette femme parlerait beaucoup plus facilement que le sauvage dont Guérès lui avait dressé le portrait.

– Votre fille est là-haut ?

Vasso se crispa. Qu'est-ce que la petite avait encore fait ? Si son mari l'apprenait, elle allait se faire sonner les cloches.

– Je ne sais pas. Elle a fait quelque chose ?

– Pouvons-nous voir si elle est en haut ?

– Oui, bien sûr. Une minute, j'éteins le feu sous la casserole.

Ils sortirent dans le vestibule, gravirent l'escalier intérieur, frappèrent à la porte du deux-pièces, sans recevoir de réponse.

– Apparemment elle n'est pas là.

– Vous avez une clé ?

La femme pâlit, rougit, puis pâlit de nouveau. Elle ne voulait pas ouvrir l'appartement de sa fille à un inconnu. Elle savait naturellement que Kaitie n'était pas là, puisqu'elle ne l'avait pas vue depuis dimanche, mais la petite était comme ça, elle disparaissait sans crier gare et laissait sa mère payer les pots cassés. De plus elle lui interdisait d'entrer pour faire le ménage – Dieu sait dans quel état devait être son logis à présent. Quel besoin avait-elle eu de revenir habiter sous leur toit ? Ils vivaient fort bien, chacun chez soi, durant toutes ces années. Elle ne pouvait cependant mentir ouvertement à la police – elle hocha affirmativement la tête.

– Nous pouvons entrer ?

Elle chercha dans son trousseau, ouvrit la porte d'une main tremblante, ils entrèrent. Le tableau était conforme à ses craintes : lit défait, vêtements jetés partout, et même une petite culotte traînant par terre – quelle honte ! Elle se mit à ranger hâtivement, bredouillant un mot d'excuse. Ivan jeta un coup d'œil circulaire, la maison était en désordre, mais il n'y avait pas de traces de violence ni de départ précipité.

L'ordinateur sur le bureau était fermé, les tiroirs à leur place, il ne vit rien de suspect.

– Que se passe-t-il, monsieur l'officier ? La petite a fait quelque chose ? Il lui est arrivé un accident ?

– Non, non. Depuis quand ne l'avez-vous pas vue ?

– Depuis dimanche, mais elle disparaît souvent sans avertir. Que se passe-t-il ?

– Rien du tout, ne vous inquiétez pas. Je voudrais cependant vous poser quelques questions.

– À moi ? À quel sujet ? Moi, je ne sais rien, je suis à la maison toute la journée.

– Descendons, nous serons mieux en bas.

Ils descendirent l'escalier, Vasso au bord des larmes – qu'est-ce que la police venait faire chez elle ? Et si on avait vu cet homme entrer et rester aussi longtemps, qu'allait-on penser ?

– Mercredi dernier, avec votre époux, vous êtes allés voir son frère, Lefteris Sirmas. Ce soir-là, de minuit jusqu'au lever du jour, pourriez-vous me dire où était votre mari ?

La femme ouvrit la bouche, mais aucun son n'en sortit, elle semblait étouffer, elle fit un pas en arrière et s'assit sur une chaise. Ivan ne bougea pas.

– Vous vous sentez bien ?

Elle fit signe que oui, regardant de nouveau l'horloge, comme si elle attendait quelque chose.

– Je vais vous le dire, mais je vous en prie, ne le répétez à personne.

– À qui voulez-vous que je le dise ? Soyez sans crainte, tout ça restera entre nous. Alors, où était-il ?

Vasso se mordit les lèvres, ses yeux papillotaient nerveusement sans qu'elle puisse le contrôler.

– À l'hôpital, murmura-t-elle.

– Pardon ?

– À l'hôpital Venizeleio. Il fait une chimiothérapie. Nous y allons deux fois par semaine, le soir, et il reste toute la nuit pour son traitement. Il voulait voir son frère avant, pour lui dire de l'attendre, qu'ils partiraient ensemble, c'est ce qu'il lui a dit. Ensuite nous sommes allés à l'hôpital. C'est là qu'il est en ce moment. Il va bientôt rentrer, je vous en prie, partez et ne lui dites pas que je vous ai parlé, il veut que personne ne le sache, de peur des commérages, je vous en prie.

Des larmes coulaient maintenant de ses yeux, Ivan eut pitié d'elle ; sa dernière heure arrivée, cette femme se préoccuperait encore du qu'en-dira-t-on. Il la rassura, il ne dirait rien à personne, puis il prit les coordonnées du médecin qui le soignait, afin de vérifier la véracité de ses déclarations. Enfin il salua et sortit dans la rue, tandis que Vasso essuyait rapidement ses yeux et courait à la cuisine rallumer le feu sous la casserole ; il ne manquerait plus que le repas ne soit pas prêt et qu'en rentrant tout à l'heure Tassos la trouve assise les bras croisés.

6

Il tarda à se réveiller, le raki avait fait son effet et l'avait plongé dans un profond sommeil, d'où il émergea vers les dix heures du matin, quand la lumière du soleil qui entrait dans sa chambre tomba sur son visage. Il avait dormi avec la fenêtre ouverte et le volet à moitié tiré, comme lorsqu'il était adolescent et qu'il ne lui venait pas à l'esprit que quelqu'un puisse entrer par là avec de mauvaises intentions. Il s'assit dans le lit, vit l'harmonica à côté de son oreiller ; contre toute attente, il avait la tête claire, l'estomac en revanche le brûlait un peu, il n'aurait pas dû boire sans manger, c'était une erreur. Il se demanda un instant en quelle année on était, si toute son existence depuis l'instant où il avait définitivement quitté la maison n'était pas qu'un rêve, et s'il n'était pas encore un lycéen, libre de planifier sa vie comme il l'entendait. Il se rappela les décisions qu'il avait prises à l'époque : il ferait précisément ce que son père n'aurait voulu pour rien au monde, tout seul, sans aucune aide de sa part. La police. Il ne s'attendait pas à réussir le concours, il était de notoriété publique qu'on n'entrait pas dans la police sans piston, mais il y était finalement arrivé. Il n'en croyait pas ses oreilles quand on le lui avait annoncé au téléphone. Il avait fêté son succès tout seul. Le Cowboy s'était fâché lorsqu'il lui avait révélé son projet.

– Tu vas vraiment devenir un salopard de flic ?

– Laisse-moi tranquille, je ferai ce qu'il me plaît, lui avait-il répondu. Toi, reste pourrir à Héraklion.

Après les résultats, il avait acheté une bouteille de whisky, il était descendu au port et avait commencé à boire. Il n'était toutefois pas allé au-delà de deux verres. Le goût lui avait paru atroce et son envie de boire s'était évaporée, la sensation n'avait rien à voir avec celle qu'il éprouvait lorsqu'il buvait avec le Cowboy. Il avait vidé le reste dans l'eau, avait jeté un dernier regard au Koulès, lui avait dit adieu, à lui et à la meurtrière tout en haut – il en trouverait une autre à Athènes s'il devait faire le grand saut –, il était rentré à la maison et avait enterré son harmonica au pied du citronnier. Pour une obscure raison, il lui était impossible de le jeter.

Au salon, la télévision était toujours allumée ; à présent, les journalistes essayaient de deviner qui serait le Premier ministre provisoire chargé de mener le pays jusqu'aux élections, et espéraient que les citoyens comprendraient combien il était important que la Grèce reste dans la zone euro, continuant à les effrayer en agitant le spectre du communisme qui, dans l'esprit de certains, planait toujours sur l'Europe. Dimos jeta un coup d'œil à son père, la situation était inchangée, puis alla dans la cuisine où Tsveta étalait de la pâte et fabriquait quelque chose qui ressemblait à un récipient, tandis que, sur la table, étaient posés des sacs contenant divers légumes.

– Bonjour. Qu'est-ce que tu prépares ?

– Bonjour. *Gkiouvetsi** de Dobroudja.

– Et la pâte ?

– Je fais casserole pour servir *gkiouvetsi*. Tu manges ici à midi ?

– Je ne sais pas. Mon père ?

– Très calme. Toujours pareil.

– Tu peux me faire un café ?

– Da, je fais café tout de suite après la pâte.

Il la remercia puis retourna au salon, éteignit la télévision et s'assit dans le fauteuil de son père. Il connecta ensuite son téléphone, le signal d'un message se fit entendre presque tout de suite, il y avait eu trois appels d'Alexandrof à neuf heures. Il songea qu'il n'aurait peut-être pas dû éteindre son téléphone, mais il avait eu besoin de s'isoler un peu, au moins quelques heures. Il rappela le numéro.

– Ton meurtrier a été trouvé mort. Il a été étranglé, avec une corde, par-derrière.

– Merde. Des scarabées ?

– Pas dans la bouche. On vient de m'appeler du service de l'Identité judiciaire. Il en avait un dans la poche gauche, au niveau du cœur, je ne sais pas si c'est lui qui l'avait mis là ou quelqu'un d'autre. Et pour ton oncle aussi, chou blanc. Je suis allé chez lui, j'ai parlé avec ta tante, le vieux a un alibi en béton, chimiothérapie au Venizeleio, j'ai eu confirmation de là-bas.

Dimos fut davantage inquiété par la question de l'alibi que par l'état de santé de son oncle ; de toute façon, il n'existait plus pour lui depuis longtemps.

* *Le* youvetsi *est un plat traditionnel de viande et de pâtes (N.d.l.T.).*

– Qu'est-ce qu'on fait maintenant ?

– Ou bien on arrête tout, ou bien…

– On reprend à zéro.

– Dans tous les cas il nous faut retrouver la femme enceinte, ta cousine et ton pote. Si on en repère au moins un, on met en place une surveillance et on attend.

– Je vais voir ce que je peux faire. Tu connais le *youvetsi* de la Dobroudja ?

– Quoi ?

– *Youvetsi* de la région de la Dobroudja, Dobroutja, quelque chose comme ça.

– Non, pourquoi ?

– Rien. À plus tard.

Il raccrocha, porta la main à sa tête, la réalité le rattrapait et le frappait de plein fouet. Tout en commençant à boire son café, il reprit son téléphone ; il ne pouvait les laisser ainsi, il fallait qu'il les protège, à la fin il n'en resterait plus un seul. La réponse vint au bout de sept sonneries, alors qu'il s'apprêtait à raccrocher.

– Oui ?

– Où est le Cowboy ?

– Quoi ? Je n'entends pas, je suis en cours.

– Il faut que tu me dises où il est, il est peut-être en danger de mort.

À l'autre bout de la ligne, il y eut un silence, on n'entendait qu'une rumeur, comme si de nombreuses personnes parlaient en même temps.

– Une minute. Silence, les enfants ! Je ne sais pas, je ne l'ai pas vu, c'est la vérité.

– Foutaises ! Dis-moi où il est, sinon ils sont tous en danger, lui, Kaitie et l'enfant, tous ! Le meurtrier a fait une nouvelle victime.

– Je voulais lui dire de rester à l'intérieur, de se cacher, mais il ne m'a pas écoutée.

– Où est-il ?

– Je ne sais pas, il traîne dehors, je lui ai dit de rester à l'hôtel, mais il m'a répondu qu'il avait besoin de prendre l'air, il a dit qu'il resterait dans le coin et qu'il voulait voir sa ville.

– Qu'est-ce qu'il voulait voir ?

– Sa ville, ce sont ses termes, il verrait sa ville.

– Je sais où il est… murmura Dimos.

– Quoi ?

– Rien.

– Bon, je raccroche, je suis en cours.

Guérès but une dernière gorgée, mais le marc du café lui resta dans la gorge. « Il verrait sa ville » – quel idiot, il aurait dû y penser. Il se leva, alla dans sa chambre, mit la ceinture de force et cacha le revolver à l'intérieur. L'odeur qui parvenait à ses narines depuis la cuisine lui plaisant beaucoup, il décida de rentrer à midi pour le déjeuner ; Tsveta afficha un grand sourire quand il le lui dit.

X. TACHE MORALE

tache [ce qui ternit l'honneur et la réputation]
impureté (morale), point noir, ombre

1

Se dirigeant à pied vers le centre, il fit un premier arrêt chez le photographe, qui avait achevé le travail commandé. Au vu du résultat, il n'eut plus de doutes. L'un des deux soldats qui se trouvaient sur la photo en compagnie de son père était bien Aristotelis, le fou au téléphone, dont la vie avait pris fin quelques heures auparavant, dans un bâtiment en construction, après une vie pleine de souffrances, dont il ne restait rien. Le visage de l'autre homme avait été relativement éclairci, ses traits, qui se dessinaient vaguement dans l'ombre, semblèrent eux aussi familiers à Dimos, sans qu'il parvienne toutefois à déterminer son identité avec certitude. Il poursuivit sa route, arriva place Eleftherias, s'arrêta à un kiosque pour acheter quatre bières et un paquet de cigarettes Santé, descendit en direction de l'hôtel où il avait laissé Kaitie, passa devant le bâtiment où se trouvait le Laboratoire national de chimie, arriva en face du Blue Rose, mais au lieu de traverser et d'y entrer, il tourna tout de suite à droite et descendit les marches jusqu'aux vieux bancs, là où se trouvait la porte métallique rouillée. C'était comme autrefois, sauf qu'elle était maintenant recouverte d'un grand grillage métallique. Derrière l'attendait le muret qu'il devait franchir. Il regarda à droite et à gauche. S'il se suspendait au grillage et faisait une bonne traction, peut-être pourrait-il atterrir sur le mur. Évidemment, il y avait aussi le risque qu'il glisse et aille s'écraser quinze mètres plus bas. Il se redressa de toute sa hauteur, son dos craqua une fois de plus – depuis combien d'années n'était-il pas passé par là ? Vingt ? Peut-être encore davantage. Il vérifia que le revolver se trouvait bien à sa taille, cette idiotie d'absence de sécurité l'angoissait, mais il valait quand même mieux qu'il l'ait avec lui, il ne savait pas sur quoi il allait tomber. Il tendit les bras, saisit le grillage et, d'un bond, fut sur le muret. Il tituba un instant, son corps vacilla d'avant en arrière, mais il réussit à retrouver son équilibre et à se tenir debout. Il fit ensuite les quatre pas nécessaires et se retrouva sur la première des trois voûtes des anciens arsenaux, leur repaire secret d'adolescents avec le Cowboy, là où ils avaient amené les deux Suissesses dans le but de les sauter, le soir fatal où il avait perdu sa mère. Leur entreprise s'était soldée par un échec total. Les filles s'étaient montrées peu disposées à aller au-delà des baisers et du pelotage par-dessus les vêtements – en revanche, la vue leur avait beaucoup plu : « On voit toute votre ville », avaient-elles déclaré, même si seul le port était visible, et depuis lors ils avaient fait de cette phrase leur devise et leur boutade favorite. Le même tableau se déployait à présent devant Guérès : le port et la forteresse, la mer à perte de vue et, au milieu de la deuxième voûte, le Cowboy assis, les jambes repliées et les bras enserrant ses genoux.

Il s'approcha de lui à pas lents, sans que l'autre s'aperçoive de sa présence. Il ouvrit une bière, Héraklis tourna la tête un instant, Dimos but une longue gorgée et s'assit sur le ciment.

– Je ne pensais pas revenir ici un jour.

– Je ne pensais pas que tu t'en souvenais, répondit le Cowboy.

Il avait les yeux fixés sur un bateau qui s'éloignait rapidement.

– Je suis parti comme un imbécile, sans dire un mot, toi tu étais ici, moi j'ai disparu, je ne sais pas ce que nous avons encore en commun, mais je me souviens de ce que nous avons vécu ensemble.

Le Cowboy prit une bière, but à son tour une gorgée. Dimos ouvrit le paquet de cigarettes, lui en offrit une, en alluma une pour lui-même et fit un signe de tête en direction du port.

– Toute notre ville est devant nous, dit-il.

Le Cowboy rit, Dimos continua :

– Tu savais que « *Santé** » veut dire « À notre santé » en français ?

Héraklis leva sa cigarette en l'air.

– *Santé**, alors.

– À la nôtre, mon vieux.

– Tu te rappelles les Suissesses ?

– Quelles pouffiasses ! J'avais tellement la trique que j'en ai eu mal aux couilles après.

– Moi aussi, je m'en souviens encore.

– On aurait dû les laisser ici et se barrer, au lieu de les raccompagner à l'hôtel.

– Comment est-ce qu'elles s'appelaient ?

– Je ne m'en souviens même pas.

Le soleil était haut dans le ciel et chauffait, le bateau avait disparu à l'horizon, les deux premières canettes de bière étaient vides, ils avaient fini leur cigarette et Dimos était conscient qu'il devait entamer une discussion dont il ne savait pas où elle pouvait les mener.

– Kaitie m'a tout raconté. J'ignore comment vous en êtes venus à décider ça, mais puisque vous le voulez, je suis avec vous ; bien, nous allons donc devenir parents, et moi, dans l'affaire, je gagne un neveu. Le problème est que quelqu'un n'est pas d'accord avec vous. Tu as une idée de qui ça peut être ?

– Je cherche.

– Comment ? En restant assis ici ?

– Que veux-tu que je fasse ? C'est toi, le flic.

– C'est pour ça qu'il faut que tu m'aides. Pour protéger Kaitie et l'enfant.

– Comment ? L'enfant est parfaitement protégé, à midi nous partirons nous aussi et nous irons là-bas voir la femme, nous l'avons eue au téléphone, tout va bien.

– Où est-ce, « là-bas » ?

Le Cowboy fit un geste vague.

– Avec Kaitie nous avons décidé de ne le dire à personne, pas même à ma sœur.

– Pourquoi n'êtes-vous pas partis plus tôt ?

– Elle avait peur d'être suivie. Elle a préféré se cacher pour deux ou trois jours et Angie a proposé le Blue Rose, qui appartient aux parents de son mari.

Voilà pourquoi les chambres étaient gratuites, songea Dimos, voilà pourquoi tout était si facile. Il se frotta machinalement le nez.

– Tu sais qu'il la bat ?

– Qui ?

– Son mari.

Le Cowboy éclata de rire.

– Manolakis ? Il ne ferait pas de mal à une mouche ! Tu l'as déjà vu ? Il l'adore et lui fait une confiance aveugle. Même si elle le cocufiait sous ses yeux, il ne le croirait pas. Cet homme est un saint, qui d'autre pourrait supporter une folle pareille ? Elle est tout pour lui, les enfants s'élèvent tout seuls, grâce à Manolis et à sa mère.

– Mais qui, alors ? murmura Dimos.

– Le seul qui peut lever la main sur elle, c'est mon père. C'est la seule personne qu'elle craigne et à qui elle obéisse. Si tu savais combien de fois elle s'est pris une raclée ! Mieux vaut ne pas en parler.

Dimos vit mentalement la silhouette du vieux Vatalos, son corps droit, ses grands bras, sa voix tonitruante ; il imagina la scène et se mit à le haïr. Mais alors, pourquoi lui avait-elle menti ? Pourquoi ? Soudain une image surgit dans son esprit. Mais était-ce possible ? Il saisit son téléphone, trouva le numéro d'Ivan.

– Oui ?

– Sur le corps de Fountoulizakis, il y avait des petits cercles rouges. L'autopsie le mentionne ?

– Attends. Oui, « cercles causés par la pression d'un objet sphérique ».

– Ça pourrait provenir d'un stéthoscope ?

– Raccroche, je te rappelle.

Il se tourna de nouveau vers Héraklis.

– Où est ta moto ?

– Je l'ai laissée à la maison dimanche soir, pour brouiller les pistes. Pourquoi ?

– Et comment es-tu allé voir la fille, alors ?

– On a loué une voiture, on avait peur qu'on nous suive.

– Est-ce que quelqu'un d'autre a une clé ?

– Non.

– Tu en as une autre quelque part ?

– J'en ai laissé une chez mon père, au cas où je perde la mienne.

Dimos bondit sur ses pieds. Il ouvrit l'enveloppe que lui avait donnée le photographe.

– Regarde ça.

– Je la connais, cette photo, nous l'avons nous aussi quelque part.

– Qui est-ce, lui ?

– Mon père.

– Tu es sûr ?

– Tu déconnes ou quoi ? Je ne reconnaîtrais pas mon père ?

Le téléphone de Guérès sonna.

– Le médecin légiste dit que les traces peuvent tout à fait provenir d'un stéthoscope, le diamètre correspond parfaitement, de même que la surface, dépourvue de stries. Par ailleurs, l'autopsie a montré que la victime souffrait d'une maladie cardiaque.

– Je te rappelle.

– Que se passe-t-il ?

– Je te rappelle, je te dis, je suis pressé.

Il raccrocha, en sueur, puis se tourna vers le Cowboy.
– Allons-y vite.
– Où ?
– Allons-y, en espérant qu'il ne soit pas déjà trop tard !
Stupéfait, le Cowboy le regarda partir en courant puis, après un instant d'hésitation, lui emboîta le pas. Ils passèrent rapidement le grillage, arrivèrent au Blue Rose en deux minutes, entrèrent, passèrent sans le saluer devant le réceptionniste, qui n'était pas le même que la veille, grimpèrent quatre à quatre jusqu'au troisième et frappèrent à la porte de la chambre où Kaitie habitait. Ils attendirent un peu, pas de réponse. Ils frappèrent de nouveau.
– Appelle-la.
Héraklis composa le numéro, on entendit le téléphone sonner à l'intérieur, personne ne répondit.
– Attends ici, lança Dimos, se précipitant vers l'escalier.
Il dégringola jusqu'au rez-de-chaussée et se dirigea vers la réception, où un couple discutait avec l'homme qui se tenait derrière le comptoir. À leurs pieds, il y avait une grande valise rouge.
– La dame du 307… tu l'as vue partir ?
L'homme lui jeta un regard désobligeant.
– Je ne sais pas, monsieur.
– Tu l'as vue ?
Le réceptionniste, agacé, se retourna et regarda derrière lui.
– Sa carte n'est pas là, en tout cas.
– Tu as un double, un passe, quelque chose ?

– Je vous en prie, vous ne voyez pas que je suis occupé ?

Dimos l'attrapa par le col de sa veste et le tira violemment à lui. La femme poussa un cri, son compagnon fit un pas en arrière.

– Écoute, connard, cette dame est en danger, débrouille-toi pour qu'on puisse voir si elle est à l'intérieur, sinon, s'il lui arrive quoi que ce soit, tu peux numéroter tes abattis. Appelle tout de suite le directeur et trouve un passe, compris ?

Le réceptionniste tremblait comme une feuille.

– Compris, compris.

Dimos lâcha un de ses revers mais continua à le tenir par l'autre. De sa main libre, il tira de sa poche sa carte d'identité et la montra au couple.

– Police, *Polizei*, O.K. ?

L'homme fit signe que oui, prit la valise d'une main, tira sa femme de l'autre et l'entraîna vers la sortie.

Une minute plus tard, Dimos se trouvait devant la porte de la chambre de Kaitie, en compagnie du directeur. Comme le Cowboy se tenait debout, le dos appuyé contre la porte, l'air perdu, il l'écarta et sortit le Tokarev de sa ceinture. Le directeur pâlit.

– C'est indispensable ?

– Ouvre avant qu'il ne soit trop tard.

L'homme s'exécuta et s'aplatit par terre, terrorisé, tandis que Dimos entrait dans la pièce. La chambre était vide, les draps défaits, une chaise était renversée, le sac contenant les affaires de Kaitie était jeté dans un coin et son téléphone portable était resté sur la table.

Toutânkhamon

Chypre, jeudi 15 juillet 1965

L'averse estivale avait cessé, le soleil était sorti des nuages et la terre fumait. Les trois soldats descendaient la colline, portant tout leur fourniment sur le dos et leur arme à la main. Lefteris Sirmas, vingt-deux ans, agriculteur de Korfès, province de Malevizi, au nord-ouest d'Héraklion, qui était en tête, s'arrêta. Les deux hommes qui le suivaient firent de même. Il s'agissait, dans l'ordre, d'Aristotelis Sykoulakis, vingt ans, sans emploi, du hameau de Pyrgos, province de Monofatsi, au sud d'Héraklion, et d'Ajax Vatalos, vingt-quatre ans, venant tout juste de terminer ses études de médecine avec le diplôme de médecin généraliste, né dans le quartier de Patissia, à Athènes. Tous trois étaient exténués après les trois jours de manœuvres qu'ils venaient d'effectuer. Leur dernière mission : contourner la montagne et, sans se faire repérer, pénétrer dans le camp, ligoter les gardes et leur voler leurs armes, les condamnant de ce fait à un bon nombre de jours d'arrêt et témoignant ainsi, une fois de plus, de la valeur des commandos de montagne.

Ils avaient quitté le camp dès l'aube, pour ne pas être vus des « ennemis », mais devaient quoi qu'il en soit attendre qu'il fasse nuit. Ils étaient donc obligés de s'arrêter, alors qu'ils avaient déjà parcouru la moitié du trajet, pour ne se remettre en route qu'après le coucher du soleil. Ils reviendraient après, de manière à se trouver dans leur unité pour le rapport du matin, exhibant comme un butin les armes volées. D'ici là ils n'auraient aucun contact avec leur base, et s'ils se faisaient prendre, ils seraient considérés comme des déserteurs et seraient passibles de graves sanctions, probablement même de la cour martiale. C'était cela l'entraînement des commandos de montagne, on risquait beaucoup pour prouver que l'on était digne d'en faire partie.

À leur droite, en contrebas, s'étendait une immense plage plantée de palmiers, au bout de laquelle s'élevait un énorme rocher creusé de quelques cavernes. Aris regarda les arbres qui se dressaient tout au long de la grève.

– Eh, les malheureux, comme ils poussent dans le sable ! s'écria-t-il.

Ajax regarda Aris avec étonnement, décidément ces Crétois s'exprimaient d'une drôle de façon.

– Que veux-tu dire ? demanda-t-il à Aris.

– Rien ne peut les tuer, il me semble, lui répondit celui-ci.

– Des palmiers Phoenix, chuchota Ajax, le cerveau déjà en branle, peut-être était-ce là le prétexte qu'il attendait.

Lefteris prit ses jumelles, examina attentivement les alentours, il n'y avait pas âme qui vive. La descente serait dangereuse, ils seraient visibles en beaucoup d'endroits, mais les grottes pourraient probablement les cacher pour le restant de la journée. Il se tourna vers ses deux compagnons et leur expliqua son plan, qui fut accepté à l'unanimité. Les trois hommes commencèrent à descendre prudemment vers la plage. Ils passèrent à travers les palmiers, qui formaient une ligne droite, et, traînant les pieds pour ne pas laisser de traces, arrivèrent aux rochers, tout au bout de l'étendue sableuse.

La mer étincelait. Ils laissèrent leurs affaires dans la première grotte qu'ils trouvèrent et marchèrent jusqu'à la suivante, qui était beaucoup plus grande, assez vaste pour qu'ils puissent s'y étendre tous les trois et prendre un peu de repos. Ils enlevèrent leur vareuse et leurs godillots, s'allongèrent et s'endormirent presque instantanément. Lefteris fut réveillé par la voix d'Aristotelis, qui semblait provenir d'un point éloigné.

– Venez voir, venez voir !

À côté de lui Ajax se frottait les yeux, encore à moitié endormi. Ils se levèrent tous les deux à contrecœur ; Aristotelis s'enthousiasmait pour un oui ou pour un non, surtout quand il n'avait pas sa radio, avec laquelle il entretenait une relation exclusive, « amoureuse », disaient en le raillant certains de ses camarades. Le gamin était un fanatique de l'armée, que Lefteris et Ajax avaient pris sous leur protection, de peur qu'il ne fasse quelque bêtise et n'ait des ennuis. Il voulait à toute force attaquer les Turcs et venger la mort de son grand-père, qui avait été tué lors de la Catastrophe d'Asie Mineure, en 1922. C'est Ajax qui avait proposé que Sykoulakis vienne avec eux, l'ordre disait simplement : « Vatalos et Sirmas, prenez un gars avec vous et partez. » Vatalos étant sergent-major, c'était lui que le lieutenant avait appelé pour lui communiquer les ordres. Le choix d'Aris n'était pas dû au hasard, Ajax avait eu l'intuition que ce type un peu fruste servirait à merveille ses desseins. Les consignes que lui avait transmises le lieutenant de la part du *Grand* étaient claires : il fallait que la mission ait une fin malheureuse et puisse directement être associée à l'affaire ASPIDA*. Il revenait à Vatalos de trouver le moyen d'y parvenir, tandis que la suite était du ressort du Grand. Ils partirent à la recherche d'Aris et le trouvèrent au fond de la grotte, penché sur un squelette humain.

– Regardez.

Aris leur montra le visage du mort, dont la bouche était ouverte et remplie de terre. Lefteris s'approcha, quelque chose brillait là-dedans. Il prit une pierre et écarta avec précaution la terre, faisant apparaître un objet doré. Continuant à creuser, il finit par dégager un scarabée en or, d'une longueur de deux centimètres environ.

* *L'affaire ASPIDA (acronyme qui signifie « bouclier » en grec) est un scandale politique et militaire qui éclate en mai 1965 ; c'est l'une des causes de la démission du Premier ministre Georges Papandréou, chef de l'Union du centre, et des événements de juillet 1965 (Iouliana), événements qui préparent à leur tour la dictature du 21 avril 1967. Konstantinos Mitsotakis (surnommé* le Grand*), qui appartenait au gouvernement de Georges Papandréou, se désolidarise de celui-ci après sa démission, raison pour laquelle il est désigné à l'époque comme « apostat », et entre dans les gouvernements formés ensuite à l'instigation du roi, ou gouvernements des « apostats ».*

Les trois hommes se regardèrent, interloqués – que diable était-ce donc ?

– Quelqu'un l'a mis là, dit Lefteris.

– Pourquoi donc ? demanda Aris.

Depuis un moment, Ajax se taisait. Il s'avança à son tour, tendit la main et s'empara du scarabée. Une histoire était en train de prendre forme dans son esprit, en partie inspirée par un article lu dans une encyclopédie.

– Les anciens Égyptiens croyaient que les coléoptères étaient exclusivement mâles et qu'ils se reproduisaient en jetant leur sperme sur une boule de fumier. Selon la religion égyptienne, une fois couché, le soleil allait éclairer le monde des morts, et, chaque matin, il était renouvelé par leur dieu. Le scarabée aussi avait une signification symbolique. On plaçait une amulette en forme de scarabée sur le défunt, parfois sur l'emplacement du cœur de la momie, comme dans le cas du pharaon Toutânkhamon, comme symbole de renaissance et de résurrection. Le scarabée dans la bouche signifie que la personne devait mourir et sa bouche se fermer pour toujours. De plus, les scarabées délivraient des messages dans l'autre monde. Si quelqu'un devait quelque chose à un mort, il le lui envoyait avec un scarabée placé dans la bouche d'une personne qui venait de mourir.

– D'où tiens-tu tout cela ? demanda le jeune soldat, sous le charme des paroles de Vatalos.

Lefteris secoua la tête. Il savait que les hommes adhéraient à toutes sortes de croyances et pouvaient trouver mille prétextes pour tuer. Qui sait quand ce malheureux était mort et pour quelle raison.

– Quand j'égorgerai mon premier Turc, je lui mettrai un charançon dans la bouche et je lui dirai d'aller porter le message à mon grand-père, poursuivit son compatriote.

– Arrête tes âneries, tu vas finir par avoir des ennuis. Tu ne vas égorger personne.

– Les Turcs ont tué mon grand-père et nous ont chassés de notre maison. Il a été égorgé sous les yeux de ma mère, c'est un miracle qu'elle en ait réchappé.

– Tu nous l'as déjà raconté cent fois. Autres temps, autres mœurs.

– Ceux qui nous ont arrachés à notre terre doivent payer.

Sirmas regrettait d'avoir engagé la discussion, il savait qu'il n'est pire sourd que celui qui ne veut pas entendre. Ajax intervint, ils devaient se remettre en route pour qu'il puisse accomplir sa mission et ensuite quitter Chypre, comme le lui avait déjà promis le Grand. Ce dernier aurait ensuite soin de le récompenser comme il convenait, la voie s'ouvrirait alors largement pour lui.

– Il nous faut un nom de code pour notre opération, qu'en dites-vous, si on l'appelait Scarabées ?

– Opération Scarabées, s'écria Sykoulakis avec enthousiasme, tandis que Lefteris secouait la tête avec indifférence, ça lui était égal, il voulait en finir avec cette histoire.

– Laissez ce macchabée et allons à côté.

– Et le bijou ? On dirait de l'or, dit Vatalos en le mordant.

– Remettons-le à sa place, comme ça son secret ne sera jamais découvert. Dans mon village, on dit que si tu voles quelque chose à un mort, il te poursuivra jusqu'à ce que tu le rejoignes dans l'autre monde pour le lui rendre.

Pendant que Lefteris s'éloignait, suivi d'Aris, Ajax se pencha sur le squelette et fit mine de remettre le scarabée en or dans sa bouche mais, d'un geste de prestidigitateur, il l'enfouit dans sa poche.

Le soleil avait déjà commencé à baisser à l'horizon et les trois soldats ne savaient pas encore que, à neuf cent soixante-dix kilomètres de là, un Premier ministre s'apprêtait à démissionner et qu'un autre attendait, dans la pièce voisine, de prêter serment à sa place.

Changement de gouvernement

Héraklion, dimanche 18 juin 1989

Le Premier ministre allait changer, mais c'était le cadet de ses soucis en ce moment. Il était onze heures du soir, Lefteris devait certainement se trouver au bureau du parti. Il était passé devant un peu plus tôt et l'avait aperçu à travers la vitre, assis quasiment seul, l'imbécile, chien fidèle jusqu'à la fin, attendant la mort de son maître pour le suivre. Pour sa part, il avait pris les devants, le changement de gouvernement ne le trouverait pas démuni, bien au contraire, il avait pris ses précautions, le Grand ne l'oubliait pas et avait foi en lui. Son heure viendrait, mais dans l'immédiat il avait une question à régler. Héraklis était sorti, il était allé en ville avec Dimos, le champ était donc libre. Il lui avait même dit qu'il ne rentrerait pas avant une heure et demie du matin, et que Dimos conviendrait de la même chose avec son père, de sorte qu'il n'y avait aucun risque qu'ils reviennent plus tôt, ils épuisaient toujours la marge de liberté qu'on leur donnait. Elle aussi, cependant, avait épuisé sa patience. Quelle idiote, le menacer de tout révéler et de garder l'enfant !

Qu'est-ce qu'elle s'imaginait, qu'elle pouvait détruire aussi facilement sa carrière et sa réputation ? Non, il ne laisserait jamais faire cela, à aucun prix.

Le hasard fait curieusement les choses, songea-t-il. Ce matin-là, il était descendu à la cave chercher un parasol pour la plage. En fouillant derrière des cartons, il en avait fait tomber un par terre. Il s'était ouvert et son contenu s'était répandu sur le sol : au milieu de divers objets oubliés, il y avait un de ses vieux pantalons de l'armée. En essayant de le replier, il l'avait secoué et avait entendu un son métallique sur le sol. Il s'était penché pour voir ce que c'était et était resté pétrifié. Une bague en or avec une pierre noire, qui avait disparu depuis quinze ans, mais dont il voyait l'exacte réplique chaque fois qu'il rencontrait Sirmas.

Pourquoi fallait-il qu'elle réapparaisse aujourd'hui ? s'était-il demandé. Au début, il avait eu peur, quel genre de présage était-ce là ? Par la suite, cependant, il avait retrouvé son calme. Il l'avait prise, l'avait levée en l'air pour l'examiner ; le temps l'avait ternie. « Le meilleur présage est de se battre pour sa patrie », dit Homère… À d'autres ! Il aurait dû dire « pour sa partie », avait-il pensé, avec un rire sarcastique. Il avait frotté le bijou sur son polo, la pierre s'était mise à briller. Je vais étouffer cette histoire comme j'ai étouffé l'autre, avait-il décidé. Il s'était demandé quoi faire de la bague. Au début, il avait voulu la jeter, mais son ancienne promesse lui était revenue à l'esprit. Non, son heure n'était pas encore venue. Il lui fallait trouver un endroit où la cacher jusqu'au moment où il pourrait faire le nécessaire.

Arrivé devant sa maison, il jeta un coup d'œil circulaire ; il faisait maintenant nuit noire, les gens étaient tous devant leur écran pour suivre les résultats des élections, soit chez eux, soit – pour les plus fanatiques – dans les locaux des différents partis. L'issue du scrutin ne faisait plus de doute pour personne, mais peu importait, ce nouveau système, qui informait en temps réel du décompte des votes, créait un état d'anxiété dans le public et faisait monter le taux d'adrénaline ; la télévision savait parfaitement comment retenir les spectateurs cloués sur leur siège.

Il sonna, attendit un peu, la porte s'ouvrit, sa tête apparut – sacrebleu, c'est pour ça qu'il avait cédé, elle était si belle !

– Qu'est-ce que tu viens faire ici ?

Sa voix atone le ramena à la réalité, il avait une tâche à accomplir. Jusque-là il avait confié toutes les missions à d'autres, c'était maintenant à lui de solder les comptes.

– Je peux entrer ? Les voisins risquent de nous voir.

Aphrodite s'effaça et Ajax franchit le seuil. Le salon était plongé dans une demi-obscurité, seule un peu de lumière provenant du couloir permettait de distinguer vaguement la forme des objets et les ombres.

– Qu'est-ce qui s'est passé ?

– Ce que je t'ai dit. Il a trouvé le test, je vais tout lui dire, peu m'importe ce qui arrivera.

– Tu es folle ? Tu veux me détruire ? Moi, ma famille, ma carrière ?

Aphrodite haussa les épaules, elle ne supportait plus de l'entendre, comment avait-elle pu tomber amoureuse de lui ?

– Il faut qu'on assume les conséquences de nos actes.

– Qu'est-ce que tu racontes ? Quelles conséquences de nos actes ? Tu vas me faire le plaisir d'oublier ces foutaises et de te débarrasser de l'enfant. Et le test, d'ailleurs, comment l'a-t-il trouvé ? Tu es complètement idiote ? Tu fais un test et tu le laisses traîner pour qu'il le trouve ?

Il tendit le bras derrière lui et ferma la porte en prenant garde à ne pas faire de bruit. Aphrodite se dirigea vers l'interrupteur, posa la main dessus et le regarda.

– Que soit puni celui qui doit l'être et comme il doit l'être. J'en ai assez de vivre cachée dans l'ombre.

La lumière le fit sursauter, il se protégea les yeux de ses mains, tel un animal nocturne surpris au moment où il vole des œufs. Elle sourit et éteignit de nouveau, l'obscurité l'effraya encore davantage, mais il ne dit rien.

– Tu es mariée.

Aphrodite saisit son alliance à l'émeraude verte, la retira de son doigt et la jeta par terre. La bague roula sur le sol et atterrit sous le canapé.

– Voilà, je suis libre.

– Que veux-tu dire ?

Elle éclata d'un rire moqueur qui lui transperça les tympans.

– N'aie pas peur, je ne vais pas te faire une demande en mariage. Tu es minable !

Il fit un pas vers elle, elle ne recula pas, conservant son regard fixé sur lui. Le persiflage lui était insupportable, il serra les poings, sa langue frappa avec dureté ses incisives :

– Tu es folle, ce n'est pas ma faute, tu aurais dû me dire qu'il y avait un risque.

– Laisse-moi tranquille, va-t'en, je ne veux plus te voir.

Aphrodite esquissa un mouvement vers la porte, cependant Ajax la saisit brutalement par le poignet ; elle était comme toutes les autres, elle portait une chose abjecte en elle et elle aurait la même fin.

– Je ne vais nulle part.

– Lâche-moi, tu me fais mal !

Il la tira avec force vers lui, tentant de lui fermer la bouche avec sa paume, mais elle le mordit, si bien qu'il retira vivement sa main ensanglantée. Elle fit un pas pour s'éloigner mais il la rattrapa si violemment qu'elle perdit l'équilibre et tomba par terre, sans avoir le temps d'amortir sa chute. Elle sentit son ventre qui cognait contre le marbre glacé et eut une pensée pour la petite masse de cellules qui subissait déjà la violence et vivait sa première terreur ; comment la protéger ? Elle tenta de se relever, mais Ajax s'abattit sur elle, l'écrasant de tout son poids, la recouvrant entièrement, telle une ombre pesante qui l'empêchait de se relever, elle qui n'aimait que le soleil. Son visage était plaqué contre le sol, d'une main il lui fermait la bouche, de l'autre il lui pinçait le nez, elle se débattit pour lui échapper, mais ses forces allaient en diminuant, elle ne pouvait plus respirer, elle pensa au bébé qu'elle portait dans son ventre, à son mari qui ne méritait pas la souffrance qu'elle lui infligeait, à son fils qu'elle adorait. C'est sur lui que son esprit s'arrêta, sur son cher Dimos qui allait rester seul, elle raidit bras et jambes, fit une dernière tentative pour se lever, mais l'homme sur elle était trop lourd, ses muscles se détendirent, un doux vertige commença à descendre depuis le sommet de sa tête jusqu'à ses yeux, un léger sourire se forma sur son visage, quoi qu'il arrive, son fils serait avec elle.

Ajax relâcha sa prise, se leva et alla s'asseoir dans un fauteuil, essoufflé.

– Maintenant, tu ne me verras plus, grogna-t-il entre ses dents.

Il contempla ce corps qu'il avait désiré et dont il avait joui, il lui sembla voir qu'elle souriait, mais il se passa la main sur les yeux et l'image disparut. Il ne regrettait rien, il n'y avait pas d'autre solution, il ne pouvait risquer de tout perdre, il avait agi en homme, écarté la tentation, débarrassé de ses ronces le sentier qui le conduirait à la place qu'il méritait. Il se pencha de nouveau sur Aphrodite, chercha son pouls pour s'assurer qu'elle était bien morte. Puis il la souleva dans ses bras et la transporta dans la chambre à coucher. Il l'allongea sur le lit, vit la boîte de somnifères et le verre vide sur la table de nuit à côté d'elle. Coup de chance ! songea-t-il. Il vida la boîte, alla à la salle de bains, jeta les comprimés dans la cuvette des toilettes, lava le sang qu'il avait sur la main, se recoiffa en se regardant dans la glace, mit un peu d'eau dans le verre, le replaça sur la table de nuit. Il retourna ensuite au salon, fureta un peu sans savoir ce qu'il cherchait ; sur la table il y avait le message de

Dimos, « Je rentrerai tard », lut-il, avant de le plier et de le mettre dans sa poche. Il fallait qu'il s'assure d'être le médecin qui constaterait le décès. Il regarda sa montre, il était onze heures et demie, il sortit dans la rue, monta jusqu'à l'église de la Panagia, la Sainte Vierge, celle que tous appelaient par son diminutif, la Panagitsa, la petite Sainte Vierge, peut-être parce qu'ils la croyaient faible, ou parce qu'ils l'aimaient comme leur enfant. Il faisait chaud ou bien était-ce lui qui transpirait ? Presque en face des bureaux du PASOK, il y avait un café qui restait ouvert très tard, il y entra, commanda un double whisky et attendit que l'heure passe, le regard tourné vers la vitrine d'en face. Quand tous, à l'exception de Lefteris Sirmas, eurent quitté les bureaux du parti, il était une heure du matin et le résultat de la confrontation électorale était désormais confirmé. Ajax Vatalos se leva, paya sa boisson et traversa la rue d'un pas décidé.

2

Il y a des moments où on sent que l'on aura beau courir, on sera en retard, où le temps et les événements vous dépassent et où l'on est condamné à arriver trop tard. Guérès éprouva ce sentiment quand, après vingt minutes de course effrénée, ils arrivèrent à la maison du Cowboy. La sensation se confirma lorsqu'ils se trouvèrent devant le garage. La Yamaha n'y était pas. Dimos était hors d'haleine, Héraklis, plus mal en point encore, s'allongea sur le sol en ciment. Les bras écartés, il respirait péniblement, l'air lui manquait, ce qu'il avait tenté de construire ces derniers temps semblait s'effondrer, l'échec imminent l'accablait, encore un fiasco, et cette fois-ci non pas aux yeux des autres, mais à ses propres yeux. La langue de Dimos lui collait au palais, il était incapable de parler. Au bout d'un moment, il réussit à se redresser et à ouvrir la bouche.

– Allons chercher la voiture.

C'est ce qu'il avait tout de suite proposé au Cowboy, d'y aller avec la voiture qu'il avait louée, mais celui-ci avait insisté pour prendre la moto. Ils avaient caché la jeune femme enceinte dans une maison de campagne qui appartenait à Kaitie, sur la route de Kroussonas, un village à une demi-heure d'Héraklion. La maison était située à flanc de colline, tout au bout d'un chemin de terre étroit et accidenté. La voiture qu'avait louée Héraklis n'était pas non plus là où il l'avait garée au lever du jour. Il avait confié les clés à Antigone pour qu'elle les donne à son tour à Kaitie. Celle-ci partirait ainsi de son côté et Héraklis la rejoindrait à moto, après avoir acheté des provisions afin qu'ils puissent rester là-bas quelques jours. Leur plan était de se donner un peu de temps pour réfléchir à ce qu'ils allaient faire. Ils ne pouvaient naturellement pas garder une femme enceinte trop longtemps isolée dans une maison à la campagne, il s'agissait plutôt d'un refuge provisoire en attendant qu'une solution plus durable soit trouvée, que les meurtres cessent ou que l'assassin soit appréhendé.

Ils avaient appelé la sœur du Cowboy pour vérifier si elle avait effectivement pu donner les clés à Kaitie, mais personne n'avait répondu. Même déconvenue avec Eftychia Manassakis, le « tut-tut » répétitif et le message enregistré les avertissant que l'appel était redirigé vers la messagerie leur avaient paru le pire oracle qu'ils pouvaient recevoir. C'est ainsi qu'ils s'étaient finalement mis en route à pied pour aller chercher la moto du Cowboy, sans rencontrer le moindre taxi en chemin.

Dimos attrapa la main d'Héraklis et l'aida à se mettre debout. Dix minutes plus tard, ils trouvaient la Hyundai à l'endroit où Dimos l'avait garée, près de la maison familiale. Il mit le contact, le moteur fit son bruit de crécelle habituel, puis s'arrêta. Dimos tenta de nouveau de démarrer, sans résultat. Il était déjà midi.

– Putain de merde, jura-t-il en frappant le volant de la main, tandis que sa température intérieure montait dangereusement. À côté de lui, Héraklis tremblait.

Il fallait absolument qu'il contrôle ses nerfs, si une crise le prenait maintenant, tout était fichu. Il se mordit violemment la lèvre inférieure, sa bouche s'emplit de sang, mais la douleur lui éclaircit un peu les idées. Il tâta sa poche, ses cachets étaient là, il ouvrit la portière de la voiture et les jeta avec rage dans le caniveau. Son regard tomba sur le vieux pick-up de son père, qui était garé un peu plus loin ; marcherait-il encore, par hasard ?

– Attends, dit-il au Cowboy, avant de bondir hors de la voiture et de courir vers la maison.

Il appuya sur la sonnette tout en cognant sur la porte avec son poing. Une voix effrayée demanda qui était là. Dimos dit son nom, la porte s'ouvrit et il se précipita à l'intérieur, renversant presque Tsveta au passage. Il alla droit à la bibliothèque, trouva le vase vide, y plongea la main, la clé était là, la question était maintenant de savoir si la voiture démarrerait. Il sortit en courant, fit signe au Cowboy, monta dans le pick-up et mit le contact ; le bruit du vieux moteur résonna comme une douce mélodie à ses oreilles.

Ils remontèrent toute la rue Akadimias pied au plancher, passant tous les feux et les croisements avec les warnings allumés et la main collée sur le klaxon, puis foncèrent au même régime dans l'avenue des

62-Martyrs. Heureusement, la circulation était fluide et, à l'exception d'un ou deux véhicules, la plupart des automobiles se rangèrent sur le côté pour les laisser passer. Pendant ce temps Héraklis, assis sur le siège passager, appelait alternativement Angie et Eftychia, utilisant tantôt son propre téléphone, tantôt celui de Kaitie, qu'ils avaient récupéré dans la chambre d'hôtel, sans succès cependant. Aucun d'eux ne parlait, même si Guérès savait que de nombreuses questions s'accumulaient dans la tête du Cowboy.

Ils s'engagèrent sur la route de Kroussonas, le pick-up grinçait et Dimos avait à chaque virage l'impression qu'il allait lui échapper. Un peu avant Kavrohori, la route étant coupée en raison de travaux, Guérès freina légèrement.

– Vas-y, sinon il faut faire tout un détour, lui cria le Cowboy, et il appuya de nouveau à fond sur l'accélérateur.

Le pick-up fit un bond en l'air puis retomba avec fracas, le choc se répercuta dans la colonne vertébrale de Dimos qui serra les dents pour ne pas hurler de douleur. La voiture rebondissait sur les ornières, soulevant un nuage de poussière. Héraklis lui montra enfin un embranchement sur la gauche et Dimos tourna dans un mauvais chemin tout juste assez large pour un seul véhicule. Cinq cents mètres plus loin, ils s'arrêtèrent devant une petite maison. Ils bondirent tous les deux du pick-up, laissant les portières ouvertes, et se précipitèrent vers l'entrée, Dimos le revolver en main. La porte semblait fermée, ils la poussèrent avec force, elle ne portait pas de trace d'effraction. Comme Eftychia ne répondait pas à leurs appels, le Cowboy sortit une clé de sa poche, ouvrit et ils entrèrent tous les deux en même temps.

Une jeune femme était étendue sur un lit juste en face de l'entrée, le visage en partie recouvert par ses longs cheveux bruns bouclés, l'expression sereine. Le Cowboy s'immobilisa, pétrifié, la montrant du doigt, mais Guérès s'avança d'un pas décidé et posa sa main sur son cou pour prendre son pouls. Il battait normalement et sa peau était chaude. La jeune femme soupira et ouvrit les yeux. En voyant Dimos debout au-dessus d'elle, l'arme à la main, elle poussa un hurlement et se recula au fond du lit en criant :

– Non, non !

Il lui prit les mains et tenta de la rassurer.

– Calme-toi, je suis un ami.

Comme elle continuait à crier, Dimos lui lâcha les mains et fit un pas en arrière, laissant Héraklis s'approcher d'elle.

– C'est moi, tout va bien.

La fille, qui ne semblait pas comprendre ce qu'on lui disait, porta les mains à ses oreilles et retira les bouchons improvisés qu'elle portait. Cinq minutes plus tard elle avait retrouvé son calme. Elle n'arrivait pas à dormir cette nuit, à cause d'un bruit qu'elle entendait, si bien qu'elle avait pris du coton qu'elle avait trempé dans un peu d'huile et roulé pour lui donner la forme convenable, selon une technique que lui avait apprise sa grand-mère, leur expliqua-t-elle avec un fort accent de Réthymnon, qui fit rire Dimos malgré lui. Elle avait mis son téléphone sur silencieux, elle ne supportait plus les insomnies, cela la rendait folle, leur dit-elle en pleurant presque. Le Cowboy la tranquillisa, il s'était simplement inquiété parce qu'elle ne répondait pas au téléphone, c'est pour ça qu'ils étaient venus ; il ne lui dit rien de la disparition de Kaitie.

Dimos prit le téléphone qui était sur la table et regarda les derniers appels. Il y en avait cinq émanant du portable d'Héraklis, cinq de celui de Kaitie, et deux d'un autre numéro. Le Cowboy lui avait expliqué qu'ils lui avaient acheté ce téléphone avec un nouveau numéro que personne d'autre ne connaissait, pour communiquer avec elle. Il forma sur son propre appareil le numéro inconnu, appuya sur la touche appel, regarda avec épouvante l'écran et raccrocha immédiatement. Il mit rapidement le téléphone de la fille dans sa poche, en prenant garde que personne ne le voie. Puis il fit signe à Héraklis et les deux amis sortirent.

– Reste avec elle, je vais t'envoyer de l'aide. Un ami à moto, blond, avec une moustache, il s'appelle Ivan.

Le Cowboy lui saisit le bras.

– Je ne fais confiance à personne.

– Qu'est-ce qu'on fait, alors ? Il faut que tu lui fasses confiance. Prends ça, lui dit-il en lui mettant le Tokarev dans la main.

Le Cowboy s'en saisit avec hésitation.

– Qu'est-ce que tu veux que j'en fasse ?

– Au cas où. Fais attention, il n'a pas de sécurité, et il ne contient que trois balles en tout et pour tout.

– Et toi, où vas-tu ?

– Il faut que je trouve Kaitie, elle est peut-être en danger. Si elle ne lui dit pas où elle se cache, il ne la tuera pas. C'est Eftychia la cible.

– De qui ?

– Je ne sais pas encore, mais…

– Tu soupçonnes mon père ?

Dimos hocha affirmativement la tête. Héraklis serra l'arme dans sa main.

– Comment vas-tu la trouver ?

– J'ai mon idée. N'ouvre à personne, surtout pas à ton père, et ne réponds à personne au téléphone, même pas à ta sœur.

3

C'était la première fois qu'il l'entendait parler de cette voix cassée. Il avait reçu son appel une demi-heure plus tôt, voyant son nom s'afficher sur l'écran, il avait hésité, mais avait ensuite appuyé avec détermination sur le bouton.

– Oui.

– Ma fille, ma chère petite Clio, est partie, je ne sais pas où elle est, ça fait six heures qu'elle a disparu, elle ne répond pas, son téléphone est éteint, j'ai cherché partout, j'ai demandé à la gare routière, personne ne l'a vue.

– Calme-toi, Chronis, calme-toi.

– S'il lui arrive quelque chose, je vais devenir fou. Il ne me reste plus qu'elle. Si quelqu'un lui fait du mal, je le tuerai.

– On va la trouver.

Il avait raccroché, frappé par la transformation radicale de l'attitude de son collègue. C'était normal, toutefois, un homme finit par atteindre ses limites, quelque chose se brise en lui et il s'effondre. Il appela Clio, son téléphone était éteint, comme l'avait dit Kouliarakis – où diable la petite était-elle ? Soudain, une idée lui vint, il sortit en courant et bondit sur sa moto. Il descendit à toute allure l'avenue Kazantzidi, passa les feux, déboucha sur la rue de la mer, en dix minutes il était en bas de chez lui. Il gara la moto, ouvrit la porte, se lança dans l'escalier, où son odorat ne perçut aucune odeur de cuisine, arriva au quatrième, mit la clé dans la serrure, la tourna, la porte n'était pas verrouillée. Le calme régnait dans l'appartement, mais quelque chose clochait, il lui semblait percevoir une présence. Il laissa la porte d'entrée ouverte, porta la main à son arme de service, fit deux pas à l'intérieur, promenant un regard inquisiteur autour de lui. Sur la table du salon, il y avait un sac, qu'il reconnut. Il prononça doucement son nom. Aucune réponse. Il s'avança dans la chambre, le lit était vide. Dans la salle de bains la lumière était allumée et on entendait de l'eau couler. Il frappa légèrement à la porte.

– Clio ?

L'eau continua de couler. Il frappa de nouveau.

– Clio ?

Il lui sembla entendre de faibles pleurs à l'intérieur. Il retourna au salon, alluma une cigarette et colla le nez contre la vitre. La circulation continuait, la rue qui menait au Koulès était pleine de gamins, comme si une école entière était venue en excursion, mais aucun professeur n'était visible. Sa cigarette terminée, Ivan l'écrasa dans le cendrier et retourna vers la salle de bains, l'eau coulait toujours, il posa la main sur la poignée, appuya doucement, la porte s'ouvrit. La première chose que vit Ivan fut le bras tendu de Clio, il y avait une entaille au poignet par laquelle le sang s'écoulait, sans que l'eau qui ruisselait sur son corps nu ne parvienne à le laver. Il entendit au loin son téléphone qui sonnait. Il tourna inconsciemment la tête de ce côté, et se retrouva nez à nez avec le canon du revolver que tenait Chronis.

Le pick-up de Lefteris Sirmas, un Nissan modèle King Cab de 1991, stoppa à côté du Musée archéologique d'Héraklion. Sa tentative de joindre Ivan par téléphone avait de nouveau échoué. Il était midi et demi, pourvu qu'Antigone ne soit pas encore partie ! Peut-être aurait-il de la chance, pour une fois. L'endroit où il s'était arrêté n'était pas idéal, il s'était garé en double file, bloquant deux voitures de location, mais il n'avait le temps de penser ni au dérangement qu'il était susceptible d'occasionner aux conducteurs, ni à la contravention que la police risquait de lui mettre. Depuis son portable, il appela les renseignements pour obtenir le numéro du collège. Deux minutes plus tard, une voix féminine l'informa, avec une pointe de contrariété, que Mme Vatalos était encore en cours et qu'elle ne pouvait lui dire à quelle heure elle terminerait. Il descendit du Nissan en laissant les clés sur le contact, pour qu'on puisse le déplacer en cas de besoin. Juste à côté, en face du musée, il y avait un magasin de souvenirs dans lequel il acheta un couteau sur lequel était gravée une *mandinada** qu'il ne prit même pas

* *Les mandinades sont des distiques caractéristiques de la poésie populaire crétoise.*

la peine de lire, malgré l'insistance de la vendeuse. Il l'enfonça dans sa ceinture et s'engagea d'un pas rapide dans le dédale de ruelles du centre. À deux ou trois reprises il se trompa, se retrouva dans une impasse et fut contraint de rebrousser chemin en soufflant et en pestant, mais cinq minutes plus tard il était à sa place habituelle, dans le petit parc en face de l'entrée de l'établissement. Il prit le téléphone d'Eftychia Manassakis, appuya sur le bouton de rappel du numéro qui n'appartenait ni à Kaitie ni à Héraklis, et attendit un peu tandis que le téléphone sonnait, puis il entendit sa voix et derrière, la rumeur des enfants dans la classe.

– Allô ? Oui ? Je ne vous entends pas ? Oui ? Eftychia, c'est Kaitie, tu m'entends ? Tu m'entends ?

Dimos appuya sur le bouton pour mettre fin à l'appel et maintint la pression jusqu'à ce que le téléphone s'éteigne. Il s'assit sur un banc à moitié déglingué qui se trouvait là ; à côté de lui, un homme gigantesque avec un faux air de Sylvester Stallone faisait du taï-chi. Il avait les yeux fermés et ses gestes étaient parfaitement calmes et harmonieux, en contraste total avec son air farouche. Il l'observa un moment, jaloux de sa sérénité. Dix minutes plus tard, il entendit la sonnerie et son attention se concentra de nouveau sur l'entrée de l'école. Au bout d'un moment, Angie apparut. Elle regarda à droite et à gauche et se mit à remonter à pas rapides la rue Beaufort jusqu'au Blue Rose. Dimos salua le géant qui faisait du taï-chi, celui-ci lui répondit en s'inclinant légèrement et en ouvrant les bras comme pour lui donner l'accolade.

Il la vit pénétrer dans l'hôtel, les portes automatiques se refermèrent derrière elle, il s'approcha. Un taxi s'était arrêté devant les marches et un couple chargé de bagages sortait par la porte, tandis qu'un groupe de jeunes touristes entrait. Il se mêla à eux et se retrouva à l'intérieur. Le réceptionniste lui était inconnu mais, apercevant sur la gauche la porte de l'ascenseur qui se fermait, il quitta le groupe de touristes et se précipita dans l'escalier. Il monta rapidement jusqu'au premier étage, l'ascenseur venait juste de passer, il continua vers le deuxième. Au moment où il arrivait, il entendit la sonnerie qui marquait l'arrêt. Caché dans un coin, il la vit sortir, avancer dans le couloir et entrer dans une chambre, celle-là même où ils avaient fait l'amour la veille. Voilà pourquoi personne ne s'était aperçu de rien dans l'hôtel, Kaitie avait simplement été transférée d'une chambre à l'autre, ils voulaient les désorienter, leur faire croire qu'elle était partie. Pourquoi, cependant ? Mais bien sûr, qu'ils étaient bêtes ! Les autres avaient appelé Eftychia avec le téléphone de Kaitie, afin qu'elle les mène jusqu'à elle, et comme celle-ci n'avait pas répondu, ils avaient laissé l'appareil dans la chambre pour faire croire à un enlèvement violent. Quel était toutefois le rôle d'Angie dans tout cela ? Et où Ajax était-il donc ? Dimos eut des sueurs froides à la pensée que Vatalos pouvait déjà être à la maison de campagne. Il fallait qu'il sache. Il s'avança à son tour jusqu'à la porte de la chambre où il frappa avec force. Ne recevant aucune réponse, il frappa de nouveau, puis donna un grand coup d'épaule dans le battant. La porte céda sans difficulté et Guérès se retrouva dans la chambre. Kaitie était allongée sur le lit, immobile, mais aucune trace d'Angie. Il s'approcha de sa cousine, posa sa main sur son cou et respira avec soulagement : elle était chaude et son pouls battait normalement. Il la secoua vivement mais elle ne réagit pas, sur la table de nuit à côté d'elle, une boîte de comprimés vide et un verre d'eau à moitié plein. Il entendit une porte se fermer, les larmes lui vinrent aux yeux, il bondit sur le téléphone, fit le numéro de la réception et demanda qu'on appelle de toute urgence une ambulance. La porte-fenêtre était ouverte, il sortit. À droite une petite cloison partageait le balcon en deux ; de là, Angie était passée dans la chambre voisine et était déjà ressortie de l'hôtel.

4

L'ambulance arriva rapidement. Au salon, la télévision s'était allumée toute seule et diffusait les informations. Brancard et course dans l'escalier, « vous venez avec nous ? », « oui, naturellement », et tous les deux s'engouffrèrent à l'arrière malgré les protestations de l'infirmier. Personne ne parlait, il regardait Chronis qui lui tenait la main, dans l'autre une perfusion, un bandage provisoire, « elle a perdu beaucoup de sang », oui, oui, elle a perdu du sang, du temps, des mots, elle a perdu beaucoup de choses, mais peut-être va-t-elle en trouver d'autres, pourvu qu'elle vive, qu'elle vive seulement et elle trouvera tout le reste un jour. Appel radio, « à l'hôtel Blue Rose, au centre, vite », « on est en route vers le CHUH, c'est une urgence, on ne peut pas y aller », heureusement une autre ambulance a répondu, la sirène hurle, pourquoi as-tu fait ça, pourquoi ? Questions qui ne trouveront pas immédiatement de réponse, qui n'en trouveront peut-être jamais, pourquoi les poser, alors, pourquoi ne restent-elles pas dans le désert glacé du non-être ? C'est le milieu de la journée et la circulation est dense, par chance par la rue de la mer le trajet n'est pas long, les voitures se rangent pour les laisser passer, puis c'est Giofyros, embouteillage sur le pont, depuis combien de temps sont-ils partis, cela semble des siècles à Ivan, il y a aussi un embryon, a-t-il envie de dire, mais maintenant, l'important c'est la vie déjà formée ; de toute façon, ils n'avaient pas l'intention de le garder. Il regarde dehors parce qu'il ne supporte pas le regard de l'autre, dans ses oreilles la sirène, il ne comprend pas si elle veut l'avertir ou si elle annonce le final, il ferme les yeux. Peut-être faudrait-il prévenir qu'il ne va pas pouvoir aller au bureau, mais de toute façon il n'a pas son téléphone sur lui, il croit se souvenir que, tandis qu'ils descendaient l'escalier, Chronis et lui, son corps dans leurs bras, la dame du troisième avait recommencé à cuisiner, d'après l'odeur ce devait être du poisson.

Il la voit partir avec l'ambulance, « vous venez avec elle ? », « non, je ne peux pas, je viendrai plus tard, où l'emmenez-vous ? », « au CHUH, c'est lui qui est de garde », d'accord, son pouls bat, elle a une perfusion au bras droit, « combien de cachets a-t-elle pris ? », « je ne sais pas », pas plus aujourd'hui qu'autrefois je ne sais combien de cachets il faut pour que ça n'arrive pas, et combien pour que ça arrive, un de plus, un de moins, pourvu qu'elle n'en ait pas pris assez, pourvu que les secours soient arrivés à temps cette fois-ci. Dans la chambre de l'hôtel, la télévision est restée allumée, il songe un instant monter l'éteindre mais il se rend compte ensuite que c'est le temps qui importe, pas les événements retransmis. Il court vers la place, en espérant trouver la voiture là où il l'a laissée, combien de temps s'est écoulé, pas même une demi-heure, peut-être aura-t-il de la chance ; il appuie sur le bouton de rappel du numéro, entend la sonnerie, puis le « tut » final, laisse passer un peu de temps et recommence tandis qu'il monte en haletant l'escalier de la rue Pasiphaïs, qui n'est pas une rue mais un escalier. En fait, seuls les piétons peuvent l'emprunter, combien de marches y a-t-il donc, et que réussira-t-il à faire, même s'il arrive à temps ? Il prend dans l'autre sens les rues qu'il a descendues tout à l'heure, essayant seulement d'éviter les impasses dans lesquelles il s'est fourvoyé. S'il refait exactement le même chemin en sens inverse, peut-être les choses retrouveront-elles leur forme initiale, il suffit d'effacer les fautes et tout va rentrer dans l'ordre. Il arrive au musée et, effectivement, le Nissan l'attend là, personne ne l'a déplacé ni ne lui a mis de contravention. Il démarre tout en continuant à appeler alternativement Ivan et le Cowboy, mais aucun des deux ne répond.

Ivan attendait dans un couloir des urgences, au milieu de gens de couleur et de nationalité variées, chacun avec son problème de santé. L'un avait le bras cassé, l'autre une forte fièvre, un enfant pleurait sans discontinuer dans les bras de sa mère, une femme assise par terre avait appuyé sa tête contre le mur et contemplait le plafond comme si elle devait y trouver son salut, et un homme à la peau sombre fixait sur lui ses yeux rougis. Il regarda autour de lui, Chronis était invisible, il avait désespérément envie d'une cigarette.

Il sortit. À l'endroit où l'ambulance les avait déposés, il y avait un banc sur lequel était assis un vieil homme extraordinairement maigre, avec une petite moustache et des cheveux clairsemés. Il était en pyjama et fumait en avalant goulûment la fumée, sans la rejeter. Ivan s'assit à côté de lui et alluma lui aussi une cigarette. Il faisait chaud, le vent du sud avait commencé à souffler avec force. Le vieux regarda sa cigarette, le bout incandescent était presque arrivé au niveau du filtre, il en sortit une nouvelle de la poche de son pyjama et l'alluma à l'aide de la précédente, avant d'éteindre celle-ci dans le cendrier posé à côté de lui.

– C'est ça qui me consume, mais avant, j'en ai grillé je ne sais combien, dit-il d'une voix rauque.

– Pardon ?

– Cancer des poumons ; ils croient réussir à me le cacher, mais ils se fourrent le doigt dans l'œil, mon cher. Le tabac est l'ennemi qui m'a vaincu, mais il a été mon compagnon le plus proche pendant de longues années. Toujours à mes côtés pour le meilleur et pour le pire, et maintenant que je suis dans le pire, il a le droit d'être là aussi. À chacun sa passion dévorante, mon cher, et il est bon de l'aimer, sa passion, car c'est le meilleur moyen de se réconcilier avec la défaite inévitable que cette vie nous réserve.

La cendre de la cigarette d'Ivan tomba par terre à l'instant où l'ambulance arrivait de nouveau à toute allure et s'arrêtait pile devant lui. La portière arrière s'ouvrit et une civière en sortit, sur laquelle était allongée une femme brune d'environ quarante ans. Elle paraissait inconsciente, il eut à peine le temps de l'apercevoir, mais il lui sembla la connaître. Il se leva et se dirigea vers le parking, il voulait mettre un peu de distance entre la douleur et lui, prendre son élan et revenir avec davantage de force. Le vieux éteignit sa cigarette et regarda dans sa poche, il ne lui en restait plus que quatre, après, il faudrait qu'il trouve un moyen de s'en procurer d'autres. Il se leva à son tour et se dirigea vers l'intérieur de l'hôpital, croisant Chronis Kouliarakis qui sortait, les yeux pleins de larmes.

Le Nissan tourna dans le chemin étroit et commença à monter le raidillon en cahotant. Guérès se maudissait : quel idiot il faisait, à quel point s'était-il laissé aveugler et conduire au désastre par sa bêtise et son rut ! Elle le lui avait pourtant dit elle-même, « à plat ventre », on enterre les bâtards à plat ventre, que ce soit dans le caveau familial, ou dans une poignée de terre. Et s'il était trop tard ? Trop tard pour Kaitie, pour Héraklis, pour la jeune femme enceinte, trop tard pour lui-même, pour comprendre et réformer son existence ? Qui cependant peut corriger en quelques jours les erreurs d'une vie entière ? La réparation ne doit-elle pas s'effectuer sur une durée semblable – si ce n'est supérieure – à celle qu'il a fallu pour que se produise la catastrophe ? La maisonnette apparut après un virage, une énorme Land Rover verte était garée devant ; Dimos appuya sur le frein, la voiture s'immobilisa, il saisit le couteau de la main droite, ouvrit la portière de la gauche, et descendit en laissant les clés sur le contact. Sans réfléchir il courut vers l'entrée, penché en avant, arriva près de la porte en bois, s'abrita derrière le chambranle et poussa légèrement le battant, qui céda sans difficulté. Il prit une profonde inspiration et le poussa de toutes ses forces, tout en rejetant son corps en arrière. Aucune réaction ne vint de l'intérieur. Il s'avança lentement et passa prudemment la tête par la porte, la pièce était vide.

XI. FANTÔME

démon, être démoniaque, être surnaturel, esprit, fantasme, revenant, djinn, farfadet | spectre, ombre

Terre maritime*

Chypre, jeudi 15 juillet 1965

La nuit était tombée depuis longtemps. Le camp semblait calme, on avait sonné l'extinction des feux et tous se trouvaient désormais dans leur couchette, à l'exception des veilleurs. Les trois hommes avaient déjà repéré l'emplacement des différents postes de garde et calculaient le temps nécessaire aux patrouilles pour aller de l'un à l'autre. Il n'y avait que trois sentinelles, à l'entrée, au train régimentaire et aux carburants, une pour chacun. Lefteris se chargerait de celle de l'entrée, Aris de celle du train et Ajax de celle des carburants. Il leur fallait agir avec rapidité et précision, dès que Lefteris aurait neutralisé l'homme qui gardait la porte, il prendrait sa place pour surveiller l'endroit et les deux autres entreraient à leur tour. L'un irait à droite vers les véhicules, l'autre à gauche, vers le dépôt de carburant qui se trouvait à côté de la pièce de l'officier de service. Ils prendraient leurs trois armes et ils repartiraient.

* *L'expression désigne l'île de Chypre chez Euripide* (Hélène)*, dans un passage cité à son tour par G. Séféris* (Journal de bord, III) *(N.d.l.T.).*

Ils attendaient la relève de la garde, sachant que la sentinelle que l'on vient de réveiller à minuit, après seulement deux heures de sommeil, est en général étourdie et plus facile à surprendre au début de sa faction. Lefteris, le dos appuyé contre un olivier, avait les yeux fermés ; quand Ajax l'entendit ronfler légèrement, il se pencha vers Aris, le secoua et lui demanda d'aller un peu plus loin, il avait quelque chose à lui dire. Les deux hommes se levèrent et s'éloignèrent en marchant à quatre pattes. Quelques mètres plus bas, sur un signe d'Ajax, ils s'assirent tous les deux par terre.

– Tu sais que la plupart des Turcs qui ont quitté la Crète au moment de l'échange de populations*, après la Grande Catastrophe, sont venus à Chypre ?

Aris l'ignorait ; ses yeux ne quittaient pas Vatalos, c'était le chef qu'il avait toujours rêvé d'avoir et il aurait fait n'importe quoi pour lui.

– Beaucoup d'entre eux se sont fait naturaliser chypriotes pour pouvoir ensuite détruire Chypre et la livrer aux Turcs. Et que les Turcs sont des descendants des anciens Phéniciens, tu le savais ? Comme eux, et comme les palmiers Phoenix, ils s'enracinent partout et rien ne peut les exterminer. Nous, cependant, nous le pouvons.

Ajax saisit la main d'Aris, le regardant dans les yeux.

– Notre mission n'est pas aussi simple que tu le crois. Il s'agit d'une mission secrète que seul un soldat expérimenté comme toi peut mener à bien.

* *À la suite des défaites de l'armée grecque en Asie Mineure, en 1921-1922, le traité de Lausanne (24 juillet 1923) met en place un échange de populations entre la Grèce et la Turquie.*

Aris restait muet, impatient d'apprendre ce qu'il devait faire. Il était presque onze heures et demie, ils avaient environ quarante minutes pour exécuter leur mission et il était prêt à tout.

– L'officier de service est l'un d'eux, nous le savons depuis longtemps, et l'heure est venue de le faire payer pour tout.

– Nous, c'est qui, nous, sergent-major ?

– L'ASPIDA, le Bouclier, naturellement.

Derrière Ajax, une ombre bougea et un gigantesque oiseau de nuit s'envola sans bruit vers le ciel. Aris sursauta.

– Quelle sorte de bouclier ?

– Un bouclier qui protège le pays, tu n'en as pas entendu parler ? Nous protégeons la patrie comme les Anciens se protégeaient avec un bouclier.

Sykoulakis frémit.

– C'est-à-dire, sergent-major ?

Ajax plongea la main dans sa poche, la ressortit et ouvrit la paume. À la lumière de la lune, Aris distingua un scarabée noir. Il frissonna.

– Tu n'as pas ton pareil pour attaquer par surprise et manier le couteau. Cet homme doit périr. Et se taire pour toujours.

Sykoulakis sentit son estomac se retourner, ses mains devinrent moites. Par le passé, il avait égorgé un certain nombre de bêtes, lorsqu'il aidait son père, mais ça, c'était différent, c'était quelque chose d'énorme, une écrasante responsabilité qu'il n'était pas sûr de pouvoir assumer.

– Seul un homme qui aime sa patrie peut le faire.

Ajax tendit sa main ouverte, Aris serra les dents et prit le scarabée, l'heure était venue de montrer qui il était, de venger son grand-père. Vatalos sourit, donna une tape d'encouragement dans le dos du jeune homme. C'était la provocation parfaite, un officier grec tué sur ordre de l'ASPIDA par un soldat grec, celui-ci, qui plus est, se réclamant ouvertement de l'organisation. Lorsque la chose deviendrait publique, le scandale serait terrible et tous les regards se tourneraient évidemment vers Papandréou, qui serait contraint à la démission et entraînerait le gouvernement dans sa chute. Le roi étant avec eux, tout se mettrait ensuite en place pour que le Grand et ses protecteurs se trouvent en position dominante.

Ajax serait immédiatement récompensé, il quitterait Chypre dès le lendemain, l'ordre avait déjà été transmis ; personne ne croirait Sykoulakis quand il raconterait son histoire de scarabées, d'Égyptiens, de palmiers et le reste. Tout le monde le prendrait pour un fou, ou pour quelqu'un qui joue le fou afin d'éviter les conséquences de ses actes. La seule chose que l'on retiendrait, c'était qu'il avait agi sur ordre de l'ASPIDA. Sirmas soutiendrait forcément la version d'Ajax. C'est pour accomplir leur mission qu'ils sont entrés dans le camp. Aucun d'entre eux ne savait ce qu'avait fait Aris, il parlait toujours d'égorger des Turcs et de venger son grand-père, tous ou presque au camp l'avaient entendu dire ça.

– Et surtout, silence, pas un mot à Sirmas, ni à personne d'autre. Si tu te fais prendre, ne donne aucun nom, seulement l'ASPIDA, pour qu'ils sachent que nous les traquerons sans relâche.

– Pas de souci, sergent-major.

Les deux hommes revinrent auprès de Lefteris, il était minuit moins le quart, ils le réveillèrent et se préparèrent pour leur mission.

À minuit et quart ils dévalaient la pente et s'étaient déjà enfoncés dans la forêt qui les protégerait des regards lorsqu'ils entendirent l'alarme. Leur mission avait été un succès total, aucune des trois sentinelles ne s'était rendu compte de rien. Ils coururent encore pendant une demi-heure sans que personne ne les inquiète, ils avaient l'avantage de la surprise, de la nuit et de la connaissance du terrain. Le temps qu'ils délient les gardes et comprennent ce qui s'était passé, ils seraient loin. Ils s'arrêtèrent un peu pour reprendre leur souffle, Aris tomba à genoux et vomit, Lefteris se pencha sur lui, tandis qu'Ajax se tenait à côté, les poings serrés. Sirmas prit Aris par les épaules.

– Ça va ?

L'homme leva la tête, ses yeux pleins de larmes étaient tout rouges et il tremblait de tout son corps.

– Ser… sergent… balbutia-t-il.

Lefteris remarqua alors que sa main droite était pleine de sang presque jusqu'au coude. Il l'examina, il n'était pas blessé.

– Qu'as-tu fait, qu'as-tu fait, espèce de fou ?

Sykoulakis n'arrivait pas à parler, les sanglots et les vomissements l'étouffaient.

– Attrape-le, on y va, cria Lefteris à Ajax.

Ils l'empoignèrent sous les aisselles et, le traînant presque, se remirent à courir. Ils s'arrêtèrent enfin au bout d'une heure, sur une plage à proximité du camp, épuisés. Ils mirent Aris dans l'eau, le nettoyèrent du mieux qu'ils purent ; Ajax lava le couteau, laissant exprès un peu de sang sur la lame. Puis il se tourna vers les deux autres.

– Si cela se sait, nous sommes dans la panade tous les trois. Personne ne doit parler.

Lefteris avait la tête qui tournait, il savait qu'Ajax avait raison.

– Personne ne doit parler, répéta-t-il. Personne ne parlera, jamais.

À Athènes, le gouvernement Papandréou avait déjà démissionné. L'opération Scarabées allait être définitivement enterrée par ceux-là mêmes qui l'avaient déclenchée, et un lieutenant grec serait mort dans son sommeil sans savoir pourquoi. Le lendemain matin, Ajax quitta Chypre, un mois plus tard suivit la mutation de Lefteris.

1

Il ressortit et regarda autour de lui – où diable se cachaient-ils tous ? Il n'y avait pas de signes de lutte à l'intérieur de la maison. Ils étaient partis précipitamment, de toute évidence, mais Guérès ne parvenait pas à évaluer les conditions exactes de ce départ. Il se dirigea vers la Land Rover verte, dont la portière était ouverte. Il monta dedans, trouva les papiers, la carte grise était au nom d'Ajax Vatalos.

Le sang ne devient pas de l'eau, mais s'il le devient, c'est pour te noyer, songea Dimos. Il fit le tour de la maison, à l'arrière un sentier montait et allait se perdre dans les oliviers, c'était la seule voie possible, en dehors de la route. Il se pencha, on discernait dans la terre des traces récentes. Il commença à monter prudemment, le sentier n'était pas très distinct, par moments il le perdait puis le retrouvait, toutefois le sol était très nu, partout des pierres et des buissons bas, il était difficile de marcher vite ou de courir, a fortiori pour une femme enceinte. Quelques mètres plus loin, le terrain descendait en pente raide vers un torrent ; là, la végétation était beaucoup plus épaisse, de hautes cannes et des ronces formaient une cachette idéale. Un peu avant le ruisseau s'étendait une zone plate, presque nue. Guérès s'engagea dans la descente.

Le sol glissait dangereusement et il faillit à deux reprises perdre l'équilibre. Il s'appuya à un olivier, il était hors d'haleine et sa jambe gauche ne parvenait plus à le porter après toutes ces courses et cette conduite. De plus il se sentait ridicule avec son petit couteau à la main – que comptait-il faire, jouer les héros ? Les surineurs ? Lui qui n'avait jamais tué même un animal ? Il atteignit le dernier arbre derrière lequel il pouvait se cacher, un vieux caroubier, et regarda de nouveau vers le torrent. Dans quelle direction étaient-ils partis ? Vers la droite ou vers la gauche ? À une dizaine de mètres de l'endroit où il se tenait, une ligne rouge était visible sur la terre, qui conduisait directement au lit du cours d'eau. Il fit un pas, les yeux fixés sur la végétation. À l'éclair, il sentit une brûlure à la jambe gauche, puis le son lui parvint alors qu'il était déjà à terre. Il jeta un coup d'œil à sa cuisse, un peu de sang coulait sur le côté ; son pantalon était déchiré, mais la blessure ne semblait pas profonde, c'était juste une éraflure. Il se traîna derrière le caroubier et s'appuya contre le tronc. Deux autres coups de feu éclatèrent simultanément, suivis de deux cris – Guérès se demanda si l'un des deux émanait de lui.

La distance qui le séparait du torrent était d'une centaine de mètres environ, avait-il une chance de la parcourir ? Il examina de nouveau les lieux. Les coups de feu avaient été tirés exactement d'en face, mais à droite, en amont du cours d'eau, il lui sembla voir une silhouette féminine escalader avec difficulté le versant opposé. Où était Héraklis ? Si la jeune femme continuait ainsi, elle serait bientôt visible depuis le fond et sa position deviendrait dangereuse.

Qu'avait-il d'autre à perdre que sa vie ? Ça valait peut-être la peine, s'il réussissait à sauver celle de quelqu'un d'autre, d'un enfant qui avait l'avenir devant lui et deux parents déterminés à rester pour toujours à ses côtés. Il serra les dents, se mit debout et commença à courir, s'attendant d'une seconde à l'autre à recevoir la balle qui l'arrêterait dans son élan. Il comptait ses pas et s'appliquait à respirer – un, deux, trois, quatre, cinq, six, respiration –, le nombre de mètres qui le séparaient du torrent diminuait, aucune balle ne l'avait atteint, il se mit à courir plus vite, un dernier sprint héroïque, un éclair venu d'en face, une détonation et un sifflement près de son oreille, une douleur au ventre, un hurlement sorti de sa bouche, tandis que, brandissant son couteau, il s'enfonçait dans l'épaisse végétation. Devant lui, un corps allongé sur le sol, avec un revolver pointé dans sa direction et du sang qui coulait d'une blessure à l'épaule gauche, là où avait pénétré la balle du Tokarev que le Cowboy n'avait pas hésité à utiliser quand il avait vu son père tirer sur son ancien ami. La main qui tenait l'arme tremblait, l'index affaibli peinait à appuyer sur la détente, ses forces l'abandonnaient au fur et à mesure que l'hémorragie causait la progressive atonie des muscles. Pourtant, le canon était toujours pointé vers lui. La prochaine balle ne lui laisserait aucune chance. Quelques mètres plus loin, à droite, Dimos vit le long corps immobile d'Héraklis étendu à l'horizontale, dans cette position qu'il l'avait si souvent vu essayer, à la différence près que cette fois-ci une petite flaque rouge s'était déjà formée à côté de lui.

Dimos se figea, Ajax le fixait droit dans les yeux, d'un regard où se lisait non pas le repentir, mais le blâme et le dépit.

– C'est vous qui avez tout machiné.

C'était ridicule, même en de telles circonstances, il était incapable de le tutoyer. L'homme se mit à rire tout bas. Son corps tressaillait et le sang sourdait de la plaie à chaque soubresaut.

– Aucun bâtard n'entrera dans ma famille. Je ne permettrai pas que mon nom soit sali.

Dimos concentra son regard sur la bouche du canon ; aurait-il le temps de voir la balle ou la sentirait-il simplement sur lui ?

– C'est leur choix.

– C'est moi qui le fais vivre, c'est moi qui lui ai donné tout ce qu'il a, et il voudrait maintenant me détruire ? Sans moi, il ne serait rien, et toi non plus.

– C'est votre fils.

– Précisément, il est à moi. Et toi aussi, qui joues les justiciers, si je n'avais pas été là, tu n'aurais même pas vu la couleur de ton école.

– Que voulez-vous dire ?

– Que voulez-vous dire ? répéta ironiquement Ajax. C'est grâce à moi que tu es entré à l'École de police. Ton malheureux père est venu me supplier et j'ai fait le nécessaire. Lui qui tonnait toujours contre le piston…

Il ne pouvait croire à ce qu'il entendait. Il devait sa vie entière au soutien de Vatalos ?

– Vous ?

– Et qui d'autre ? Pauvre imbécile !

Dimos était pétrifié. Il n'avait rien réussi tout seul, pas même à disparaître.

– C'est insensé. Et les bagues ?

– Celles-là, je les devais à ton père. Je les lui avais promises, et les amis tiennent leurs promesses.

– Les amis ?

– Les amis, petit crétin, mais tu ne peux pas comprendre ça.

Ajax avait raison, il ne comprenait jamais rien.

– Vous vous êtes donné le mot pour nous détruire, lui et moi ; vous vous êtes tous ligués pour ça, mon fils, toi et ta mère.

– Ma mère ? Qu'est-ce qu'elle a à voir avec tout ça ?

Guérès sentit le sang lui monter à la tête et venir battre à ses tempes.

– Elle a cru qu'elle pouvait me déshonorer, avoir un enfant de moi et le crier sur les toits ; je l'ai fait taire une fois pour toutes.

– Toi ? Et les somnifères ?

– Vous êtes tellement stupides, ton père et toi. C'est moi qui ai fait la prise de sang, moi qui ai signé l'examen toxicologique. Personne ne devait salir mon nom, tu as compris ? Un homme doit vivre honorablement ou mourir honorablement. C'est comme ça.

– Tu es fou.

La bouche de Dimos se dessécha, ses narines se dilatèrent, le sang lui monta à la tête et lui obscurcit l'esprit, sa pensée s'arrêta, ses yeux s'emplirent de larmes, il ne vit plus que l'image d'Aphrodite sur son lit de mort et se rua sur Vatalos, son couteau à la main. On entendit un coup de feu, l'arme tomba sur le sol, puis Ajax poussa un soupir et sa tête heurta une pierre, tandis que la lame glissait sur sa peau, déchirant la poche de sa chemise, d'où s'échappa un bijou en or en forme d'insecte qui roula par terre. À quelques mètres de là, le chargeur du Tokarev était vide, la représentation était terminée et tous attendaient le verdict du public, pour savoir s'ils allaient devoir se cacher derrière le rideau ou être rappelés pour un bis.

2

La nuit était tombée depuis longtemps. Le Premier ministre du gouvernement provisoire venait de prêter serment et, sur les chaînes de télévision, les candidats des différents partis lançaient leur nouvelle campagne électorale. Le poste de télévision de 42 pouces était allumé au salon et Manolis suivait en somnolant d'interminables débats dont il n'entendait quasiment rien. Ajax jouait à un jeu sur son ordinateur tandis qu'Électre, les écouteurs de son téléphone sur les oreilles, lisait un livre. Depuis le seuil de la pièce, Antigone regardait ses enfants. Ajax et Électre, le nom de son père et celui de sa belle-mère, deux êtres sortis de son corps qui lui paraissaient pourtant bien souvent étrangers.

Elle ferma la porte de sa chambre, enleva son peignoir, resta en sous-vêtements, se coiffa, se maquilla légèrement les lèvres et les yeux. Elle examina son corps dans le miroir, les bleus et la marque des coups, ils s'effaceraient bientôt de sa peau, mais pas de sa tête. Elle ouvrit l'armoire, sortit sa petite valise, y entassa rapidement quelques vêtements et la ferma. Ensuite elle enfila un jean, des bottines noires et un haut ajusté qui découvrait ses épaules, puis elle passa dans le salon et observa quelques instants son mari à demi assoupi, cherchant à voir si elle ressentait un peu de tendresse à son égard, mais rien ne se produisit. Elle n'éprouvait rien pour personne, pas même pour elle. Elle marcha à pas feutrés jusqu'à l'entrée où elle déposa sa valise, de manière à ce qu'il ne la voie pas de là où il était, puis revint pour mettre en scène une sortie rapide. Elle saisit son sac à main, lui lança « Je sors » et, avant qu'il ait eu le temps de réagir, elle ouvrit la porte et se retrouva dehors, le laissant soupirer en s'efforçant de chasser toute pensée négative de son esprit. Il se sentait très fatigué, peut-être faudrait-il lui parler un de ces jours, mais à quoi bon, elle n'en ferait jamais qu'à sa tête.

Sa Peugeot était au garage. Elle appuya sur le bouton et la porte automatique s'ouvrit avec bruit. Elle posa sa valise sur le siège arrière, s'assit à la place du conducteur, mit le moteur en marche et alluma le lecteur CD. Accompagnée par la voix rauque de Sotiria Bellou évoquant des avions, des bateaux et de vieux amis perdus dans l'obscurité, la petite auto bleue déboucha dans la rue, tandis qu'à quelques mètres de là, le kick lançait le moteur de la Yamaha XT, blanche avec une selle rouge, modèle 1989.

Elle descendit toute la ligne droite de l'avenue de Knossos depuis Aï-Gianni où elle habitait, s'engagea dans la rue Ethnikis Antistasseos et continua vers le port, en passant les feux. Le bateau pour le Pirée allait bientôt partir, elle regarda sa montre, il était déjà neuf heures et demie. Elle aurait pu aller à l'aéroport, mais elle avait peur en avion, et il est plus facile de repérer quelqu'un sur la liste des passagers d'un vol que dans le salon d'un ferry. Elle avait donné un faux nom en prenant son billet, personne ne vérifiait l'identité. Au moment où elle allait s'avancer vers l'entrée du bateau, une moto s'arrêta devant elle, lui barrant le passage. Elle reconnut immédiatement la XT de son frère. Sur la selle était assis un homme de haute taille, sans casque, un homme à qui elle avait offert son corps ces derniers jours et qui s'était insinué plus profondément en elle que ne le ferait jamais son époux.

Dimos descendit de la moto et s'approcha de la vitre, elle l'ouvrit, le regarda et sourit.

– Tu vas bien ?

– Ça pourrait aller mieux. Et toi ?

– Ça va.

– Tu pars ?

– Si tu me laisses faire.

La main de Guérès se tendit, saisit la poignée et ouvrit la portière.

– Allons faire un tour.

Angie regarda sa montre, il restait cinquante minutes avant le départ. Elle sortit et verrouilla la voiture. Dimos enfourcha la moto et elle sauta derrière lui, ils ressemblaient à n'importe quel couple sorti pour une petite virée nocturne au port. La Yamaha rugit et démarra en flèche, puis roula parallèlement à la mer, longeant des tavernes pleines à craquer, passant à proximité de Vardia, celle où les familles Sirmas et Vatalos allaient parfois manger du poisson quand les enfants étaient petits ; enfin, par une porte étroite qui s'ouvrait juste après la Marina, elle déboucha sur la rue de la mer. Elle tourna à droite et se dirigea vers la forteresse, au pied de laquelle elle s'arrêta. Les passagers descendirent et, par quelques marches de pierre, montèrent sur le muret. Dimos remarqua qu'Angie tremblait.

– Je suis recherchée par la police ?

– Soupçon de complicité pour meurtre, assistance à un criminel. Tu n'es pas encore recherchée, mais tu pourrais le devenir.

– De quoi est-ce que cela dépend ?

– Pourquoi as-tu fait cela ? Pourquoi l'as-tu aidé ?

– Je te l'avais dit, je suis un mauvais cheval, habitué à obéir quand on le bat.

– Tu avais peur de lui ?

Angie secoua la tête, dans l'obscurité, ses yeux verts, humides, brillèrent.

– Tu n'as pas idée, mon cher. Sauver les apparences à l'extérieur alors qu'il me battait et m'humiliait sans cesse, c'était ça, ma vie. Je n'ai jamais pu lui mentir, il m'attrapait par le poignet et je savais ce qui allait suivre. Une fois, il m'a même giflée devant mon mari.

– C'étaient ton frère et ta meilleure amie.

– J'ai encore peur de lui maintenant. Cette peur m'a vidé l'âme. Frère et amie, rien ne comptait.

En face d'eux les lumières du village de Rogdia scintillaient, la mer était immobile, il ferait bon voyager en bateau cette nuit. Héraklion se reposait dans l'air humide, attendant les barbares qui ne cesseraient jamais d'arriver, les touristes, les élections, l'été, puis de nouvelles peurs, de nouveaux ennemis, et ainsi de suite, jusqu'à ce que les derniers vestiges du Koulès tombent dans la mer et que la ville s'effondre en même temps que son passé.

– Je veux te dire encore quelque chose. C'est dans son caveau familial que se trouvent les ossements de ta mère.

– Quoi ?

– Personne ne le sait, à part lui et ton père ; moi, je l'ai appris par hasard. Ton père était désespéré quand il a su qu'il ne pouvait pas la transférer dans le caveau familial des Guérès, alors mon père lui a proposé de l'accueillir provisoirement. Il m'a fait jurer de ne le dire à personne. C'est pour ça que je t'ai amené au cimetière, je voulais te le dire, mais je n'ai pas pu. Je n'ai jamais compris pourquoi il avait fait ça…

Le vent se leva, de nouveau en provenance du sud, la mer commença à forcir, une vague s'éleva et s'écrasa sur les brise-lames, à leurs pieds. Le bateau pour le Pirée siffla, appelant les derniers passagers. Antigone regarda Dimos.

– Où iras-tu ?

– Je ne sais pas, le plus loin possible.

– Jusqu'à quand ?

– Jusqu'à ce qu'on m'oublie, jusqu'à ce que j'oublie moi-même.

Elle se tourna vers lui, posa sa main sur sa joue pas rasée, Dimos sentit sa chaleur, son corps s'engourdit. Il pencha la tête, leurs lèvres s'unirent, leurs langues luttèrent violemment pendant un instant puis se séparèrent, tels ces ennemis éternels qui se nourrissent de l'affrontement. Elle lui caressa les cheveux.

– Que signifie « Hilaeira » ?

– C'était une princesse mythique, si je me souviens bien, je crois que c'est pour elle que Castor et Pollux se sont entre-tués.

– Les Dioscures ?

– Oui.

Guérès se leva, il avait mal au ventre à cause de sa blessure, mal au dos, à la jambe, partout, malgré tout il parvint à redresser son corps, la lumière qui venait du Koulès projetait son ombre sur l'eau, elle lui parut immense, comme si elle touchait l'horizon.

– Pourquoi ne viens-tu pas avec moi ?

– Parce que ma maison est ici.

Il commença à descendre les marches, Antigone ne bougeait pas, elle attendait le verdict. Derrière eux, à côté du rond-point qu'Ivan voyait chaque matin depuis sa fenêtre, le gyrophare de la voiture de patrouille clignotait, la portière du passager s'ouvrit et Dimos reconnut le sergent de police qui l'avait amené chez lui le jour de son arrivée et de la découverte du premier cadavre. Il le salua d'un signe de tête tandis que l'autre se dirigeait vers Antigone, encore assise ; dans sa main droite, les menottes brillaient au clair de lune.

3

Jeudi 17 mai 2012

L'heure des visites était passée. Dimos dit au revoir à sa cousine désormais hors de danger, après le lavage d'estomac qu'elle avait subi. Tout cela lui avait d'ailleurs été imposé inutilement, puisqu'on n'avait trouvé qu'une très faible quantité de substance toxique dans son organisme, suffisante pour la faire dormir quelques heures, mais incapable de provoquer quoi que ce soit d'autre. Elle ne se souvenait de rien, disait-elle, Antigone lui avait demandé d'aller dans l'autre chambre pour l'aider à rassembler ses affaires, elle avait bu un verre d'eau et s'était réveillée à l'hôpital. Elle s'était immédiatement inquiétée de l'état du bébé, mais comme on l'avait rassurée sur ce point, elle n'avait pas poussé plus loin ses investigations ; il lui faudrait cependant un jour tout apprendre. Le Cowboy était soigné à l'étage en dessous. La balle d'Ajax l'avait atteint à la cuisse, il avait perdu du sang, mais il allait se remettre. Il devrait alors tenter d'expliquer, à lui-même et à Kaitie, tout ce qui s'était passé, et surtout, en ce qui le concernait, quelle force l'avait poussé à appuyer sur la détente et à ôter la vie à l'homme qui l'avait élevé.

– On se revoit bientôt, lui avait dit Dimos en partant, sans le regarder dans les yeux.

– Oui, avait répondu Héraklis.

Aucun des deux ne savait si c'était vrai ou si ce qui s'était fissuré des années auparavant resterait définitivement brisé.

Guérès attendit devant l'entrée de l'hôpital qu'Ivan le rejoigne. Celui-ci arriva de l'intérieur du bâtiment, les yeux cernés par l'insomnie, s'approcha de lui et alluma une cigarette.

– Comment va-t-elle ?

– Bien, mais elle est très faible. Il faut que j'y aille, je dois rencontrer son père.

Dimos prit le tabac des mains d'Ivan.

– Qu'est-ce que tu vas lui dire ?

– Je ne sais pas. Pardon ?

– Ça suffira ?

– Parfois il n'y a rien d'autre à dire.

Ivan prit une profonde bouffée, sur le siège d'en face, le vieux qui souffrait d'un cancer aux poumons savourait sa petite cigarette.

– Elle sait ?

– Pour le bébé ? Pas encore, le médecin a dit d'attendre. Elle ne pose pas de question.

Dimos sortit une feuille de papier à cigarettes, la leva en l'air et essaya de voir à travers.

– Tu as lu les journaux ?

– Non, qu'est-ce qu'il y a ?

– Nous avons un gouvernement provisoire et de nouvelles élections le 16 juin.

– Il n'en sortira rien, ce sera de nouveau la même rengaine.

– Mmm… Par ailleurs la police fait savoir que le responsable du meurtre des deux prostituées, de l'homme trouvé mort dans la maison de Kavrohori et d'un mendiant est Aris Sykoulakis, dont le cadavre a été découvert hier matin dans un bâtiment abandonné. Le meurtrier souffrait de troubles de la personnalité.

Ivan éteignit sa cigarette, Dimos lâcha le morceau de papier que le vent souleva d'abord en hauteur avant de l'emporter au loin.

– Je suppose que l'affaire est close ?

– Oui. Par ailleurs, on a retrouvé mort le célèbre cardiologue Ajax Vatalos ; il s'agit sans doute d'un suicide. La famille n'a pas demandé d'autopsie, les obsèques ont lieu aujourd'hui à quatre heures. Sa fille a disparu.

– C'est sûrement un suicide, en effet.

– C'est ce qu'il me semble aussi. Enfin, on a découvert le cadavre de Mitsos Drimiskianakis, alias Godzilla. Le jour même, il était sorti du CHUH où il avait été brièvement soigné pour un traumatisme crânien. Il a sans doute été victime d'un règlement de comptes.

– Sans doute. Tu serais bon au bureau de presse.

– Peut-être, mais je ne pense pas.

– Je m'en vais, tu veux que je te dépose quelque part ?

– J'ai mon propre moyen de locomotion.

Les deux hommes se serrèrent la main, Ivan se leva, se dirigea à grands pas vers sa moto, qu'il avait garée presque devant l'entrée, et l'enfourcha. La veille, il avait quitté l'hôpital tôt dans l'après-midi, après s'être assuré que la vie de Clio n'était pas en danger. Chronis l'avait chassé en l'appelant « Ivan », il n'avait pas tenté de le fléchir. Il avait ensuite parlé avec Guérès pendant près de deux heures dans un petit café, sur fond de musique douce, tandis que la fumée des cigarettes dissimulait ses véritables pensées ; il avait écouté le récit des événements qui s'étaient déroulés quelques heures auparavant et s'était mis d'accord avec lui pour la suite. Il avait joint le médecin légiste et obtenu de lui qu'il déclare la mort de Vatalos comme un suicide ; nul n'est incorruptible et Ivan savait toujours comment demander une faveur en offrant ce qui convenait en échange. Ensuite, pour la première fois, il avait ouvert son âme et tout raconté, une confession qu'il aurait dû faire depuis longtemps. Quel sens ont les actes si on n'a personne à qui en parler ? Ce que l'on ne partage pas disparaît comme l'ombre au soleil du matin, et aucune obscurité ne le fait revenir, pas plus que ne reviennent les êtres disparus, amis ou ennemis.

Avant de quitter le café, il avait demandé une voiture de patrouille pour accompagner Guérès au port, puis il avait fait un saut chez lui pour se changer. Tandis qu'il montait les escaliers, la porte du troisième s'était ouverte et la dame s'était plantée devant lui, tenant un plateau avec une tourte aux épinards. Ivan avait remarqué qu'elle portait une robe avec des fleurs rouges et que ses cheveux blonds étaient dénoués.

– Je suis allée au cimetière ce matin ; pardonne-nous nos péchés, mon enfant, à moi et à mes morts, lui dit-elle.

Ivan avait pris le plateau, elle s'était mise à pleurer et était rentrée chez elle pour continuer à cuisiner.

La tourte aux épinards à la main, il était ressorti, avait enfourché sa moto et roulé vers l'extrémité orientale de la Crète, jusqu'à la plage dite de Xirokambos, « la plaine aride ». Ceux qui l'avaient nommée ainsi avaient sans doute leurs raisons car il n'y avait rien trouvé pour adoucir son âme. Il n'était retourné à l'hôpital que le matin, s'étant préalablement assuré que Kouliarakis s'était absenté pour un moment. Comme il entrait dans la chambre où Clio était soignée, l'infirmière lui avait transmis le message : dans les mots fléchés d'une revue spécialisée, Kouliarakis avait encerclé quatre mots et un chiffre : « buvette », « quartier », « mauvaise », « montagne » et « 1 ». Ivan savait que son collègue détestait les mots fléchés, des « bâtards » qui ne méritaient pas de se trouver à côté de vrais mots croisés ; lui faire parvenir son message par un intermédiaire aussi exécrable en disait long sur la piètre opinion qu'il avait de lui. Ivan sourit amèrement, caressa le réservoir de sa fidèle compagne, ôta son revolver de service de l'étui qu'il portait sur lui, sauta sur le sol et s'approcha de nouveau de Dimos.

– Tu me le gardes ?

Dimos le regarda dans les yeux, où il ne discerna ni peur, ni amertume, seulement de la fatigue, une longue ligne sans début ni fin, sans reflets ni replis secrets.

– J'ai un problème de mots croisés à résoudre et cela ne me sera d'aucune aide.

Guérès acquiesça et prit l'arme. Il resta un moment immobile, regardant la moto s'éloigner et songeant aux deux coups de téléphone du matin, celui qu'il avait passé à Magda, qui voulait lui parler, et celui qu'il avait reçu de son directeur. Magda avait déposé une demande de divorce, c'était ce qu'elle voulait lui dire ; il était nécessaire qu'un document officialise le fait que ces deux êtres n'étaient pas destinés à rester ensemble, il faut parfois que quelqu'un sonne la fin de partie. Il l'avait écoutée sans répliquer, puis lui avait annoncé qu'il allait rester encore un peu en Crète, il ne savait pas combien de temps ; de toute façon, son directeur venait de lui apprendre que son congé – qui devait prendre fin le lendemain – avait encore été prolongé. Sauf qu'il ne s'agissait plus désormais d'un congé, il avait employé d'autres termes, « une disponibilité posant la question d'un licenciement » ; peut-être lui revenait-il de répondre lui-même à cette question, sans tarder.

Il se dirigea en boitant vers le parking où l'attendait le vieux Nissan de son père. Ivan s'était arrangé pour récupérer les bagues de ses parents, personne ne les réclamerait ni ne s'intéresserait jamais à une affaire où les victimes étaient deux prostituées, deux mendiants et un dealer. Le directeur lui avait d'ailleurs intimé l'ordre d'en finir avec cette histoire. Il mettrait les deux bagues dans le cercueil, les obsèques étaient prévues à quatre heures, l'exhumation des ossements de sa mère allait avoir lieu dans une heure, ensuite les deux seraient transférés dans le tombeau familial que son père avait acheté trois mois plus tôt au cimetière d'Héraklion, ainsi que Kaitie le lui avait appris. Un secret de plus qu'il avait découvert – combien en restait-il encore ?

Il regarda les voitures garées, la route, les montagnes basses aux alentours, couvertes d'oliviers et de terre rouge, « rousse », comme disait son grand-père.

Mieux vaut ici, songea-t-il, ici ils ont vécu, ici ils sont morts, qu'ils soient près de moi, que je les voie.

Avant la fin

Dimos laissa Angie au port, s'assura que le sergent de police l'accompagnerait jusqu'à l'entrée du bateau et ne partirait qu'après l'appareillage, puis retourna chez son père. Il avait faim, Tsveta dormait mais, sur la table de la cuisine, il y avait une assiette recouverte d'une serviette blanche. Il la retira, Tsveta avait raison, le *youvetsi* était délicieux. Il alla ensuite dans sa chambre et retira sa ceinture. Elle avait amorti pour une grande part l'impact de la balle ; la plaie était large et douloureuse, cependant elle finirait par cicatriser, laissant inévitablement une trace, mais pas de lésion définitive. Il enveloppa le Tokarev dans la ceinture, ouvrit l'armoire, en bas à gauche se trouvait la boîte contenant les chaussures de foot qu'il n'avait jamais utilisées. Il l'ouvrit, la vida de son contenu et y rangea l'arme. Puis il prit les chaussures et les posa au pied de son lit. Après toutes ces années de relégation et de honte, elles avaient droit à un meilleur sort, même si elles étaient désormais trop petites pour qu'il puisse les porter. Il s'avança vers la table, ouvrit le dictionnaire, chercha dans le sommaire le mot « pardon », puis lut l'article correspondant. L'antonyme « vengeance » ne l'intéressait pas ; parmi les verbes intransitifs, il trouva ce qu'il cherchait, l'expression « tomber aux pieds ». Il ferma le dictionnaire et alla le placer pieusement dans la bibliothèque du salon, derrière la photo de sa mère.

Il se rendit ensuite dans la chambre de son père, l'exemplaire de *Marabout* à la main, prit dans sa poche le scarabée d'or, ouvrit la veste de pyjama du mourant, le posa sur sa poitrine au niveau du cœur, sous le maillot de corps, à même la peau, puis il s'agenouilla à côté de lui, lui prit la main et commença à lire le poème éponyme. À la dernière strophe du poème, sa voix se brisa, il avait enfin compris, c'est ainsi qu'ils avaient vécu tous les deux, son père et lui, tels deux marabouts immobiles, pleins de solitude et de bêtise. Il ferma le livre, serra la paume du vieux Sirmas dans sa main gauche, caressa la bague noire qui se mit à briller.

– Père, c'est moi, Dimos, je suis revenu. Je t'ai pardonné. À toi maintenant.

Il sortit de sa poche son vieil harmonica, le porta d'une main à sa bouche et commença à jouer l'air de *Jamaïca*. Un peu avant la fin de la chanson, il sentit les doigts de Lefteris se refermer autour des siens, mais cette fois-ci, au lieu de se retirer, il se pencha et posa ses lèvres dessus, ne les enlevant que lorsque la main du vieil homme fut devenue glacée. La lumière de la vieille lampe posée sur la table de chevet tombait sur eux, pourtant il n'y avait aucune ombre dans la pièce.

TABLE

OMBRE
de Lefteris Giannakoudakis
a été achevé d'imprimer en avril 2022
sur les presses de l'imprimerie Jelgavas Tipogrāfija.

Éditions Cambourakis
62, rue du Faubourg-Saint-Antoine
75012 Paris
www.cambourakis.com

Dépôt légal : mai 2022.
ISBN : 978-2-36624-676-6
Imprimé en Lettonie.